KB271462

# 떴다, 그녀!

## 떴다, 그녀!

초판 1쇄 찍은 날 § 2006년 2월 27일
초판 1쇄 펴낸 날 § 2006년 3월  7일

지은이 § 홍윤정
펴낸이 § 서경석

편집장 § 문혜영
편집책임 § 이종민
편집 § 한지윤

펴낸곳 § 도서출판 청어람
등록번호 § 제1081-1-89호
등록일자 § 1999. 5. 31
어람번호 § 제5-0083호

주소 § 경기도 부천시 원미구 심곡1동 350-1 남성B/D 3F (우) 420-011
전화 § 032-656-4452  팩스 § 032-656-4453
http://www.chungeoram.com
E-mail § eoram99@chollian.net

ⓒ 홍윤정, 2006

ISBN 89-251-0019-3 03810

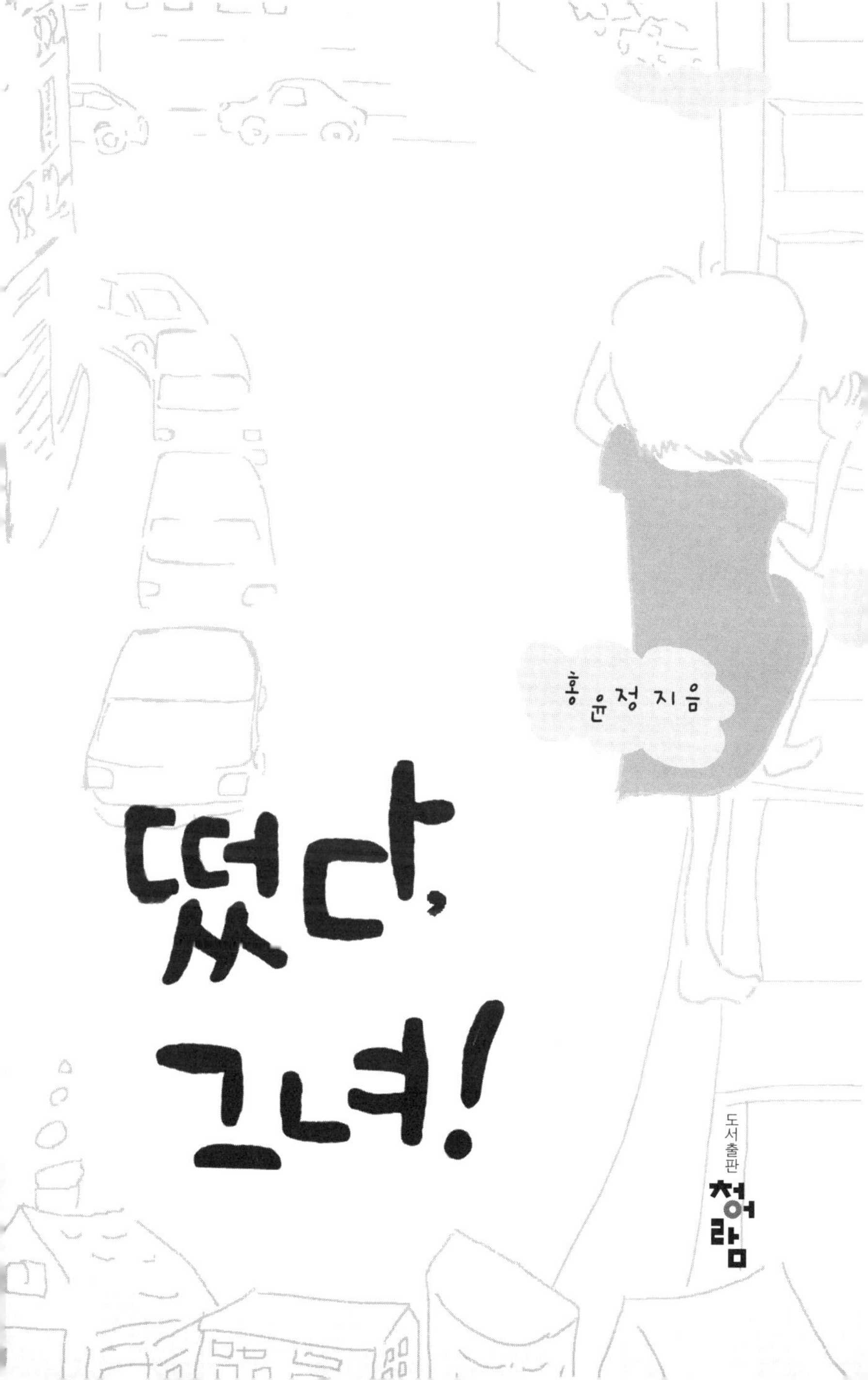

홍윤정 지음
떴다, 그녀!
도서출판 청어람

# 김희주.

이름처럼 아무 남자에게나 히죽거리는, 그 왕재수 공주병 말기 환자와 나의 악연이 시작된 것은 지금으로부터 십 년 전이었다. 이마에 난 여드름에 고민하고 날이 갈수록 부어오르기만 하는 종아리 살에 유난히 민감했던 바야흐로 인생의 꽃, 열일곱 살 사춘기. 일명 꽃띠 시절 때부터였다. 그때까지만 해도 니름대로 공부벌레라는 소리를 들으며 착실한 모범생의 길을 묵묵히 가고 있던 나에게 그 사건은 그야말로 충격이었다.

"무슨 일이야?"

“네? 아, 네. 저…….”

별빛 총총한 늦겨울 밤 푸르스름한 달빛 아래, 나는 근 이 년여 동안이나 짝사랑해 온 학교 선배, 김태호 앞에 서서 떨리는 마음을 진정시키기 위해 애를 쓰고 있었다.

그날은 2월 14일, 밸런타인데이. 세상의 모든 여자들이 사랑하는 이에게 초콜릿을 만들어 사랑을 고백하는 날이었다. 나도 전날, 감기는 눈을 비벼가며 밤을 샜다. 오로지 태호 선배를 향한 마음 하나로, 수줍음 때문에 묻어놓고 있었던 연정을 꺼내 보여주고픈 열망, 그거 하나로 말이다.

하지만 세상일이라는 게 어디 그리 만만한가? 태호 오빠 앞에 딱 서는 순간, 나는 내가 벙어리 삼룡이가 되어버린 줄 알았다. 입이 떨어지지 않는 거다. 고백은커녕 달달 떨리는 두 다리로 서 있기조차 힘이 들었다.

“할 말 있다고 하지 않았니?”

“예.”

“나, 약속있거든? 지금 출발해야 해.”

손목을 들어 시간을 확인하며 태호는 나를 재촉했다. 평소 내 성격답지 않게 미적거리는 게 마음에 들지 않는 듯 짜증이 역력한 태도였다. 그렇지 않아도 고백에 서투른 나는 시간 제한이라는 압박까지 겹치자 더욱 초조해졌다. 과연 기나긴 이 년의 짝사랑에 종지부를 찍을 수 있을까, 하는 불안감이 초조한 입술을 더욱 내리누르고 있는 듯했다.

학교 농구팀의 주장이며 학생회장으로 주가를 올리고 있는 태호 선배는 한때 유행했던 해외 시트콤의 '테오'처럼 산부인과 의사인 아버지와 변호사인 어머니를 둔, 그야말로 킹카 중의 킹카였다. 훤칠한 키로 땀에 절인 운동복에 머리카락을 휘날리는 그를 보는 것은 사춘기 시절, 나의 유일한 낙이었다. 그런 그가 늘 두터운 안경으로 얼굴을 가리고 있는 나를 여기까지 만나러 나왔다는 것은 상당히 고무적인 일이 아닐 수 없었다.

"할 말 없으면 나, 간다."

"아니, 저…… 오, 오빠! 나, 사실은 오빠 좋아……."

좋아해요.

그렇다. 그날, 그 순간, 내가 하고 싶었던 말은 '좋아한다'는 단 한 마디뿐이었다. 새벽잠까지 설쳐 가며 정성껏 만든 초콜릿을 고백과 함께 짠! 펼쳐 보였을 때, 환하게 웃는 태호의 표정을 보는 것뿐. 내가 원했던 건 단지 그뿐이었다. 난 가슴이 설레는 것을 느꼈다. 그리고 못다 한 고백을 마저 끝내기 위해 바닥을 기고 있는 용기를 쥐어짰다.

"오빠, 나……."

"오빠! 여기서 뭐 해?"

하지만 입을 벌려 그토록 염원했던 말을 흘려보내기 직전 고백의 말은 자취도 없이 사라지고 말았다. 카랑카랑, 자신만만한 여자의 목소리에 묻혀 버린 거다. 반사적으로 난 소리나는 곳을 향해 고개를 틀었다.

전지현이 울고 갈 만큼 자그르르한 머릿결에 170㎝를 훌쩍 넘기는 팔등신 미인. 밋밋한 나와는 정반대로 들어갈 데 들어가고 나올 데 나온 쭉쭉빵빵 매력녀. 독일에서 태어나 열세 살 때까지 프랑크푸르트에서 살았다는 이력 때문인지, 흡사 칼라 렌즈를 낀 것처럼 신비로운 눈빛에 짙은 갈색의 눈동자를 한, 다분히 이국적인 매력이 철철 흘러넘치는 아이. 그래서 일대 남자아이들의 관심을 한 몸에 받고 있는 퀸카 중에 왕퀸카. 게다가 만날 노는 것 같은데도 불구하고 전교 10등을 놓치지 않는 우등생인 그녀는?

그 이름도 찬란한 김희주였다.

"김희주, 네가 여기 웬일이냐?"

"뭐야? 휘리까지 있네. 오빠, 잠깐 만난다는 사람이 얘였어?"

"응, 휘리가 나한테 할 말이 있다고 해서. 그런데 넌 뭐 하러 왔어? 그냥 기다리고 있으라니까."

"기다리기 짜증나서 그랬지. 근데, 얘랑 할 말이 뭐야? 꼭 따로 이렇게 불러서 은밀히 해야 하는 말이야?"

뭐지, 이게? 설마…… 아까 태호가 말했던 약속이 희주와의 약속? 아니, 왜?

"설마 초콜릿 주려고?"

"아, 아니야. 그런 거."

뭐라고 하리오? 지휘리, 십칠 년 인생 처음으로 할 말을 잃은 순간이었다. 난 우물쭈물 상황을 모면하기 위해 이리저리 눈을 돌리다 순간 떠오른 궁금증에 조심스럽게 물었다.

"그런데 둘은 어떻게 아는 사이야?"

"몰랐니? 우리 지난 주부터 사귀고 있어. 웬만한 애들은 다 아는 사실인데."

순간, 난 그 자리에서 얼어붙고 말았다. 태호 오빠를 좋아한 지 이 년. 내가 중학교 다닐 때 같은 동네로 이사해 온 태호 오빠는 처음 봤을 때부터 지금까지 쭉 나만의 왕자님이었다. 모든 남자들이 자신을 좋아하고 있다는 큰 착각 속에 사는 희주보다 오빠를 더 많이 좋아했고 더 먼저 좋아했었다. 우선권이란 게 있다면 그건 당연히 지휘리, 내 것이었다.

한데! 한데, 이게 뭔가? 이게 무슨 날벼락인가!

"아, 그랬구나! 축하해. 축하해요, 오빠."

썩어 문드러지는 속내를 감추며 난 웃었다. 당시 내가 할 수 있는 일은 뒤춤에 숨겨져 있는 초콜릿이 발각되지 않기만을 기도하는 일뿐이었다.

"고맙다. 근데 나한테 하고 싶다는 말이 뭐니?"

"응?"

난 두터운 안경 너머로 동그란 눈을 부릅떴다. 때문에 한 치의 오차도 없이 줄을 맞춘 듯 반듯하게 자른 앞머리 밑으로 석 삼(三)자 모양으로 깊은 골이 졌다. 내 속마음을 다 눈치챈 듯한 눈초리로 바라보는 희주의 시선이 찌릿찌릿 느껴졌다. 난 마른침을 고통스럽게 집어삼켰다.

“아, 아! 그거요? 별거 아니에요. 신경 쓰지 마세요, 오빠. 바쁜 것 같은데 어서 가세요.”

“아까는 중요하다고 했잖아.”

“진짜 아니에요. 걱정 마세요. 어서 가보세요.”

제발, 이 눈치없는 인간아! 어서 가버리라고! 난 속으로 절규했다.

“그래? 그럼 뭐.”

“오빠, 먼저 가. 난 휘리한테 해야 할 말이 생각났어. 얘기 좀 하고 곧 갈게.”

싱긋 불길한 웃음을 짓더니 희주가 말했다.

“그래? 그럼 끝내고 와. 휘리, 다음에 보자!”

“으, 응.”

몇 날 며칠을 벼르고 별렀던 오늘이었건만 고백은 고사하고 다른 여자와 사귄다는 비보(悲報)만 전해 들은 격이 돼 나의 심정은 억장이 무너지고 있었다. 하지만 태호 선배는 내 심정이 어떨지는 전혀 상관하지 않는 듯 흡사 말 잘 듣는 강아지처럼 살랑살랑 꼬리를 흔들며 자리를 떠버렸다.

“태호 오빠 좋아하는구나? 그렇지?”

태호가 자리를 뜨자마자 희주는 오만한 턱을 치켜들었다.

“왜 남았는지 용건만 간단히 얘기해. 너, 나한테 할 얘기 있어?”

나는 전혀 기죽지 않은 얼굴로 대거리해 주었다. 제아무리 잘난 아이 앞이라도 난 절대 기죽을 아이가 아니었으니까. 지금이나 그때나 난 이 '깡' 빼면 시체인 아이였다.

"할 얘기라기보다 경고에 가깝지."

하지만 희주 역시 너무도 당당했다. 고지를 먼저 점령한 듯 그녀의 얼굴에 승리의 빛이 완연했다. 난 희주에게 패잔병의 쓸쓸한 뒷모습을 보여주어 그녀가 의기양양해질 기회를 결코 주지 않으리라, 다시 한 번 다짐했다.

"경고라니, 무슨 경고?"

"태호 오빠한테 접근하지 마."

"뭐?"

"김태호, 적어도 한 달 동안은 내 거야. 그러니까 당분간은 그 시답잖은 고백으로 태호 오빠 정신 산란하게 하지 말았으면 좋겠어."

"시답잖은…… 고백?"

시답잖은 고백이라니! 이 얼마나 오만하고 건방진 말인가! 어처구니가 없어서 말이 안 나왔다. 아무리 지가 집안 좋아, 공부도 잘해, 학교 선생님들의 귀여움을 독차지한다고 하지만, 김희주가 안하무인에 공주병 환자라는 걸 온 전교생이 다 아는 사실이라고는 하지만 말이다! 아무리 그래도 이건 아니다. 지가 뭔데 나의 고백이 시답잖다라는 건가. 김태호 마누라라도 되나?

"한 달이야. 그 이후엔 네가 무슨 짓을 해도 상관 안 해. 아니, 운이 좋으면 한 달까지 가지도 않겠네. 태호 오빠가 사람은 좋은데 싫증나는 구석이 좀 있거든."

"싫증이 난다고?"

이건 또 무슨 개풀 뜯어먹는 소린가. 싫증이 난다고? 태호 오빠가?

"넌 모르겠지만 태호 오빠, 사람을 귀찮게 하는 경향이 있어. 쿨하질 못하더라고. 난 서로를 구속하는 건 정말 싫거든. 하여튼 사람이 약간 구식이야. 그런 사람은 쉽게 싫증나는 법이지. 지금은 아니지만 조만간, 빠른 시일 내에 태호 오빠가 귀찮아질 것 같아. 나도 그때가 되면 네가 태호 오빠를 유혹하든 말든 상관하지 않겠어. 그러니 너도 그때까진 기다려 줬으면 해. 뭐, 오빠가 내 남자 친구로 있는 한 네 유혹에 흔들리는 일은 없을 테지만."

"뭐라고?"

지랄! 터진 입이라고 말은 잘한다. 난 속으로 빈정대며 두꺼운 안경 너머로 따분함이 휩쓸고 간 희주의 면상을 노려보았다.

"충고 하나 할까? 예쁘지 않으면 덤비지 마."

잘난 체! 예쁘다고 대놓고 으스대는 꼴이라니! 나는 부르르 울분이 솟구치는 걸 느꼈다.

"너 말 다 했냐?"

"다 못했지만 널 봐서 그만 할게. 충격이 좀 큰 것 같은데 들어가서 좀 쉬어라."

"뭐, 뭐야? 야!"

“그럼 난 바빠서 이만. 잘 가라.”

고양이 쥐 생각하는 거냐? 충격이 클 테니 들어가서 쉬라고? 기가 막히고 코가 막혀서 난 심하게 당겨오는 뒤통수를 쥐어뜯었다. 아! 그런데도 아무 죄책감 없이 당당히 걸어가는 희주의 뻔뻔스러운 뒷모습이란!

“저, 저……!”

숨이 헐떡거려 말이 안 나왔다. 팔등신으로 쫙 빠진 희주의 뒷모습만 손가락질해 댈 뿐이었다. 만약 지금 그런 일을 당했더라면 가만있지 않았을 것을, 그때는 정말 바보처럼 버벅거리기만 했다. 쫓아가 확 머리채라도 낚아버렸어야 했는데, 분하고 화가 나 그 자리에서 팔짝팔짝 뛰기만 열댓 번은 더했을 것이다.

그 후로 정확히 한 달 만에, 김희주는 태호 오빠를 차버렸다. 그리하여 비로소 오빠의 마음을 사로잡을 기회를 가지게 됐음에도 불구하고 난 그를 완전히 외면했다. 가슴이 쓰렸지만 난 오빠를 똑바로 바라보는 것조차 할 수가 없었다. 그때는 그것만이 무너진 자존심을 회복하는 길이라고 생각했다. 외모지상주의를 경멸하고 혐오하는 것이 희주를 이기는 길이라고 생각했다.

하지만 그건 오늘날 전혀 다른 결과를 초래하기에 이르렀다. 왜냐하면…… 난 지금까지도 그 분에 찬 심정을 잊지 못하고 있으니까 말이다.

난 왜 예쁘지 않은 건가, 난 왜 키가 작은 건가, 난 왜!

그때부터 시작된 이 '난 왜……' 라는 문장이 십칠 년 내 인생의 버팀목이 되어준 자존심과 예기를 완전히 꺾어버렸다. 김희주는 지휘리 인생에 씻을 수 없는 상처로 자리하게 되었고 작은 키와 땅땅한 몸매는 아직까지도 내 콤플렉스가 되고 있었다.

무엇보다 김희주는 유령이었다. 내 인생의 어두운 곳만 파고 들어 나를 괴롭히는 유령.

인생은 정말 아름다운 것일까?

제 1 장

'탄소주방'은 열 평 남짓의 비교적 작은 규모의 가게다. 검은색 원목과 간접 조명등으로 실내는 편안한 느낌이 지배적이었고 작은 평수임에도 이원화된 공간으로 인해 넓어 보이는 장점이 있다. 특히나 답답한 칸막이를 걷어내고 설치한 발은 깨나 기발한 아이디어다. 소형 주점의 확장성과 개방성의 한계를 극복하면서도 손님 개인의 프라이버시 보호 측면까지 단번에 해결하고 거기에 전통적인 느낌까지 더해 상당히 분위기있어 뵌다.

오픈한 지 채 일주일도 되지 않은 이 소주방 한구석에서 휘리는 소주잔을 기울이고 있다. 안 그래도 집안 문제로 머리가 깨질 것 같은데 남자 문제까지 겹치고 나니 살맛이 안 났다. 살고 싶진 않은데, 소녀가장 주제에 마음대로 죽을 수도 없고. 에라! 정신 잃고 쓰러져 보기라도 하자, 하는 심정이었다.


"나, 은재 씨랑 사귀기로 했어. 청혼하더라. 결혼은 시간을 두고 신중히 생각하자고 했어."


희주의 기고만장한 목소리가 주말 한산한 소주방 구석을 댕댕 울렸다. 입맛이 씁쓸해졌다. 극도의 자기연민이 처참하고 처량한 그녀의 기분을 더욱 짓밟았다.

나이 스물일곱. 좋은 대학, 좋은 대학원, 철학과 석사 과정 밟다 집안 사정으로 때려치운 지 어언 일 년 반. 아마추어 소설가 모임, [러블리]의 회원이자 몇 년 전 입단한 극단 [매그너스]의 단역 배우. 일 년 반 전, 갑작스런 병환으로 쓰러진 아버지를 대신해 심부름 센터, [떴다 심부름]을 맡아 경영하기 시작한 햇병아리 경영주(?)이자 집안의 소녀가장이다.

아! 주워섬기기도 힘겨운 타이틀들. 스물일곱 짧은 생애에 그녀만큼 다양한 직업을 가진 이도 아마 드물 것이다. 파란만장하기도 하지. 그러나 무엇보다도 파란만장한 것은 바로 남자 문제다.

지휘리를 거쳐 간 남자는 정말로 수도 없이 많다. 꽃미남에서부터 근육맨까지. 항간에 그녀의 짝사랑 리스트를 거치지 않은 남자는 진정한 남자가 아니란 말이 나돌 정도였다. 그리고 바로 오늘, 그녀가 초라한 소주방 한쪽 구석에 자리를 잡고 처량한 소주잔을 기울이는 이유도 바로 이 남자 문제다. 비록 술에 약한 체질 탓에 소주 한 잔과 사이다 한 병을 믹스한 것에 불과하지만, 마시고 취할 수 있으니 그건 상관없다. 당면한 문제를 모두 잊는 데에 아직까지 소주만한 걸 발견치 못한 그녀다.

"누나! 뭐 그런 것 가지고 고민을 하고 그래. 정히 뭣하면 내가 가줄게."

"뭐? 흥! 너 데리고 가면 웃음거리밖에 안 돼, 인마."

"내가 어디가 어때서? 한 살 차이지만 그래도 연하잖아. 연하 데리고 가면 다들 누나를 달리 볼 거라고. 능력 좋다고 여길 거 아니야."

"연하, 다 필요없어! 잘생겨야 한단 말이야."

"윽! 내가 못생겼다는 소리군."

현우는 비수가 꽂힌 가슴을 쥐고 쓰러지는 시늉을 했다. 썩 미남이라고는 할 수 없으나 웃을 때는 꽤 귀염성이 있는 녀석은 영화배우 류승범을 닮았다. 대학 시절 연극 동아리에서 처음 알게 된 현우는 컴퓨터공학을 전공했지만 졸업 후 진로를 달리한 녀석이다. 'C++와 C#의 무차별 공습에 좌절했다'는 말을 입에 달고 다니는 놈의 적성은 역시나 사무실 업무와는 거리가 먼 듯하다. 소주방 개업 후 확실히 표정이 활짝 갠 걸 보면.

"사람들이 깜짝 놀랄 정도로 괜찮은 남자여야 한다고. 그냥 그럭저럭 쓸 만한 놈이 아니라 울트라 캡숑 나이스 짱이어야 한단 말이야!”

“거기에 돈까지 있으면 더 좋겠군?”

“그래! 바로 그거지. 남들 보기에 전혀 꿀리지 않아야 해. 최고의 완벽남이어야 한다고.”

반쯤 감긴 눈으로 중얼거리고는 휘리는 자신의 멀끔한 옷차림을 내려다보았다. 피휴! 한숨만 나왔다. 하나밖에 없는 하이힐에 거금을 들여 사 입은 정장. 모든 건 완벽했다. 옆구리에 멋진 남자 친구 한 명만 걸치고 있다면 더 바랄 게 없을 텐데. 휘리는 자신의 처량한 신세를 한탄하며 소주잔을 틀어쥐었다. 뽀드득! 매끄러운 유리잔이 손바닥에 밀려 비명 소리를 낸다.

“근데 꼭 그래야만 해? 꼭 그렇게 사람들한테 보여줘야 속이 시원하겠어? 사실 나 같으면 그냥 축하해 주겠다. 아무리 좋아하던 남자라지만 상대가 친구잖아. 그것도 십년지기. 그런 친구랑 좋아하는 사이가 됐다면 그냥 두 사람 잘되게 빌어주는 것도 괜찮잖아. 응?”

“네가 뭘 알아, 인마! 걔랑 나랑 그냥 친구인 줄 알아?!”

“그냥 친구가 아니야? 그럼 무슨 친구인데?”

“아, 됐어. 넌 몰라도 돼.”

“에이, 누나!”

“알아서 뭐 하려고. 네가 나 도와줄 것도 아니잖아.”

별로 들추고 싶지 않은 과거사를 자꾸만 캐묻는 현우를 휘리는 찌릿 노려보았다. 그래 봤자 유독 동그란 눈매 때문에 하나도 무섭지 않건만, 그래서 보고 있으면 오히려 웃음만 터지는 눈이건만 정작 본인은 그걸 잘 모른다. 남들처럼 인상 팍 쓰고 눈 부릅뜨면 자신도 무서워지는 줄 착각하고 있다.

"왜? 누가 알아? 내가 섭외해 줄지? 이래 뵈도 나 꽤 발 넓어. 아는 형들 중에 괜찮은 사람 많다고."

"그 사람들은 할 일이 없다니? 한가하게 내 부탁이나 들어주게. 그리고 세 시간이야. 세 시간 뒤면 모임인데 언제 섭외를 해? 다 틀렸지."

"그거야 모르는 거지."

저 근거없는 자신감. 현우 녀석의 특징이다. 절대 믿으면 낭패 보는 블랙홀이다.

"됐어, 다 끝났어. 그냥 안 갈래. 어차피 박 이사님 좋아하는 애들 나 말고도 많아. 나 같은 거, 참석하든 안 하든 신경도 안 쓸 거야."

소주잔에서 찰랑거리는 말간 액체를 털어 넣으며 휘리는 중얼거렸다. 마치 자신을 향한 다짐처럼 음성에는 다부진 각오가 남겨 있었다. 그깟 남자 빨리 잊어버리고 말겠다는.

"크윽! 좋다!"

"그만 먹어. 또 취하겠다."

연신 액체를 들이키는 휘리가 걱정스러운 듯 현우는 휘리의 팔을 흔들었다. 대여섯 잔을 연거푸 마시고 나니 정말 정신이

알딸딸해지는 것 같았다. 머리가 어질어질해지고 눈알이 핑글
핑글 도는 것이 아무래도 취하려는 게 아닐까 싶었다.

"난 왜 이렇게 일이 안 풀릴까? 사주라도 봐볼까?"

"누나 집안 가톨릭이잖아."

"답답해서 하는 소리다, 인마. 까불기는."

건방지게 나불대는 놈의 입을 치려고 붕! 팔을 휘저었다. 팔
다리에 힘이 쭉 빠져 있는 탓에 느리게 휘두른 팔은 퍽! 소리를
내며 탁자 위로 떨어졌다. 목표물은 명중…… 은커녕 희희낙락
히죽거리고 있었고.

"미치겠네, 벌써 취했냐? 겨우 고것 먹고? 참나!"

"주둥이 닥쳐, 자식아. 네가 뭘 안다고. 부족한 거 없이 큰 주
제에 네가 뭘 알아? 네가 내 심정을 알아? 돈 없는 것도 서러운
데 못나기까지 해서 허구한 날 헛물만 켜는 내 심정을 아냐고!"

풀린 혀로 휘리가 힘없이 중얼거렸다. 취기가 살짝 올라오는
듯했다. 이제 슬슬 취하기 시작하는구나. 더 먹어야지. 더, 더.
떡이 되도록 취해 인사불성이 되어야지. 그래서 있는 시름 다
떨쳐 버려야지. 주문을 외듯 속으로 웅얼거리는 그녀는 이제 거
의 새까만 수면의 늪으로 빠지기 직전이다. 간신히 꾸벅꾸벅 고
개를 떨어뜨리지 않고 버티고 있는 게 용할 따름이었다.

바로 그때였다.

"김현우."

부드럽고 깊은, 낮으면서도 경쾌한 목소리. 제법 시끄러운 멜

로디를 뚫고, 적막강산이 따로 없는 그녀의 싸늘한 마음을 싱숭
생숭 헤집는 이가 있었다.

"어? 형 왔어? 바쁘다면서 어떻게 왔어?"

"누구 명령이라고 안 와?"

"헤헤! 하긴 오늘도 안 왔으면 내가 형 가만 안 두려고 했다."

"손님은? 한산하네?"

"시간이 손님 있을 시간이 아니잖아. 그리고 오픈한 지 얼마
안 돼서 그다지 바쁘지도 않고. 그냥 그럭저럭 둘이 할 만해."

"아르바이트생 쓰는 거지?"

누굴까? 음성이 꽤나 고급스럽다. 성우보다도 더 독특한 음
색이었다. 목에 힘이 들어가지 않은 듯 억양도 매끄러웠다. 이
런 종류의 목소린 극단 생활이 무려 사 년인 그녀조차 처음 듣
는 것이었다. 아! 좋다, 너무 좋다. 저런 목소리를 가진 사람은
어떤 남자일까? 문득 목소리의 주인공을 보고 싶은 충동이 치솟
았다.

'주책없기도 하지. 외간 남자의 생김새는 왜 궁금해하고 그런
담. 보면 뭐 한다고.'

하지만 호기심은 호기심의 도를 넘어서고 있었나. 꾸물꾸물
몸속을 쳐들어와 그녀의 허리를 일으켜 세운 것이다. 칸막이 사
이로 드리워진 진갈색 발 틈새로 훤칠한 남자의 옆모습이 눈에
들어왔다.

"그런데 형은 여전히 바쁜 모양이네."

“조금.”

남자는 현우가 내어준 바텐체어 앞에 엉덩이를 걸치고 앉았다.

‘엉덩이조차 섹시하군. 도대체 저 남자 정체가 뭐지? 현우의 형?’

현우한테 형이 있었던가? 땅 부잣집 외동아들이라고 했던 것 같은데……. 휘리는 세련되지 못한 눈썹을 적나라하게 꿈틀거렸다. 취기가 올라오는 것이, 아무래도 마신 탄산가스의 양이 그 한도를 넘어서 버린 것 같았다. 덕분에 뭔가에 집중하는 게 쉽지가 않았다.

“조금은 무슨. 또 프로젝트인지 뭔지 진행시키고 있는 거겠지. 아니면 기술 개발 따위에 목숨을 걸고 있든지. 그놈의 컴퓨터는 뭐가 그렇게 좋아? 지겹지도 않아? 벌써 형 나이가 서른셋이야. 십 년 가까이 여자 보기를 돌같이 하고 얻은 게 뭐가 있어?”

“그만 해라. 너한테까지 그런 잔소리 듣고 싶지 않다.”

“형한텐 모험이 필요하다고. 잠자고, 밥 먹고, 일하고, 다시 잠자고. 그게 뭐야? 다람쥐 쳇바퀴처럼 매일매일 똑같이. 심심하지도 않아?”

“불행히도 아직은.”

“문제야, 아무튼. 뭐 마실래? 요리는 안 되고 술은 내가 얼마든지 줄 수 있다.”

점점 그녀의 청력은 그 능력을 다하고 있었다. 희미해지는 목소리. 맥이 풀린 몸이 퍽! 둔탁한 소리를 내며 무겁게 떨어졌다. 탁자 위에 덩그러니 서 있던 소주병이 무색의 액체를 콸콸 쏟아내며 쓰러졌다.

우당탕!

나무 탁자에 유리 부딪치는 소리가 텅 빈 가게에 메아리쳤다. 오래간만에 만난 선배를 맞이하고 있던 현우는 깜짝 놀라 소리 나는 쪽을 돌아보았다. 역시나 지휘리, 또 쓰러졌다. 부글부글, 지글거리며 거품을 만들어내는 액체가 아무렇게나 헝클어진 휘리의 머리카락을 위협하며 흘러내리고 있었다.

"누나!"

현우는 후다닥 달려들어 쓰러진 소주병을 일으켜 세웠다. 말 만한 여자가 아무 데서나 픽픽 쓰러지고. 완고하기 이를 데 없는 그의 할아버지가 이 광경을 봤다면, 세상 참 말세라는 소리를 연발하셨을 것이다. 현우는 달짝지근한 액체에 머리카락이 젖는 줄도 모르고 여전히 탁자에 고개를 처박고 있는 휘리를 내려다보며 쯧쯧 혀를 찼다.

"내가 미친다, 진짜! 왜 이러냐! 살기 싫냐?"

"누구?"

언제 왔는지 그새 선배가 다가와 현우 옆에 섰다.

"학교 선배. 그 왜 있잖아, 이 몸이 잠시 몸담았던 연극 동아리."

“[햄릿] 말하는 거냐?”

“오! 머리 좋은 사람은 기억력도 좋나 봐. 맞아, 거기.”

“동아리 선배야?”

“엉. 선배는 선배인데 철딱서니없는 철부지 선배지. 휴!”

새삼스레 가슴이 답답해져 현우는 땅이 꺼져라 한숨을 내쉬었다. 동아리 활동을 하면서 알게 된 지휘리는 괴짜 같은 구석이 있는 현우를 가장 잘 이해해 주는 이 중 하나였다. 힘들게 들어간 대학, 전도유망한 학과를 포기하고 포장마차 끌면서 장사나 하겠다는 그를 전폭적으로 지지해 준 이도 바로 휘리였다. 그녀가 아니었다면 아마 지금의 현우는 없었을 것이다. 포장마차에 인생을 걸겠다는 그를 온전한 정신으로 보았던 이는 그 당시 한 명도 없었으니까. 심지어 그의 부모조차도 그를 미친놈 취급했던 게 사실이니까 말이다.

“많이 취했네.”

“그러게. 그렇게 먹지 말라고 말렸는데 막무가내네. 하긴 괴로운 일엔 ‘필름 끊어먹기’가 왔다지. 어, 형! 저쪽 뒤에 걸레 있어. 좀 갖다 줄래? 여기 좀 닦아야겠다.”

“응. 잠깐.”

현우는 탁자 위에 엎드린 휘리의 머리카락을 들어올렸다. 그의 손에 붙들린 머리카락에서 뚝뚝, 흰 액체가 떨어졌다. 찝찝함이 확 밀려들어 표정이 절로 일그러졌다.

“으웩!”

아무리 체질이 약하다지만 어떻게 이걸 먹고도 이리 인사불성이 될 수가 있을까? 참으로 불가사의다. 하긴 그녀는 일부러 취하려고 현우를 찾아온 것 같긴 하다. 그러니까 그녀는 어쩌면 그 모임에 참석하고 싶지 않아서 일부러 취해 버린 건지도 몰랐다.

"여기 이거 말이냐?"

갑작스런 목소리에 현우는 깜짝 놀랐다. 서준은 벌써 주방 뒤편 비품실에 있는 걸레를 들고 나와 현우의 뒤편에 서 있었다. 덩치도 큰 사람이 행동은 어찌나 잽싼지. 본래 별 표정이 없고 조용하게 움직이는 사람인지라 가끔 이렇게 상대방을 놀라게 할 때가 많다.

"응? 응! 고마워. 아휴. 간만에 찾아왔는데 이런 꼴사나운 모습 보여서 미안. 이 누나가 원래 좀 이렇게 대책없어."

걸레를 받아 든 현우는 탁자를 닦기 시작했다.

"무슨 일 있는 모양이다."

"이 누나는 일이 없을 때가 없지. 학교 다닐 때도 유명했어. 하루라도 멀쩡히 지나가는 날이 없었거든. 그래서 '사고뭉치 지휘리'라는 꼬리표를 학창 시절 내내 달고 다녔다고 하더라고. 근데 그런 전적이 나이 먹는다고 어딜 가나? 요샌 좀 뜸하다 했더니 오늘 또 문젯거리를 잔뜩 안고 날 찾아왔지 뭐야. 아무튼 이런 것도 재주야."

"그렇네."

말을 어찌나 아끼는지! 그의 대학 시절 과 선배 중 현재 가장 잘나가는 이 사나이, 한서준의 가장 큰 장점이자 단점이 바로 이 과묵함이다. 분명 언행이 신중하다는 점은 사업이나 사회생활에 플러스 요인이다. 그러나 바로 그 점 때문에 그의 인생은 무료함, 그 자체다. 도대체 그가 무슨 재미로 사는지 현우로선 알 길이 없다.

"그러고 보니 형과는 영 딴판이네. 두 사람을 섞어서 정확히 반으로 갈라놓으면 좋겠구먼."

"뭐가 고민이래?"

혼잣말처럼 중얼거리는 현우에게 서준이 물었다. 그 말투가 지나가는 말처럼 심히 가벼웠기에 현우는 다시 걸레질에 전념했다.

"근사한 남자 하나가 필요하다나, 어쩐다나? 여자들은 참 알다가도 모를 일이야. 왜 그런 걸로 경쟁을 하는지 모르겠어. 자기가 사귀는 사람이 잘생기면 어떻고 못생기면 어때? 겉모습이 중요하나? 그게 꼭 행복의 척도는 아니잖아. 안 그래?"

"그건 그렇지."

"남자 친구 없다고 기죽는 건 또 뭐야? 모임에 솔로로 왔다고 누가 흉보나?"

"자격지심이겠지."

"아무리 그래도 그렇지. 없는 애인을 어떻게 구해서 가겠다는 거야? 잘생겨야 한다면서, 돈도 많아야 하고. 내 참, 기가 막혀서! 지금 당장 어디서 그런 남자를 구해……."

현우가 하던 말을 중단했다. 열심히 움직여 탁자에 흥건하게 고인 액체를 닦아내던 팔도 함께 멈추었다. 그의 머리 위로 번쩍! 형광등이 켜지면서 기발한 아이디어가 스치고 지나간 것이다.

이거야말로 대박 아닌가! 현우는 재빨리 고개를 들어 키 큰 서준을 올려다보았다.

"완벽해!"

한서준.

스물다섯 청년의 나이에 소프트웨어 하나로 떼돈을 번 그는 현재 한국을 대표하는 벤처기업인이다. 물론 생긴 것 역시 괜찮다. 아니, 오히려 괜찮다는 표현이 무색할 정도로 준수하다. 특히 쌍꺼풀 없이도 부리부리한 눈이나 수술이 의심스러울 만큼 날카로운 콧날, 남자가 봐도 죽여주게 멋진 턱 선은 여자들이 껌뻑 넘어갈 정도다. 게다가 성격은 또 얼마나 좋은가? 화도 안 내지, 소리도 안 지르지, 천생 그는 선비 스타일이다. 좀 무드가 없어서 탈이긴 하지만 그건 이번 일에 전혀 무관한 일이고.

'일단 급한 대로 땜빵은 가능하다! 오예!'

속으로 쾌재를 부르며 현우는 여전히 멀뚱히 자신을 내려다보고 있는 서준을 향해 생긋 웃었다.

"형! 요즘도 돈 잘 벌지?"

"돈?"

“그래, 잘 벌잖아. 얼마 전에 차도 바꿨더구만. 맞지?”

“뭐 갖고 싶은 거 있냐?”

얼굴을 찡그리며 서준이 묻는다.

“아니.”

“그럼?”

“이 동생이 형에게 봉사의 기회를 줄까 하고.”

“봉사의 기회?”

“응, 돈도 많이 벌었으니 사회에 환원해야 할 것 아니야.”

“하고 싶은 말이 뭐야?”

순진한 한서준. 웬 뜬금없는 소리냐는 얼굴로 현우를 뚫어져라 바라보는 중이다. 순간, 현우는 명쾌하게 결론을 내려 버렸다. 휘리와 서준은 앞으로 필수 불가결한 관계가 될 것임이 분명하다고.

“형이 이 누나 파트너가 돼주는 거야.”

“뭐라고?”

서준은 물었다. 후배, 현우가 하는 말의 의미를 자신이 정확히 파악했는지가 의심스러웠다.

“휘리 누나 말이야, 좀 덜렁대고 가끔 터프하기도 하지만 대체적으론 온순한 편이야. 여성적인 면이 쪼금, 아주 쪼금 떨어지지. 근데 얌전한 척하면서 뒤로 호박씨 까는 내숭들보단 나아. 의외로 귀여운 구석도 많고.”

당최 이게 무슨 소린지. 어울리지 않게 생글거리는 현우에게

서준은 다시 물었다.

"휘리? 네 선배라는 이 여자 분?"

"이 누나 빼고 여기 누가 있다고 자꾸 물어? 이 누나 말이야. 지휘리! 휘리 누나의 파트너가 되어달라고, 오늘밤."

"내가 왜?"

너무나 당연한 말이지만, 왜 자신이 그래야만 하는지 서준은 그 이유를 아직 몰랐다. 만난 지 오 분도 채 안 된 여자와 파티에 동행을 하라니. 그것도 오늘밤! 녀석이 과연 제정신으로 꺼낸 소리일까? 서준은 이보다 황당한 소리는 지금껏 들어본 적이 없었다.

그는 평범한 가정에서 지극히 평범하게 자라왔다. 물론 고등학교 때부터 각종 프로그램 공모전에서 상을 휩쓸고 이십대 초반에 벌써 장영실상을 수상했던 그가 평범한 인생을 살아왔다는 말은 결코 아니다. 컴퓨터공학 분야의 천재로 불리며 세간의 주목을 받고 지금의 청년 실업가의 면모를 갖추게 될 때까지 그는 분명 선택받은 인생을 살아왔다. 하지만 그럼에도 그는 평범한 사람이다. 평범한 생활패턴에 익숙해 있고 평범한 사고방식에 젖어 있다. 그런 서준의 귀에 현우가 주겠다는 기회는 미친 짓으로 들렸다.

서준은 저도 모르게 눈을 내리깔고 여자를 내려다보았다. 부끄러운 줄 모르고 식탁 위에 널브러져 있는 여자는 어깨까지 내려오는 중간 길이의 생머리를 아무렇게나 질끈 묶은 채였다. 자연스럽게 귀 앞으로 흘러나온 몇 가닥의 머리카락이 어지럽게 식탁 위를 굴러다니다 지글지글 요란한 거품 소리를 내며 흐르는 말간 액체에 젖어 있었다.

'가만, 소주가 왜 이래?

소주에 탄산 거품이 있을 리 만무다. 소주병에 맥주를 탔을 리도 없다. 분명 액체는 색깔이 없으니까. 사이다인가? 하지만 여자는 취하질 않았는가? 그럼 백포도주인가? 아니면…….

"네 가게에선 샴페인도 팔아?"

"샴페인? 아! 이거?"

현우는 재미있다는 듯 낄낄거렸다. 서준은 찜찜한 기분으로 구기고 있던 인상에 더욱 힘을 줄 뿐이었다.

"이게 뭔 줄 알아? 사이다야."

"사이다? 사이다를 왜 소주병에 넣어 마셔?"

"이 누나, 특이체질이라 소주 한 잔이면 꼭지가 삥 돌거든. 알코올은 거의 못 마셔. 학교 다닐 때도 몇 번 쓰러졌었다. 으휴, 처음 쓰러졌을 때 업고 뛴 일을 생각하면 지금도 등골이 오싹해. 뭣도 모르고 사발에다 소주를 콸콸 부어줬지 뭐야. 그거 먹더니 픽. 알지? 아무튼 그래서 내가 그때 고안해 냈지. 소주 찔끔에 사이다를 몽땅 섞는 거. 그럼 진짜 술 먹는 기분도 나고 술도 빨리 안 취하고 일석이조지. 지금도 고민 있을 때면 늘 우리집을 찾아와서 이렇게 마셔."

"술을 안 마시면 되잖아."

"그러게, 내 말이. 근데 이 누나가 또 술 마시고 어울리는 자리를 엄청 좋아해. 수업은 빠져도 술 마시는 데는 꼭 나타나서 출석 체크를 했다니까. 그러니까 내가 이런 찌질한 방법까지 만들어냈지."

"특이한 여자로군."

"그럼, 특이하지! 특이하니까 형한테 꼭 필요한 사람이란 말이야. 그래서 하는 말인데."

"그 파티 얘길 다시 꺼내려는 모양인데 이제 그만 해라. 농담도 그쯤 하면 재미없어."

서준은 몸을 틀어 성큼성큼 그 자리를 벗어났다. 현우가 또 헛소리를 늘어놓기 전에 자리를 뜰 요량이었다. 상식적으로 이해될 수 없는 소리는 더 이상 들을 이유가 없었다.

"형! 형은 지금 인생에 있어서 가장 중요한 기로에 서 있어. 나중에 후회할 거란 말이야. 이 기회를 잡아서 그 따분한 일벌레란 이미지를 벗어버려야 한다고. 안 그럼 아무리 형이라도 총각귀신으로 늙어죽을 거야."

"그만 하지 그러냐."

"솔직히 이런 말을 대놓고 말하긴 뭐하지만, 형이 왜 여자들한테 인기가 없는 줄 알아?"

"내가 결혼을 아직 안 한 이유와 내 인기는 아무 관계도 없어."

"형은 너무 따분해. 형의 인생에는 뭔가 흥미진진한 구석이 하나도 없어. 여자들이 처음엔 호감을 갖다가도 형의 실체를 알고 나면 슬슬 피하는 이유가 바로 그 때문이라고. 형이 가진 메리트는 잘생긴 얼굴, 빵빵한 능력인데 그건 딱 한 달용이란 말이지. 한 달만 지나면 여자들은 형이 얼마나 지독한 일벌레인지 알게 될 거고, 인생의 전부를 일에 투자하고 있는 형과는 미래를 설계할 수 없다는 결론에 도달하게 되는 거라고.”

“김현우…….”

뒤를 돌아보지는 않았지만 멈칫 모든 움직임을 멈춘 서준은 유난히 까마득하게 느껴지는 천장을 노려보았다.

‘사흘 연속 밤샘 작업하고 와서 이게 뭐 하는 짓인지.’

편한 후배 만나 술 몇 잔 기울이고 집에 들어가 쉬려고 했던 게 그의 계획이었다. 그런데 난데없이 잔소리라니. 그렇지 않아도 ‘아들 장가보내기’ 삼 개년 계획에 돌입한 어머니 때문에 하루가 멀다 하고 잔소리를 들어야 하는 서준에게 이건 정말 날벼락과도 같았다.

서준은 하나, 둘, 셋, 불쾌감을 다스리며 숫자를 셌다.

“노후를 생각해 봐, 형. 이런 식으로 살다가는 아무도 형을 사랑해 주지 않을 거라고. 아무리 일과 결혼을 하고 거기에서 인생의 보람을 찾고 싶다고 하지만 일선에서 은퇴를 하고 났을 때를 고려해야지. 평생 일에 쫓겨도 좋다면야 그래, 나도 할 말은 없다. 인생의 모든 기쁨과 보람을 일에서 찾겠다는데 내가 뭐라고 말하겠어. 앞으로도 탄탄대로 성공 일로에 있는 사람한테.”

"그만 하라고 했다."

말은 조용조용, 가만가만 중얼거리고 있지만 서준의 속내는 결코 편치 못했다. 놈의 주둥이를 확 바늘로 꿰매 버리고 싶어 손이 근질근질할 정도다. 일과 결혼했다니! 도대체 누가 그런 빌어먹을 헛소리를 퍼뜨렸단 말인가? 안 그래도 피곤함 때문에 신경이 날카로워질 대로 날카로워진 서준은 지끈지끈 머리까지 아파오는 걸 느꼈다.

"아무나 이런 충고 해주는 줄 알아? 나나 되니까 해주는 거야. 생각해 보라고. 형한테 없는 게 뭐 있어? 다 가졌잖아, 형은. 응? 없는 건 딱 한 가지밖에 없단 말이야. 일이랑 결혼하게 되면 결코 형이 얻을 수 없게 되는 것. 그게 뭔지 알아? 바로!"

"그만 해라, 김현우!"

버럭 고함을 내지르며 서준은 몸을 돌렸다. 그의 눈이 현우의 그것과 마주치는 그 순간, 서준은 현우가 멈추었음을 느꼈다. 귀가 따갑도록 쫑알거리던 그 입도, 걸레를 쥐고 열심히 움직이던 팔도. 난생처음 본 선배의 역정에 그의 표정은 약간의 무색함과 놀란 기색이 버무려져 기묘하게 일그러져 있었다.

스윽, 서늘한 기운이 귓등을 타고 날아올라 휘휘 실내를 누볐다. 일순 너무 심했다는 생각이 서준의 뇌리를 스쳤다. 이거야말로 과잉반응이 아닌가. 귀여운 후배 녀석의 잔소리를 이렇게 민감하게 받아들일 필요까진 없었다.

"미안해, 형. 형을 귀찮게 할 생각은 없었어. 그냥 난, 형이라면 휘리 누나를 좀 도와줄 수 있을 것 같아서. 보기에도 불쌍해 보이지만 저 누나, 진짜 불쌍하거든."

"……."

양심이 욱신거렸다. 모임에 참석하는 게 뭐라고. 뭐 그리 힘든 일이라고.

"안됐잖아. 얼마나 괴로우면 못 마시는 술을 다 마시겠다고 여길 왔겠냐고."

"……."

처음 만난 사이는 파트너 될 수 없다는 법이라도 있다던가? 없다. 이 여자와 함께 모임에 참석하지 못할 이유는 그야말로 하나도 없었다.

"신경 쓰지 마. 이 누나도 이러다 말 테지."

현우가 젖은 걸레를 들고 일어나며 중얼거렸다. 그는 고개를 숙이며 서준을 외면하는 모양새가 그다지 기분 좋아 보이지는 않았다. 마음이 상해도 단단히 상한 듯 보였다. 불편한 마음에 서준의 얼굴은 절로 굳어졌다.

"내버려 두고 이리 와!"

성큼성큼 주방 쪽으로 걸어 들어가며 현우는 큰 소리로 고함을 쳤다. 그러나 서준은 꼼짝하지 못하고 그 자리에 서 있어야 했다. 왜 그랬는지 알 수 없지만, 고개를 툭 떨어뜨리고 테이블 위로 상체를 엎드린 여자를 바라보게 된 것이다.

한눈에도 여려 보이는 여자의 어깨가 시야를 가득 채웠다. 간

헐적으로 흘러나오는 한숨과 흔들리는 어깨가 마치 흐느끼는 듯해 서준의 발목을 붙들고 있었다.

"뭐 해, 안 오고?"

다시 한 번 들려오는 현우의 외침. 서준은 입술을 깨물었다. 지끈지끈 욱신거려오는 가슴이 답답해 커다란 한숨을 내쉬고는 그는 결심했다.

"김현우!"

"왜?"

주방에서 간단한 안주 거리를 준비하던 현우가 빠끔 고개를 내밀었다. 언제 그랬냐는 듯 그의 얼굴엔 상심의 기운을 찾아보기 어려웠다. 늘 그렇지만 역시나 오늘도 그는 아까의 일을 마음에 두고 있지 않는 듯했다. 금방 화내고 뒤돌아서면 잊어버리는 단순한 그의 성격이 서준은 부러워졌다.

"이 여자 분 언제 깨어나시냐?"

"뭐? 그럼 형……!"

힐끗 훔쳐보니 현우의 큰 입이 쭉 옆으로 찢어지고 있었다.

"동행만 해주면 되는 거지?"

"서준이 형!"

서준은 씩 웃었다. 저리 좋아하는 걸 괜히 예민하게 굴었다는 생각이 더욱 들었다.

"다행히 지금부터 시간이 비어."

"그럼 됐네! 우와! 진짜 형밖에 없다. 엉? 진짜진짜 고마워, 형!"

가벼운 마음으로 서준은 어깨를 으쓱했다. 현우는 부산스럽게 주방을 뛰쳐나와 호들갑을 떨며 여자를 깨웠다.

"잘 생각했어. 누나도 엄청 좋아할 거야. 누나! 누나, 누나! 일어나 봐. 남자 친구 해줄 사람 구했어. 킹카로 말이야."

당연히 여자도 좋아할 것이다. 그럼 된 거 아닌가? 쉴 시간은 내일 하루만으로도 충분하다. 오늘 하루쯤 누군가를 위해서 좋은 일을 해보는 것도 나쁘지 않은 계획이다. 늘 예정된 일, 오랫동안 계획하고 준비했던 일만 시행하는 데에 익숙한 그에게 이런 갑작스러운 사건이 그저 당황되고 놀라울 뿐이지만 묘하게 마음이 설레었다.

그래서 서준은 내심 놀라고 있었다. 뭔가 굉장히 재미있는 일이 생길 것만 같은 예감에 그는 자신이 조금씩 흥분하고 있다는 걸 부인할 수가 없었다.

제 2 장

'**모**든 게 최악이야.'

절뚝거리는 다리를 질질 끌며 휘리는 중얼거렸다. 하이힐을 신은 지 몇 시간 되지도 않았는데 발가락이 벌써부터 부어오르기 시작했다. 너무나 쓰라린 나머지 마치 생살이 타고 있는 게 아닐까 하는 착각마저 들었다. 게다가 머리는 왜 이리 아픈지! 실제로 마신 술의 양은 겨우 한 모금 정도에 불과한데 봄 상태는 마치 소주 한 박스를 혼자 다 마신 것 같다.

사실 그녀는 알코올에 약하다. 그걸 알면서도 대낮부터 후배가 운영하는 소주방까지 찾아가 술을 마신 건, 파티에 가는 걸 포기했다는 의미였다. 술에 취해 정신을 잃고 쓰러져 일어나지 못했다는 핑계 거리가 생기길 은근히 바라며 마셨던 거다. 하지만 어이없게도 그녀는 불과 세 시간 만에 잠에서 깨어났다. 하늘도 무심하시지. 왜 오늘따라 빨리 일어났단 말인가! 기가 막혀서 말도 안 나왔다. 반짝 하고 눈이 떠졌을 때의 그 황당함이란!

'아, 머리야! 깨질 것 같네.'

이런 몰골로 꼭 파티에 가야 하는 걸까? 이런 몰골을 파티 석상에 드러내는 일이 과연 바람직한 걸까. 희주와 박은재 이사를 향해 환히 웃으며 약혼 축하드린다고 과연 말할 수 있을까?

미친 듯이 머리를 굴렸지만 결론은 '못한다' 다. 죽어도 이 빌어먹을 하이힐을 신고선 웃을 수 없었다. 거금 삼십만 원을 주고 산 최신유행 아이템이건만 그녀가 입으니 어딘지 많이 어색해져 버린, 이 골칫덩이 딥블루 투피스를 입고 있는 게 아니라면 혹시 모른다. 엉덩이를 뒤로 살짝 뺀 엉거주춤한 자세가 아니라면, 아니, 적어도 절뚝거리지나 않는다면! 그래, 또 모르겠다. 살포시 웃음 비슷한 미소를 띠울 수 있을지도.

그러나 이런 비참한 심정에 이런 몰골로는 불가능이다. 도저히 웃을 수 없다. 웃음은커녕 장동건 뺨치게 잘생긴 남자 앞에 서조차 욕설이 튀어나왔다.

"아, 지랄! 왜 싫다는데 자꾸 따라와요?"

걷던 걸음을 멈추며 휘리는 휙, 몸을 돌렸다. 욱! 앓는 소리가 절로 나왔다. 발뒤꿈치가 미치게 욱신거리고 있었다. 밴드라도

사다가 붙일 걸 잘못했다는 생각을 하며 휘리는 입술을 짓이겼
다.

"이봐요."

"따라오지 말라고요, 글쎄!"

아픔과 비례해 짜증이 배가되었다. 도대체 이 남자는 어디서
나타난 것일까? 왜 이리 귀찮게 하는 건지 알 수가 없다. 남자는
아까부터 필요없다는데도 자꾸만 그녀의 뒤를 들러붙어 따라오
고 있었다. 휘리는 남자를 정면으로 올려다보았다.

'정말 죽여주게 잘생겼군. 키는 또 왜 이리 커?'

최악 중에 최악은 바로 이 점이다. 남자가 죽여주게 멋지다는
거.

사실 뻥쟁이 현우의 말이 실제로 이루어지기도 한다는 걸 그
녀는 오늘 처음 알았다. 습관처럼 늘어놓는 말의 대부분을 까마
득히 잊어버리고 사는 놈이 김현우 아닌가. 오늘은 도대체 무슨
일로 제가 한 말을 지켰는지 귀신이 곡할 노릇이다. 그녀가 이
런 상황을 원하지 않는다는 게 문제기 하지만 하여튼, 남자는
여자의 심장을 노글노글 녹이고도 남아 보였다.

'그럼 뭐 해? 그림의 떡인걸. 쳇!'

어차피 이 남자는 가짜 애인 역할을 하기 위해 그녀의 뒤를
따라오고 있는 남의 떡일 뿐이다. 그리고 남자의 하고 다니는
꼬락서니나 상판대기를 보아 휘리처럼 털털하고 내숭 떨 줄 모
르는 여자는 외계인쯤으로 취급할 꽤나 상류층 인물임이 틀림

없었다.

“약속했다고요, 난.”

“그건 현우랑 한 약속이잖아요. 나랑은 아무 상관도 없다고요. 안 지켜도 된다니까 왜 자꾸 답답하게 구세요?”

“그건 당신 사정이죠. 난 내가 한 약속은 꼭 지키는 사람입니다.”

“허! 기가 막혀.”

뭐 이런 경우가 다 있는지 원. 남자는 상류층 중에서도 약속이나 신의를 중요시하는 샌님 스타일인가 보다. 아무리 그래도 그렇지. 상대가 하기 싫다고 하면 그만 아닌가? 자기가 뭔데 남의 일에 감 놔라, 대추 놔라인가? 짜증이 확 솟구쳤다.

“할 일 되게 없으신 모양이네. 약속없으세요? 애인도 없으시냐고요. 주말 황금 같은 저녁 시간에 이런 일밖에 할 게 없냐고요. 예?”

눈알을 부라리고 고개까지 위아래로 흔들어가며 휘리는 남자의 약을 바싹 올려주었다. 물론 그녀 역시 애인이 없어 파트너를 구걸해야만 하는 한심한 인생이니 이런 말할 처지가 못 된다. 하지만 남자의 자존심을 긁기 위해선 이 방법이 최선이다.

아! 쪽팔려!

“그건 당신도 마찬가지 아닙니까?”

“뭐요?”

아니, 이 남자가! 버럭 화가 나 휘리는 인상을 확 썼다. 아무리 사실이라지만 이런 말을 대놓고 말할 정도로 그들은 가까운 사이가 아니었다. 시작을 먼저 한 그녀 입장에선 그를 탓할 입장이 못 되었지만 그래도 화가 난 건 난 거였다. 뭐든 잘잘못은 확실히 따지고 명확히 해놓아야 직성이 풀리는 휘리의 성격으론 이 문제를 이대로 끝낼 생각이 없었다. 그러나 남자는 휘리의 기분 따윈 신경 쓰고 싶지 않는 모양이다. 손목을 두르고 있는 금장시계를 힐끗 내려다보며 중얼거렸다.

"약속 시간이 일곱 시라고 들은 것 같은데요."

성격 참 팍팍한 인사다. 겉보기엔 물렁하게 보이지만 결코 휘리에게 뒤지지 않는 강단과 고집의 남자인 것 같다. 하긴 아무리 순하디순한 남자라도 약간의 고집은 있는 법. 이 남자, 아무래도 그녀의 말을 순순히 들어줄 것 같진 않다.

"댁이 상관할 바 아니에요."

더 이상 말을 섞고 싶지 않다는 의지를 확실히 표명하며 휘리는 휙, 몸을 돌렸다. 무겁고 고통에 절은 발목과 하체가 절뚝절뚝 휘리의 상체를 뒤따라왔다. 저벅저벅, 얄미우리만치 힘차고 탄탄한 발자국 소리도 함께 따라왔다.

"벌써 일곱 시 반이에요. 다들 당신이 왜 오지 않는지 궁금해할 겁니다."

"낮술 마시고 잠시 곯아떨어졌었다고 말하면 돼요."

사실이니까. 아! 머리 아프다.

"정확히 말하면 소주 조금 들어간 사이다죠."

헉! 그걸 이 인간이 어찌 안단 말인가! 현우 녀석이 죄다 고해바친 게 분명하다. 휘리는 남자의 말에 놀랐다는 걸 들키지 않기 위해 움츠러들려는 어깨를 활짝 폈다. 그리고 고집스럽게 중얼거렸다.

"그거나 그거나."

"사람들은 당신이 누굴 대동하고 오는지 궁금해할 거예요."

"전혀요. 아무도 날 궁금해하지 않을 거니까 당신은 내 일일랑 걱정 마시고 당신 갈 길이나 잘 가세요."

"자존심 세우고 싶은 남자로 내가 부족하다고 생각하는 겁니까?"

이쯤 되면 남자가 제풀에 나가떨어지기를 바라는 건 무리였다. 휘리는 느린 발길을 멈추고 뒤를 돌았다. 욱신욱신. 발가락들을 둘러싼 피부가 화끈거렸다.

'윽! 미쳐 돌아가시겠다, 진짜.'

악 소리가 절로 나왔지만 휘리는 이를 악물고 말했다.

"한 가지만 물읍시다."

"말해요."

흡사 조각같이 완벽한 골격 구조를 지닌 남자는 비교적 담담하게 대답했다. 길고 숱 많은 눈썹 아래에서 명민한 눈동자가 반짝 빛났다. 남자의 시선은 무슨 생각을 하는지 전혀 그 속을 모를 까마득하고 모호했지만 뭇 여성들의 이성을 쉬이 휘어잡을 만한 강렬함이 내재되어 있었다. 그 시선과 마주치는 순간,

휘리의 심장까지도 잠시 팔딱팔딱 뛰려 했으니까 말이다. 휘리
는 그걸 느낀 순간만큼 빠르게 감정을 짓눌렀다.

"내가, 당신은 부족한 게 하나도 없고 오히려 차고 넘친다고
말하면, 당신 어쩔 건데요? 날 쫓아오는 걸 그만둘 건가요?"

"아니요."

"그럼 왜 물었어요!"

휘리는 벌컥 소리를 질렀다. 남자가 너무 평온한 게 마음에
들지 않았다. 괜히 짜증나고 심술이 솟구쳤다.

"부족하다고 하면 그만둘 생각이었어요."

"뭐요?"

"내가 당신 마음에 들지 않는다면 난 파트너 자격이 없는 거
잖습니까?"

이 사람 좀 보게? 이 남자 뭔가, 정말 자신이 부족한 남자라
고 생각하는 걸까? 놀라고 당황스러운 나머지 휘리는 잠시 할
말을 잃어버렸다. 새삼 남자를 다시 훑어보게 되었다.

남자는 눈빛이 매력적이었다. 특히 머리카락 사이로 보이는
새까만 눈동자. 이마 전체를 덮고 그 아래에서 부리부리하고 남
성적인 선으로 뻗은 눈매는 마치 비밀을 가늑 담은 듯 위리의
호기심을 자극하고 있었다. 또 외국인처럼 오뚝 솟은 콧날은 남
자의 전체적인 인상을 서구적으로 이끌었다. 날렵한 턱 선은 남
자의 예민하고 날카로운 지성을 자연스럽게 드러내었고 이마
위로 흘러내린, 길지도 짧지도 않은 머리카락은 적당히 조용하

고 안락한 인상을 주도하고 있었다.

무엇보다도 남자의 완벽한 외모의 매력 포인트는 입술이었다. 작지도 크지도, 얇지도 두껍지도 않는 그 입술이 만들어내는 양쪽 언저리의 음영은 묘하게 휘리의 눈을 잡아끌었다. 그를 '잘생겼다' 란 단어 하나에 가둘 수 없는 것도 바로 그 때문이었다.

게다가 잘생긴 남자들에게서 찾아볼 수 있는 뻔뻔함이 그에겐 없다. 흔히 잘난 남자들은 자신이 얼마나 잘생겼고, 또 얼마나 여자들을 설레게 하는지 알고 있기 마련이다. 그들은 대부분 여자들이 던지는 추앙의 눈빛에 익숙해 있는 왕자병 환자이고 심하면 스타의식에 사로잡혀 인기 관리까지 해나가는 경우도 있다. 심지어 인간성 좋고 따뜻한 미소의 소유자인 박은재 이사 마저도 그런 경향이 없지 않으니 더 말해 무엇하랴.

한데, 이 남자에게선 그런 기색을 전혀 발견할 수 없었다. 적어도 아직까지는. 그래서 더 불안했다.

"그런데 아니라니, 그럼 상관없겠군요. 갑시다."

남자의 백만 불짜리 입술 한쪽이 슬쩍 올라갔다.

"이, 이봐요."

"가서 당신 앞에서 잘난 척하는 사람들 코를 납작하게 해주자고요."

"이보세요, 잠깐만요!"

남자의 팔이 어정쩡하게 서 있는 휘리의 손목을 붙들었다. 순간 헉, 소리가 폐를 뚫고 흘러나올 뻔했다. 휘리는 숨마저 꾹 참으며 입술을 지그시 깨물었다. 하지만 이번엔 심장이 제멋대로 뛰기 시작했다. 이번 건 엄청난 속도와 크기의 쿵쾅거림이었다.

"한서준."

"예?"

"한서준이라고요, 내 이름. 다른 건 몰라도 이름은 알아야죠. 명색이 애인인데. 방금 만난 티는 내지 말아야 하지 않겠습니까?"

이 남자, 은근히 귀엽다. 깜찍한 말을 술술 내뱉더니 살짝 웃기까지 하질 않나? 이건 유혹이었다. 휘리는 침을 꿀꺽 삼켰다.

"그 사람들 속이기 힘들어요."

"해보지도 않고 어떻게 압니까?"

"당신이 속여보겠다고 나서는 그 사람들, 연기 쪽으론 베테랑이란 말이에요."

"그래도 해봅시다."

남자는 다시 싱긋 웃었다. 붉은 입술 사이로 남자의 가지런한 치아가 드러났다. 공포감이 스르르 피부를 기어올라 왔다. 두려웠다. 만난 지 겨우 몇 시간밖에 되지 않는 남자를 향해 이런 호감이 생긴다는 것 자체가 휘리에겐 충격이고 공포였다.

"들키면 적당히 둘러대면 되잖습니까? 예를 들어, 내가 쫓아다니는데 당신 쪽에서 거절하고 있는 중이라든지."

"그걸 그 사람들이 믿을 것 같아요?"

이제 목소리까지 떨렸다.

"안 믿을 것 같단 말입니까? 왜요?"

"왜라니요, 당연히……."

"갑시다. 부딪쳐 보자고요."

이런 말은 휘리의 전용멘트였다. 무엇보다 사무실에서 펜대나 굴린 것처럼 허여멀건 남자에게는 결코 어울리지 않는 말이었다.

"이봐요, 한서준 씨."

"기왕이면 서준 씨라고 합시다. 아니면 자기라고 하든지. 많잖아요, 진짜 애인처럼 들리는 호칭."

남자는 휘리의 팔을 잡고 걸어가기 시작했다.

"아, 아! 아파요. 천천히 걸으라고요!"

"업고 가줄까요?"

"뭐라고요?"

정말 진짜로 해보자는 걸까? 휘리는 겁에 질린 눈으로 남자를 바라보았다. 그는 뭐가 그리 즐거운지 껄껄거리더니 어깨를 으쓱했다.

"그런 방법도 그다지 나쁘지 않잖아요. 사람들의 시선을 끌기론 딱 안성맞춤이에요."

"난 사람들 관심 끌기 싫어요."

"관심을 끌기 싫은데 괜찮은 남자를 찾았단 말입니까?"

"내가 언제요! 내가 그렇게 말하는 거 당신이 들었어요?"

"알코올에 상당히 약하시군요."

"무슨 소리예요?"

뜬금없는 술타령에 휘리는 인상을 찌푸렸다. 술 먹고 그런 소리를 다 나불대기라도 했다는 소리인가? 간담이 서늘해지더니 겁이 덜컥 났다.

'어디까지 들은 걸까? 이 남자, 설마 진짜로…… 다 들은 건 아니겠지?'

남자를 향해 끓어오르던 야릇한 감정 때문에 공포증을 느꼈던 그녀는 이제 훨씬 더 큰 두려움에 몸을 떨었다. 이제껏 그 누구에게도 자신의 상처를 내보인 적 없었던 그녀였기 때문에 그 두려움은 더욱 컸다.

아무도 모른다. 그녀가 키와 몸무게에 콤플렉스를 갖고 있다는 걸 아는 사람은 단 한 명도 없다. 심지어 지긋지긋한 이 콤플렉스를 그녀에게 심어준 희주조차도 모르고 있다. 왜냐? 다른 사람들이 절대 알게 하지 않았기 때문에.

휘리는 근 십 년 동안, 자신을 포장하는 데에 주력해 왔다. 인물과 물질만능주의를 극도로 혐오하는 인간으로 말이다. 그런 것들로부터 그녀 역시 자유롭지 못하면서도 철저히 숨겨왔었다. 그런데 이 남자가 그걸 알고 있다?

"서둘러요. 이사님이 기다립니다."

"……."

모든 걸 알고 있다는 명백한 표현에 휘리는 잠시 할 말을 잃고 돌처럼 굳어버렸다. 생각이 필요했다. 그녀가 무슨 말을 하든지 한서준은 자신의 뜻을 굽히지 않을 것이고, 그렇다면 진짜 부딪쳐 보는 수밖에 다른 방도가 없었다. 과연 이 샌님이 연극 배우들을 상대로 가짜 애인 행세를 성공적으로 해낼 수 있을까?

"내 차는 저쪽에 있어요."

남자는 한껏 여유를 부리며 거창하게 팔을 들어 휘리의 어깨 위로 척 둘렀다. 픽 웃는 그의 입가로 유쾌함이 묻어나왔다. 남자는 정말로 기분이 좋은 듯했다. 기분이 묘해져 휘리는 면상을 있는 대로 찡그렸다. 동정심 때문인 것도 같고, 아닌 것 같기도 하고. 도대체 이 남자가 왜 이렇게 나서는지 궁금해졌다.

그런 그녀에게 한서준은 속삭이듯 말했다.

"웃어요. 애인 사이답게."

애인 사이답게 행동하자는 그의 제안은 썩 괜찮은 효과를 발휘했다. 무엇 때문인지, 자꾸만 생겨나는 한서준에 대한 반발심을 조금은 누그러뜨리는 계기를 만들어주었기 때문이다. 이리 저리 자리를 옮겨 다니며 사람들에게 소개하는 동안 내내, 그는 성의있고 예의 바르게 행동해 주었고 그 결과 장내는 삽시간에 둘의 이야기로 화제 만발이 되었다. 사람들 눈에도 한서준이 범상치 않아 보이는 모양이었다.

그런데 왜 짜증이 나는 걸까? 그를 보고 있으면 자꾸만 밸이 꼬였다. 혈통 좋은 집안에 잘난 인물, 누가 봐도 평탄하게 잘살아온 듯 반듯한 모습이 휘리의 심기를 자극했다. 어찌 됐든 그녀를 도와주겠다고 나선 사람이고, 그렇다면 조금은 좋게 봐줄 필요가 확실히 있는데도 불구하고 심통이 났다.

"어머! 난 진짜 꿈에도 몰랐어요. 휘리한테 이런 앙큼한 구석이 있는 줄은. 어떻게 이런 멋진 남자 친구를 놔두고도 입 꾹 다물고 아무 말 안 했을까?"

"그러게 말이야. 애인이 생겼으면 생겼다, 이 언니들한테 재깍 보고를 했어야지."

연극계의 대선배인 김미연과 예은지가 그들의 첫 번째 고비였다. 서준에 대해 강한 호기심을 보이고 있는 그들은 연극에 대한 정열이 남달라 서른이 훨씬 넘은 나이에도 불구하고 왕성하게 활동 중인 연기파 배우들이었다. 문제는 노처녀 특유의 수다스러움이 약간 심하다는 것. 그들 앞에서 연기를 오래 지속하는 건 들통을 자초하는 것이었다.

"아, 그게……."

휘리는 그녀의 어깨를 툭툭 치며 곱게 눈을 흘기는 은지의 물음에 답하기 위해 뜸을 들였다. 뭐라고 대답해야 할지 몰라 숨을 고르는 그녀의 머릿속은 겉모습과는 다르게 미친 듯이 놀아가고 있었다.

"만난 지 얼마 되지 않아서 그랬을 겁니다. 우린 정말…… 최근에 만났거든요."

갑자기 불쑥, 서준이 입을 열었다. 깜짝 놀라 휘리는 남자를 쳐다보았다. 휘리의 놀란 눈을 마주하며 그는 태연스레 어깨를 으쓱했다. 휘리는 미간을 일그러뜨렸다. 뭔가 단단히 잘못되어 가고 있다는 느낌이 불현듯 스쳐 지나간 것이다. 뭐지, 이건?

"어머! 그래요? 그래서 그랬구나. 어쩐지. 사실 휘리랑 난 뭐든 터놓고 지내는 사이거든요."

"저도 얘기 많이 들었습니다."

예은지가 조금 과장된 어투로 그녀와의 친분을 강조하자 서준은 자연스럽게 응수했다. 도대체 뭘 어떻게 하려고 이러는 걸까? 얘기 많이 들었다는 필요없는 말은 왜 하는 거냐고, 글쎄. 들키면 어쩌려고.

"어머! 그래요?"

"선배 분들의 연기력에 대한 경외심이 상당하더라고요."

"웬일이야. 너 정말 그랬니? 예뻐한 보람이 있네."

"하하하!"

약간 어색하긴 하지만 대략 쑥스러움으로 가장할 수 있는 웃음을 샐샐거리며 휘리는 가자미 눈으로 주위를 훑었다. 제발 누구 하나만 나타나 주길, 그래서 이 자리를 벗어나게 해주길 바라고 또 바라면서 말이다.

"근데 남자 친구 분은 뭐 하는 분이세요?"

그 와중에 김미연이 불쑥 물어왔다. 연기력도 좋고 연기에 대한 열정도 대단한 배우지만 속물 근성이 몸에 배인 김미연다운 질문이었다. 휘리는 바싹 긴장한 얼굴로 서준을 돌아보았다.

"조그만 사업을 하고 있습니다."

"사업이요?"

"어떤 분야인데요?"

서준이 간단히 대답하자 두 늙은 여우들은 먹잇감을 포착한 야생동물마냥 집요하게 눈동자를 굴렸다. 도대체 뭐 하자는 플레이야? 초조해진 휘리는 지그시 입술을 깨물며 서준의 팔을 조심스레 잡아당겼다. 이쯤에서 그만 하고 이만 빠지자는 뜻이었다. 알아먹겠지?

"IT 계열입니다. 소프트웨어 개발이 제 전공 분야죠."

"IT? 컴퓨터 쪽인가요?"

"어머! 멋진 일을 하고 계시네요."

못 알아먹었나 보다. 그는 휘리의 수신호를 전혀 의식하지 못한 채 여전히 새 연극에 몰두 중이었다. 이렇게 딱딱 맞지 않아서야 원. 인상을 팍 쭈그리고 휘리는 서준을 째려보았다. 제발 이제 좀 그만 했으면 좋겠다는 생각이었다.

"두 사람이 어쩌다 알게 된 거예요? 너무 궁금해요."

"맞아. 두 사람이 별로 공통점도 없어 보이는데 어떻게 만난 서네요?"

"후배 녀석 소개로 처음 만났습니다."

술술, 서준의 대사는 자연스러웠다. 딱히 거짓말이라고도 할 수 없는, 나름대로는 진솔한 대답들이라 그런 듯하다. 옆에서 듣고 있는 휘리마저도 고개를 끄덕이며 듣는 정도이니 서준의 배우적 소질은 꽤 높다 할 수 있었다.

"후배요?"

"대학 다닐 때 연극 동아리에 있던 녀석이에요, 선배님."

배시시 웃으며 이번엔 서준의 옆구리를 슬쩍 찔렀다. 이번 건 '내가 끝낼 테니 입 다물고 가만있어'의 신호였다. 제발 알아듣고 입단속이나 제대로 했으면! 이 수다쟁이들이 묻는 질문들을 죄다 대답해 주다 보면 희주를 만나기도 전에 거짓이 탄로날지도 모른다고!

"저…… 선배님, 저희 아직 이사님도 못 뵈었거든요. 가서 축하인사 드리고 다시 올게요."

"아직 못 만났니?"

"예."

순해 빠진 얼굴로 휘리는 두 눈을 반달 모양으로 휘어가며 웃어댔다.

"그래, 주인공들을 먼저 만나보는 게 당연하지."

"어서 가봐."

"예, 그럼."

어둑한 조명 아래 떨떠름한 표정을 숨기고 휘리는 두 베테랑 연기자들에게서 재빨리 벗어났다.

"휴!"

그들의 시야에서 벗어났다는 안도감에 한숨이 크게 나왔다. 들키지 않았다니 얼마나 다행인가 말이다. 완전히 요행이었다.

그때였다. 휘리의 귓속으로 남자의 속삭임이 들려왔다.

"생각보다 재미있네요."

재미있다고? 이 남자가 지금 재미있다고 했나? 휘리는 뜨악한 얼굴로 남자를 노려보았다.

그리고 경악했다.

"뭐, 뭐 하는 거예요, 지금?"

남자의 얼굴이 그녀의 목 근처까지 내려와 있었다. 게다가 그녀가 의식하지 못하는 사이 어느새 팔까지 그녀의 허리를 감고 있었다. 휘리는 펄쩍 뛰며 남자의 팔을 잡아뗐다.

"사람들 앞에서 연인 행세를 하려면 이 정도는 감수해야죠. 안 그래요?"

"이럴 필요까진 없다고요. 당신 입으로 만난 지 얼마 안 됐다고 했잖아요."

"연애해 본 지 꽤 됐나 봅니다. 요즘 연인들은 만난 지 십 분만에 키스도 합니다."

"난 아니라고요."

차마 고함은 못 치고 휘리는 속삭이는 톤으로 호통을 쳤다.

"그래요?"

"당신도 내 보기엔 별로 요즘 스타일은 아닌 것 같은데. 피차 우리 이러지 맙시다. 예?"

짐짓 터프하게 으르렁거리며 휘리는 남자를 노려보았다. 그러나 그는 휘리의 찌르는 듯한 눈길이 아무렇지도 않은 듯 어깨를 으쓱할 따름이었다. 참 알 수 없는 일이다. 창피를 주거나 면박을 주면 조금이라도 당황해야 정상이 아닌가? 늘 이렇게 담담하고 동요하지 않는 사람을 휘리는 지금껏 본 적이 없었다.

"이래야 사람들이 믿을 겁니다."

"안 그래도 충분히 믿거든요. 아까 선배들 얼굴 못 봤어요?"

"자세히 못 봤는데요. 어떤 얼굴이었습니까?"

"봉 잡았으니 한턱 쏘라는 표정이다고요."

"그럼 성공입니까?"

저, 저, 저! 순진한 표정 보라지. 콤플렉스라곤 단 한 가지도 없을 것 같은 미소! 뭐 하나 남부러울 것 없는 자의 특권이렷다.

"일단은요."

휘리는 꾸무럭꾸무럭, 뱃가죽이 꼬여오는 걸 느끼며 간신히 중얼거렸다.

"하지만 늘 속일 순 없죠. 스킨십 없는 연인들은 의심받기 십상입니다."

"연애 박사처럼 말하네요."

날이 선 어조로 그녀는 비꼬았다.

"대학 동창들 중 C · C가 여럿 있었죠."

"당사자는 아니었고요?"

"공부와 연애를 한꺼번에 하는 재주는 타고나는 거죠."

"그래서 C · C였다는 거예요, 아니었다는 거예요?"

멍청하게도 휘리는 자신이 왜 그 질문을 하고 있는지 알 수 없었다. 왜 꼭 대답을 듣고 싶은 건지도.

"대답이 꼭 필요합니까?"

씩. 또 웃는다, 그. 서준의 얼굴을 쥐어뜯어 주고 싶은 충동에 휘리는 두 주먹을 불끈 쥐었다.

'이씨, 왜 이리 얄밉지? 꼴 뵈기 싫어 죽겠네, 정말.'

차라리 웃지나 말면. 실실 웃어대는 게 꼭 김희주를 보는 것 같아 짜증이 일었다.

'아! 김희주!'

깜빡하고 있었다. 오늘 여기를 이렇게 고집스럽게 쫓아온 이유가 바로 김희주인 것을. 잘난 체하는 그녀의 면상을 똑바로 바라보며 보란 듯이 웃어줄 생각으로 기어이 이렇게 쫓아오고 말지 않았나? 도와주겠다는 한서준의 부담스러운 호의를 뿌리치지 못한 것도 다 김희주 탓이었다. 그녀 앞에선 절대 기죽고 싶지 않은 마음, 초라해지고 싶지 않은 마음, 그 마음 하나로 이렇듯 억척을 부리고 있는 것이다.

십여 년 전, 우연히 얽혀들었던 악연 이후 희주의 그림자는 가는 곳마다 휘리를 따라다녔다. 좋아하는 사람이 생기고 그 사람에게 마음 고백을 하려고 들면, 그 순간마다 묘하게도 희수가 생각나는 것이다. 그러면 잘난 것도 없으면서 대담하게 대시하려는 자신이 뻔뻔스럽게 느껴졌다. 적어도 희주 정도는 되어야 사랑 고백할 자격이 생긴다는 생각까지 하게 되었다. 지금 생각하면 진짜 말도 안 되는 생각이지만 당시에는 엄청 심각했다.

그렇게 십 년 가까이 콤플렉스에 시달리고 있을 때였다. 삼 개월 전이었나? 극단에서 기획한 새 연극, [21세기 줄리엣]의 협찬 의상실을 섭외하는 과정에서 희주를 다시 만나게 되었다. 의상 디자인을 전공한 그녀는 대기업 디자이너를 거쳐 꽤 괜찮은 의상실을 운영하고 있었다.

우연도 이런 우연이 생길 수 있는 것일까? 아직도 휘리는 희주의 절묘한 등장이 우연이라는 걸 믿을 수가 없었다. 어딘가 숨어 있다가 뿅 튀어나온 게 아니라면 어떻게 그리 딱 맞춰 등장할 수 있었을까? 휘리가 박은재 이사에게 사랑을 고백하기로 결심한 바로 그 시점에. 아무튼 그 후로 삼 개월 뒤 약혼식을 몇 개월 앞둔 바로 오늘, 박은재 이사와 김희주는 극단 사람들 앞에서 정식으로 약혼을 발표할 예정이다. 명목상 연극, [21세기 줄리엣]의 첫 전국 순회공연 쫑파티이긴 하지만 극단 관계자라면 모두 다 알고 있다. 이번 파티는 약혼 발표를 위한 일종의 장치일 뿐이라는 거.

"누가 오고 있는데요. 혹시 저 사람이 그 이사님입니까?"

"네?"

그다지 즐겁지 않은 과거에 허우적거리고 있던 휘리는 깜짝 놀라 고개를 들었다. 그윽하고 따뜻한 눈이 그녀를 내려다보고 있었다. 사려 깊다고 해야 할까? 한순간 가슴 한곳이 싸해졌다.

'뭐지?'

순간은 짧았다. 그의 눈 속에 떠 있었다고 느꼈던 포근함도 애정도 눈 한 번 깜빡하고 뜬 사이 사라지고 없었다. 정말 이상했다. 그 기분은 마치, 마치…… 그의 품에 얼굴을 묻고 마구 울어버리면 속이 시원할 것 같은 그런 기분이었다.

"내 말 듣고 있어요, 지휘리 씨?"

"네?"

자신만의 생각에 빠져 있던 휘리는 퍼뜩 정신을 차렸다. 그리고 당황했다.

"무슨 생각을 그리 깊이 합니까?"

무슨 생각을 하고 있었냐고? 물론 그걸 입 밖으로 내뱉을 순 없다. 휘리는 약간은 걱정스러운 얼굴로 자신을 내려다보고 있는 남자를 힐끔 올려다보았다.

한서준. 그의 이름. 귀찮은 일을 자처하고 있는 사람.

취했던 뇌가 이제야 정상으로 돌아온 것일까? 모든 게 갑자기 확 와 닿았다. 자신이 처한 현실이 실제가 아닌 연출된 상황이라는 것이, 또 동정하듯 호의를 베풀고 있는 남자를 바라보는 자신의 눈빛이 마치 동냥하는 거지꼴이라는 것이.

이건 아니다. 물론 모 CF에서처럼 멋진 남자가 하늘에서 뚝 떨어져 파티에 동행할 수 있다면 얼마나 좋을까, 하고 바랐넌 건 사실이지만 이런 식을 바란 건 아니었다. 거짓으로 위장까지 해가며 희주 앞에서 광대 노릇을 하고 싶지는 않았단 말이다. 휘리가 원한 건 실제다. 이런 거짓된 상황이 아닌 진짜 애인과 함께 진짜 행복한 기분을 느끼고 싶은 거다.

너무나 비참했다. 남자 친구 하나 없어 생판 모르는 사람을 데리고 와야 하는 자신이 불쌍하고 한심했다. 스스로에게 부끄럽고, 희주와 주변 사람들 보기에 민망하고, 한서준한테도 창피했다. 이렇게 무참한 기분인 것을, 무조건 희주 생각에 마음만 앞서서 한서준의 제안을 무턱대고 받아들였다니!

"지휘리 씨?"

"잠깐만요. 잠깐만 생각 좀 하고요……."

"왜 그래요? 무슨 문제 있어요?"

눈치없이 그가 물어온다. 문제? 있죠. 문제도 보통 문제인가요? 장난 아닙니다. 휘리는 속으로 중얼거리며 두리번두리번 주위를 살폈다. 숨을 곳을 찾는 거다. 어디든 혼자 있을 수 있는 장소에 처박혀 시간을 벌어야 했다. 현실도피라고 욕해도 할 말 없다. 그 말이 사실이니까. 누군가에게 쫓기는 사람처럼 휘리는 절박했다.

"무슨 일이에요?"

화장실! 그녀의 시야로 Toilet이라는 푯말이 쏙 들어왔다. 두 번도 생각지 않고 휘리는 힘껏 내달렸다.

"휘리 씨! 지휘리 씨!"

그의 부름에도 아랑곳 않고 그녀는 멈추지 않았다. 그 순간만큼은 댕댕거리는 뒷골도 피부가 벗겨진 발뒤꿈치도 그녀의 의지를 저지할 수 없었다.

**까**진 발로 삼십육계 줄행랑이 웬 말이냐!

휘리는 자신의 무모함을 탓하며 발가락을 주물렀다. 화장실이지만 여느 회사 휴게실보다도 훨씬 안락한 인테리어가 진정 감사하고 또 감사할 따름이었다. 남의 이목 신경 쓰지 않고 이렇게 앉아 마음 놓고 쉴 곳이 휘리에겐 절실했었다.

"휴! 예쁜 척은 아무나 하나. 사서 딱 한 번밖에 안 신은 걸 왜 하필 오늘 신어가지고. 평소에 안 하던 짓을 하니 이 고생이지. 으이구!"

거기다 한서준. 만난 지 겨우 몇 시간밖에 안 된 남자. 그는 휘리에 대해선 아는 게 거의 없었다. 그런 남자와 그 많은 사람들을 정말로 속일 수 있다고 생각했었다니. 정말이지 스스로 돌이켜 생각해 봐도 멍청한 짓이었다. 달랑 이름 석 자 아는 남자와 무슨 연기를 할 것이며, 하면 또 얼마나 버틸 수 있겠는가 말이다.

그리고 설사 그들 앞에서 훌륭하게 연기를 해냈다고 치자. 진짜가 아닌 가짜 상황으로 그들을 속이고 실추된 자존심을 회복했다고 치자. 그게 과연 진정한 복수일까? 잠깐의 통쾌함은 결과적으로 치유할 수 없는 깊은 상처로 남을 것이다. 연기가 끝난 후의 공허함은 그 어떤 것으로도 메울 수 없을 테니까. 결과적으로 그녀는 돌이킬 수 없는 실수를 저지르고 만 것이다. 일명 판단착오.

'젠장! 이게 다 그 빌어먹을 소주 때문이야!'

휘리는 아랫입술을 잘근잘근 깨물며 결심을 다졌다. 한서준을 데리고 이 카페를 나갈 생각이었다. 당장에 이 의미없는 게임을 끝내고 당면한 현실을 있는 그대로 받아들일 것이다. 그것만이 조금이라도 덜 비참해지는 길임을 알기에 휘리는 자리에서 발딱 일어났다. 그리고 상처 난 발을 들어 비비적비비적 신발에 꿰어 넣기 시작했다.

딸칵.

바로 그때, 문이 열렸다.

"여기 있을 줄 알았지."

홀 안을 장악하고 있던 음악 소리에 실려 음성 하나가 날아들었다. 휘리는 너무도 확연히 음성의 주인공을 알아챌 수 있었다. 눈살이 저절로 찌푸려졌다. 불쾌감이 확 밀려들었다. 또각또각 들려오는 발자국 소리를 들으며 휘리는 소리의 진원지를 향해 시선을 옮겼다.

"운동화만 질질 끌고 다니던 사람이 그런 높은 힐을 신었으니 당연히 아프지 않겠니? 아까부터 계속 아슬아슬하더라. 난 너 쓰러지는 줄 알았어."

멋지게 턴을 하며 희주는 휘리 앞에 섰다.

"화장실 왔으면 좋게 볼일이나 보고 가시지."

"아, 뭐. 네가 안쓰러워서 그러지."

어깨를 으쓱하는 그녀는 아름다웠다. 컴퓨터처럼 자로 잰 듯 정확한 그 미모가 실내의 은은한 불빛 아래에서 한층 더 그 빛을 발하고 있었다.

"이거라도 붙일래?"

언제 빼 들었는지 희주의 곱고 긴 손가락에는 상처에 붙이는 일회용 반창고가 들려 있었다. 고양이가 쥐 생각하는 건가? 이런 호의를 베풀 아이가 아닌데 이상하다는 생각이 들었다. 휘리가 아는 한, 김희주는 목적의식이 투철한 아이였다. 자신이 원하는 것을 위해서라면 물불을 안 가리는 타입이 바로 그녀였다.

휘리는 희주가 내민 손을 빤히 바라보았다.

"왜? 독이라도 묻혔을까 봐?"

희주는 휘리의 반응이 우습다는 듯 콧방귀를 뀌었다. 휘리는 큰 숨을 내쉬며 그녀의 호의를 받아들였다. 어찌 됐든 희주는 도와주고 싶어하고, 그녀 자신은 도움이 절실한 상태이니까. 하지만 희주의 손에 있는 반창고를 잡아채는 손길은 곱지 않았다. 휙 붙들어 그것을 쥔 휘리는 허리를 굽히고 아픈 발을 구두에서 조심스럽게 빼내었다. 피부가 여기저기 얼룩덜룩 붉게 부어올라 있었다. 가장 심한 곳은 역시나 발뒤꿈치. 이미 물집이 터진 상태였다. 휘리는 이를 악물고 아픔을 참으며 밴드 반대쪽에 붙어 있는 딱지를 뜯어냈다.

"너 연기 많이 늘었더라."

피부가 짓이겨진 곳에 막 반창고를 갖다 댈 무렵, 희주가 입을 열었다.

"이번에 은재 씨가 새로 기획하는 게 하나 있다는데 아무래도 비중있는 배역 하나 맡아야 할까 봐, 너."

"무슨 소릴 하려는 거야?"

휘리는 행동을 멈추고 희주를 올려다보았다.

"모르는 척하기니? 우습다, 애."

팔짱까지 착 끼고 거만한 자세로 휘리를 내려다보고 있는 희주의 얼굴에 비웃음이 어렸다. 뭔가 꿍꿍이가 있을 거란 예상을 하긴 했지만 그게 뭔지 알 길이 없는 휘리는 굳어진 얼굴로 희주를 노려보았다. 혹시 한서준? 그를 두고 하는 말인가?

"네 남자 친구 말이야. 아! 아니지. 남자 친구 대역이지, 참. 정확히 따져 말하자면."

“무슨 헛소리야?”

“다른 사람 눈은 속여도 내 눈은 못 속여.”

베테랑 연기자들 둘을 감쪽같이 속인 휘리와 서준의 연기는 절대 희주에게 이리 쉬이 들킬 정도로 허술하지 않았다. 서준은 진실을 말하는 듯 여유롭고 편한 모습이었고 휘리 역시 단역 배우로 몇 년을 굴러먹은 연기자답게 능숙한 표정 연기를 선보였다. 그러니까 희주는 순전히 넘겨짚고 있는 것이었다. 그리고 이 확신의 근거는 단연 휘리에 대한 무시일 것이다.

휘리는 보이지 않게 질끈 어금니를 사려 물었다.

“네 남자 친구, 사람들한테 한서준이라고 했다며? 소프트웨어 개발하는.”

역시나 한서준을 두고 시작하는 시비다. 아무래도 김미연과 예은지로부터 무슨 말을 들은 모양이었다.

“그래서? 그게 뭐 어쨌다는 거야?”

그가 소프트웨어를 개발하는 컴퓨터계열 공학도라는 건 휘리도 방금 알게 된 사실이다. 사실, 취한 상태에서 처음 그를 만났고 몽롱한 정신으로 통성명을 한 그들 사이에 서로의 직업이 무에 그리 중요했겠는가? 게다가 오늘 이후로는 만날 일도 없는 사람이다. 마땅히 물을 이유도 없었고 그다지 궁금하지도 않았다.

“한서준. 이십오 세의 젊은 나이에 대한민국의 IT 강자로 떠오른 컴퓨터 천재. 십 년 전쯤인가? 한국의 빌 게이츠라면서 온

나라가 들썩들썩했었지.”

컴퓨터 천재? 누가? 한서준이? 휘리는 눈썹을 짜부라뜨렸다.

‘그럼 엄청 유명한 사람이라는 건데…….’

한국의 빌 게이츠. 그래, 생각해 보니 언젠가 들어본 것도 같다. 하지만 한국의 빌 게이츠가 한서준인지는 모르겠다. 왠지 ‘천재’ 하면 두터운 안경을 쓸 것 같고, 이는 교정 틀을 낀 채로 두꺼운 책을 항상 옆구리에 끼고 다니는 말라깽이가 떠올라서 한서준과는 쉬이 매치가 되지 않았다. 안경도, 교정 틀도 없는 천재를 실제로 본 적이 없어서인 것 같다.

“그때 이후로 한서준이 언론을 기피한다는 말을 들었어. 모든 매체와의 접촉을 끊고 사업에만 몰두한다더라고. 그래서 그런지 나도 긴가민가해. 그 당시의 한서준을 기억하고는 있지만 지난 세월이 벌써 강산도 변한다는 십 년이니까. 물론 너도 그런 걸 노린 거겠지만.”

“뭐라고? 뭘 노려?”

무슨 소리를 하는 건가? 휘리는 눈을 부릅뜨고 희주의 입술을 노려보았다.

“하지만 사람들이 못 알아본다고 거짓말을 하면 안 되는 거지.”

“거짓말이라고? 누가 거짓말을 한다는 거야?”

“그럼 아니란 말이니? 진짜 저 밖에 있는 남자가 그 한서준 씨란 말이야? 흥! 진정 나보고 그걸 믿으란 건 아니겠지? 그런 대단한 남자가 너랑 사귀고 있다고? 말도 안 돼. 거짓말도 웬만해야지 믿어주는 척이라도 해주지. 그리고 설사 그게 사실이라고 쳐도. 네가 무슨 수로 그런 남자를 꼬시니? 그 사람은 눈 없다든?"

완벽한 이론을 펼치는 희주는 콧방귀를 뀌며 휘리의 몸을 위아래로 훑어보았다. 휙! 손에 있던 밴드가 휘리의 악력에 의해 우그러졌다. 성질대로라면 희주의 머리끄덩이를 잡고 휘휘 흔들어주고 싶었지만 차마 약혼 발표를 앞둔 파티의 주인공을 그리할 수는 없는 일이고. 부글부글 끓고 뒤집어지는 속을 진정시키느라 휘리는 가지고 있는 인내심을 모조리 다 써야 할 판이었다.

"왜, 내가 너무 정곡을 찔렀니?"

빈정거리는 희주의 예쁘장한 얼굴에 비열함이 싹텄다. 휘리는 불같이 끓는 성질머리를 최대한 가라앉히며 천천히 몸을 일으켰다. 그리고 여전히 자신의 생각이 옳다고 믿는 오만덩어리, 김희주의 얼굴에 바짝 코를 붙였다.

"이보세요, 김희주 씨. 넌 네가 항상 남의 정곡을 찌를 수 있다고 여기나 본데 유감스럽지만 이번엔 틀렸어. 우리 서준 씨는 분명히 하나밖에 없는 내 남자 친구고, 날 너무너무너무너무 사랑한다고. 네가 네 발뒤꿈치 때만큼도 취급하지 않는 내 단점들도 다 좋대."

"금방 들통날 거짓말은 그만 하지 그러니?"

번쩍 눈에 불이 들어왔다. 자존심 하면 대한민국에서 둘째가라 서러울 정도로 강한 지휘리. 투지가 불끈 솟구쳤다. 방금 전까지만 해도 한서준이 남자 친구가 아님을 인정하자고 단단히 결심했던 그녀지만 김희주 앞에서만큼은 절대로 그럴 수가 없었다. 나중에 금세 들통날 거짓말이라도 좋으니 지금 당장은 희주의 코를 납작하게 해주고 싶은 치기 어린 욕심이 휘리의 뱃가죽 밑에서 아우성을 쳤다.

"무슨 근거로 거짓말이라고 우겨대는 건진 모르겠지만, 세상에는 예쁘고 날씬한 여자들이 지극히 개성없고 획일적이라고 느끼는 남자들도 많아. 나처럼 동글동글한 얼굴에 작달막한 키의 여자한테도 매력을 느끼는 남자들, 흔하다고. 알겠니?"

"한서준이 널 그렇게 생각한단 말이니?"

어처구니없는 표정으로 희주가 되물었다.

"그래. 내 오동통한 볼이 너무 귀엽고 키가 작으니 더 예쁘대. 길쭉길쭉 키 큰 여자들은 억세 보여서 싫다던데."

씩, 휘리는 회심의 미소를 날렸다. 이쯤이면 야코죽었겠지.

"그걸 지금 나보고 믿으라고 하는 소리야?"

뭐라고? 휘리의 얼굴이 저도 모르게 찡그려졌다.

"난 알고 있어. 휘리 네가 은재 씨를 좋아하고 있었다는 거. 아아! 어떻게 알게 됐냐고 묻지는 마. 극단 사람들 중 절반은 알고 있는 사실이니까."

"……."

참으로 모질지 뭔가. 휘리의 심정이 어떨지 모르진 않을 텐데도 희주는 일부러 은재의 말을 꺼내고 있다. 휘리가 아파하는 모습을, 아니, 아프면서도 아프지 않은 척하는 모습을 그녀는 은근히 즐기는 것이다.

"그래, 네가 화날 만도 해. 은재 씨를 내가 빼앗았다고 여길 테니까. 나였더라도 자존심이 무척 상했을 거야. 그래도 이건 아니지. 이런 웃기지도 않는 연극으로 우리 모두를 속일 수 있을 것 같았니? 저 남자가 한서준이고 네 애인이라고, 순순히 믿어줄 것 같았어?"

속이 썩어 문드러지는 기분이었다. 그 기분이 너무도 참혹하고 처참해 혀를 깨물고 싶은 심정이었다. 제발 이 순간, 아니라고 말할 수만 있다면 얼마나 좋을까? 당당하게 '정말 한서준은 내 애인'이라고 큰 소리로 외칠 수만 있다면 얼마나 좋을까?

휘리는 절망의 나락에서 허우적거렸다.

"내 파티야. 허우대만 멀쩡한 가짜 데려다가 쇼할 생각 마."

휘리가 아무런 반격도 하지 못하고 멍하게 있는 사이, 희주의 직격탄이 날아왔다. 심장에 명중. 가슴 부위에서부터 물밀듯 시작된 고통이 전신으로 번져 갔다.

"은재 씨는 이제 내 거니까 그만 포기해 주라고. 그게 덜 초라하지 않겠니?"

휘리의 굳어버린 얼굴을 향해 모진 말들을 쏟아내며 희주는 두 눈을 치켜떴다. 남자들을 단박에 홀려 버리는 그 예쁜 눈으로 그녀는 한동안 표독스럽게 상대를 노려보았다. 휘리에게 생각할 시간을 주려는 듯.

휘리는 부들부들 떨리는 손발에 힘을 주며 두 눈을 부릅떴다. 퍼드덕거리는 속눈썹을 진정시키려 안간힘을 썼다. 고통스러워함을, 아파하고 있음을 희주에게 내비치기 싫었다. 그런 모습은 희주뿐 아니라 그 누구에게도 보이고 싶지 않았다. 지금까지 그러했듯 휘리는 자신이 열등감 따위에 휘둘리는 나약한 인간임을 인정할 수 없었다. 소설이나 드라마의 주인공들처럼 그녀 역시 외모적인 콤플렉스나 집안환경에 굴하지 않고 힘차게 세상을 살아가는 건강하고 바람직한 인간형이라 휘리는 주장하고 싶었다.

이윽고 완벽하게 균형이 잡힌 자세로 희주는 몸을 돌렸다. 슈퍼모델 저리 가라, 섹시한 워킹과 날씬하고 서구적인 뒷모습이 휘리를 비웃고 있었다.

탁!

화장실 문이 닫히고 그녀가 휘리의 시야에서 사라졌다. 그리고 다시 찾아온 고요함. 휘리는 무너지듯 자리에 주저앉았다.

메마른 눈가가 씀벅씀벅 아파왔다. 코끝은 욱신거렸다. 그러나 눈물은 나오지 않았다. 악바리란 소리를 들으며 지금까지 버텨온 세월이 가져다 준 부작용이다.

울 수 없다는 것. 마음껏 펑펑 울 수 없다는 것처럼 고통스러운 것은 없다.

쿵!

누군가 화장실 문을 열었다. 카페 하나를 통째로 빌린 덕분에 다른 손님은 거의 없을 터. 분명 극단 식구 중 한 명일 것이다. 그건 다시 가면을 쓸 시간임을 의미했다.

감정을 다스리느라 한참 동안 자리를 앉아 있던 휘리는 천천히 일어났다.


예상은 보기 좋게 빗나갔다. 처음 생각했던 것보다 이 일은 상당히 흥미진진했다. 약간 괴팍한 구석이 있긴 하지만 지휘리라는 여자는 보기만큼 거칠지 않았고 거짓말을 천연덕스럽게 꾸며대며 사람들을 속이는 것도 나름 재미있었다.

물론 마냥 다 즐겁고 흥미진진했던 건 아니다. 여자를 돕겠다고 나섰던 것도, 싫다고 바락바락 소리쳐 대는 여자를 설득했던 일도 그에겐 모두 이례적이었고 또 그만큼 어려운 일이었다. 하지만 그럼에도 불구하고 서준은 지휘리로부터 묘한 동정심을 느꼈다. 그녀만큼 공격적이고 신경질적인 여자를 본 적이 없음에도 말이다. 참으로 알 수 없는 일이다. 거칠게 외치고, 따지고, 비꼬는 지휘리가 하나도 불쾌하게 느껴지지 않았다. 오히려 마음이 짠해졌었다.

지휘리는 아파하고 있었다. 그녀의 아픈 모습이 그의 눈엔 다 보였다. 동정심이 애잔하게 그의 가슴을 점령했고, 그런 상태로 여자를 보고 있자니 그녀의 오기 섞인 말투가 모두 자기방어로 보였다. 약한 모습을 보이지 않기 위해 일부러 강한 척하는 그녀의 모습이 애처롭기 짝이 없었다. 진정으로 그녀를 돕고 싶다는 마음이 든 건 그 때문이었다. 그녀의 신경질을 다 받아주면서도 실없는 놈처럼 웃었던 것도, 소질에도 없는 우스갯소리를 해가며 그녀를 위로하려 했던 것도 다 그래서였다.

그리고 지금은 잘했다는 생각이 든다. 그렇게 우여곡절 끝에 오게 된 파티치고는 꽤나 스릴이 넘쳤다. 남을 속이는 기분이 이렇게 짜릿할 줄이야 누가 알았겠는가? 사람이라면 누구에게든 내재되어 있으나 이성으로써 억눌려져 겉으로 드러나지 않는 불량기. 그것이 자꾸만 꿈틀거리는 느낌이었다.

그리고 이 남자.

"휘리 씨와 사귄 지는 얼마나 된 겁니까?"

"뭐, 그리 오래되진 않았습니다."

"그럼 아직 깊은 사이는 아니라는 건가요?"

자신을 박은재라 소개한 이 남자는 오늘 파티를 주최한 장본인이다. 꽤나 큰 카페를 빌려 이런 성대한 파티를 연 걸로 보아 남자는 상당한 재력가임이 분명했다. 단순히 가난한 극단의 대표이사라면 좀 더 조촐하고 가족적이었을 것이다.

"깊다는 게 어떤 의미인지 잘 모르겠군요."

서준은 저도 모르게 날카로워진 목소리로 대꾸했다.

"아! 뭐, 그럴 테죠. 사람마다 관점이나 잣대가 다르니까요."

서준의 경계심을 읽었는지, 남자는 어깨를 으쓱하며 대충 얼버무렸다. 어쩐지 우유부단함이 느껴지는 태도다. 문득 이런 사적인 질문을 할 자격이 그에게 있는지, 서준은 궁금해졌다. 오늘 저녁 약혼 발표를 하기로 되어 있는 남자가 약혼녀가 아닌 지휘리에게 관심을 보이고 있다는 건 분명히 잘못된 거였다.

"제가 묻고 싶은 건 일반적인 의미입니다. 예를 들어 결혼을 약속한 사이라든지 특별한…… 어떤 관계를 맺었다든지. 뭐, 그런 사이라면 깊다고 할 수 있겠죠."

"그런 거라면 말씀드리기 곤란하죠."

서준은 예의 바른 말투의 말미에 살그머니 미소를 띠었다.

"음…… 제 질문이 불편했다면 사과드리겠습니다. 조금 놀라서요. 휘리 씨가 이 자리에 누군가와 함께 참석하리라곤 전혀 예상하지 못했거든요. 제가 아는 휘리 씨는 함부로 누구를 사귀거나 하지 않아서 말입니다."

"거참 반가운 말이군요."

"어떻게 알게 됐는지…… 물어봐도 되겠습니까?"

호기심을 억누르지 못하고 은재는 또 물어왔다. 뭘 알고 싶은 것인지 그는 상당히 적극적이었다. 도대체 박은재와 지휘리는 무슨 사이였던 걸까? 옛날 애인? 아니면 친한 오빠 동생 사이? 그것도 아니면 친구? 서준은 궁금해졌다.

"후배를 통해 알게 됐습니다."

"아! 소개로."

그러면 그렇지, 하는 표정이 슥 은재의 얼굴을 스쳐 지나갔다. 아무래도 이상했다. 아무리 가까운 지인들과 모인 자리이고 딱히 격식에 맞춘 약혼 발표도 아니어서 시간 제약을 받지 않는다고 하지만, 이제 곧 여덟 시였다. 발표를 하든 뭘 하든 슬슬 준비해야 할 시간인 것이다. 그런데 박은재의 관심은 도통 지휘리에서 떠나질 않고 있었다. 괜한 짜증이 일어 서준은 속이 부글거리는 것을 느꼈다.

“제가 첫눈에 반했죠.”

“예?”

박은재는 뜻밖의 말에 놀란 얼굴로 반문했다. 그가 놀라고 있다는 사실에 서준은 묘한 쾌감을 느꼈다. 왠지 모르지만 지휘리에 대한 남자의 관심을 끊어버리고 싶었다. 아마도 약혼자가 아닌 다른 여자에게 소유욕을 드러내는 그가 비열하게 느껴지기 때문일 것이다. 그게 아니면 연극에 너무 몰입된 나머지 지휘리가 실제 자신의 여자라 잠시 착각했던지. 하여튼 서준은 지휘리의 남자 친구라는 본연의 임무에 충실히 임하고 있었다.

“귀엽잖아요. 휘리와 함께 있으면 시간 가는 줄도 모르겠고 하루의 피곤함도 싹 가시게 됩니다. 그냥 보고만 있어도 절로 행복해지죠.”

“기분 전환은 되죠, 확실히.”

은재는 놀란 표정을 황급히 추스르고 담담하게 중얼거렸다. 그러나 서준의 눈엔 단순한 동조가 아닌 황망함이나 서운함, 낭패감 등으로 보였다. 짜증이 배가되었다.

“나이도 나이이니만큼 난 좀 더 진지한 관계로 발전시키고 싶은 마음이 있습니다. 아직 휘리한텐 말하지 않았지만요. 적당한 시기를 봐서 말할 생각입니다.”

“아, 그렇군요.”

언뜻 가볍게 그가 말했다. 그렇지만 옅은 실망감을 감추기엔 앞에 있는 서준의 감각이 너무 예민했다.

“휘리 씨가 성격은 좋죠. 동료애도 있고, 두루두루 친화력도 뛰어난 편이고, 아마 결혼 생활도 똑 소리 나게 잘할 겁니다.”

이젠 후회인가? 박은재의 목소리엔 힘이 없었다.

“성격도 성격이지만 휘리에겐 내 눈에만 보이는 매력이 있습니다.”

“당신 눈에만 보이는 매력이라고요?”

“겉으로 보기엔 털털하고 조심스럽지 못해서 천방지축처럼 보이지만 휘리도 여자거든요. 작은 말에 상처받고, 아파하고, 여린 구석이 많아요.”

“여리다고요?”

이해할 수 없다는 듯 박은재는 고개를 갸웃거렸다. 지휘리가 여리다는 말엔 결코 수긍할 수 없다는 뜻이다. 갑자기 불쑥 아까 낮에 있었던 일이 떠올랐다. 탁자 위에 엎드려 해롱거리는 지휘리를 누가 술에 취하지 않았다 하리오. 그녀가 소주 한 잔에 그리 정신을 놓는 여자라는 건 이 자리의 그 누구도 모르는 일일 것이다.

서준은 괜히 낫낫해져 빙그레 웃었다.

"안 믿어지십니까?"

"아, 예……. 뭐, 저야 일할 때만 가끔 보니 잘 모르죠."

"그렇겠군요."

"그럼 전…… 주방에 한 번 가봐야 할 것 같습니다."

"아, 그러세요?"

"예. 호스트로서 진행에 차질은 없는지 가끔 확인해 줘야 하거든요."

당황한 모습을 숨기느라 그는 허둥지둥하고 있었다. 이런 행동은 그동안 박은재에게 지휘리에 대한 감정이 아주 없었던 것이 아니었음을 말해주고 있었다. 자신이 갖긴 싫어도 남 주긴 아깝다는 건가?

'무슨 이런 빌어먹을 경우가 다 있나.'

상황은 이제 재미있다는 수준을 넘어 불쾌함과 짜증을 몰고 왔다. 남자의 지조없음이 싫었다. 애인과 함께 나타난 휘리가 많이 아쉽다는 듯 입맛을 다시는 그가 싫었다. 이런 기분이 되리라는 건, 처음 이 일을 하겠다고 결심했을 때부터 지금껏 그가 단 한 번도 예상하지 못한 것이었다. 늘 자신이 남의 일에는 의견을 내거나 적극적으로 개입하지 않는 타입이라고 여겼기 때문이다.

"그럼 마음껏 즐기십시오."

"감사합니다. 아! 그리고……."

서준은 일부러 뜸을 들였다.

"약혼 축하드립니다."

"아, 예. 감사합니다. 한서준 씨께도 곧 좋은 일 생기길 바랍니다."

물론이지, 이 자식아.

서준은 속으로 중얼거렸다. 물론 겉으론 생긋 매력적인 미소를 흘렸다.

"그럼 전 진짜 이만."

"은재 씨!"

어색한 웃음을 띠며 자리를 뜨려는 박은재를 누군가 불러 세웠다. 하얀색 캉캉드레스를 시원하게 차려입은 여자가 매끈한 각선미를 자랑하며 이쪽으로 걸어오는 중이었다. 세련미 넘치는 표정이 일품인 여자는 염색한 흔적이 거의 없는 긴 생머리와 옅은 화장으로 청순함을, 큰 키와 날씬한 몸매로는 섹시함을 강조하고 있었다.

"희주야!"

박은재의 얼굴에 자부심이 둥둥 떴다. 서준은 그녀가 누구인지 단박에 알아맞힐 수 있었다.

"못 보던 분이네. 누구?"

은재 옆에 선 그녀는 소개해 달라는 듯 서준을 힐끔거리며 매력적인 미소를 지었다. 이에 자리를 뜨려다 만 어정쩡한 자세로 서 있던 박은재는 냉큼 입을 열었다.

"아, 참. 인사해. 이분은 한서준 씨야. 오늘 지휘리 씨 파트너. 그리고 이쪽은 제 피앙세, 김희주입니다."

"만나서 반갑습니다. 한서준입니다."

"반가워요. 김희주예요."

희주는 맵시있는 자세로 고개를 까딱이며 휘리의 남자 친구라 자칭하는 한서준을 스윽 훑어보았다. 외모로만 보자면 거의 완벽에 가까운 남자였다. 그리고 자신이 주장하는 것처럼 IT 업계 소프트웨어 개발자, 한서준이 틀림없다면 조건 또한 완벽했다. 희주가 오랫동안 찾아온 바로 그런 남자라는 뜻이다.

'아니야, 이런 사람이 이때껏 내 눈에 뜨이지 않을 리 없어.'

어디서 굴러먹다 온 날라리일 거다. 자신이 너무 초라하게 느껴진 나머지 휘리가 긴급히 조달한 남자일 거다. 아까 전 휘리가 보였던 반응을 보라. 그녀는 한서준이 누군지 정확히 모르고 있었다. 진짜 자신의 남자 친구라면, 그리고 이 남자가 진짜 '한국의 빌 게이츠'라면 그 순간 그리 멍할 순 없으리라.

무엇보다 이런 얼굴의 남자가 모델이나 배우가 아닌 과학기술자라니. 희주는 믿을 수가 없었다. 어딜 가든 눈에 띄었을 이 얼굴을 연구실에 처박아두는 건 거의 범죄 행위나 마찬가지다. 충동적으로 희주는 공들여 가꿔온 섬세한 손을 자연스럽게 내밀었다. 남자의 반응을 보고 싶었다. 희주의 경우, 손을 잡았을 때 남자의 눈빛이라든지 손을 쥐어오는 악력 등을 가늠하다 보면 대략 남자의 성향을 넘겨짚을 수 있었다.

이 남자가 어떤 남자인지 희주는 궁금해졌다.

"휘리랑은 고등학교 동창이에요."

"……."

미남자의 얼굴에 일순 갈등의 기운이 스쳐 지나갔다. 손을 잡을까, 말까 망설이는 듯한 그 모습에 희주의 미간이 꿈틀거렸다. 설마 이대로 거부하는 건 아니겠지?

"휘리에게 들었습니다. 오늘이 뜻 깊은 날이라는 것도요. 축하드립니다."

"고마워요."

주춤하던 한서준이 말없이 그녀의 손을 잡자 희주는 희미한 미소를 내지었다. 그러면 그렇지. 제까짓 게 별수있나. 일시적인 만족감이 그녀의 자만심을 채웠다. 그러나 남자의 손은 왔던 것만큼이나 빠르게 제자리를 찾아갔다. 성향을 가늠해 보고 자시고 할 시간은 당연히 없었다.

'뭐야, 이 남자?'

강렬한 호기심이 희주를 지배했다. 기분이 묘해진 희주는 잠시 꾹 입을 다물었다.

"참! 은재 씨, 어디 간다고 하지 않았어?"

"응? 응…… 잠깐 주방에."

"갔다 와."

"뭐?"

"다녀오라고."

“그래도…… 괜찮겠어?”

은재가 미심쩍은 모습으로 서준을 힐끗 곁눈질했다. 항상 느끼는 거지만 은재는 의심이 많다. 어떤 남자가 봐도 혹할 만큼의 미인을 곁에 둔 남자의 어쩔 수 없는 반응이겠지만 그래도 의심이 많다는 건 심약하다는 증거가 아니겠는가. 규모는 크지 않으나 꽤나 튼실한 기업, 미래건설의 장남으로서는 약간 자격 미달이었다. 희주는 통 큰 남자가 좋았다.

“괜찮지, 그럼. 왜? 한서준 씨가 날 잡아먹기라도 할까 봐?”

희주는 말도 안 된다는 듯 큰 눈을 휘둥그레 뜨며 웃어버렸다. 눈에 뜨일 듯 말 듯, 한서준의 얼굴이 일그러졌다. 그녀의 농담 속에 들어 있는 속뜻을 알아챘다는 뜻일까? 하여튼 한서준은 표정 관리가 상당히 교묘한 사람이었다. 지금처럼 주의 깊게 보지 않았다면 그녀 역시 그의 감정이 흔들렸다는 걸 전혀 알아챌 수 없었을 테니까.

“아무튼 은재 씨 질투심은 알아줘야 한다니까.”

“무, 무슨 소리야? 별소릴 다 듣겠다. 음…… 그럼 얼른 점검하고 올게요. 그때까지 우리 희주 잘 부탁…….”

은재는 속내를 들켜 버린 당황함에 대충 말끝을 얼버무리고는 서둘러 자리를 떴다. 다 좋은데 박은재는 저게 문제였다. 바람둥이에 천하의 망나니여도 괜찮으니 제발 좀 저렇게 소심한 남자만 아니라면 얼마나 좋을까? 아무리 봐도 약하다는 느낌을 지울 수 없는 은재의 뒷모습을 희주는 마땅찮게 바라보았다.

"이해하세요. 저 사람 눈엔 제가 클레오파트라쯤으로 보이나 봐요."

희주는 심드렁하게 중얼거리며 서준을 돌아보았다. 그는 예상대로 별생각없는 듯 어깨를 으쓱하고 있었다.

"그러겠죠."

"휘리랑은 오래된 사이세요?"

별로 궁금해서 물어본 건 아니고 단순히 대화를 이어가자는 취지에서 한 의례적인 질문이었다. 그런데 묘하게 묻고 나니 꼭 알고 싶어졌다. 서준의 입에서 무슨 말이 나올지 심히 궁금했다. 휘리의 애인인 척 연기하고 있는 주제에 설마 오래됐다고는 하지 않겠지. 희주는 서준의 대답에 온 신경을 집중했다.

"오래됐다고는 할 수 없죠."

"참 애매한 답변이시네요."

"굳이 시간으로 따지자면 오래된 건 아닙니다."

서준이 짙은 눈썹을 휙 끌어 올리며 다시 말했다.

"시간으로 따질 수 없는 그 무언가가 있다는 건가요?"

"그렇다고 할 수 있죠."

뭐라고 묻든 해석하기 나름의 답변이 날아올 것만 같았다. 아마도 이렇게 불확실한 대답이 한서준의 주특기가 아닌가 싶다. 희주는 결코 녹록치 않을 것 같은 남자의 강건한 눈동자를 빤히 바라보았다.

"짧은 시간에 그런 감정의 교류가 있을 수 있는 건가요?"

“인생에 한 번쯤은 감정에 휩쓸릴 수밖에 없는 순간이 오지 않겠습니까? 예를 들어, 운명처럼 누군가를 만나 사랑에 빠지는 경우 같은.”

“그건 휘리가 운명의 상대자라고 믿으신다는 말씀?”

도무지 믿을 수 없는 말에 희주는 말꼬리를 휙 올리며 반문했다.

“글쎄요.”

씩. 한서준의 입가가 살짝 패였다.

“믿을 수 없군요. 지극히 현실적인 분 같은데.”

“운명의 순간은 겪어보지 않은 사람은 모르는 거 아니겠습니까?”

“물론 그렇겠죠.”

한껏 비꼬아주며 희주는 남자를 다시금 꼼꼼히 훑어보았다. 언뜻 한서준은 도시 비즈니스맨의 전형으로 보였다. 그러나 검정색 베이직 스타일 슈트를 깔끔하게 차려입은 모습은 어딘지 모르게 반항의 기운이 서렸다. 올 최신 유행 스타일의 디자인이라는 것도 걸리고, 잘생긴 마스크도 걸렸다. 그가 진짜 한서준이 아니라고 추측하게끔 한 것도 바로 그러한 요인들 때문이었다.

그러나…… 느낌이 다르다. 멀리서 봤을 때와는 또 다른 매력이 그에게서 풍겼다. 차분하면서도 안정적이다. 지금껏 단 한 번도 부모 말에 거역한 적이 없는 타고난 엘리트적 스타일이 그의 몸엔 배어 있었다. 절대적으로 그건 살아오는 동안 금전적인 궁핍함이나 심한 역경에 부닥치는 일들이 없어야만 가질 수 있는 상류층만의 여유였다.

'도대체 이 남자의 정체가 뭐야?'

혼란에 부딪힌 희주는 남자를 뚫어져라 바라보았다.

"컴퓨터공학 쪽이 전공 분야라고 하셨던가요?"

"어떻게 아십니까?"

휙. 그의 왼쪽 눈썹이 다시 치켜올라 갔다.

"벌써 소문이 파다하게 퍼졌어요."

"내 소문 말입니까?"

"정확히 말하면 휘리의 소문이죠."

"아하!"

유쾌하게 한서준이 고개를 끄덕였다. 진짜 한서준이라면 기대할 수 없는 반응. 어릴 때부터 유명세를 치러왔던 사람이고 그 때문에 언론을 피해 다니며 사는 한서준에게는 아무리 자그마한 모임에 퍼진 소문이라도 거북스럽기 마련일 것이다. 그런데 이 남자는? 희주는 뭐가 뭔지 알 수가 없었다.

"엊그제까지만 해도 누군가를 열렬히 좋아하던 애가 떡하니 남자 친구를 데리고 왔으니 다들 놀랄 수밖에요."

"그런가요?"

가볍게 응수하는 그의 표정이 살짝 찡그려지는 걸 희주는 놓치지 않았다.

"누군지 궁금하지 않아요?"

“알려주고 싶으신가 봅니다.”

“아까 휘리를 만나 잠깐 얘기를 했는데, 아직도 그 상대를 못 잊고 있는 것 같아서 말이죠. 한서준 씨도 알고 있는지 궁금했어요.”

일순 한서준의 숨이 딱 멎었다. 감정을 숨기는 데 익숙하던 남자의 얼굴이 순식간에 일그러지고 온몸은 술잔을 입에 댄 채로 완전히 정지해 버렸다.

“이런…….”

그가 주시하고 있는 것이 그녀가 아닌 다른 곳임을 깨닫는 데는 그리 오랜 시간이 필요치 않았다. 희주는 그의 시선을 따라 고개를 돌렸다. 삼십 미터 전방에 지휘리가 앉아 있었다. 불행히도 그녀는 키가 크고 가는 샴페인 잔에 담긴 무언가를 연거푸 마시고 있는 중이었다.

“잠깐만 실례하겠습니다.”

중얼중얼 욕설 아닌 욕설을 나지막이 내뱉으며 한서준은 서둘러 휘리에게 달려갔다. 마치 병아리를 싸고도는 어미 닭처럼 허겁지겁 수선스러운 그 뒷모습에 희주는 완전히 넋을 잃어버렸다. 방금까지 냉정과 품위를 잃지 않으며 차분히 그녀의 공격을 넙죽넙죽 받아넘기던 그가 아닌가!

희주는 질끈 입술을 깨물었다. 질투심이 다스리기 어려워질 정도로 급격히 치솟았다. 남자들의 숭배에 익숙해 있었고 또 그것에 늘 만족해 왔던 그녀에게 한서준의 저런 모습은 생소하면서도 욕심이 났다. 저런 게 보호본능이라는 것일까? 하지만 어디를 봐서 지휘리가 연약해 보인단 말인가? 보호가 필요한 사람은 튼튼하고 강단있는 휘리가 아니었다.

희주는 천천히 서준을 주시하며 그의 뒤를 따라 걸었다.

"뭐 하는 거야, 자기?"

가까이 다가가자 휘리의 귓속에 대고 속삭이는 서준의 말소리가 들렸다. 오늘의 톱 이슈인 지휘리와 한서준, 거기다가 희주까지 가세하자 사람들의 관심은 자연스럽게 이쪽으로 향하기 시작했다.

"어? 누구세요? 아, 소주방! 아직도 안 갔어요? 난 벌써 간 줄 알았는데. 현우한테는 고맙다고 전해주세요. 난…… 아! 당신도 고맙고요. 근데 이젠 필요없어요. 다 쫑났거든요."

휘리는 맥이 풀린 눈동자로 서준을 바라보며 알 수 없는 말을 중얼거렸다. 발음도 이리저리 새 겨우 뜻만 전달하는 지경이었다. 서준은 들리지 않게 작은 한숨을 내쉬며 휘리의 어깨를 부축했다.

"가자. 안 되겠다."

"안 되겠죠? 그죠? 당신 생각도 그렇죠? 맞아요. 나도 그렇게 생각해. 난 정말 안 되겠어. 내가 생각해도."

"도대체 무슨 정신으로 또……!"

짐짓 화가 난 듯 큰소리를 치려다 서준은 말을 멈추었다. 굳이 두리번거리지 않아도, 느낌만으로도 사람들의 시선을 느꼈기 때문일 거다. 추태는 휘리만으로도 충분했다. 그는 고집스럽게 입술을 꽉 다물고 휘리를 끌어당겼다. 휘청휘청 다리에 힘이 풀린 그녀는 의외로 순순히 자리에서 일어났다.

"아무래도 들어가 보셔야 할 것 같네요."

희주는 남자의 굳은 얼굴을 향해 인사말을 건넸다.

"죄송합니다. 박은재 씨께는 인사 못 드리고 간다고 전해주세요."

"그럴게요."

"응? 이게 누구야? 김희주잖아!"

반도 넘게 감긴 눈을 번쩍 뜨더니 휘리가 버럭 고함을 쳤다.

"그래, 나야. 금세도 취하는구나. 멋진 애인 놔두고 왜 술을 마셨을까? 심히 궁금해진다, 얘. 무슨 속상한 일이라도 있는 거니?"

"오호라! 벌써 한서준 씨랑 통성명을 마치셨다?"

술에 취한 상태에서도 버르르한 것 좀 보라지. 휘리는 그랬다. 좋아하면서도 안 그런 척, 자존심 상하면서도 아닌 척, 상처받았으면서도 안 받은 척. 그녀의 그 '척하는' 게 진저리나도록 싫은 희주다. 아프면 아프다고 해야 정상이 아닌가? 자신을 꽁꽁 숨기고 다른 모습으로 살아가는 휘리가 섬뜩할 정도로 싫었다.

"속상한 일? 네가 날 걱정해 주니 정말 기분 이상하다. 흐흐흐……. 언제부터 그랬다고. 안 그래, 서준 씨? 우리 자기! 사랑하는 나의 달링!"

축 늘어져 있던 몸을 덥석, 남자의 품에 던지며 휘리가 소리쳤다. 마치 온 세상에 한서준이 자신의 남자라는 걸 알리기 위한 것처럼 그 행동은 과장되어 있었다. 예상치 못한 휘리의 육탄공세에 놀라 서준이 휘청거렸다. 그러나 다음 순간, 놀랍게도 그는 웃고 있었다. 겨우겨우 짜증을 참고 있는 듯 꾹 입을 닫고 있던 한서준이.

"그만 하자. 사람들이 보잖아."

"볼 테면 보라지. 뭐 어때? 애인인데."

"그래도…… 너무 많잖아."

마지막 두 단어를 휘리의 귀에 바싹 대고 속삭이는 한서준은 진짜 휘리의 애인 같았다. 달콤한 남자의 속삭임에 덩달아 후끈 달아오르고 괜스레 심술이 몰아쳤다. 질투가 났다. 제대로 뭐 하나 갖춘 게 없는 휘리가 남자의 관심을 모조리 다 끌어갔다는 사실이 미치도록 화가 났다. 희주는 이글거리는 눈으로 휘리를 찔러보았다.

"희주가 나한테 그러더라고. 컴퓨터 천재, 한서준은 나같이 못생긴 애한텐 어울리지 않다고. 그랬지, 희주야? 아! 또 뭐랬더라? 우리가 애인인 칙한다고 했던가. 서준 씨 같은 남자 눈에 내가 참 리 없을 거라고 하더라고."

"그만 하지 그러니!"

속에서 부글거리는 분노를 삭이지 못하고 희주는 날카로운 고함을 내질렀다. 하지만 한서준은 이미 휘리의 말을 믿어버리는 눈치였다. 잔뜩 날이 선 눈동자로 그는 희주를 노려보고 있었다. 사람들 역시 수군거리긴 마찬가지. 민망함에 얼굴이 홧홧

해짐을 느끼며 희주는 숨을 골랐다.

"근데 서준 씨! 당신이 진짜로 컴퓨터 천재야? 한국의 빌 게이츠라며?"

"천재 아니야. 사람들이 그렇게 부르는 것뿐이지."

"키키키킥! 그럼 그렇지. 천재는 무슨 천재야. 아깐 나한테 꼼짝도 못했으면서."

"그만 나가자. 너 빨리 쉬어야겠다."

동정심인지 애정인지 중얼거리는 그의 목소리는 뜻 모를 감정에 흠뻑 젖어 있었다.

"별로 안 마셨는데. 그냥 샴페인 딱 한 잔 마셨는데. 아니다, 두 잔인가? 아아! 석 잔이다. 음…… 모르겠다. 머리가 너무 아파……."

"원래 술에 약하잖아, 너. 조금만 마셔도 취하는 애가 샴페인은 왜 마셔가지고."

"잠 온다, 서준 씨. 이 어깨 좀 빌리면 안 될까? 내 남자 친구잖아, 당신."

"자. 내가 안고 갈게."

그리 말하는 서준은 이미 휘리를 안아 들고 있었다. 얼굴을 그의 어깨 위로 올리고 눈을 감은 휘리는 자연스럽게 두 다리를 넓게 벌려 그의 허리를 감았다. 친밀한 그 행위 앞에 주변 사람들 모두 숨을 죽였다. 어느새 멈추었는지 작게 울리던 음악마저 사라진 채 주변은 고요했다.

"실례합니다."

길을 막고 서 있는 사람들을 향해 서준이 한마디 던지자 인파는 홍해 바다 갈라지듯 길을 만들었다. 저벅저벅. 그가 걸어나가기 시작했다.

"음…… 서준 씨한테서 좋은 냄새 난다. 무슨 향수 써?"

휘리가 킁킁거리며 서준의 어깨에 코를 묻었다. 많은 사람들 앞에서 냄새를 맡는 추태를 보임에도 불구하고 서준은 담담하고 침착했다.

"향수 같은 거 안 써. 이건 네 냄새야."

"내 냄새? 아, 지랄…… 무슨 소린지 모르겠네."

혀도 풀리고 정신도 오락가락하는 휘리. 눈을 감고 숨까지 쌕쌕하는 그녀는 무척이나 편안해 보였다. 남자의 품에 안겨 진짜로 잠을 자려는 모양이다. 호기심을 넘어 충격까지 받은 사람들은 집단 최면에 걸린 듯 꼼짝하지 않고 그 모습을 바라보았다. 너른 홀을 가로지르는 남자의 뒷모습을 바라보며 희주는 입술을 질끈 깨물었다.

양손이 부들부들 떨리는 걸 참는 게 쉽지가 않았다. 같잖은 지휘리가 삼십대 청년갑부, 한서준의 사랑을 받고 있다는 게 믿어지지 않았다. 최고 학부를 졸업하여 대기업 엘리트 코스를 밟아 여기까지 올라온 자신이 지휘리보다 못한 게 뭔가! 재능과 미모를 겸비하고도 한낱 지휘리보다 못한 인생을 살아야 한다는 건 말도 안 되었다.

질투심이 희주의 온 가슴을 야금야금 갉아먹기 시작했다. 최고의 집안, 최고의 남자만을 고집하는 희주의 아집이 고통스럽게 그녀를 옥죄어왔다. 강박관념처럼 따라다니는 가문과 혈통에의 열망이 또다시 그녀를 부추기는 듯했다.

"오늘 하루만 이렇게 있을게. 오늘 하루만……."

그가 걸을 때마다 점점 스러져 가는 휘리의 음성이 흔들렸다. 서서히 잠이 드는 듯 휘리의 몸도 함께 흐느적거렸다. 꽤 무거울 텐데도 남자는 끄떡도 하지 않고 걷는 중이었다.

"걱정 마. 내일까지 이렇게 있어도 아무 말 안 할게."

"오늘만이야. 오늘만……."

"쉬이……."

카페의 자동문을 막 나서고 있는 남자의 손길은 휘리의 등을 토닥이고 있었다.

지잉.

시샘이 절로 나는 두 연인의 모습을 삼키며 자동문이 닫혔다. 그러자 충격 속에 고요하기만 하던 실내가 약속이나 한 것처럼 소란스러워졌다.

"어머! 웬일이니? 쟤, 휘리 맞니?"

"어떻게 감쪽같이 우릴 속였을까? 박 이사님 좋아하는 것처럼 보이더니만."

"솔직히 휘리, 쟤가 박 이사님 좋아한다고 대놓고 말한 적은 없지 뭐. 순전히 네가 추측한 거잖아."

"그러게…… 말이야. 진짜 이상하단 말이야."

몇 발자국 떨어진 곳에서 속닥거리는 예은지와 김미연의 수다를 들려왔다. 휘리가 박은재를 좋아한다는 정보를 넌지시 건네준 김미연은 흘끔 희주의 눈치를 살피고 있었다.

"이상하긴 뭐가 이상해. 네가 잘못 생각했던 거야, 애. 저 정도 끗발있는 남자랑 만나는데 박 이사님을 짝사랑할 리가 없잖아. 안 그래?"

"그렇긴 하지. 근데 정말 저 남자가 천재야?"

"아이구! 천재면 어떻고 둔재면 어때. 어휴! 저런 남자면 야, 천재 아니라 천하의 바보여도 난 상관 않겠다."

"괜찮긴 진짜 괜찮다. 몸매도 진짜 죽인다. 돈도 많다며?"

"척 봐도 그렇게 보이잖아. 그 옷 봤니? 그거 어디 거냐? 아르마니야, 베르사체야?"

"휴고 보스 아니야?"

제냐다, 이 바보들아. 희주는 속으로 중얼거리며 휙, 몸을 돌렸다. 기분이 더러웠다. 사촌이 땅을 사도 배가 아프다는데, 이건 땅을 산 정도가 아니라 로또복권에 당첨된 격이 아닌가. 배가 아프다 못해 장이 꼬이고 경련이 일어나려 했다.

약혼 발표고 뭐고 한시라도 빨리 이 자리를 뜨고 싶었다.

'이건 뭐가 잘못돼도 한참 잘못됐어!'

## 제 4 장

뒷좌석으로부터 신음이 흘러나왔다. 몸을 뒤척이며 잠꼬대를 하는 도중, 여자가 흘리는 소리였다. 서준은 힐끔 룸미러를 통해 여자의 상태를 가늠했다. 깊은 수면 상태에 빠져 있는 그녀는 꿈을 꾸고 있는지 얼굴을 찌푸리며 알아들을 수 없는 말들을 중얼거리고 있었다.

"예, 어디쯤인지는 대략 알 것 같습니다. 곧 가죠."

서준은 한숨을 내쉬며 조용히 대꾸했다.

[그런데 정말 누구십니까? 누구신데 우리 누나를 보호하고 있다는 겁니까? 우리 집 전화번호는 어떻게 알았고요?]

수화기 너머로 들리는 청년의 목소리에는 불신이 잔뜩 도사리고 있었다. 단도직입적이면서도 당돌한 그의 말투는 듣는 사람에 따라 충분히 불쾌하게 느껴질 정도다. 하지만 얼마든지 이해할 수 있는 무례라고 서준은 생각했다. 출가했지만 서준에게도 누나가 있고, 그 누나가 만약 술에 취한 상태에서 낯선 남자의 보호를 받고 있다고 생각한다면 그 역시 신경이 날카로워질 것이기 때문이었다.

"오늘 파티에 동행한 사람입니다. 전화번호는 다행히 휘리 씨 핸드폰에 저장되어 있었고요."

[파티에 동행했다고요? 어떤 사인데요? 극단 사람입니까?]

"아니요. 전…… 개인적으로 아는 사이입니다."

[개인적으로라고요? 그게 무슨 소리예요? 남자 친구란 말입니까?]

"어…… 네."

어찌 됐든 오늘 하루만큼은 그러기로 한 거니까. 마땅히 누구라고 말하기 뭣하기도 하고. 서준은 어깨를 으쓱하며 대답했다.

[남자 친구라면서 여자 친구 집이 어디인지도 모른단 말이에요?]

참 집요하기도 하다. 어지간하면 그냥 넘어갈 것이지.

"사귄 지 얼마 안 됐거든요."

[그러십니까?]

비꼬는 듯한 말투가 서준의 신경을 건드렸다. 별로 그의 말을 믿지 않는다는 투다.

[아무튼 조금 있다가 봅시다. 이 전화번호, 경찰에 신고하면 충분히 추적할 수 있다는 거 잘 아실 겁니다.]

허튼짓하지 말고 곱게 보내라? 서준은 피식 웃을 수밖에 없었다. 어지간히 요란한 남매라는 생각이 들었다.

"이십 분 후면 도착할 것 같습니다. 그때 다시 전화 드리죠."

[예, 그럽시다.]

취조하듯 이것저것 무례하게 묻던 상대는 그 용감무쌍한 기세만큼이나 지체없이 뚝 전화를 끊었다. 서준은 또 다른 지휘리를 겪은 듯해 웃음이 튀어나왔다. 전화기를 옆에 두고 시동을 걸며 그는 다시 한 번 뒷좌석의 지휘리를 점검했다. 언제 뒤집었는지 엎드려 있는 그녀는 쿨쿨 코를 골고 있었다. 음냐음냐, 쩝쩝. 입맛까지 다시며 그야말로 쿨쿨.

"속 편하게 잠이 오나? 신기하군."

서준에겐 있을 수 없는 일이다. 그는 아무리 진탕 술을 마셔도 정신을 잃은 법이 없다. 성격 때문이랄까. 워낙 알코올에 강한 체력인데다가 술을 마실 때면 평소 때보다 바짝 더 신경을 곤두세우게 되니 자연히 취하기 직전 술 마시기를 멈출 수 있는 것이다. 그런 그이기에 지휘리가 특이하게 보일 수밖에 없다.

소주 한 잔만 마셔도 취하는 사람이 어찌 이리 무모할 수가 있을까? 그것도 여자가!

서준의 이맛살에 주름이 깊게 잡혔다. 아까의 일을 떠올리니 기분이 급격히 나빠졌다. 알코올에 관한 한 완전 무방비 상태였던 지휘리가 술에 취해 비틀거리고 쓰러지기 직전까지 무슨 일이 있었는지 서준은 대략 짐작이 갔다. 김희주와 무슨 일이 있었던 게 틀림없었다. 물론 휘리 쪽이 무참히 깨진 것일 테다.

"희주가 나한테 그러더라고. 컴퓨터 천재, 한서준은 나같이 못생긴 애한텐 어울리지 않는다고."

술에 취해 흥얼흥얼 중얼거리던 휘리의 말은 허튼소리가 아니었다. 그녀의 말에 당황한 듯 얼굴을 일그러뜨리던 김희주의 반응이 사실임을 입증해 주었다. 그걸 깨닫는 순간, 서준은 사실 꽤 놀랐다. 양식이 있는 사람이, 모르는 이도 아닌 고등학교 동창 친구에게 그런 잔인한 말을 내뱉을 수 있는 것인지. 여자의 심성이 심히 의심스러웠다. 거만하고 새침해 보이기는 했으나 깔끔한 인상이었던 김희주였기에 더 놀랐는지도 모른다.

어쨌든 그런 친구를 둔 지휘리에게 연민이 생기는 건 매우 자연스러운 일이었다. 겉으론 대차고 거칠지만 실은 친구의 말 한 마디에 상처받고 정신을 놓도록 술을 마셔 버리는, 지독히 연약한 여자인 것이다. 가슴이 저릿저릿 아파왔다. 휘청휘청 제 자신조차 가누지 못하는 휘리의 촉촉한 눈은 그냥 보는 것만으로도 안쓰러웠다. 그 눈을 보는 순간, 서준은 그녀를 보호해 주고 싶다는 강렬한 충동에 사로잡혀야 했다.

“동정심인가? 그런 거냐, 한서준?”

서준은 자신을 향해 나직이 물었다.

이십 분쯤 후, 여전히 깨끗하지 못한 머리를 문지르는 서준은
아무렇게나 던져 놓은 전화기를 다시 집어 올리고 있었다. 휘리
의 남동생에게서 전해 들은 지휘리의 집, 하늘아파트 203동 앞
에 차를 댄 후였다. 통화 버튼을 누르며 서준은 피곤한 몸을 돌
려 뒷좌석을 확인했다. 다행히 그녀는 아직까지 새근새근 잠들
어 있었다.

“누나!”

“휘리야!”

귓전을 때리던 통화 발신음이 지루해질 무렵, 서준은 이쪽으
로 황급히 달려오고 있는 두 사람을 발견했다. 이십대 초반으로
보이는 청년과 중년 여성이었다. 그가 올 때까지 밖에서 기다리
고 있었던 모양이다. 서준은 천천히 안전벨트를 풀고 여유로운
동작으로 차 안에서 나왔다.

“세상에! 이게 어쩐 일이래. 도대체 무슨 일이야? 어휴, 내가
못살아!”

휘리의 어머니인 듯 보이는 중년 여인이 서준을 지나 자동차
뒷좌석으로 내달렸다. 그 뒤로 청바지 주머니에 양손을 찔러 넣
고 잔뜩 인상을 쓴 채 걸어오는 남자가 있었다. 서준은 그가 방
금 전 통화한 휘리의 남동생이라는 걸 단번에 알아보았다. 인상

을 쓴다고 쓰고는 있지만 그다지 험악해 보이지 않는 게 딱 지휘리와 닮았던 것이다. 서준은 허세를 부리며 다가오는 남자를 물끄러미 바라보았다.

"당신이 아까 전화했어요?"

서준의 코앞에 딱 발길을 멈춘 그는 서준보다 훨씬 더 큰 키의 소유자였다. 그는 키에서 앞선다는 생각에 우쭐한 게 틀림없었다. 큰 키로 상대를 제압해 온 전력이 꽤 있는 듯했다. 뒤통수에 잔뜩 힘을 주고 두 눈을 내리깔며 그는 서준을 내려다보고 있었다.

"네, 접니다."

서준은 고개를 살짝 끄덕이며 취조 같은 그의 질문에 순순히 답했다.

"아휴! 내가 미친다, 지휘리. 아니, 왜 못 마시는 술은 마셔서 그래. 응? 애도 아니고, 지 몸 하나 간수를 못하니 원. 야, 지누리. 누나 좀 업어. 어서!"

휘리의 어머니가 하는 말을 듣고 있자니 쿡쿡 웃음이 나왔다. 아무래도 지휘리에겐 이런 종류의 전적이 적지 않았던 모양이었다. 그럴 만하다고 서준은 생각했다.

"지누리, 뭐 해!"

"잠깐만. 이 자식부터 처리하고."

"쓸데없는 짓 할 생각 말고 넌 어서 누나나 업어, 이 녀석아!"

팔이 안 닿자 여인이 190㎝는 족히 될 듯한 아들의 팔을 붙들고 늘어졌다. 그리곤 잠깐 중심을 잃고 기우뚱거리는 그의 귓불을 잽싸게 붙잡았다.

"아, 아야! 아파, 엄마!"

"지금 이러고 있을 때야? 네 누나 지금 술에 취했잖니! 빨리 데리고 들어가야 할 것 아니야. 응? 동네 창피한 줄 알아야지."

"에잇! 알았어, 알았다고! 술은 누나가 먹었는데 왜 나한테 짜증이야, 짜증은."

귀를 잡힌 채 질질 자동차 뒷좌석까지 끌려간 지누리는 혼자 툴툴거리며 쭈뼛쭈뼛 열린 차 문 앞에 섰다. 서준 앞에서 스타일이 구겨졌다고 느끼는지 자꾸만 그를 힐끔힐끔 쳐다보면서 말이다. 서준은 나오는 웃음을 참으려 꾸욱 볼 안쪽을 깨물어야 했다. 휘리만큼 작은 키로 장대 같은 아들을 단숨에 제압하는 여인이 어쩐지 휘리의 전신 같다는 느낌이 강하게 풍겼다.

"에이, 무거워. 진즉에 다이어트 좀 하라니까. 하여튼 게을러 터져서는."

누리는 차 안에 널브러져 있는 휘리를 끌어당겨 안아 들었다. 그러나 키는 상당히 크지만 덩치는 조금 작은 편에 속한 그에게 정신을 잃고 쓰러진 휘리를 안아 올리는 일이 쉬울 리 없었다. 한참을 낑낑거리고 있는 그를 보노라니 서준은 손이 근질거렸다. 괜찮다면 직접 안아 집까지 안전하게 데려다 주고 싶은 마음이 굴뚝같았다. 저러다 떨어뜨리기라도 하면 어쩌란 말인가? 안 그래도 정신 잃은 사람을.

“진짜 우리 휘리랑 사귀는 사이예요?”

아무 기척도 없던 여인이 대뜸 물어왔다. 휘리에게 정신을 팔고 있던 서준은 그제야 여인이 고개를 비스듬히 반쯤 눕히고 자신을 바라보고 있다는 사실을 깨달았다. 그 호기심 가득한 눈에 일순 당황한 서준은 더듬더듬 둘러댔다.

“예…… 뭐, 그렇다고 할 수 있습니다.”

“사귀면 사귀는 거고, 아니면 아닌 거지. 그렇다고 할 수 있는 건 또 뭐야?”

말은 그리하지만 그녀의 말꼬리는 한참이나 부드러웠다.

“사귀고 있습니다.”

오늘까진 엄연히 사귀는 거 맞으니까.

“난 휘리 엄마예요.”

그러고는 손을 내밀었다. 갑작스러운 요청에 당황한 서준은 엉겁결에 그녀의 손을 맞잡고 고개를 숙여 꾸벅 인사를 했다.

“한서준입니다.”

“그래요. 한서준 씨. 마음 같아선 집에 들어가서 차라도 한 잔 대접하고 싶지만 밤도 늦었고 우리 휘리도 취했고 하니, 아쉽지만 오늘은 이렇게 안면만 터야겠네요.”

“예.”

“언제 한번 우리 집에 놀러와요.”

“그러도록 하겠습니다.”

그럴 일이 있을까마는. 해명은 휘리의 몫이라 여기며 서준은 빙긋 웃었다.

"언제 올래요? 내일 어때요?"

"예? 아, 내일은……."

서준은 딱 말문이 막혀 버렸다. 아무리 해명은 그의 몫이 아니라지만 지키지도 못할 약속을 무책임하게 덜컥 할 수는 없는 일이었다. 그렇다고 지금 당장 하루 동안만 사귀는 사이라고 이실직고할 수도 없는 노릇이고. 서준은 뭐라 답해야 할지 몰라 입만 벙긋거리고 있었다.

"바빠요?"

"네, 그……."

아무리 바쁜 일이 있어도 여자 친구의 어머니로부터 이런 초대를 받았다면 당연히 시간을 내야 마땅하다고 생각하는 서준이다. 게다가 내일은 비번이 아닌가! 평소 거짓말에 소질이 없는 서준으로선 입 안에서 빙빙 맴도는 거절의 말을 차마 내뱉을 수 없었다.

"바쁜가 보구나. 그래, 무슨 일을 하는데요? 이런 거…… 물어봐도 실례는 아니죠?"

"아, 물론입니다."

"궁금하기도 하고 해서요."

"괜찮습니다. 전 컴퓨터 프로그램 쪽에 관련된……."

"뭐 해, 엄마! 호구 조사해? 허리 아파 죽겠구만. 아들 허리 병신 만들 거야? 빨리 가자고!"

어느새 안아 올린 휘리를 등에 업고 지누리가 악을 썼다. 진 땀을 뻘뻘 흘리는 게 보고만 있어도 얼굴이 찌푸려졌다. 그냥 서 있는 게 저 정도인데 걷는 건 오죽할까? 저러다 쓰러지면 깊은 수면 상태인 휘리는 바닥에 나뒹굴게 될 것이다.

"알았어, 알았어. 먼저 가고 있어, 넌."

"엘리베이터 버튼 눌러줘야 할 거 아니야. 에이씨, 짜증나!"

"저 녀석이 진짜 혼나보려고."

"빨리 와, 그냥! 어차피 누나 깨면 다 물어볼 거잖아. 남자한테 허리가 얼마나 중요한데. 에잇! 허리 망가지면 장가도 못 간다고! 그럼 엄마가 책임질 거야?"

"저 자식이!"

여인이 주먹을 틀어쥐었다. 당장이라도 달려가 아들의 엉덩이를 걷어찰 기세였다. 힐끔 그의 눈치를 보는 것이, 순전히 서준 때문에 참고 있는 듯했다. 보다 못한 서준은 주책없이 불쑥 입술을 움직이고 말았다.

"제가 대신 업겠습니다."

자신이 무슨 짓을 했는지 깨닫고 황급히 입술을 깨물었지만 이미 늦어버린 후였다.

"어머! 진짜 그래주려고? 나야 좋지. 저 자식이 딱 우리 집 양반을 닮아서 허우대만 멀쩡하지 사실 완전히 약골이야."

"뭐야, 엄마는!"

상황은 걷잡을 수 없이 번져 가고 있었다. 제발 내일 아침 일어난 지휘리가 무사하기만을 바랄 뿐.

"아, 이봐요! 업을 거면 빨리 해요. 뭘 그리 꾸물거려? 허리 아파 죽겠구만."

누리는 낑낑거리며 질질 내려가는 휘리의 육중한 몸을 훌쩍 추켜올리며 고함을 질러댔다. 서준이 못마땅한 듯 툭툭거렸지만 당장은 그가 뻗어준 구원의 손길이 간절한 것이다. 서준은 씩 웃으며 다가갔다.

동생의 얄팍한 등에 질펀하게 엎드린 휘리는 말 그대로 뻗어버린 상태였다. 꿈이라도 꾸는 건지, 그 얼굴엔 아기 같은 천진한 미소를 띠고 있었다. 서준은 그녀의 포동포동한 얼굴을 살짝 쓰다듬었다. 잠깐이지만 봉긋 열린 입술이 마치 키스를 바라는 것처럼 느껴졌다.

'미쳤군, 드디어.'

잠에 빠져 흐느적거리는 여자를 지누리 대신 들쳐 업으며 서준은 생각했다. 미친 게 아니면 지금 이 시간에 오늘 처음 만난 여자를 업고 그녀의 집으로 들어가고 있지는 않을 것이라고. 편안한 욕조에 몸을 담그고 캔맥주를 시원하게 들이키고 있을, 간만의 휴식을 뒤로하고 이게 무슨 짓인지 모르겠다고. 서준은 고개를 살래살래 저었다.

오늘은 정말 이상한 날이다.


"됐어요."

서준은 딱 잘라 말했다. 늘 이런 식이다. 남의 부탁을 일언지하에 거절하는 일은 그에게 매우 드문 일에 속하지만 이 문제에 대해서만큼은 서준도 상당히 뚜렷한 주관을 가지고 있기 때문이다. 상대가 누구인지, 뭐 하는 사람인지, 예쁜지 박색인지, 전혀 상관없이 그는 무조건 노우를 외친다. 그에게 '사랑의 감정'이란 어머니인 강은실 여사의 주장처럼 노력여하에 따라 생기는 게 아니었음에. 맞선이라는 형식 자체가 싫음을 그도 어찌할 수 없음에.

"너 정말 어쩌려고 그래! 올해도 이대로 넘길래? 네 나이가 벌써 서른하고도 셋이야. 난 이렇게 조급해서 죽겠는데. 어떻게 된 애가 넌 이렇게나 천하태평이니? 응?"

강은실 여사는 오늘도 사진 한 장을 들이대며 서준에게 맞선 보기를 강요하고 있다. 삼 일 밤을 새고, 피곤에 찌든 몸으로 낯선 여자를 따라 일정에도 없던 파티까지 참석하느라 몸도, 마음도 모두 기진맥진이 된 서준에겐 정말 짜증스러운 일이 아닐 수 없었다.

"인연을 억지로 만들 순 없어요."

이층 계단을 올라 제 방으로 들어서며 서준은 말했다. 시금썻 골백번도 더했을 그 말을 오늘도 이해하지 못한 듯 강은실은 듣자마자 발끈했다.

"인연은 뭐 그냥 생기는 줄 아니? 하늘에서 네 색싯감이 뚝 떨어지기라도 한대? 사람을 만나야 인연인지 아닌지도 알게 되는 거야. 허구한 날 일에만 매달려서 여자는 거들떠도 안 보는데 인연이 나타날 것 같니? 그리 쉽게 찾아지는 게 인연인 줄 알아? 노력을 해야지, 노력을!"

"노력 안 해도 이어지는 게 인연이에요."

"만나봐. 이번엔 진짜 참한 규수라니까. 일류대학교 피아노과를 수석으로 졸업했더라. 지금은 버클리에서 공부 중이고, 내년에 졸업하면 곧바로 한국으로 들어와 음반 취입할 거래. 네가 공과 계통이니까 예술 쪽 여자랑 어울리지 않겠니? 그래서 내가 특별히 장 여사한테 부탁해서 얻어낸 기회란 말이야."

서준이 재킷을 벗어 던지고 넥타이를 풀어 젖힐 때까지 강은실은 손에 들고 있는 여자의 사진을 그의 코앞에 들이밀며 설명하기에 바빴다.

"장 여사라고요? 그 마담뚜 말씀하시는 겁니까? 누나 결혼할 때 그……."

결혼시장에서 백발백중 마당발로 통하는 장 여사는 서준도 잘 알고 있었다. 전문중매인이기 때문에 많은 종류의 사람을 두루두루 소개받을 수 있지만 바로 그 때문에 서준은 더 숨이 막혔다. 사람과 사람이 만나는 신성한 절차 속에 금전적인 면이 개입된다는 것도 꺼림칙하고 사람을 상품으로 여기는 듯한 장 여사의 태도에도 거부감이 일었다. 서준의 누나, 서희도 장 여사의 소개로 좋은 사람을 만났고 지금은 결혼해 잘살고는 있지만 그것은 다 그녀의 타고난 애정운이 좋았기 때문이라고 그는 여기고 있었다. 첫 번째 맞선 자리에서 곧바로 운명의 필을 받는 경우는 결코 흔치 않으니까.

"얼굴도 얼마나 예쁘니? 이 정도면 완전히 미스코리아감이다. 너한테 대면 아깝지, 이 규수가. 이만큼 예쁘고 집안 좋고 학벌 좋은 애가 어디 쉽게 나서는 줄 아니? 봐봐! 상큼하니 인상이 현대적이고 세련됐잖아."

와이셔츠 단추를 풀며 서준은 등을 돌렸다. 자꾸만 집요하게 달라붙는 강 여사가 귀찮기만 했다. 제발 오늘은 남은 몇 시간만이라도 푹 쉬게 해줄 수 없는 것일까? 안 그래도 너무나 피곤한 하루였다고!

"한 번만 좀 봐봐라, 조옴! 시쳇말로 완전히 뻑 간다니까."

"샤워할 겁니다. 이만 나가주세요."

바지 혁대를 한 팔로 쭉 뽑아내며 서준은 무미건조하게 중얼거렸다. 욕실로 향하는 그의 등 뒤로 강 여사는 두 팔을 축 늘어뜨렸다.

"아니, 네가 뭐 어디 부족한 애도 아니고. 왜 멀쩡한 놈이 이렇게 주말 저녁을 빈둥거리며 보내느냐고! 응? 내가 속이 상해서 원."

쿵. 달칵.

욕실 문을 닫고 잠그기까지 하자 속사포처럼 쏟아지던 강 여사의 한탄이 뚝 끊겼다. 이제 겨우 혼자가 된 것이다. 거울 앞에 선 서준은 격렬히 한숨을 토하며 이마를 덮은 머리카락을 쓸었다.

‘주말 저녁을 빈둥거렸다고? 풋!’

웃음이 터졌다. 서준의 인생에서 오늘처럼 골치 아픈 날이 있었을까? 저녁 내내 꼭 지뢰밭을 건너는 기분이었다. 사방에 도사리고 있는 사고에의 위험에 대비해 긴장을 풀 수가 없었다. 특히나 당사자인 여자가 멀쩡히 연기 잘하고 있다가 번개라도 맞은 듯 갑자기 어딘가로 냅다 날아나 버린 이후로는 완전히 끈 떨어진 연처럼 당황했었다. 그녀도 서준처럼 긴장하고 있었던 모양이었다.

“지휘리…….”

한번 들으면 자꾸만 입 안에서 뱅뱅 돌게 되는 이름이다. 기분도 좋아지고 미소가 절로 나온다. 사실 지휘리 자체로서는 그다지 매력적인 캐릭터가 아님에도 불구하고 말이다. 하지만 그런 첫인상은 지금 말끔히 사라진 후다. 여성적이지 못할지는 모르지만 매력은 있었다. 호기심도 생기고 귀엽기도 하고, 딱히 뭐라고 표현하기는 힘들지만 아무튼 나쁘지 않았다. 두말할 것도 없이 지휘리와 엮인 오늘이 그의 인생 중 가장 흥미로운 하루였으니 말 다했지. 그런데 박은재는 그런 그녀를 두고 김희주를 선택했다?

뜨거운 물줄기를 느끼며 서준은 눈을 감았다.


“여리다고요?”

박은재는 모르고 있었다. 발견하지 못한 걸까? 그의 눈엔 지휘리의 약함이 보이지 않는 모양이다. 그 작은 어깨가, 주눅 든 것처럼 움츠러든 몸이, 상처받는 것이 두려운 그 떨리는 눈이 보이지 않는 것이다.

"그만둬. 그만둬라, 한서준."

또다시 떠오르는 지휘리의 딱한 모습을 내치며 서준은 조용히 중얼거렸다. 사람 마음이라는 건 마음먹은 대로 되는 게 아니었다. 서준이라면 당당하고 거칠 것 없는 김희주보다 휘리에게 더 마음이 갈 것 같지만 박은재는 달리 생각할 수도 있는 문제다. 무엇보다 지휘리는 이제 서준과 아무 상관도 없는 이였다. 일시적으로 현우의 부탁 때문에 잠깐 알게 된 여자고 앞으로 만날 일은 없을 것이다. 그런 여자에 대해 이렇게까지 마음을 쓸 필요는 없다고 그는 생각했다.

서준은 아마에 부딪쳐 흘러내리는 물줄기를 거칠게 쓸어 올렸다. 피곤했다. 몸도, 마음도, 끊임없는 생각들로 인해 지금 이 순간까지 혹사당하고 있는 그의 뇌까지. 다 피곤했다. 빨리 눈을 감고 침대에 눕고만 싶었다. 한숨 푹 자고나면 모든 건 어제 이전으로 돌아가 있을 것이다. 다시 예전의 평온을 되찾을 수 있을 것이다.

그러나 어쩐지…… 밤은 길 것만 같은 예감이었다.

청록색 바탕에 찍힌 흰색 아크릴 문자. 쌍팔년도 스타일이란 말이 절로 나오는 간판이 어지간히 궁상스럽다. [떴다 심부름]의 간판을 바라보며 휘리는 한숨을 내쉬었다. 하루종일 책상 앞에 앉아 있었지만 도무지 집중이란 건 안 되고 일은 아예 손에 잡히지도 않고, 도망치듯 사무실을 뛰쳐나온 지금은 혹 떼려다 혹 하나 더 붙인 격이 되어 있었다. 도대체 무엇 때문에 이렇게 꼬여 버린 건가? 무려 이 년 동안을 짝사랑했던 남자가 약혼 발표를 했는데도 마음 상해할 겨를도 없다. 상대가 다른 이도 아닌, 꼴 뵈기 싫은 김희주인데도 말이다.

그날 아침 일어나자마자 그녀는 가족들로부터 들볶임을 당했다. 어머니인 구순례 여사는 도대체 언제 사귄 거냐며 서준이 마음에 든다고 하고, 동생인 지누리는 괜한 짜증을 부려댔다. 아버지, 지석철은 흥미로운 얼굴로 휘리가 드디어 제짝을 만난 거냐며 싱글싱글 웃었다. 그것뿐이 아니다. 오전 내내 핸드폰에 불이 났었다. 예은지와 김미연을 비롯한 여럿의 극단 선배들과 후배들이 번갈아가면서 전화를 해온 거다. 그들이 하나같이 건네는 인사말은 어젯밤 좋은 시간 보냈냐는 거였다. 그러고 나서 그들은 꼭 한 마디씩 덧붙였다. 그 남자 너무 멋지다, 잘해봐라, 등등.

'도대체 무슨 일이 있었던 걸까?'

자꾸만 생각날 듯 말 듯하면서도 떠오르지 않는 희미한 기억 때문에 그녀는 그야말로 죽을 맛이었다. 주위 사람들의 끈적거리는 목소리와 은근한 눈길. 마치 한서준과의 사이를 다 알고 있다는 듯한 그 시선들이 휘리를 돌게 만들었다. 아니, 도대체 뭘 다 안다는 건가? 그 남자랑 만나서 한 일이라곤 작당밖에 없다. 애인인 척해서 사람들을 한번 감쪽같이 속여보자는 게 작당 축에나 낀다면 말이다.

아무튼 일주일 전, 그날. 홧김에 마구 마셔댄 샴페인 때문에 필름이 끊긴 이후로 휘리 머릿속엔 아무것도 남아 있지 않았다. 심지어 그 남자 생김새도 가물가물했다. 뭐 어떠랴? 상관없다. 원 나잇 스탠드(One Night Stand)도 아니고, 원 데이 러버스(One Day Lovers)인 처지에 얼굴은 기억해서 뭐 하겠나. 어차피 현우에게 술 한 잔 거하게 사주면 거래는 끝이다. 사주는 게 여러모로 안 되니, 친구들 몇 명 데리고 가서 매상이나 잔뜩 올려주면 되겠지.

한 가지 걸리는 게 있다면 삼 년 동안이나 재발된 적 없는 그녀의 괴상망측한 술버릇.

술에 취하면 자꾸 옆에 있는 사람을 붙들고 마구마구 뽀뽀를 해대는 민망한 버릇이 바로 그것이다. 삼 년 전 애인 있는 친구한테 그랬다가 큰 곤혹을 치른 이후로 다행히 없어졌지만. 그거야 알 수 없는 거 아닌가? 재발에도 잠복 기간이라는 게 있을 터이니.

‘아니야. 설마 하니 삼 년 동안이나 없었던 증상이 갑자기 일어났을라고. 별일없었을 거야. 그러니까 일주일이 지나도 연락이 없지.’

그런데 왜 이렇게 기운이 쫙 빠지는 걸까? 무슨 일을 해도 집중을 할 수가 없다. 오늘 한 일이라고 해봐야 취미 삼아 쓰고 있던 극대본 작업이 전부였지만 그것마저도 지금은 올스톱이다. 글쓰기는커녕 책 읽기도 안 되는 판이니 할 말 다 했다. 게다가 그녀는 발등을 찍어도 골백번은 더 찍을 결정적인 과오를 저질렀다. 한서준이 그녀의 남자 친구가 아니며 그와의 사이는 연극이었을 뿐이라는 사실을 아무에게도 말하지 못한 것이다.

친구나 선후배들에겐 경황이 없어 말을 못했다 쳐도, 가족들에겐 말을 했어야 했다. 하지만 어떻게 말할 수 있었겠나? 온 집안이 흥분의 도가니였는데. 허구한 날 짝사랑만 하던 그녀에게 누군가 정식으로 사귀는 남자가 생겼다는 사실이 온 식구들에게는 엄청난 이슈였다. 부모님은 그가 어떤 사람인지 묻기에 바빴고 동생은 그의 재정 상태가 어떤지 알아내려 혈안이었다. 무슨 계기로 만나게 됐는지, 어떤 점 때문에 좋아하게 되었는지. 그 수많은 질문들을 모두 뒤로하고, 그 기대에 찬 가족들의 얼굴을 무시하고, 아니라고 말할 수는 없었다. 한서준이 일시적인 땜빵용 남자라고 말하느니 차라리 나중을 기약하는 게 나을 거란 생각이 들었다. 한 달이든 아니면 일주일이라도, 살짝 사귀는 시늉이라도 하다가 나중에 헤어졌다고 말하는 것이다.

안다, 조금 짜증스럽고 허술한 핑계라는 거. 거짓말은 또 다른 거짓말을 낳고, 더 큰 거짓말을 낳는다는 거. 하지만 당시에 생각나는 가장 쉽고 그럴싸한 핑계는 그것뿐이었다. 진실로.

"너 용돈 모아놓은 거 있지?"

짜증나는 김에 휘리는 휙 누리를 돌아보며 취조하는 형사마냥 물었다.

"용돈? 나한테 용돈이 어디 있어? 누나도 참."

"있잖아, 너. 저번에 통장 보니까 이백 정도 있던데."

"뭐? 설마, 그 돈 말하는 거야? 내년에 배낭여행 가려고 모으고 있는 그거?"

"응, 그거."

"야! 그건 안 돼! 내가 그걸 어떻게 모았는데! 사고 싶은 거 안

사고, 먹고 싶은 거 안 먹고 모은 거야, 그게! 알바하면서 학비까지 버는 나 같은 착한 동생한테 그것까지 빼앗아가고 싶냐?”

역시나 예상대로 누리는 펄쩍 뛴다. 언제나 예상을 빗나가지 않는 녀석이라니까. 휘리는 떨떠름한 얼굴로 누리를 째려보았다.

“난 공부를 포기한 사람이다. 내 앞에서 그런 소릴 꼭 하고 싶냐?”

“그거야 대학원이니까 그런 거지. 내참 기막혀서! 누난 나한테 비하면 학교 편하게 다닌 거 아니야? 그땐 우리 집도 잘나갔었잖아.”

키는 멀대처럼 큰 주제에 속은 밴댕이에 좁쌀영감, 철딱서니는 하나도 없는 지누리다. 한숨만 푹푹 나온다. 휘리는 녀석의 뒤통수를 딱 소리 나게 후려쳤다.

“아야!”

“대학 다닐 때 가세가 기울었으면 나도 너처럼 했어, 인마. 자식이! 너만 힘들게 다니고 있다고 생각하지 마. 우리보다 못한 환경에서도 꿋꿋하게 잘사는 애들이 얼마나 많은데. 호강에 초를 쳐라, 초를 쳐. 엉?”

“머리 그만 좀 때려, 누나! 에이, 진짜. 내 나이가 몇인데. 열라 쪽팔리게.”

누리는 휘리에게 얻어맞은 뒤통수를 붙잡고는 한 걸음 뒤로 물러섰다. 팍 찡그린 인상이 안 그래도 과도한 수면으로 인해 팅팅 부은 녀석의 얼굴을 우스꽝스럽게 만들어놓고 있었다.

"쪽팔리는 줄 알면 좀 제대로 하란 말이야, 제대로! 뭐냐? 지금 우리 집 형편에 유럽 배낭여행이 가당키나 하냐? 아버지는 아파 누워 계시고 심부름 센터는 불황에 허덕이는데! 네 눈엔 저 간판 안 보여? 저런 간판을 보고 누가 심부름을 시키겠냐? 앙?"

괜한 짜증을 동생에게 화풀이하는 것을 휘리도 알고 있었다. 평소 고혈압 때문에 계속 정기적인 검진과 함께 약을 복용하던 아버지가 갑작스레 당뇨병 진단을 받고, 만성신부전증이 우려된다는 경고를 받은 게 벌써 일 년하고도 반이다. 그 후로 지금껏 누리 역시 많은 것들을 포기하고 또 참아왔다. 참으로 대견스럽게도 말이다. 힘든 일은 피해야 하는 아버지를 대신해 센터의 일을 대신 떠맡은 휘리도 그렇지만, 과외 알바에 틈틈이 센터 일까지 하루 24시간이 모자라는 녀석에게 호강에 초친다는 말은 분명히 어폐가 있었다.

"아이씨, 누나! 우리 센터에 일이 안 들어오는 건 저런 간판 때문이 아니란 말이야. 뭘 좀 알고 말해."

"뭐가 아니야!"

"장비가 문제라고, 장비."

"쌍감탕 파냐? 장비는 무슨 장비냐?"

"이 사람이 지금 장난하나?"

누리는 길쭉한 허리에 두 손을 얹고 다리까지 거들먹거리며 휘리를 내려다보았다. 한심하다는 듯 혀를 쯧쯧 차더니 그는 고개까지 살래살래 흔들었다.

"요즘 심부름 센터 업무가 얼마나 최첨단을 요하는 줄 알아? 거의 홍신소 수준이라고. 도청감식, 몰래카메라, 감시카메라. 이런 것들은 기본이란 말이야. 거기다가 신변보호, 보디가드, 이런 건 예사고 어쩔 땐 법적 증거자료 같은 것도 조사해 줘야 한다고. 우리처럼 건축물대장이나 등기부등본 발급 받아주고, 우편물이나 대신 발송해 주고 앉아 있는 데가 어디 있는 줄 알아?"

"야, 넌 티브이도 안 보냐? 그런 건 불법이야. 도청 테이프 때문에 난리도 아닌데. 그런 건 함부로 하는 거 아니라고."

"누가 그걸 모르냐고, 글쎄. 그래도 다들 해. 그게 돈이 되니깐."

"그래서? 우리도 그런 걸 해보자고?"

"하면 뭐, 나쁘진 않겠지. 돈도 얼마 안 한다고 하더구만. 조작법도 쉽대."

돈 벌어보자고 불법적인 일을 아무렇지도 않게 거론하는 동생이 실망스러웠다. 아버지가 알면 얼마나 통탄해하실꼬 싶으니 울화도 치밀었다.

"이 미친 새끼!"

놈의 뒤통수를 한 대 더 갈겨줄 심사로 휘리는 팔을 높이 쳐들었다.

“지휘리 씨.”

그때였다. 누군가 그녀를 불렀다. 썩어빠진 동생의 정신상태를 단단히 고치리라 마음먹었던 휘리의 무시무시한 주먹이 허공에서 멈추었다. 크지 않으면서도 어딘지 모르게 단호한 목소리가 마치 휘리의 신경을 옭아매는 듯했다. 찌릿 전기에 감전된 듯 휘리는 꼼짝도 하지 않았다. 뒤를 돌아보지 않아도 목소리의 주인공이 퍼뜩 머릿속으로 연상되었기 때문이다.

“어라?”

고개를 돌린 누리가 그를 알아보았다. 일순 수많은 생각들이 그녀의 뇌리를 스쳐 갔다.

“다시 보게 되네요.”

“아, 예. 그러네요. 어쩐 일이십니까?”

“누나를 만나고 싶은데 연락이 안 되어서요.”

“아하! 뭐, 원래 우리 누나가 좀 까다로운 편이죠.”

제까짓 게 뭘 안다고, 누리가 히죽거렸다. 뭐가 그리 기분이 좋을까? 이런 상황 자체가 재미있는 모양이었다.

“그런 것 같더군요.”

“반갑습니다. 그날은 경황이 없어서 정식 인사도 못 드렸네요. 지누리입니다.”

“아, 한서준입니다.”

둘은 서로 악수까지 주고받으며 인사를 나누고 있었다. 휘리는 입술을 지그시 깨물었다. 도대체 이 남자가 왜 여기까지 온 걸까? 일주일이나 지난 지금, 그날 일을 따지러 왔을 리도 없고. 뭘까? 뭐지? 그녀의 머릿속이 순식간에 뒤죽박죽 헝클어졌다.

"워낙 깜짝 놀라서 말입니다. 한밤중에 누나가 술에 취해 정신을 잃었다니까 눈이 뵈는 게 없어지더라고요. 불쾌하셨다면 지금이라도 사과드리겠습니다."

"아니요, 이해합니다. 나라도 그랬을 거예요."

"아우! 그날은 진짜 깜짝 놀랐습니다. 하도 멀쩡하게 생기셔서. 우리 누나 눈이 평소 좀 분수를 모르는 편이긴 한데. 상대 남자들 눈도 만만치 않았거든요? 아무튼 그거 하나는 마음에 드네요. 의외로 눈이 낮은 거. 난 여자를 외모로만 평가하는 속물은 싫거든요."

"아……."

너나 잘해! 소리쳐 주고 싶은 마음이 불뚝불뚝 치솟았다. 한서준만 아니면 당장에 뒤통수를 한 대 갈기거나 엉덩이를 걷어차 주는 건데.

"누나, 뭐 해? 낭군님 오셨잖아. 인사 안 해?"

'윽! 안 돼! 오, 빌어먹을! 미친다! 저 망할 놈의 주둥이!'

눈알을 휘둥그레 굴리며 휘리는 속으로 절망적인 외침을 연발했다. 그가 알아버렸다. 아직 두 사람 사이의 진실을 가족들에게 밝히지 못했다는 걸 방금 그가 다 알아버렸단 말이다!

"뭐 하냐고!"

"응? 응……."

생전에 도움이 안 되는 동생을 향해 저주의 말을 퍼부으며 휘리는 쭈뼛쭈뼛 어색하게 몸을 돌렸다. 당연히 얼굴은 잔뜩 일그러졌고 거기에 이까지 부득부득 갈고 있었다. 약간 숙이고 있던 눈에 남자의 구두코가 들어왔다. 반질반질하게 잘 닦인 구두와 자그르한 정장 바지가 안정적이고 편안한 그의 삶을 대변해 주는 것처럼 깔끔했다.

자존심이 상했다. 불과 몇 시간 전에 만난 낯선 이를 픽업해 모임에 데리고 갈 정도로 남자가 궁하다는 사실이 너무도 자존심 상했다. 그가 알 리 없지만, 다 스러져 가는 집안의 소녀가장이라는 사실도 마찬가지였다. 그냥 다 자존심 상하고 비참한 기분이었다. 그녀가 원하는 걸 그는 다 가진 사람이라고 생각하니 그런 것이다. 타인에겐 비밀로 하는 그녀의 치부를 이 사람은 다 알고 있다고 생각하니 거부감은 눈덩이처럼 커져만 갔다.

휘리는 입술을 잘근잘근 깨물며 초조한 눈을 들었다. 까맣고 호기심 가득한 한서준의 눈동자가 그녀를 뚫어져라 바라보고 있었다. 살짝 올라가 주름이 지고 작은 음영이 드리워진 입가엔 보일 듯 말 듯 미소가 자리하고 있었다.

“어떻게 오셨어요?”

마음이 불편하니 말은 자연히 딱딱 끊어진 투가 되었다.

“누나 진짜 이상하다. 누나가 보고 싶어서 왔겠지. 기껏 찾아온 사람한테 어떻게 오셨냐니? 어우, 애교라곤 눈 씻고 찾아봐도 없어요. 이런 여자가 댁은 뭐가 그리 좋으십니까?”

“그게 누나 매력이니까요.”

힉! 숨을 급하게 들이키는 휘리는 놀라다 못해 기절 직전이었
다. 저 정도면 아카데미 남우주연상감이 아닌가! 보기엔 샌님에
융통성 전혀 없는 스타일 같은데 은근히 음흉한 구석이 있어 휘
리는 서준을 도끼눈을 뜨고 노려보았다.

“댁도 참 우리 누나 만나서 고생이십니다.”

“어떻게 오셨냐니까요?”

일이 점점 꼬이게 생기자 휘리는 신경질적으로 쏘아붙였다.

“차 타고 왔죠.”

휘리의 반응을 예상했나 보다. 응수하는 한서준은 느긋했다.
틱틱거리는 휘리의 태도가 전혀 기분 상하지 않은 듯 그는 으쓱
어깨를 움직여 뒤에 세워놓은 자신의 차를 가리켰다. 그의 성격
처럼 얌전히 주차되어 있는 자동차는 젊은 벤처기업가라는 직
위와 어울리는 고급세단이었다.

“옷! 저건 BMW? 저거 댁의 차입니까?”

“예.”

“오오오! 호, 혹시 구경 좀 해도 될까요?”

눈치도 없이 누리는 즉각 관심을 보였다. 아직 스물셋밖에 안
된 학생답게 그의 차에 대한 호기심은 평소에도 대단했다. 또래
친구들이 방 안에 연예인 사진 붙여놓을 때, 누리는 페라리 엔
죠나 재규어, 렌서 에볼루션 등의 자동차 브로마이드를 걸어놓
았을 정도로 자동차에 관한 한 그는 광적이었다.

‘그래도 그렇지. 상황파악이 그렇게 안 될까? 지금이 어떤 때
인데!’

휘리는 입술을 옹골차게 오므리며 나직이 누리를 저지했다.

“야…… 지누리…….”

“응? 왜?”

“참아, 좀. 넌 자존심도 없냐?”

누리에게만 들리게끔 조용히 그녀는 말했다. 서준이 눈치채
지 못하게 일부러 그리한 것이었으나 누리의 반응은 참으로 어
처구니없었다.

“뭐, 어때서? 괜찮죠?”

뻔뻔하게 얼굴을 들고 서준에게 묻는 게 아닌가! 으! 휘리의
주먹은 부들부들 떨렸다. 당장 누리의 턱주가리를 날려 버리고
싶은 충동을 참느라 손에는 진땀이 배어났다.

“물론이죠. 원한다면 시승해 보셔도 상관없습니다.”

“정말이요? 정말 운전해 봐도 돼요?”

“그럼요.”

서준은 손에 들고 있던 자동차 키를 망설임없이 건넸다. 누리
는 행여 그의 마음이 변할까 냉큼 그것을 낚아채 쏜살같이 날려
나가 버렸다. 휘리는 무슨 말을 해야 할지 몰라 어색하게 서 있
기만 했다. 어색하긴 그도 마찬가지인 듯, 두 사람은 한참 동안
이나 그대로 서서 서로를 바라보기만 했다.

긴 침묵 끝에 먼저 말을 꺼낸 사람은 휘리였다.

“사람을 아주 효과적으로 잘 다루시네요.”

내내 초조한 듯 시선도 제대로 맞추지 못했던 사람의 것이라 곤 생각할 수 없는 상당히 차분한 선공이었다. 휘리는 자신의 침착함에 안도와 뿌듯함을 동시에 느꼈다.

“고마워요.”

살짝 비꼰 그녀의 의도를 알면서도 그는 대수롭지 않은 듯 대답했다. 심지어 바지 주머니에 두 손을 집어넣고 더욱 느긋한 태도를 취하고 있었다. 휘리의 신경은 점점 날카로워졌다. 갑자기 여기에 나타난 것도 이상하고 너무 아무렇지도 않은 저 모습도 거슬렸다. 휘리는 퉁명한 어조로 다시 말했다.

“동생 때문에 당황하셨다면 사과할게요. 악의는 없는 애니까 이해해 주세요. 누리는 그쪽이 진짜 내 남자 친구인 줄 알고 그 랬던 거예요.”

“괜찮습니다.”

“열쇠까지 줄 필요는 없었어요. 개, 보이는 것처럼 덤벙대고 실수 많이 해요. 사고 나면 어쩌려고 그런 무모한 짓을 하신 거 예요?”

“상관없어요.”

“…….”

아! 도대체 이 남자는 왜 왔을까? 휘리는 점점 더 초조해지기 시작했다. 도무지 종잡을 수가 없으니 답답할 따름이었다.

“명색이 손님인데 계속 이렇게 세워둘 참입니까?”

"아…… 뭐, 안으로 들어가시……."

가만. 그런데 사무실 위치를 한서준이 원래 알고 있었나? 휘리는 허름한 간판을 올려다보았다. 그녀가 들은 바에 의하면, 그날 밤 한서준은 휘리네 집으로 그녀를 데려다 주고 갔다. 심부름 센터가 아닌. 그렇다면 이곳은 어떻게 알고 찾아온 것일까?

'설마 뒷조사? 아니, 왜?'

휘리는 휙 고개를 돌려 서준을 돌아다보았다. 그는 여전히 흐트러짐 하나 없는 단정한 모습으로 서서 그녀를 물끄러미 바라보고 있었다. 흡사 그녀의 행동을 미리 예측하고 있는 듯 안정적인 그 모습에 휘리는 불쑥 화가 치미는 걸 느꼈다.

"뭐예요? 무슨 장난을 치고 있는 거예요?"

기분이 상하니 저절로 날이 서버린 어투. 서준의 왼쪽 눈썹이 꿈틀거렸다.

"장난이라고요? 내가 장난치고 있는 것처럼 보입니까?"

"말해요. 무슨 짓이에요, 이게? 왜 내 뒷조사를 한 거죠? 어떻게 알았어요? 어디까지 아는 거예요?"

불쾌했다. 안 그래도 이 남자에게 자신의 치부를 들켰다는 생각에 수치심을 느끼고 있는 그녀였다. 그런데 별 자랑할 만한 것도 없는 구질구질한 사생활까지 그가 알게 된다는 건 정말 참을 수 없는 일이었다. 남들 앞에서 초라하기 싫은 그녀에게 치명타나 마찬가지인 것이다.

“말해요, 당장!!”

분노에 떨며 휘리는 버럭 고함을 내질렀다.

“진정해요.”

“진정하게 생겼어요? 누군가 내 뒤를 밟고 내 신상을 알아보고 다니는데. 예?”

“휘리 씨 어머님께 들었어요.”

“난 누가 몰래…… 뭐요?”

하던 말을 멈추고 휘리는 되물었다.

“전화를 했는데 받질 않더군요. 그래서 집으로 전화를 했죠. 번호는 휘리 씨가 술에 취해 내가 집까지 바래다준 그날, 통화를 했던 기록이 남아 있었고요. 아까 어머님께서 전화를 받으시더니 사무실 위치를 가르쳐 주시더군요. 끝. 됐죠?”

깜찍하게도 그는 두 팔을 들어 항복 의사를 밝혔다. 참나, 그랬으면 진즉에 그랬다고 말할 것이지, 왜 미적거리면서 말을 안 해가지고 사람을 당황하게 하나? 휘리는 괜히 민감하게 반응한 자신이 저주스러워 입술만 잘근잘근 깨물었다.

“그랬군요. 미, 미안해요. 난 그저…….”

“괜찮아요. 당신 마음 이해하니까.”

“들어가죠.”

무안한 마음에 휘리는 기어들어 가는 말로 속삭이며 성큼성큼 앞장을 섰다. 그가 따라오든 말든 전혀 신경 쓰지 않는 듯 씩씩했지만 그 걸음은 성급히 서두르는 기색이 완연했다.

　사무실은 아담했다. 과거에도, 앞으로도 쭉 결코 유행 탈 일이 없을 흰색과 하늘색의 페인트칠로 평범하지만 깔끔한 내부에는 책상 두 개와 소파 몇 개가 소박하게 자리하고 있었다. 서준은 심부름 센터 내부를 휘익 훑어보며 소파 한쪽에 자리를 잡고 앉았다. 휘리는 커피포트에 물을 올리고 책상서랍에서 인스턴트 커피봉지를 꺼내는 중이었다. 화를 버럭 내다 무안해하던 아까 모습이 떠올라 서준은 빙긋 웃었다.

　화를 내는 모습이나 퉁퉁 부은 얼굴과 말투, 특히 간혹 욕까지 섞을 때의 그녀는 타인으로 하여금 경계하게 만든다. 함부로 농담조차 건네지 못할 듯 강한 모습이다. 치고받는 싸움도 잘할 것 같고 언쟁에서도 결코 지지 않을 것처럼 보인다. 그러나 그건 사람들로부터 자신의 약한 모습을 보호하기 위한 하나의 위장술이라는 걸 서준을 알아버렸다. 술에 취해 흐느적거리는 그녀에게서 아픔을 본 그날의 그 순간부터.

　솔직히 말하자면, 그는 그날 이후 자꾸만 떠오르는 지휘리의 영상에 꼬박 일주일을 시달렸었다. 괴로워하고 아파하는 그녀가 걱정이 되었다. 그와는 이제 전혀 상관없는 사람이라는 사실을 몇 번이나 되새기고 또 되새겼지만 습격하는 생각의 꼬리를 잘라낼 수는 없었다. 당연히 진행 중인 프로젝트는 엉망이 되었고 마침내 그는 결론을 내리기에 이르렀다. 남들이 들으면 미쳤다고 할 만한 결론이었다.

　그리고 지금 그는 그 자신마저 놀랄 정도로 기발하고 엉뚱한 생각을 염두에 두고 있다. 그녀의 어머니로부터 심부름 센터 이야기를 들은 직후 번쩍 떠오른 그 아이디어는 아마 그가 내린 결론을 충분히 뒤받쳐 줄 수 있을 것이다.

　"일을 의뢰하러 오셨다니 놀랐어요, 솔직히."

　커다란 머그잔 두 개를 들고 휘리가 다가왔다.

　"내가 센터를 운영하고 있다는 건 현우한테서 들은 거 맞죠?"

　그의 맞은편 소파에 앉으며 그녀는 조심스럽게 물어왔다. 슬쩍 그의 눈치를 살피는 것이 아무래도 아까 같은 실수를 하게 될까 봐 걱정하는 것 같았다. 당장 현우를 찾아가 입을 맞춰놓아야겠다는 생각을 하며 서준은 살짝 고개를 끄덕였다.

　"네. 이런저런 이야길 하다가 우연찮게 휘리 씨 이야기가 나와서요."

　"아, 예. 뭐라고 했을지 짐작이 가네요."

　손에 들고 있던 머그잔을 탁자 위에 내려놓으며 휘리는 심드렁한 말투로 중얼거렸다. 입술꼬리를 삐죽거리는 모양이 귀여웠다.

　"그날 일도 물어봤겠죠, 물론."

　머그잔을 입가에 기울이는 그녀는 별생각없는 듯 지나가는 말투로 덧붙였다. 그러나 일상처럼 가벼운 그 어조는 몇 초 지나지 않아 180도 확 달라졌다. 뒤늦게 뭔가를 깨달은 듯 깜짝 놀라는 휘리는 두 눈을 똥그랗게 뜨고 서준을 바라보았다.

"혹시 그날 무슨 일이 있었어요?"

"기억 못하십니까?"

"아…… 뭐, 아주 기억을 못하는 건 아니고요. 좀 가물가물하네요."

거짓말쟁이. 그녀는 하나도 기억하지 못하고 있다. 샴페인을 몇 잔 마시고부터 완전히 필름이 끊긴 상태임이 틀림없었다. 그런 경험이 없어서 정확히는 알 수 없지만 답답하고 두려운 마음일 거라고 서준은 대략 추측했다.

"별일있었던 건 아니죠?"

휘리는 눈에 띄게 동요하고 있었다. 이건 뭔가 켕기는 구석이 있다는 의미다. 자신이 술에 취해 혹 무슨 실수라도 한 게 아닌가, 걱정하는 그녀를 보며 서준은 슬슬 흥미가 동하는 걸 느꼈다.

"내가 무슨 실수라도 한 건가요? 혹시 그래서 찾아오신 거예요? 그날 일 때문에? 무슨 일이 있었는데요? 설마 내가 당신한테 뭐 이상한 짓거릴 한 건…… 어, 설마 그런 건 아니죠? 예? 그, 그런 건 아니죠?"

장난기가 발동한 그는 짐짓 비밀 얘기를 하듯 목소리를 낮추어 속삭였다.

"일이 아주 없었던 건 아니죠."

"예?"

휘리의 두 눈이 놀라움에 크게 열렸다.

“어, 그러니까 그게…… 무슨…… 일이었는데요?”

바싹바싹 마르는 입술에 침을 적시며 말하는 그녀는 덩달아 목소리를 낮추었다. 상체까지 수그려 밀어를 나누는 정략가처럼 그 얼굴엔 비장함마저 서려 있었다. 그 어떤 말을 들어도 충격을 감수하겠다는 의지가 다분했다. 아무래도 지휘리는 평소 술 때문에 많은 일을 겪은 듯하다. 서준은 쿡쿡 나오려는 웃음을 참으려 지그시 입술을 깨물었다.

“약간의…….”

“야, 약간의?”

태연히 웃으려 움직인 근육이었겠지만 다음 순간, 그녀의 얼굴은 심하게 일그러져 버렸다. 초조한 심경으로 그의 다음 말을 기다리는 휘리를 서준은 빤히 바라보았다.

“접촉이었죠.”

“훅.”

휘리가 즉각적으로 숨을 들이켰다. 예상은 하고 있었으나 설마, 했던 것일까? 아까보다 더 당황한 얼굴이었다. 그러더니 아직도 젖살이 덜 빠진 듯 포동포동한 두 볼에 새빨간 기운이 급속도로 차 오르기 시작했다.

“저, 정말이오?”

“왜요? 거짓말 같습니까?”

“설마 내가 막 사람들 앞에서…… 추태를 벌였나요?”

“예?”

그녀는 쫙 편 양손으로 붉은 볼을 꼭꼭 누르며 연신 가쁜 숨을 몰아쉬었다. 그녀의 애매한 말에 서준은 두 눈을 가늘게 뜬 채 휘리를 보았다.

'추태라고?'

접촉. 술 취한 그녀를 안고 파티장을 나올 당시, 두 사람이 연출했던 다정하고도 수위 높은 자세는 접촉이란 단어가 주는 에로틱함을 충분히 느낄 수 있었다. 많은 사람들이 목격하는 와중에도 그녀는 그의 단단한 허리를 부드러운 허벅지로 감싸 안지 않았나? 게다가 그는 그녀를 업고 그녀의 침실까지 들어갔었다. 그 정도면 충분히 접촉이라는 단어를 붙여도 합당한 경우였다.

하지만 글쎄…… 추태는 아니었다. 지금껏 그 어떤 추태도, 서준과 같은 목석에게 애잔함과 보호본능을 동시에 느끼게 할 수는 없었다.

"그러니까 사람들 앞에서 내가 당신을 서, 서, 성추…… 어후!"

"계속하세요."

서준은 최대한 무표정을 가장했다. 여전히 화끈거리는 얼굴을 식히느라 두 볼을 꾹꾹 눌러대고 있는 휘리는 급기야 발까시 더듬거리기 시작했다.

"그러니까 제가 싫다는 당신을 붙들고 막 댁의 거기에…… 내 말은, 입술 말이에요. 어…… 거기에 그러니까 뽀뽀나 뭐 기타, 다른 애정 표현을……"

"거기에 뽀뽀를 했냐고요?"

사실 이 말은 지리멸렬하게 길어지기만 하는 지휘리의 말을 끊기 위함이었다. 내용 파악하기 힘들어지게 꼬이기 시작하는 말들을 정리해 주기 위함, 그 이상도 그 이하도 아니었다. 하지만 막상 내뱉은 '거기에 뽀뽀'라는 문장은 그의 의도를 완전히 벗어나 버렸다. 거기에 뽀뽀라니! 이 얼마나 민망한 문장인가!

서준도 자신이 이런 말을 입에 담게 될지 꿈에도 몰랐었다. 전혀 예상하지 못한 건 지휘리도 마찬가지인 듯 그녀는 단박에 헉! 소리를 내며 숨을 멈추었다. 그리고 그와 동시에 그녀의 경악스러운 시선이 서준의 사타구니 근처로 뚝 떨어졌다.

'아! 이런 빌어먹을!'

그의 심장이 딱 멈춰 버렸다.

일순 멎었던 여자의 시선은 그의 가랑이를 떠나 황급히 바닥에 꽂혔다. 고개를 수그리고 꼼짝도 하지 않는 그녀는 자신이 거길 응시했다는 것이 믿을 수 없는 것 같았다. 쥐구멍이 있었다면 아마 벌써 숨어들었을 듯. 하지만 여자의 눈길에서 벗어났음에도 불구하고 서준의 사타구니는 점점 더 긴장하고 있었다. 엉뚱하고 어설픈 여자의 눈길 한 번에 이렇게 흥분해 날뛰는 놈에게 서준은 찬물이라도 흠뻑 뒤집어씌워 주고 싶은 심정이었다.

'아, 미치겠군!'

이런 맹랑한 여자가 또 어디 있을까? 정말 처음 기대했던 대로 지휘리는 독특한 여자였다. 그의 인생을 쉴 새 없이 긴장시킬 만한.

"큼큼! 어, 저…… 그러니까 제가 하고 싶었던 말은요. 에, 그러니까…….'

"아니에요."

놀랍게도 그의 목소리는 차분했다. 의외로 침착하게 목소리를 내보내 준 성대에 서준은 감사의 절이라도 올리고 싶은 심정이었다.

"그런 일 없었어요."

"네?"

휘리의 고개가 번쩍 들려졌다. 그녀는 여전히 목까지 시뻘게진 모습이었다. 보기보다 순진한 휘리의 모습에 서준은 죄책감을 느꼈다. 장난처럼 시작한 대화가 아니었던가? 서준은 휘리가 더 심한 말로 되받아칠 걸 예상했었다. 하지만 그녀는 빨개진 얼굴로 말까지 더듬고 있었다. 그가 양심에 가책을 느낄 정도의 진지한 태도로 말이다. 지금껏 그다지 활성화되지 못했던 장난기가 왜 하필 오늘 발동했었는지. 서준은 자신의 센스없는 유머 감각이 저주스러웠다.

"사람들 앞에서 추태를 부리는 거, 그게 당신이 우려하는 바 아닙니까?"

"아, 예. 그렇죠. 큼큼!"

얼이 빠진 듯 눈만 껌벅거리는 그녀는 연신 목을 가다듬었다.

그러고는 뭐라 대꾸하기도 민망한지 다시 푹 고개를 수그렸다. 동정심이 싸하게 올라와 서준의 가슴을 메웠다.

“걱정 말아요. 우린 연인 연기를 정말 잘해냈고, 그래서 사람들도 의심하지 않는 것 같았어요. 그리고…… 내가 아까 말한 접촉이란 말은 신경 쓰지 마세요. 연인 사이가 아니라고 해도 충분히 있을 수 있는 정도의 가벼운 접촉이었으니까요.”

잔뜩 긴장한 지휘리의 정수리를 물끄러미 바라보며 서준은 비교적 담담히 얘기를 마쳤다. 하지만 쥐 죽은 듯 고요히 그의 말을 듣는 휘리는 여전히 초긴장 상태인 듯했다. 어깨를 움츠리고 고개를 수그린 게 아직까지 ‘거기’라는 단어의 충격에서 벗어나지 못한 모양이었다.

“어……. 그럼 이제 일 이야기로 넘어갈까요?”

“예? 아, 예. 그러죠.”

화제 전환. 어색한 분위기를 좀 더 유하게 바꿔놓기 위해선 역시 화제를 전환하는 게 딱이다. 휘리 역시 약간 안도하는 듯 얼굴을 한 손으로 문지르며 휴휴, 한숨을 연신 내뱉고 있었다.

“난 휘리 씨가 꼭 이 일을 해줬으면 좋겠어요. 또 휘리 씨만큼 잘해내 줄 분은 없을 것 같기도 하고요.”

“어떤 종류의 일인지…….”

“간단해요. 그냥 사람들을 속여주기만 하면 돼요.”

“사람들을 속여요?”

느슨해졌던 그녀의 몸이 일순 바짝 경직되었다. 속인다는 표현이 마음에 들지 않은 모양이었다.

"내 부모님을 포함한 몇몇 사람들이에요. 휘리 씨에겐 피해가 가지 않을 겁니다."

"그건 좀 곤란하겠는데요."

의외로 휘리의 대답은 매우 딱딱하고 즉각적이었다. 깊이 생각해 볼 일말의 가치조차 느끼고 있지 않은 것 같았다.

"왜입니까?"

"왜냐니요? 당연한 거 아닌가요? 누군가를 속이는 일을 돈까지 받아가면서 어떻게 할 수 있겠어요? 난 못해요."

"개인적으로 해달라는 거 아닙니다. 그래서 정식으로 여길 방문한 거고요. 어차피 심부름 센터에서 하는 게 그런 일이니 그다지 부담되지 않을 테고, 또……."

"이것 보세요!"

휘리의 입에서 갑작스레 고함이 터졌다. 200데시벨은 족히 갈 어마어마한 굉음에 서준은 하던 말을 멈추었다. 방금까지 빨개진 얼굴을 수그리고 안절부절못하고 있던 여자 맞나 싶은 생각에 놀란 눈을 휘둥그레 뜬 채였다.

"심부름 센터가 무슨 흥신소인 줄 아세요? 뭘 알고나 말해요. 심부름 센터와 흥신소는 엄밀히 달라요. 우린 불법적이고 비양심적인 행동은 하지 않는다고요."

눈에 쌍불을 켜고 휘리는 흥분하고 있었다.

"하지만 일반적으로……."

“당신처럼 함부로 말하고 다니는 사람이 있기 때문에 일반적인 의미가 생긴 거 아니냐고요, 글쎄!”

의외였다. 별 생각 없이 한 그의 말을 휘리는 상당히 민감하게 받아들이는 것 같았다. 직업의식이 투철하다고 해야 하나? 좀 유별나다 할 정도로 그녀는 기분 나빠하고 있었다.

“우리 같은 사람들도 나름대로 윤리관이란 게 있다고요. 아무리 먹고 살자고 하는 일이지만 덥석덥석 그렇게 아무 일이나 맡아서 하지 않아요. 누구를 속이고, 남 몰래 뒤가 구린 사람들 뒷조사나 하고, 도청하고, 사진 찍고. 그런 거 했으면 오늘날 우리 가게가 이렇게 재정난에 허덕이고 있을 리도 없죠. 뭘 좀 알고나 말하세요. 예?”

“보수는 원하는 대로 드릴 용의가 있습니다. 그 부분에 대해서라면……..”

“이 사람이 정말 보자 보자 하니까.”

꽝!

키 낮은 탁자 위로 휘리의 주먹이 내리꽂혔다. 터프한 그녀의 행동에 말꼬리를 잡힌 서준은 순간 당황했다. 혼미한 이 초를 보내고 정신을 차렸을 때 그녀는 이미 자리를 벌떡 일어선 자세로 그에게 삿대질을 하고 있었다.

“내 말이 말 같지가 않아요? 뭐 하자는 거야, 지금!”

“지휘리 씨.”

“내가 거지예요? 불쌍해 보여요? 당신 차에 혹해서 껄떡거리는 내 동생을 보니 당신의 그 알량한 동정심이 꿈틀거리던가요? 하! 기가 막혀. 성공하신 벤처기업가라더니 인격은 덜 성공하셨나 보네."

"오해하지 마세요. 난 그저……."

"자선사업은 다른 데나 가서 알아보세요. 난 노땡큐니까. 알겠어요?"

"지휘리 씨, 앉아서 차근히 내 애길 좀 들어요. 아직 당신은 내가 무슨 일을 의뢰할 건지도 잘 모르고 있잖아요. 안 그래요?"

"아, 글쎄! 당신이 의뢰할 일이 뭔지 난 알고 싶지도 않고, 들을 필요성도 못 느낀다고요. 아니, 왜 사람이 말귀를 못 알아먹어? 한 번 말하면 딱딱 알아먹지."

"이봐요, 지휘리 씨."

"보긴 뭘 봐요. 당장 나가요."

컴퓨터 천재, 한서준. 참 우습게 됐지 뭔가. 다 쓰러져 가는 삼류 신부름 센터 사무실 안에 앉아 수모를 당한 것도 모자라 이제는 쫓겨나게 생겼으니. 경제전문지 대서특필감이다. 지금껏 이런 괄시를 당해본 적이 없는 서준은 화나고 자존심 상하기보다 황당하고 우스웠다. 미친 사람처럼 비실비실 웃음이 터져 혀까지 꽉 깨물어야 했다.

"아, 나가요, 당장!"

휘리는 쭉 뻗은 팔로 출입문을 향해 펴진 검지를 연신 찔러댔다.

“안 나가요?”

어쩌겠는가? 나가는 수밖에. 서준은 어쩔 수 없다는 듯 어깨를 으쓱하고는 자리에서 일어났다. 여자의 강경한 저항을 무력화시킬 만한 뾰족한 수가 없는 그로선 일단 후퇴가 최선이었다. 서준은 등을 돌리고 아쉬운 발길을 돌렸다.

그때였다. 전화벨이 울렸다.

따르릉! 따르릉!

“여보세요.”

냉큼 전화를 받는 여자의 목소리는 낭랑했다. 잠시 발걸음을 멈춘 서준은 뒤를 돌아보았다.

“응. ……왜? 아, 왜? 뭐 하러, 갔어!”

휘리는 마치 서준에게 받은 스트레스를 다 풀겠다는 듯 전화기에 대고 짜증을 있는 대로 다 부렸다. 미간을 잔뜩 찡그리고 날카로운 송곳니를 드러내며 상대를 공격하기 위해 서 있는 한 마리의 사냥개처럼 으르렁거리고 있었다. 간혹 조그맣게 들리는 굵은 목소리는 상대가 남자임을 알려주고 있었다. 빤히 그녀를 바라보고 있던 서준은 다시 몸을 돌렸다. 그리고 한 걸음 발을 내딛기 시작했을 무렵,

“뭐어?! 야! 으…… 내가 못살아! 내가 못살아!”

‘못’ 이란 단어에 강한 악센트를 집어넣는 그녀의 괴성이 다시금 서준의 발목을 붙들었다. 무슨 일이 생긴 걸까?

“내가 너 그럴 줄 알았어. 뭐 하러 남의 것에 손을 대니, 대기는! 난 몰라, 난 몰라! 어떻게 해, 이제!”

남의 것에 손을 댔다고? 누가? 궁금해하는 것 자체가 오지랖 넓은 행동이고 휘리 또한 달가워하지 않으리라는 걸 빤히 알면서도 서준은 고개를 돌려 그녀를 보았다.

“나도 몰라!”

꽝!

전화기를 내려놓는 휘리의 거친 행동에 서준은 얼굴을 찡그렸다. 불같은 그녀의 성격을 누가 건드렸는지 새삼 궁금해졌다. 도대체 무슨 일일까?

“뭘 봐요?”

팔짱까지 끼고 휘리는 서준을 노려보며 툭 쏘았다. 서준은 즉각 두 손을 살짝 들어올리며 항복 의사를 표했다. 다이너마이트 같은 그녀를 건드렸다간 뼈도 못 추릴 것 같았다. 역시 지금은 때가 아니라는 생각에 서준은 미련없이 뒤를 돌았다.

“잠깐만요.”

하지만 냉랭한 여자의 목소리가 다시금 서준을 붙들었다.

“가지 말고…… 이리 좀 와요.”

“가라고 해서 가는 중인데, 이젠 가지 마라?”

“일 얘기, 마저 하고 가야죠.”

“일 얘기?”

서준은 의구심에 미간을 모으며 여자의 얼굴을 찬찬히 뜯었다. 그리고 휘리의 태도가 어딘지 모르게 어색해졌다고 느끼는 순간, 서준은 들을 수 있었다. 휘리의 시무룩한 목소리를.

"어떻게 속여주면 돼요?"

어떻게 속여주면 되냐고? 그의 제의를 받아들이겠다는 뜻이란 말인가! 서준은 순간 제 귀를 의심했다. 사람을 가지고 노는 것도 아니고. 방금 전까지 노발대발 방방 뛰며 흥분하던 그녀가 어떻게 이렇게 갑자기 입장을 바꿀 수가 있는지 이해가 가지 않았다.

"뭐라고 했습니까?"

"어떻게 속여주면 되냐고요! 까짓것, 속여줄게요. 나 아니면 맡아줄 사람도 없다면서요. 사람 하나 살리는 셈치고 그 일 내가 맡아서 할게요."

서준은 두 눈을 가늘게 좁혀 뜨고 여자를 살폈다. 뭔가가 미심쩍었다. 여자는 분명 켕기는 구석이 있고 그것 때문에 생각을 바꾼 것이다. 뭔지는 모르겠지만 그 원인은 그녀의 직업적 도덕성과 자긍심을 상쇄시킬 만한, 대단한 그 무엇임이 틀림없었다.

뭘까? 서준은 그것이 뭔지 궁금해졌다.

"아, 빨리요!"

여자가 성마르게 재촉했다. 무안하고 창피한 마음을 숨기려 그녀는 일부러 더 큰 소리를 치고 있었다. 사람의 감정을 읽는 데에 천부적이라 할 정도로 탁월한 재능을 보이는 자신의 직감을 그는 믿었다. 사람들 앞에서 강한 척은 혼자 다 하는 지휘리,

사실은 소주 한 잔에도 취하고 친구들에게 들은 말 한마디에 쉬
이 상처받고 우는, 그렇게 여린 여자이듯. 그녀는 화를 내고 있
는 게 아니었다. 자신을 방어하고 있는 것이었다.

"별거 아니에요."

서준은 휘리를 바라보며 씩 웃었다. 그리곤 아주 달콤하게 입
술을 움직였다. 마치 그 일이 세상에서 가장 사랑스러운 일인
것처럼.

"떠주기만 하면 됩니다."

제 6 장

그녀는 호텔 커피숍의 한구석 자리에 앉아 있었다. 카운터와 뒤쪽 쪽문 사이에 위치한 곳으로, 특히 그녀가 앉아 있는 자리는 커피숍 출입문을 정면으로 몰래 아주 교묘히 훔쳐볼 수 있다는 장점이 있었다. 후미진 곳이라 그런지 사람들도 별로 선호하지 않는 자리였고 그 덕에 한 시간 전부터 죽치고 앉아 있어도 눈총 주는 사람 하나 없다는 점 또한 이 좌석의 장점이었다. 역시 전날 찾아와 헌팅을 한 보람이 있다 싶었다. 그러나 아무리 아름다운 여배우들도 외모적 콤플렉스가 있듯이 이 완벽에 가까운 각본에도 문제점은 있었다.

'말도 안 돼. 어떻게 떨릴 수가 있어?'

그녀는 앞으로 상대할 사람에 대한 자료를 정리해 상황을 분석하고 분석 결과에 맞게 모든 각본을 짰다. 현장 조사도 전날 미리 끝냈고 누리와 함께 호흡을 맞춰 리허설까지 해보았다. 모든 게 완벽했다. 게다가 그녀는 프로 연기자가 아닌가? 지금은 아버지의 일을 잠시 맡아 센터의 일을 하고 있지만 그녀의 원래 직업은 연극배우다. 비록 비중있는 배역을 맡은 적도, 연기력을 호평받을 정도로 뛰어난 자질을 가지지는 못했지만. 최근 극대본 쪽으로 방향을 선회하기 전까지 그녀는 무려 사 년 이상을 극단에 몸담아 일해왔다. 고등학교 연극부 시절까지 따지면 연기 경력이 무려 십 년이나 되는 중견 연기자란 말이다.

그런 그녀가 떨다니, 연기 같지도 않은 연기를 앞에 두고 바들바들 떨고 있다니!

"지휘리…… 제발 정신을 좀 차려라. 제발!"

자기만 들리는 조그만 소리로 중얼거리는 그녀는 몸을 옆으로 기울여 목표물을 바라보았다. 그녀의 표적은 언제나처럼 늠름하고 깔끔한 모습으로 앉아 있었다. 볼 때마다 느끼는 거지만 그 강건하고 떡 벌어진 어깨만큼은 타의 추종을 불허할 만큼 대단히 섹시했다. 지적이면서도 선해 보이는 눈매와 수려한 이목구비를 뺀, 저 등만으로도 이 커피숍의 여자 손님들을 죄다 유혹할 수 있을 것이다.

'흥! 저 여잔 벌써부터 군침을 흘리고 있네.'

휘리는 창가 쪽에 앉아 연신 흘끔거리며 표적에 관심을 보이는 여자를 노려보았다. 확 눈구멍을 후벼 파버리고 싶은 엽기적인 충동에 사로잡혀 휘리는 주먹을 불끈 쥐었다.

"드디어 네가 미쳤구나, 지휘리. 저 남자는 네 애인이 아니야."

단지 의뢰인일 뿐이라고.


"별거 아니에요. 떠주기만 하면 됩니다."

사흘 전 그가 한 말이었다. 떠주라니? 도대체 뭘 떠달라는 말인가? 하는 말이 하도 가관이라 그녀는 대뜸 비아냥댔다.

"그게 다예요? 아니, 뭘 떠달라는 건데요? 회를 떠달라는 말입니까? 아니면 맞장을 떠달라는 것이에요?"

"뭘 뜨는 게 아니고 지휘리 씨가 직접 뜨는 겁니다, 내 말은."

"내가 떠요? 무슨……."

그때 그가 현관문 옆에 붙어 있던 사무실 현판을 가리켰다. 조그만 네모형의 크리스털 현판이었는데 사무실 정식상호인 [떴다 심부름]이 아크릴 문자로 새겨져 있었다. 상호의 '떴다' 란 단어는 단순히 '나타나다' 라는 의미 외에 아무것도 없었다. 흔히 쓰는 신속정확의 의미를 좀 더 유머러스하게 표현한 것뿐.

그렇다면 그가 원하는 건, 그녀의 등장이란 말인가? 어딘가에 나타나 사람들을 공포에 떨게 해달라는? 순간 휘리는 그가 의심스러워졌다. 혹 휘리가 배트맨이라도 되는 줄 착각하는 거라면 문제가 복잡해지기 때문이었다.

불안한 마음을 숨기며 휘리는 즉각 퉁명스럽게 응수했다.

"내가 짭새예요, 뜨게?"

"짭새만 뜨는 건 아니잖아요."

"내 말은 그러니까 어디로 어떻게 뜨란 말이냐, 이 소리예요."

주도권을 쥔 듯 삔들거리는 남자의 얄미운 얼굴을 쏘아보며 휘리는 신경질적으로 물었다.

"내가 선을 보는 장소에 내 애인 자격으로."

"뭐요?"

정말 그 순간, 휘리는 탁자를 뒤집어엎고 싶은 충동으로 인해 미치는 줄 알았다. 누리가 저지른 실수만 아니었다면 진실로 그리했을 것이다. 원래 휘리는 왕자나 공주의 기질을 가진 이들만 보면 파괴본능이 절로 솟구치는, 요상한 알레르기 체질이기 때문이었다.

도대체 뭐 하자는 건가? 자기 인기 좋고 잘나간다고 지금 자랑하는 건가? 귀찮게 따라다니는 여자들 떼는 일을 심부름 센터에까지 와서 의뢰를 할 정도로? 정말 밥맛이었다.

"이것 보세요, 한서준 씨! 지금 장난칩니까? 그런 걸 일이라고 여기까지 와서 의뢰를 해요?"

"내겐 일입니다."

"아, 예. 골치깨나 아프시겠네요. 많은 여자들이 원츄해 주셔서 얼마나 피곤하시겠어요. 네, 이해합니다."

잔뜩 비꼬아줬지만 남자는 빙그레 웃을 뿐이었다. 제기랄! 빙그레라니. 어떻게 빙그레 웃을 수가 있단 말인가! 그녀의 불쾌하게 찌그러진 얼굴을 보고도 어떻게! 그는 정말 눈치도 되게 없는 남자였다. 속이 어찌나 부글거리던지 휘리는 다시 한 번 딱자를 뒤집어엎는 문제를 신중히 검토했다. 누리의 말대로 범퍼를 모조리 다 갈아야 하는 상황이고, 그래서 수리비가 적어도 이백만 원에서 삼백만 원은 족히 든다고 하면…….

"아씨, 진짜!"

정말 지랄 같은 일이었다. 그 멍청한 지누리 때문에 꼼짝없이 이 일을 맡아야 할 판이라고 생각하니 미치고 팔짝 뛸 것 같았다. 폭발하려는 성질을 다스리려니 속은 썩어 들어가는 듯했고 이 자리에 이러고 앉아 있는 자신이 한심하고 추잡스러워 딱 자살하고 싶은 심정이었다.

"그렇게 어려운 일은 아니에요. 난 지휘리 씨가 가장 적임자라고 생각합니다. 우선 휘리 씨는 전공분야가 연극이니 연기하는 기분으로 일에 임하시면 될 것 같고 우리 서로 애인 연기는 처음이 아니니 나 또한 그다지 어색하지 않을 것 같습니다만."

"참나! 뭘 얼마나 했다고."

콧방귀를 뿡뿡 껴대며 휘리는 팔짱을 끼고 다리까지 꼬았다. 고개를 한쪽으로 돌려 그를 외면하는 그녀는 이 일을 회의적으로 보이기 위해 최선을 다했다. 제발 그가 포기하길, 안 될 거란 인상을 팍팍 받아 제풀에 쓰러지길! 그녀는 간절히 바랐다.

“왜요?”

“아니, 그렇잖아요, 애인 연기를 했으면 얼마나 했냐고요. 서로 애인입네 인사시키고 몇 마디 주고받은 게 전부 아닙니까? 그걸 애인 연기라고 하면, 참! 지나가는 개가 다 웃겠습니다.”

“정말 기억 안 나나 보네.”

“무슨 소리예요?”

웃음기 섞인 남자의 말이 그녀의 신경을 확 긁었다.

“우린 찰떡궁합 연인이었어요. 기억이 안 난다니 아쉽네요. 이번 일에 도움이 많이 될 텐데.”

설마! 그는 분명 아무 일도 없었다고 하질 않았나!

“아무 일도 없었다면서요.”

“아! 접촉?”

“아까 그랬잖아요, 아무 일도 없었다고. 안 그랬어요? 왜 딴 말하고 그래요?”

목소리가 절로 사그라졌다. 아랫배에 힘을 주며 아무렇지도 않은 척 기를 썼지만 끊겨진 필름이 그녀의 뇌 속 제자리를 찾아 다시 되돌아오지 않는 한, 그 순간 엄습하는 불안감을 그녀의 의지로 물리치기란 불가능한 일이었다.

아! 이를 어쩐다!

“아까도 말했지만 우린 완벽한 애인이었어요. 사람들은 우리가 진짜 애인이라고 믿었고 난 그 점을 높이 사고 있습니다.”

“접촉과 관련해 무슨 일이 있었던 건 아니죠?”

“양호한 수준의 접촉이었으니까 너무 걱정 말아요.”

양호한 수준의 접촉은 또 뭐람? 손만 잡았다는 걸까? 휘리는 얼굴을 찌푸렸다. 그와 손을 잡았다고 생각하니 왠지 마음이 불편해졌다. 악수하는 게 뭐 대수라고. 별것도 아니건만 괜히 피부가 근질거리고 맥박 소리가 궁궁 크게 들리는 것이 확 짜증이 솟구쳤다.

“말을 하려면 좀 똑똑히 해요. 무슨 말인지 알아먹게 해야지. 남자가 말이야.”

“왜요? 궁금합니까?”

“여보세요!”

달그락. 머그잔이 흔들릴 정도로 심하게 휘리는 탁자를 내려쳐 댔다. 물론 눈도 하나 깜짝하지 않고 빙글거리는 한서준에겐 전혀 위협이 되지 않았다. 짜증나게.

“안 궁금해요. 까짓것. 뭐 손을 잡았으면 어떻고 이…… 입을 맞췄으면 어떻습니까? 연기…… 였는데. 안 그래요, 한서준 씨?”

“서준 씨.”

“예?”

“그날 쭉 우린 서준 씨, 자기, 달링, 뭐 이런 호칭으로 서로를 불렀습니다. 혹시라도 극단 친구 분들이 물어오면 그렇게 말하세요. 실수하지 말고.”

뜨악! 그의 입을 통해 들은 말은 진정 눈알 튀어나오고 혓바닥 뽑힐 얘기였다. 그런 초닭살 연기를 진짜 그녀가 했단 말인가? 다른 이도 아닌 그녀가! 처음 만난 남자를 상대로? 휘리는 자신이 그런 짓을 했다는 게 믿어지지 않았다.

"못 믿겠으면 직접 물어보든지. 그 자리에서 우리를 목격했던 사람들이 적어도 백 명은 될 테니."

믿을 수 없다는 말만 연발해 대는 휘리에게 그는 씩 웃으며 말했다. 이 얼마나 잔인한 소리인가. 순간 그녀의 뇌리 속에 동료들의 전화 메시지들이 주르륵 떠올랐다.

[어머, 얘! 네 남자 친구 멋지더라. 언제 그렇게 섹시한 남자를 사귀었니? 둘이 아주 사이가 좋던데? 잘해봐!]

[둘이 어디까지 간 사이야? 야, 말 좀 해봐!]

[너 정말 좋겠다. 어떻게 그런 남자가 너한테 걸리니? 어휴, 정말 부러워!]

[너 그날 무슨 일 없었어? 넌 술이 만땅으로 취하고 그 남잔 완전히 멀쩡했는데. 정말 아무 일도 없었단 말이야? 에이! 너답지 않게 웬 내숭이니? 잤지? 같이 잤지?]

[외박 안 했어? 그렇게 널 데리고 갔는데 얌전히 그냥 집까지 모셔다만 주고 갔단 말이니?]

아, 이놈의 필름! 잃어버린 기억을 다시 찾을 수만 있으면 무슨 짓이든 할 성싶었다. 도대체 그날 무슨 일이 일어났던 걸까?

"그러니까 당신 말은, 그때처럼 내가 닭살연기를 해줬으면 좋겠다는 말이죠?"

"닭살연기든 푼수연기든 액션연기든 난 상관없어요. 여자를 떼어내 주기만 하면 되니까."

머리 좋아, 돈 많아. 그래서 우월하다는 건가, 뭔가? 짜증이 훅 올라왔다. 게다가 여자를 떼어내 달라는 표현은 마초 냄새가 풀풀 난다. 저런 식으로 은근히 잘난 체하는 남자들은 정말 꼴도 보기 싫었다.

휘리는 심히 예의없는 말투로 툭 내뱉었다.

"아, 그러니까 애인이 있다는 것만 보여주면 되는 거 아니에요."

"그렇죠."

그에게선 아무 반응도 이끌어낼 수 없었다. 휘리는 불친절한 얼굴로 더욱 빈정거렸다.

"어째 한 번에 끝날 일이 아닌 것 같네. 그런 연극을 몇 번이나 해야 되는데요?"

"글쎄요, 아직까진 정해진 기한이 없습니다."

"뭐요? 그럼 무기한이란 말이에요?"

말도 안 된다! 이런 밥맛없는 일에 기한마저 없다니, 이건 숫제 미치라는 게 아니고 뭔가? 날벼락을 맞은 듯 휘리는 소파에 파묻었던 몸을 벌떡 일으켰다.

"그렇다고 할 수 있죠."

"허! 아무렇지도 않게 말하네."

"몇 주 간격으로 한 번씩, 혹은 연달아 그런 일이 있을지도 몰라요. 그건 휘리 씨가 양해해 주시고 시간을 맞춰줬으면 좋겠습니다."

멍하게 중얼거리는 그녀에게 서준은 정중하게 요구했다.

"물론 그래야지요. 손님이 원하시는 대로 해드리는 게 저희의 의무입니다."

겨우 얼어붙었던 정신을 수습하고 휘리는 깍듯한 대사를 아주 딱딱하게 읊어댔다. 성격이 좋은 건지 밸이 빠진 건지. 심드렁한 표정으로 배배 꼬아 비틀어진 속내를 거리낌없이 드러내는 휘리를 보고도 서준은 여전히 웃는 낯이다.

'너무 웃어, 남자가 지조도 없이 아무 여자한테나 막 웃고. 뭐야, 도대체?'

무기한이고 뭐고 딱 삼백만 원어치만 할 거다. 애초 맡을 생각이 전혀 없는 이 일을 접수한 것도 다 지누리가 부숴놓은 BMW 범퍼 값 때문이었으니, 딱 그 값만 해주고 그 뒤로는 무조건 오리발 내밀 거다. 안 하겠다는데, 못하겠다는데. 죽이기야 하려고.

"대신에 비용은 얼마든지 드리죠."

"아, 예. 어련하시려고요."

휘리는 고개까지 주억거리며 힘주어 대답했다.

'돈 많다고 자랑하는 것도 아니고. 누구 말대로 돈지랄을 하네, 돈지랄을 해. 왕재수. 밥맛!'

휘리는 놈을 향해 속으로 외치며 가증스러운 미소를 날렸다.

“주시겠다는데 받아야죠. 흔한 일도 아니고 토 나올 것 같은 거 억지로 참고 하는 거니까 비용은 비교적 높게 책정하도록 하겠습니다. 주소를 적어주세요. 그러면 상세한 청구 내역을 보내 드리도록 할게요.”

“그래요?”

비웃는 건가? 한서준은 여전히 웃는 얼굴이다. 비꼬아도 웃고, 빈정거려도 웃고, 화를 내도 웃고. 도대체 뭐가 그리 웃긴단 말인가? 이젠 그녀를 비웃고 있는 거라고밖에 생각할 수 없었다.

‘야, 한서준. 너 내가 그렇게 우습게 보이냐?’

차마 대놓고는 말 못하고 휘리는 마음속으로 따졌다. 얼굴 위로 그 신랄함이 다 드러나는 것도 모르고 휘리는 친절을 가장한 채 책상에 비치되어 있던 메모지와 볼펜을 서준에게 들이밀었다.

“아! 원하시면 이메일로도 보내 드려요.”

“그럼 어쩔지 모르니 모두 적어드리죠.”

“마음대로 하세요.”

휘리는 잔뜩 비꼬며 남자의 하는 양을 삐딱하게 바라보았다. 서준은 휘리가 준 볼펜으로 쓱쓱 집 주소와 회사 주소, 이메일 주소까지 빠짐없이 꼼꼼히 기재하고 있었다.

‘모범생의 진수를 보여주는군.’

한서준은 도무지 예뻐해 줄래야 예뻐해 줄 수가 없는 남자였다. 어디 찌그러진 구석 하나도 없는 완벽한 외모에 남들 부러워하는 우수한 두뇌, 집안도 보나마나 좋은 것 같고. 보통 저런 남자들은 왕자병 중환자거나 성격 파탄자가 태반인데 성격도 좋은 편이다. 뭐 하나 부족한 점이 없으니 당연히 콤플렉스 덩어리 지휘리의 눈에 고와 보일 리가 없는 것이다.

"한 가지만 물을게요."

떨떠름한 표정으로 그를 물끄러미 바라보던 휘리가 불쑥 말했다.

"물어보세요."

모범생의 진수를 보여주는 한서준. 성격 좋은 그는 자기 차가 병원에 입원해 있다는 사실을 알았을 때, 과연 뭐라고 말할까? 적어도 신경질은 내지 않을까? 이런 상황에 화를 안 내고 웃는다면 진짜 밸도 없는 놈이다. 휘리는 슬그머니 호기심이 생기는 걸 느꼈다.

"왜 그렇게 비싼 차를 함부로 굴려요?"

"예?"

"차 키 그거 딴사람한테 막 맡기고 그러는 거 아니잖아요."

"아! 그거요?"

씩. 또 웃는다. 그래, 언제까지 웃는지 두고 보자. 휘리는 입술을 질끈 깨물었다.

"난 내 차 고물차지만 그래도 함부로 키 안 준다고요. 하물며 BMW를 생판 남한테 턱 맡기고 싶습디까?"

“어차피 목적이 그거였으니까요.”

서준은 수그렸던 상체를 들어올렸다. 다시 한 번 웃자 입가에는 금세 매력적인 음영이 드리워졌다. ‘거기’의 충격으로 잠깐 벌렁거렸던 심장이 다시금 들썩이기 시작했다. 하여튼 겉모습은 참 더럽게 완벽한 남자란 생각이 다시금 들지 않을 수 없었다.

“무슨 말이에요, 그게?”

“잘생기고 돈 많은 남자 친구 역할 말입니다.”

이건 또 무슨 자다가 남의 다리 긁는 소리람? 남자 친구 역할은 일주일 전 그날로 끝난 거 아니었던가?

“그 차, 실은 뽑아놓고 거의 안 탄 차예요. 난 외제 안 좋아하거든요. 아는 후배가 수입차 판매업을 하는데 하도 뽑아달라고 성화를 부려서 뽑아만 놓고 그냥 놔둔 거예요.”

구라다. 외제차 안 좋아하는 사람이 어디 있다고. 저렇게 속이 빤히 들여다보이는 거짓말을 하고 싶을까? 휘리는 양미간에 힘을 잔뜩 불어넣고 남자를 뚫어져라 노려보았다.

“근데 그걸 몰고 왔다고요? 순전히 나 때문에?”

“그럼요.”

“왜요?”

은연중에 그의 말이 진실이길 바랐던 것일까? 물어놓고도 미쳤지 싶었다. 평소대로라면 빤한 거짓말로 여자를 현혹시키려는 한서준을 확 밟아줘야 했는데, 그러는 대신 그녀는 매우 얌전하고 수동적인 질문을 던졌다. 그의 말을 다 믿는다는 듯한 억양으로 말이다. 왜 그랬는지 그녀 스스로도 알아낼 수가 없는 불가사의한 일이었다.

"이유는 나도 몰라요. 배역이 마음에 들었나 보죠."

"……"

배역이 마음에 들었다고? 남자 친구 역할? 이건 또 무슨 뜻인 가!

'이 남자 혹시 나한테 흑심있는 거 아니야?'

머릿속이 혼란스러워져 휘리는 잠시 동안 할 말을 잃고 말았 다. 머리가 텅 비어버린 것 같았다. 한서준이 사랑을 고백한 것 도 아닌데 뭘 이리 당황하는지. 두 볼이 붉어지고 가슴이 콩닥 콩닥 뛰었다. 거기다 가벼운 현기증마저 일어 속이 울렁거리기 까지 했다. 짝사랑하는 데에만 도가 텄지 정작 사랑 고백에 대 해서는, 그 대처 방법에 대해서는 아무것도 모르고 있다는 사실 을 휘리는 그제야 깨닫고 있었다.

'어떻게 하지, 이제?'

일단은 그가 자신의 상태를 알아채지 못하도록 하는 게 급선 무였다. 당황함을 들키지 않으려면 상대를 더 당황시키면 뇌는 법. 휘리는 식고 있는 머그 커피 잔을 황급히 들어 불그스름하 게 달아오른 얼굴을 가렸다.

"아까 왔던 전화. 내 동생한테서 온 거예요."

다행히 서준은 자신이 써놓은 주소들을 다시 읽어보는 중이었다.

"그래요? 무슨 일 있답니까?"

"사고가 났대요."

"사고라고요?"

그의 눈이 들어졌다. 휘리는 마치 남의 일 말하듯이 무심하게 중얼거렸다.

"가벼운 사고래요. 범퍼 하나만 갈면 된다는데요?"


그날 휘리는 새로운 사실 하나를 발견할 수 있었다. 한서준이 밸 빠진 남자가 확실하다는 사실. 남자가 자신의 비싼 차, 그것도 거의 탄 적이 없는 새 차가 엉망이 됐다는데도 비칠비칠 웃을 수 있다는 건 확실히 밸이 빠졌다고밖에 볼 수가 없었다. 물러 터졌다, 물러 터졌다, 그렇게나 물러 터질 수가 있을까? 그런 성격으로 한국 최고의 프로그램을 개발했다는 게 믿어지지 않을 지경이었다.

"흥! 그런 성격이니 선 자리 하나 못 피하고 심부름 센터까지 오지."

우유부단한 남자들은 정말 딱 질색이었다. 줏대없이 이랬다 저랬다, 이리 흔들리고 저리 흔들리고. 결국 상처받는 건 그들을 믿고 사랑한 여자들이다. 그들 대부분은 여자들과 부모 사이에서 갈등하고 줄다리기하며 여자를 피곤하고 슬프게 한다. 그리고 마지막에 가선 백발백중 부모를 선택하고 만다.

휘리는 한서준의 남성미 넘치는 등판을 노려보며 이를 갈았다. 캐주얼한 복장을 한 그를 본 적은 없지만 서준은 확실히 양복이 잘 어울리는 남자 같았다. 상체와 하체의 몸매가 고루 잘 발달되어 있는 데다가 거무스름한 피부톤이 하얀 와이셔츠와 매치되면서 섹시한 매력을 풍기고 있었다. 거기에 온화한 표정과 사람 좋은 미소까지 곁들여지면 여자들은 죄다 흐물흐물 녹아들게 되는 것이다. 휘리가 마음에 들지 않는 게 바로 그 점이다.

아무리 착하고 순진하다 해도 잘난 남자들은 다 눈이 높다. 자기가 잘났다는 걸 알고 있는 거다. 끈적끈적 달라붙는 여자들의 관심이 버거운 척하는 것도 실은 튕기고 있는 것. 튕기면서 마음에 드는 괜찮은 여자를 고르겠다는 계산이 바로 그들의 속내다. 마음이 고와야 여자라는 말? 어림도 없다. 남자라는 족속처럼 철저히 속물적인 동물이 또 있을까?

고상한 척, 생각 있는 척은 다 하면서 결국 고르는 여자는 '가장 예쁜' 여자다. 고등학교 시절 첫사랑이었던 김태호는 물론, 그 이래 십 년간 휘리를 좌절하게 했던 많은 남자들이 모두 그랬다. 성격 못된 건 용서돼도, 못생긴 건 용서가 안 된다고 하는 말이 괜히 나온 게 아니다.

"한서준이라고 별수있겠어?"

초조한 듯 다리를 덜덜덜 떨며 휘리는 입술을 삐죽거렸다. 그리곤 약속 시간보다 십 분이나 먼저 나와 맞선 상대를 기다리고 있는 한서준의 뒷모습을 한 번 더 찔러보았다.

참 묘하기도 하지. 앞으로 일어날 대격돌을 코앞에 두고 엄청나게 떨리는 상황인데도 한서준이 신경 쓰이니 원. 맞선을 어떻게든 파투 내고 싶다는 사람이 저렇게 멋지게 차려입고 나와도 되는 건가 싶었다. 정말 이 만남을 엉망으로 만들고 싶다면 트레이닝복이라도 입고 나와 주접을 떨어줘야 하는 거 아니냔 말이다. 아무튼 한서준, 마음에 안 드는 남자다.

또각또각.

날카로운 하이힐 소리가 차분하고 정적으로 들린다고 느끼는 순간이었다. 어디서 흘러나온 건지, 파우더 냄새의 비호를 받으며 해사한 꽃향기가 포르르 휘리의 코를 찔러왔다. 레이스 프릴이 연상되는 매우 여성스러운 향수 냄새에 휘리는 정신을 바짝 차렸다. 그녀는 곧 한서준 앞으로 똑바로 걸어오는 여자의 모습을 발견할 수 있었다.

순간, 내내 자잘하게 떨리던 휘리의 심장이 바닥으로 쿵 떨어졌다. 달달달 떨고 있던 허벅지도 일시에 굳어버렸다. 갑자기 입술 안쪽이 바짝 타오르는 걸 느끼며 휘리는 조그맣게 속삭였다.

"자, 막 올랐다. 지휘리. 시작이야."


소주 한 병과 탄산음료 한 병을 나란히 앞에 두고 허름하고 좁은 동네 포장마차 구석에 앉아 있는 서준은 걱정스러운 눈으로 여자를 내려다보고 있었다. 이거, 이래도 괜찮은 건지 알 수가 없었다. 물론 근사하고 멋진 저녁을 대접하겠다는 그의 제안을 싹 무시하고 제멋대로 여기까지 찾아들어 온 사람은 그녀였지만, 지금은 소주 한두 잔까지는 거뜬하다는 휘리의 말에 현혹된 자신이 후회가 됐다.

"역시 난 탁월한 연기자야. 으흐흐. 그 여자 얼굴 찌그러지는 거 봤어? 이봐! 이봐, 봤냐고!"

혀가 꼬부라진 건 거의 삼십 분 전. 사이다 한 병에 소주 한 잔을 섞은 '나름대로 폭탄주'를 들입다 부어댄 후였다. 발음이 자꾸만 꼬이고 샜다. 긴장했던 몸이 일시에 풀어지면서 알코올 성분이 급속도로 퍼지는 모양이었다. 정말 취한 걸까, 아니면 그냥 취한 척하는 걸까? 연기자이니 술 취한 연기 정도는 식은 죽 먹기일 텐데. 서준은 의구심마저 들었다.

"봤어요."

"자식! 어때, 내 일 처리? 내가 그런 쪽 일은 초보이긴 해도 연기 경력이 십 년이야 잘했지? 마음에 들지?"

"들어요."

뚝뚝.

도마 위에 칼질을 하고 있는 포장마차 아주머니의 기묘한 눈초리를 받으며 서준은 얌전히 대답했다. 나이가 많아도 한참이나 많은 남자에게 키도 조그맣고 나이도 어린 여자가 자식, 어쩌고 하면서 반말하는 것도 우스꽝스러운데 그런 여자에게 멀쩡한 남자가 꼬박꼬박 존대하고 있으니 얼마나 이상하겠는가? 다른 이들 눈엔 이들의 사이가 도통 이해할 수 없는 기묘함 그 자체일 것이다.

"너! 내가 얼마나 치밀하게 이번 일을 준비한지 알아, 몰라? 응?"

"알아요."

"으하하하! 난 역시 천재야. 준비한 게 딱 들어맞았잖아? 그 여자는 지금쯤 자존심이 상해 혼자 부글부글 끓고 있을 거야. 누구한테 말도 못하고 죽을 맛일걸?"

그건 맞는 말이었다. 지휘리가 맞선 상대의 프로필을 구해달라고 할 때까지만 해도 서준은 이런 결과를 전혀 예상하지 못했었다. 그러나 그녀는 정말 모든 걸 철저하게 대비했고 결과는 대성공이었다. 상대 여자는 자존심이 상한 듯 싸늘한 얼굴로 자리를 떴지만 휘리의 말대로 함부로 입을 놀려 자신의 수모를 만방에 알리진 않을 것이다.

"내 예상은 언제나 적중하지. 그 여자 관상을 척 보니까 대가세 보이더라고. 너도 봤지, 그 여자 얼굴 변하는 거? 나긋나긋 처음엔 얼마나 알랑방귀를 꼈냐? 근데 내가 딱 나타나니까 완전히 딴사람으로 바뀌었잖아. 너, 나한테 고맙다고 해야 해. 그런 여자는 진짜 고달프다. 악몽이 될 수도 있었던 네 인생을 구해줬으니 나한테 은인이라고 해야 한단 말이야. 알아?"

휘리는 한쪽 어깨를 눕다시피 기울이고 소주잔을 더듬더듬

찾고 있었다. 서준이 보기에 휘리는 완전히 취한 것 같았다. 이런 사람이 있다는 말만 들었지 실제로 본 적이 없는 서준은 자꾸 불안한 마음이 들었다. 너무 많이 먹으면 설마 병원에 실려 가게 되는 게 아닐까? 걱정이 잔뜩 되어 그는 잔을 그득 채우고 있는 소주를 한 모금도 편히 넘길 수 없었다.

"고마워하고 있어요."

"그나마 그 여자가 그 정도에서 물러난 건 다 나 때문이야. '당신이 찬 걸로 하겠다' 는 말 한마디 때문에 그냥 간 거라고. 알지? 알지, 한서준?"

"물론 알죠."

"아! 역시 난 천재야. 난 머리가 왜 이렇게 좋을까? 미치겠어, 아주. 이런 쪽으론 머리가 팍팍 돌아간다니깐. 푸하!"

얼굴을 문지르며 기분 좋게 웃어 젖히던 휘리는 흐느적거리며 고개를 탁자 위로 처박았다. 우동 그릇이 출렁거리고 나란히 늘어서 있던 사이다 병과 소주 병이 흔들렸다.

"휘리 씨! 휘리 씨!"

아까부터 자꾸만 위태위태해 보이는 휘리가 결국 쓰러지자 서준은 당황했다. 설마 하며 지금까지 휘리를 방치한 게 신의 아둔함에 저주를 퍼붓고 그는 자리에서 벌떡 일어났다. 몸이 약하니 알코올은 고사하고 탄산수마저 입에 대지 못하는 게 아니겠는가? 괜찮다는 말을, 본인이 우긴다고 덜컥 믿어버렸던 자신이 서준은 바보스럽게만 느껴졌다.

“아주머니! 여기 가까운 곳에 병원이 어디…….”

“흐흑…….”

탁자 위에 꼬꾸라진 휘리를 붙들어 일으키며 포장마차 아주머니를 부르던 서준은 일순 자신의 귀를 의심했다.

‘이 소리는 설마…… 울고 있는 걸까?

잘못 들은 게 아니라면 휘리는 흐느끼고 있었다. 얼굴을 가녀린 팔뚝 사이에 묻고 좁은 어깨를 들썩이며 울고 있었다. 작은 충격에 휩싸여 서준은 잠시 멍해진 얼굴로 휘리를 내려다보았다. 서른셋, 평범하지만 나름대로 선택받았다고 여겨지는 파란만장하고도 화려한 인생을 살아온 서준이었지만 지금껏 그는 우는 여자를 달래본 경험이 단 한 번도 없었다. 서준은 어색하게 휘리의 어깨를 감쌌다.

“이봐요, 지휘리 씨.”

보는 것만큼이나 좁은 여자의 어깨가 가느다랗게 떨고 있었다. 흐느끼고 있는 게 확실했다. 병아리를 품는 어미 닭처럼 서준은 팔에 힘을 주어 휘리를 끌어당겼다. 무의식중에 그녀는 서준의 가슴팍에 얼굴을 묻고 비벼댔다. 그 작고 미미한 움직임에 서준의 가슴은 묘하게 울렁거렸다.

왜 이렇게 아파하고 있는 걸까? 무엇이 그리 힘든 것일까? 설마 박은재, 그 남자를 못 잊어서 이러는 건 아니겠지?

“휘리 씨…….”

“안 했을 거야…… 아빠만 안 아팠어도…… 그런 일 따윈 안

했어. 안 했다고……."

순간 그는 알게 됐다, 지금 휘리의 자존심이 무지 많이 상해 있다는 걸. 돈 때문에, 망가진 자동차 수리비 때문에 서준의 일을 마다하지 않았다는 걸. 대충 그럴 거라고 짐작은 했었지만 그래도 이 정도까지 휘리가 괴로워하고 있는 줄 몰랐던 서준은 놀라고 말았다. 이렇게 휘리가 아파할 줄 알았다면 그녀를 만날 구실로 이런 귀찮은 일을 꾸미지도 않았을 것이다.

파티가 끝난 이후 일주일이라는 긴 시간 동안 그는 휘리를 잊을 수가 없었다. 그에게 지휘리와의 일은 지루한 일상의 신선한 충격이었고 그런 그녀가 자꾸 떠오르는 건 어쩌면 당연한 일이라고 할 수 있었다. 그러나 서준은 뇌리를 점령하고 떠나지 않는 휘리의 상처 가득한 눈이 자신에게 어떤 영향을 끼치고 있는지 잘 알았다. 지휘리는 이미 잠깐의 재미있는 경험, 그 차원을 넘어선 것이다.

그래서 생각해 낸 것이 바로 '가짜 애인 놀이'다. 심부름 센터에서 일하고 있다는 말에 힌트를 얻어 고안해 낸 이 일은 스스로 생각해 봐도 절묘했다. 그녀와 뭔가를 함께 해낸다는 의미에서 농질감을 비롯한 여러 가지 삼성을 나상한 방법으로 느낄 수 있는, 꽤 괜찮은 생각 같았다. 휘리에게 생기는 보호본능의 정체를 가늠할 수 있는 절호의 기회일 것 같았다.

그런데 이렇게 아파하고 있을 줄이야! 죄책감에 가슴이 욱신거리는 것을 서준은 느꼈다. 의도가 어땠든 그는 휘리에게 또 다른 상처를 주었기 때문이다.

"내가 왜 이런 일을 해야 해. 왜 내가 이런 일을……."

새하얀 와이셔츠를 뚫고 뜨거운 짠물이 그의 가슴팍으로 적셨다.

'미안해요.'

차마 입 밖으로 내뱉지 못하고 서준은 투정 부리듯 흐느끼는 휘리를 더욱 꼭 껴안았다.

"그놈 때문이야. 한서준, 그놈 때문이라고!"

그의 가슴 오목한 부분에 입술을 댄 채 휘리가 소리쳤다. 양심이 뜨끔거렸다. 안 그래도 죄책감에 빠져 있는 그의 정곡을 휘리가 제대로 짚은 거다. 서준은 입술을 깨물었다. 어떻게 해야 할지 당장은 감이 잡히지 않았다. 그는 다리에 힘이 풀려 흐느적거리는 여자를 조심스럽게 부축하며 자리를 찾아 천천히 앉았다.

"나쁜 놈! 나쁜 노옴!"

뒤끝을 길게 잡아 빼며 소리를 질러대는 여자는 서준의 단단한 허벅지 위에 앉혀졌다. 그나마 다행인 건 자신이 안겨 있는 곳이 저주를 퍼붓고 있는 그 '나쁜 놈'의 품이라는 사실을 그녀가 모르고 있다는 거였다.

"나쁜 놈이죠, 나쁜 놈 맞아요."

"희주 계집애가 이 사실을 알면 날 얼마나 비웃을까. 걘 아직도 그 나쁜 놈이 내 남자 친구인 줄 알 텐데. 돈이나 받으면서 애인 노릇해 주고 있다는 걸 알면…… 아아앙!"

"그런 걸 알 리가 없잖아요. 모를 거예요."

희주. 김희주를 말하는 것이리라. 그녀와 사이가 좋지 못하다는 걸 두 눈으로 똑똑히 확인한 바 있는 서준의 얼굴은 어두워졌다. 어깨를 들먹거리는 여자를 내려다보며 서준은 한숨을 내쉴 수밖에 없었다.

"그 계집애가 어떤 애인지 몰라서 그래? 걔가 나한테 어떤 애인지 몰라서 그러냐고. 내가 걔 때문에 십 년 동안 어떻게 지냈는데. 좋아하는 사람이 생겨도 바보천치처럼 말도 못하고 벙어리 냉가슴만 앓았단 말이야. 그 계집애 때문에, 예쁘지 않으면 덤비지 말라는 그 말 때문에! 신경 쓰지 않으려고 해도 자꾸 신경이 쓰였어. 아닌 척했지만 못생긴 내가 싫고 저주스러웠다고. 그 계집애, 이번에도 그럴 거야. 분명해. 욕심나는 건 다 가질 수 있는 애니까. 박 이사님도 그래서 빼앗아간 거니까. 이번에도 빼앗아갈 거라고."

"뭘 가져긴디는 …… 말입니까?"

"이 쪼다 같은 놈. 한서준이지, 누구긴 누구야! 멍청하긴."

콩.

휘리의 조그만 주먹이 서준의 가슴을 찔렀다.

"한서준을 좋아하고 있는 겁니까?"

뭐에 홀린 것처럼 묻는 서준은 묘한 기대감에 들떠 있었다.

"좋아하긴 개뿔. 그깟 놈을 누가 좋아한대. 왕자병 환자. 돈지랄이나 하는 놈."

콩콩.

이번엔 휘리의 주먹이 연타를 날려왔다. 그러나 기력이 점점 쇠해지는지 그녀의 주먹은 안착해 있던 서준의 가슴팍에 붙은 채로 스르르 펴졌다. 그리곤 양복 재킷 속의 열기에 매료된 듯 슬금슬금 그의 겨드랑이 깊숙한 곳까지 파고들기 시작했다. 실망감에 빠질 겨를도 없이 서준은 혼돈의 나락으로 추락했다.

"으흠……."

"실실, 아무 때나 웃고……. 똑같아, 희주 계집애랑. 꼴 보기 싫어 죽겠어."

점점 더 가까이 안겨드는 여자는 이제 완전히 서준의 몸에 들러붙어 버렸다. 여자의 한쪽 허벅지가 잔인하리만치 세게 그의 중심부를 공략하는 가운데 넓은 가슴은 휘리의 긴 팔에 의해 장악된 상태였다.

몸이 떨려왔다. 가슴 밑바닥부터 치받쳐 올라오는 화끈한 열기가 아랫도리를 괴롭힘과 동시에 그의 이성을 위협하고 있었다. 나른하게 풀려 버린 여자의 몸을 애무하고 싶었다. 자신이 이런 원초적 욕구에 시달리게 될 줄 꿈에도 예상 못했던 서준은 놀라고 당황했다. 성욕이라는 동물적인 충동은 늘 이성으로써 제어할 수 있다고 믿었던 그였기에 그 놀람의 수준은 극에 달했다. 서준은 깊은 숨을 연신 들이쉬어야 했다.

"뻔하지. 희주 그 계집애가 살짝 웃기만 해도 뽕 갈 거야. 눈이 하트로 변해 가지고 해롱해롱할걸? 그 자식이라고 뭐가 다르겠어. 남자들은 하나같이 똑같아. 박 이사, 그놈도 똑같고, 한서준, 그 자식도 다 똑같아. 예쁜 것들이라면 사족을 못 쓰고 헬렐레해서는.”

“안 그래요. 그 자식은 끝까지 당신 남자 친구 역할에 충실할 거예요.”

“어떻게 알아? 네가!”

쿵.

서준의 가슴을 꽉 껴안고 있는 휘리의 손이 이번엔 그의 등을 공략했다. 덕분에 가랑이 사이에 앉아 있는 여체가 흔들렸다. 자극받지 않기 위해 노력하고 있던 그의 입에서 헐떡임이 쏟아졌다.

“허억!”

“얼굴 예쁘면 장땡이잖아, 네들 남자는! 단세포 같은 것들. 흥! 그래, 나 못생겼다. 몸매도 거지 같고 심란한 집안의 처녀가장이다. 애교도 없고 주변머리도 없고, 그래서 만날 짝사랑만 하다가 끝나는 개털인생이다 이거야! 남자 친구 하나 없어서 생쇼를 벌여야 하는 구질구질한 인생이란 말이야. 그래서! 모태준 거 있냐? 보태준 거 있어?”

“아니.”

“보태준 것도 없으면서. 흐흐흑! 이씨, 이 나쁜 놈! 한서준, 이 나쁜 놈아!”

꼬인 혀끝으로 그녀는 끊임없이 웅얼거렸다. 아마도 가슴에 꽁꽁 묻어두었던 한이 꽤나 많은 모양이었다. 점점 딱딱하게 굳어가고 있는 그의 몸은 전혀 아랑곳하지 않고 떠들어대는 걸 보면. 미치도록 짜릿하고, 그래서 더욱 고통스러운 떨림이 그의 두 다리를 위시한 하반신 전체로 퍼졌다. 이보다 더 달콤한 고문이 또 있을까!

서준은 이를 악물었다.

"휘리 씨."

"개뼈다귀, 썩을 놈, 똥개, 저능아, 등신, 이 또라이야!"

남자라는 족속들에 대한 분노를 몽땅 다 풀어내려는 듯 쿵쿵쿵, 휘리는 등짝이 무너지도록 서준을 두들겨 팼다. 얼마나 아팠으면 이렇게 힘들어할까? 이렇게 괴로운 심정을 그동안 얼마나 오래 숨겨왔던 걸까? 또 그 속은 어땠을까? 안타까운 마음이 물밀듯이 밀려왔다. 새록새록 연민과 애잔함이 잦아들었다.

서준은 휘리의 머리를 더욱 세차게 끌어안았다. 아프도록 딱딱해진 아랫도리 위로 여자의 몸이 짓눌러왔지만 개의치 않았다. 이렇게라도 해 여자를 진정시켜야만 했다.

"그래, 한서준은 나빠. 한서준, 그놈, 나쁜 놈이야."

"어어어어엉!"

대성통곡하는 그녀를 살포시 보듬고 서준은 한숨을 내쉬었다.

"그렇지만 당신은 아니야. 예뻐, 열심히 사는 모습이 얼마나 예쁜데. 김희주 그 여자보다도 훨씬 예뻐 보여, 내 눈엔."

김희주라는 말에 솔깃했을까? 닭똥 같은 눈물을 철철 흘리며 서럽게 목을 놓아 울던 그녀는 퉁퉁 부은 눈을 들어 서준을 올려다보았다. 그를 알아본 걸까? 한순간 그녀의 눈빛이 초롱초롱하게 빛났다.

서준은 그윽한 시선을 내려 그녀의 촉촉한 눈망울을 들여다보았다.

"당신 혼자의 힘으로 심부름 센터를 유지하고 있는 것도, 그러면서 자기 꿈을 포기하지 않고 꾸준히 연극 일을 하는 것도 내 눈엔 예쁘게 보여. 열심히 사는 모습, 그건 외적인 아름다움보다 훨씬 더 경이로우니까. 난 김희주의 앙상한 광대뼈보다 당신의 이 포동포동한 젖살이 더 좋아. 김희주의 짙은 화장수보다 당신의 풋풋한 비누 냄새가 더 사랑스럽고 작고 아담한 몸매도 훨씬 귀여워. 내가 박은재 이사였더라면 절대로 김희주의 유혹에 넘어가지 않았을 거야."

"정말이야?"

꼬부라진 혀로 그녀가 물어왔다. 그의 감미로운 입술 아래로 그녀의 달금한 숨결이 흩뿌려졌다. 매력적인 미소를 살며시 그려내며 서준은 중얼거렸다.

"그럼, 정말이지."

불그스름한 두 볼 사이에 앙증맞게 자리잡은 입술이 살짝 벌어진 채 그를 향해 있었다. 유혹하듯, 초대하듯 열려진 앵두 한

쌍. 서준은 강하게 이끌렸다. 실낱같은 희망을 붙들며 그를 바라는 여자는 희뿌연 불빛 아래에서 발그레해진 얼굴이었다. 그의 사랑을 바라는 듯 애처로운 여자의 모습에 서준의 온 가슴이 저며왔다.

서준은 조심스럽고 섬세한 동작으로 천천히 고개를 내렸다.

그러나 그 순간 번쩍! 눈앞에 불이 파딱거렸다. 섬광처럼 스치는 불빛과 함께 서준의 몸은 빠르게 뒤로 기울어졌다. 그리고 눈 깜짝할 사이에 그는 짜당, 의자 밑으로 나뒹굴었다.

"이 구라쟁이!"

주먹을 있는 힘껏 날린 휘리가 소리치고 있었다. 이렇게 황당할 수가 있을까? 게슴츠레 뜬 눈으로 그를 유혹하듯 바라보던 지휘리가 정말 주먹을 휘두른 건가? 믿을 수 없는 일이었다. 하지만 결코 믿을 수 없는 그 일은 일어났고 주위 사람들은 무슨 큰 구경이 난 듯 낄낄거리는 중이었다.

"뻥까지 마, 인마! 그 말을 내가 믿을 줄 알아? 날 뭘로 보고!"

휘리는 비틀비틀 자리에서 일어나 핸드백이며 외투를 주섬주섬 챙기더니 주머니에서 만 원짜리 두어 장을 꺼내어 테이블에 던지듯 내려놓고 흔들흔들 아슬아슬한 걸음으로 걸어나가기 시작했다. 약장수마냥 중얼중얼 불평을 쏟아내며.

서준은 아래턱을 이리저리 움직이며 천천히 자리에서 일어났다. 조금 모자란 음식 값을 서둘러 지불하고 그는 거북이보다도 느린 지휘리의 뒤를 재빨리 따라붙었다.

"애인 있는 너! 너만 잘났냐! 애인 없는 나! 나도 잘났다!"

어디서 들었는지. 이상한 노래까지 시원스럽게 불러 젖히며 걷는 지휘리는 비칠거리고 있음에도 불구하고 그 어느 때보다도 당당해 보였다. 그래서 더 귀엽고 예뻤다.

순간, 서준은 깨달았다. 휘리를 달래려고 한 자신의 말이 실은 진심이었음을. 사실이었음을. 그녀를 처음 본 순간부터 쭉 마음속에 담고 있었던 진실이었음을.

"젠, 젠, 젠! 젠틀맨이다! 젠, 젠, 젠! 젠틀맨이다! 아앗싸!"

"아이고! 이게 웬일이래. 이놈의 계집애가 정신이 나갔나? 요새 왜 이래. 한동안 조용하게 지내더니. 남자 친구가 뭐라고 생각하겠어."

일주일하고도 사흘 만에 들어선 그녀의 집. 그를 처음 반긴 건 휘리의 어머니, 구순례였다. 부산스럽게 이리저리 서준의 주위를 왔다 갔다 하는 그녀는 진정으로 딸의 모습이 민망한 듯 보였다.

"서준이 형 고생이 이만저만이 아니네그려. 그나마 나처럼 하체가 부실하진 않아서 다행이지. 안 그랬으면 큰일날 뻔했지 뭐야? 킥킥!"

"조용히 못하겠니?"

"왜 그래? 내가 뭐 틀린 말했어? 맞잖아. 누나처럼 육중한 몸매를 단번에 안아 올린다는 건 이 허리와 다리 힘이 대단하다는 거거든. 엄마는 애를 둘이나 낳았으면서 그것도 모르우?"

"야, 이놈아! 입 안 다물어?"

"아야! 왜 꼬집어?"

뭐가 그리 재미나는지 신바람이 나 종알거리는 누리의 살집을 구순례가 비틀었다. 꽤나 아픈 듯 누리는 꼬집힌 팔뚝을 박박 문지르며 뒷걸음질쳤다. 볼 때마다 참 재미있는 모자(母子)라는 생각이 들어 서준은 씩 웃었다.

"도움이 안 돼요, 도움이. 하나밖에 없는 동생이 누나한테 한다는 소리가 뭐? 육중?"

"왜? 내 말이 틀렸어?"

"이놈이 그래도."

"아! 왜 그래, 자꾸?"

두 모자(母子)가 티격태격하는 사이, 휘리의 아버지인 지석철은 쯧쯧 혀를 차며 휘리의 방문을 열었다. 안고 있는 휘리의 덩치 때문에 시야가 좁아진 그를 배려하고 있는 것이었다. 서준의 등에 손을 대고 방향을 제시해 준 석철 덕분에 그는 금세 침대까지 휘리를 안고 들어올 수 있었다.

"잠깐만 여기서 기다려 주겠나? 잠깐이면 되네."

석철은 비장한 표정으로 서준에게 물었다. 그는 혹시나 서준이 불편해할까 봐 매우 신경을 쓰는 것 같았다. 서준을 방 안에

묶어두고 거실로 나가 모든 잡소리를 일소해 버릴 생각인 듯했다. 서준은 사람 좋은 미소를 지으며 대수롭지 않게 대답했다.

"물론입니다."

탁!

그러나 지석철이 방문을 닫고 나가자 서준은 한숨을 훅 몰아쉬어야 했다. 아닌 척 자연스럽게 행동하려 노력했지만 실은 매우 긴장하고 있었던 거다. 그도 그럴 것이, 지금 그는 지휘리의 남자 친구 역(役)을 수행 중이고, 때문에 원하든 원하지 않든 가족들의 관심을 한 몸에 받고 있었다. 긴장하지 않을래야 않을 수가 없는 형편인 것이다. 그나마 운 좋게 한숨 돌릴 시간을 벌게 된 게 참으로 다행스러울 따름이었다.

서준은 시원하고 상큼한 지중해 색상의 스트라이프 무늬가 들어간 침대 시트 위로 휘리를 조심스럽게 눕혔다. 여기까지 오는 내내 잠꼬대 비슷한 중얼거림을 옹알옹알 해대는 휘리는 깊은 수면 상태에 빠진 듯 숨소리조차 내지 않았다. 그런 그녀를 물끄러미 바라보며 서준은 픽 웃고 말았다.

"명물이군, 지휘리."

그 순간, 그 찰나. 설마 하니 주먹을 뻗어 어퍼컷을 날릴 거라고 그 어떤 남자가 예상을 할 수 있었겠는가? 특이하다 못해 괴짜에 가까운 여자란 말이 저절로 터져 나왔다. 어디 괴짜다 뿐이겠나. 카멜레온처럼 그 본색을 알 수 없는 여자가 바로 지휘리다. 그래서 점점 더 빠져들게 되는 거다.

호기심에서 호감으로, 호감에서 다시 신선함으로, 신선함에서 독특함으로, 독특함에서 다시 호기심으로.

그녀는 종잡을 수가 없다. 덕택에 그녀에 대한 서준의 감정 역시 종잡을 수가 없었다. 이런 식이라면 아마 영원히 끝을 보긴 힘들 것이다. 그 스스로 끝을 내지 않는 한은. 그리고 어떤 식으로 끝을 내느냐는……. 글쎄다. 아직 서준은 결정을 내리지 못했다. 다만 예감은 좋았다. 이 겁없는 아가씨의 때론 선머슴처럼 대책없고 무모하며, 때론 바람결의 나뭇잎처럼 가녀린 모습이 어쩐지 서준은 싫지 않았다.

서준은 천천히 손을 들어 휘리의 앞이마를 덮고 있는 머리카락을 쓸어 넘겼다. 하얀 이마와 모양 좋은 눈썹이 드러났다. 화장을 지우면 눈썹이 없어지는, 괴기스러운 여자들에 비하면 휘리의 눈썹은 꽤 짙었다. 콧대는 높지 않지만 동양인 특유의 동그란 코끝이 귀엽다. 서준은 이마에 있던 손가락을 천천히 콧잔등 아래로 미끄러뜨렸다. 손끝이 귀엽고 앙증맞게 옴폭 패인 인중에 나다르자 도톰한 윗입술의 말랑말랑하고 보드라운 피부가 느껴졌다. 서준은 저도 모르게 손가락을 좌우로 살짝살짝 움직이며 여자의 입술을 문질렀다.

"으흠……."

여자가 신음하며 몸을 뒤척이기 시작했다. 서준은 재빨리 손가락을 떼어내며 벌떡 일어났다. 갑자기 닫힌 방문이 의식되었다. 아무도 없는 작은 공간에 여자와 단둘이 있다는 생각이 자꾸만 그를 뜨겁게 했다. 마치 뱃가죽이 오그라드는 것 같은 기분이었다.

"드디어 미쳐 버렸군, 한서준."

머리칼을 신경질적으로 쓸어 올리며 서준은 중얼거렸다. 사춘기 시절 이후 이런 욕구에 시달렸던 적이 있었던가? 없었다. 여자를 진지하게 사귀어본 적도 없었지만 실수로라도 여자를 범해본 일은 더 더욱 없었던 그였다. 가끔 스스로도 비정상이라 느낄 정도로 그는 금욕적인 생활을 해왔었다. 그런 자신이 유독 지휘리에게만큼은 매번 반응하고 있었다.

이상한 건 바로 이 대목이다. 지휘리가 특별히 섹시한 구석이 있는 것도 아닌데 왜 자꾸만 이런 위험한 충동이 이는 건지 알 수가 없었다.

"흠……."

여자가 다시 신음하며 뒤척였다. 천장을 바라보며 생각을 정리하고 있던 서준은 무심결에 휘리를 내려다보았다. 그리고 코앞에 펼쳐진 기막힌 광경에 그는 기겁을 하지 않을 수 없었다.

"아! 이런 빌어먹을!"

휘리가 입고 있던 두터운 터틀넥 셔츠를 뒤집어 위로 끌어 올리고 있었다. 방으로 들어온 직후 겉옷을 벗겼어야 했는데. 보일러 도는 방 안에 겨울옷을 껴입고 있으니 취기가 오른 그녀에겐 덥게 느껴지는 게 당연할 것이다. 괜히 쓸데없는 생각을 하느라 타이밍을 놓친 게 화근이 되었다.

“미치겠군.”

서준은 다급히 달려들어 여자의 옷자락을 끌어 내렸다. 드러났던 배꼽이 순식간에 그 모습을 감추었다. 십년감수한 사람마냥 침이 꿀꺽 넘어갔다. 여자는 여전히 더운 듯 몸을 이리저리 굴리며 옷가지를 뜯어내려 하고 있었다. 이대로 그냥 놔뒀다가는 정말 민망한 상황이 연출될 수도 있다는 생각이 스쳤다.

서준은 재킷이라도 벗겨야겠다는 생각으로 조심스럽게 침대 위로 올라앉았다. 휘리의 양쪽 팔을 재킷에서 빼낸 후 서준은 휘리의 상체를 들기 위해 몸을 움직였다. 자신이 반듯이 누워 있는 여자의 몸 한가운데에 자리를 잡고 있다는 사실을, 지금 당장이라도 휘리의 가족들이 들이닥칠지도 모른다는 사실을, 서준은 전혀 생각지 못하고 있었다.

“아…… 음…….”

여자의 고개가 돌려졌다. 따뜻한 숨결이 서준의 뺨으로 뿌려졌다. 훅 열기가 솟구쳤다. 입술을 꽉 깨물며 서준은 서둘렀다. 그녀의 등 밑에 깔려 있던 재킷을 쭉 잡아당기자 휘리의 몸이 잠시 흔들렸다. 본의 아니게 휘리의 몸이 자신에게로 밀착되었고 서준의 입에선 신음이 흘러나왔다.

“젠장!”

서준은 욕설을 내뱉으며 휘리의 머리를 베개에 조심스럽게 내려놓았다. 더 이상 이런 자세로 있다가는 무슨 큰일이 일어날지 알 수가 없었다. 서준은 조심스럽게, 그러나 재빨리 엉덩이를 들고 몸을 움직였다.

아니, 더 정확히 말하자면 움직이려고 했다, 그는. 하지만 움직이려는 찰나 그는 그럴 수 없었다. 꼼짝도 할 수 없었다. 심지어 숨도 제대로 쉴 수 없었다. 그 모든 게 절묘한 순간에 여자의 눈이 반짝 떠졌기 때문이다. 정말 믿을 수 없었다.

"안녕하세요?"

잔뜩 잠긴 목소리로 그녀는 인사했다. 제정신일까? 지금 태연하게 인사나 하고 있을 땐가? 자신의 상태가 어떤지 전혀 모르는 걸까? 의문들이 어지럽게 그의 머릿속을 돌아다녔다.

"아, 안녕……."

"여긴 어쩐 일이세요?"

"어, 그러니까 난……. 아무것도 기억나지 않아요?"

설마 이번에도 기억하지 못하는 것인가?

"머리가 아파요."

휘리는 눈을 감더니 두 손으로 머리를 짚었다. 술도 거의 안 먹었는데 숙취가 올 수도 있는 것인지 서준은 의심스러운 눈가를 찡그리며 여자에게 다가갔다. 약간 고통스러운 듯 인상을 찌푸리고 있는 그녀가 조금은 걱정이 되어 그는 휘리의 이마로 손을 가져갔다. 휘리의 손 위로 그의 손이 겹쳐졌다.

"많이 아픈가요?"

"네……."

"더 자요. 너무 빨리 깼어요."

 **떴다, 그녀!**

꿈결처럼 포근한 목소리로 그가 말했다. 그러자 감겼던 여자의 눈이 서서히 떠졌다. 초롱초롱. 그녀의 눈이 유난히 빛나고 있었다. 경외감을 담은 눈빛에 서준은 마치 휘리의 보호자가 된 듯한 기분에 빠져들었다. 서준은 사람 좋은 미소를 빙그레 지으며 가만히 속삭였다.

"자고 나면 나아질 거예요."

그리고 이불을 찾아 덮어주기 위해 서준은 몸을 돌렸다.

바로 그때였다. 당당한 여자의 목소리가 그를 포박했다.

"좋아해요."

서준은 순간 돌처럼 굳어버렸다. 분명 목소리는 지휘리의 것인데 그녀는 이런 말을 할 리는 없다고 생각했기 때문이다. 하지만 방 안에는 서준과 휘리, 단둘뿐. 휘리의 목소리가 분명했다.

"좋아한다고요!"

더욱 당돌한 목소리로 그녀가 한 번 더 외쳤다. 마지못해 서준은 고개를 돌려 휘리를 마주 보았다. 여자는 단호한 눈빛으로 그를 쏘아보고 있었다. 양손은 작게 주먹까지 쥐고. 서준은 고개를 살래살래 흔들며 결론을 내렸다. 술이 덜 깨서 잠꼬대를 하고 있는 게 분명하다는 확고한 결론.

"휘리 씨, 좀 누워서……."

"좋아해요. 좋아해요!"

서준의 말꼬리를 잘라먹으며 휘리가 외쳤다. 그리고 상체를 벌떡 일으켜 앉더니 마치 소머즈처럼 엄청난 힘으로 서준의 목에 걸린 넥타이를 획 잡아당겼다. 너무나 순식간에 일어난 일이라 서준은 속수무책으로 그녀의 몸 위로 쓰러졌다.

캐캑! 목이 졸리는 것 같은 고통에 휩쓸려 서준은 입을 열 수밖에 없었다. 그리고 기다렸다는 듯이 포개져 오는 휘리의 입술에 점령당하고 말았다.

“흡!”

물컹한 물건이 서준의 입속을 잠식해 왔다. 키스에 능숙하지 못한 어설픈 혀가 제멋대로 마음껏 그의 입속을 돌아다녔다. 서준은 여자에게서 떨어지려 노력했다. 발버둥까지는 아니었지만 적어도 여자에게서 가능한 한 빨리 떨어져야 한다는 생각이었다. 하지만 그의 감각은 자꾸만 이 순간을 놓치지 말라는, 여자의 키스를 받아들이라는 말도 안 되는 명령을 내리고 있었다.

“으흠…….”

여자의 관능적인 신음 소리가 들리자 빌어먹게도 서준의 몸은 흥분하고 말았다. 아까부터 위험스럽게 흔들리던 그의 육체는 완전히 꼿꼿하게, 단단하고 육중하게 서버렸다. 서준은 자신이 아는 가장 경멸적인 욕설들을 속으로 늘어놓으며 자신을 저주했다.

이 여자의 품에서 벗어나야 마땅했다. 제정신이 아닌 여자의 유혹을 받아들일 만큼 그는 어리석지 않았다. 하지만 여자의 단단한 팔과 다리는 점점 더 그의 어깨와 허리를 옥죄어왔다. 나긋하고 말랑한 여자의 살집들이 위험선상에 서 있는 그의 의지를 자꾸만 위협하려 들었다. 급기야 그의 혼란을 틈타 휘리는 서준을 뒤집어엎고 말았다.

순식간에 그는 침대 바닥에 눕혀졌다. 여자를 배 위에 앉힌 기가 막힌 자세다. 휘리는 자신이 입고 있는 스커트가 허벅지 근처까지 올라간 줄도 모른 채 대책없이 입술을 밀어붙이고 있었다. 저돌적인 그녀의 공략에 서준은 녹다운되기 직전까지 계속해서 몰렸다.

"사랑해요…… 사랑해요, 이사님."

그의 인생에서 이보다도 더 충격적인 순간이 있었을까? 그녀가 중얼거린 말 몇 마디는 그를 최악으로 몰고 갔다. 구름 위를 둥둥 떠다니다가 단숨에 썩은 쓰레기 더미로 내박쳐져 버린 것 같은 기분이었다. 그러나 불행히도 서준의 불운은 여기에 그치지 않았다.

서준에게 '사랑해요, 이사님'이란 폭탄을 투하한 직후. 휘리는 급속히 그리고 유유히, 정말 아무 죄책감도 느끼지 않는 듯 그렇게 다시 잠속으로 빠져들었다. 지휘리가 몽유병 환자라는 분명한 증거를 목격한 서준은 그야말로 완전히 멈춰 버렸다. 그의 배 위에 앉아 입술을 들이밀고 있는 위험한 자세로 다시 잠이 들어버린 휘리를 빨리 원상태로 복귀시켜 놓아야 함에도 불구하고 완전히 숨도 멎고, 생각도 멈추었다.

두 번째 불행의 씨앗은 바로 거기에 있었다. 어떻게 해보기도 전에 벌컥 문이 열려 버린 것이다. 정말이지 최악 중에 최악이었다. 때맞춰 절묘한 타이밍에 등장한 휘리의 아버지 역시 그의 인생 최고의 당황스러운 순간을 맞이하고 있는 듯싶었다.

딸의 허연 허벅지를 바라보며 지석철이 중얼거렸다.

"어…… 자네, 즐거운 시간을 보내고 있었군 그래."

오, 주여! 부디 한서준을 굽어살피소서!


"솔직히 그 정도면 괜찮지. 안 그러냐?"

"뭐, 나쁘진 않아."

"야야, 무슨 말이 그러냐? 기면 기다, 아니면 아니다 확실해야지."

"아, 그래! 좋아! 나쁘지 않다는 게 좋다는 거지. 그걸 뭐 꼭 꼬치꼬치 따지고 그래?"

"따져야지, 그럼. 이게 지금 대충 어떻게 해결 볼 문제냐?"

소곤소곤. 몽몽한 의식을 뚫고 나직한 목소리들이 얘기를 나누고 있었다. 나른하고 무거운 눈꺼풀을 퍼드덕거리며 휘리는 물 먹은 솜마냥 묵직한 몸뚱이를 철퍼덕 뒤집어엎었다.

"쉿! 누나 깨겠다."

"깰 테면 깨라지. 지금이 몇 시니? 해가 중천이구먼. 뭐 잘한 게 있다고 지금까지 이불 속에 처박혀 있는 거야?"

앙칼진 목소리. 소심하다 할 정도로 조심스럽게 속닥거리던 예의 목소리들과는 다른 톤이었다.

'엄마로군.'

휘리의 무의식이 반사적으로 진단했다.

"잘한 게 왜 없어? 어제 큰일 치렀잖아. 킥킥!"

"조용히 해, 이 녀석아. 동네방네 떠들 일 있어?"

"왜? 잘나가는 벤처사업가잖아. 내가 나름대로 조사해 봤는데 진짜 돈 억수로 번다더라."

"돈만 잘 번다고 만사 오케이가 되는 건 아니지."

이 목소리는 아버지, 지석철이다. 여기가 대체 어디지? 어딘데 온 식구가 총출동한 거야? 꿈인가? 아니면 생시? 눈을 감은 채 몽롱한 정신을 가다듬으며 휘리는 인상을 잔뜩 찌푸렸다.

"아무리 그래도 돈을 무시할 수는 없죠. 경제력도 없는 주제에 양심이나 찾는답시고 고상한 척은 혼자 다 하고 앉아 있어 봐. 그러면 누가 고생인데?"

"그렇게 무책임한 놈으론 안 보이던데."

"내 보기에도 그러던데요. 성격도 유순한 편인 거 같고."

도대체 누구 얘길 하는 걸까? 세 식구가 모여서 참 진지하게도 얘기한다. 이건 잡담의 수준을 넘어선 토론의 경지다. 경제력이 어떻고 성격이 어떻고 책임감이 어떻고. 마치 사윗감 고르는 에비 장인장모 같다.

"그건 그런 것 같더라. 네가 자기 차를 망가뜨려 놨는데 화도 안 내고 막 웃었다면서."

으잉? 차? 휘리는 이불 속에서 반짝 눈을 떴다.

"그게 어떻게 유순한 거야, 멍청이 칠푼이지. 자기 차를 누가 망가뜨려 놨는데 웃는 놈이면 누가 봐도 밸 빠진 놈이지, 성격 좋은 놈 아니야. 사람 좋아봤자 사는 데엔 하나 도움 안 되는데. 손해만 보고 남 좋은 일만 시키고 살지. 실속은 하나도 못 챙기고.”

“아빠 얘기 하는 거야, 엄마?”

구순례 여사의 잔소리와 푸념에 누리가 눈치없이 끼어든다. 이럴 땐 그냥 입 다물고 가만있는 게 상책인데 놈은 아직도 그걸 모르는가 보다.

“그래, 이놈아! 내가 그렇게 평생을 살았다. 네 아버지랑 살면서 데고 물려서 이젠 아주 착한 남자라면 이가 갈려. 그래서 난 착하고 물렁한 놈 싫다. 휘리는 그런 놈한테 안 주고 싶어.”

아니, 왜 주겠다는 건가? 뭘, 누구에게 준다는 건가? 휘리는 휘둥그레 뜬 눈을 사방으로 굴리며 추리에 나섰다.

‘설마…… 한서준한테 날 준다는 말은 아니겠지?’

항상 문제는 그녀에게 있었다. 너무나 눈치가 빠르다는 문제. 모르고 넘어가면 좀 쉬울 문제도 너무 일찍 알아채는 바람에 괜히 안 봐도 되는 눈치 보고, 안 해도 되는 걱정하는 사람이 바로 그녀였다. 지금만 해도 그렇다. 그냥 모르고 넘어가면 맘 편히 잠이라도 잘 것 아닌가? 별로 중요하지도 않고 들으면 속만 상하는 말을 듣고 이렇게 부글부글 속을 끓일 필요도 없을 것이다.

‘젠장맞을! 제발 나가서 자기네들끼리 얘기 좀 하지!’

귓구멍을 죄다 틀어막고 싶은 심정으로 휘리는 이를 악물었다.

“왜 또 케케묵은 옛날 고릿적 시절 얘긴 꺼내고 그러나? 애

앞에서 민망하게."

'착하고 물렁한' 구순례의 반려, 지석철이 조금은 어색한 말투로 중얼거렸다.

"민망한 줄은 아슈?"

"그만 좀 해."

"엄마! 어제 그 형이 한 말 못 들었수? 귀엽다잖아. 어제 그 수모를 겪고도 술주정뱅이, 지휘리가 마냥 귀엽다 하잖아. 그러면 됐지, 어디 가서 그런 남자를 만나? 누나 같은 여자를 그렇게나 많이 좋아해 주는 남자가 어디 흔한 줄 알아? 난 한 트럭을 갖다 줘도 누나 같은 타입은 싫어. 그 양반도 참 취향 한번 독특하지. 밝히는 여자를 좋아하다니 원. 그리 안 보이더니 은근히 내숭파인가 봐."

뭐라고? 밝히는 여자? 누가 누굴 귀엽다고 했다는 거야? 휘리의 귀가 쫑긋 세워지고 숨이 저절로 잦아졌다.

"야, 말조심 좀 해라. 누가 들을라."

지석철이 말했다. 그러자 누리가 가볍게 응수한다.

"들으면 어때? 요즘 세상에 여자가 남자한테 뽀뽀 한 번 한 것 갖고."

헉! 뽀뽀? 휘리는 이불 속에서 격한 숨을 토했다. 충격으로 얼이 나가 버렸다. 수초 동안이나 얼어버린 채 그대로 그녀는 꼼짝 않고 누워 있어야 했다. 그리고 가출했던 얼이 겨우 돌아와 제자리를 찾을 무렵, 그녀는 더욱더 놀라운 말들을 들어야 했다.

“자세가 문제였어.”

“아니야, 치마를 입고 있어서 그랬지 사실 별로 문제될 건 없는 자세였어.”

“그건 네 기준에서나 그렇지. 도대체 어떤 계집애가 그런 자세로 뽀뽀를 한다니? 내가 한 서방 보기 민망해서 원.”

한 서방! 쿠쿵! 온 세상이 무너지는 소리가 와르르, 휘리의 귓가를 울렸다. 이건 도저히 간과할 수 없는 문제였다. 뽀뽀고 자세고, 다 좋다. 넘어갈 수 있다. 하지만 한 서방이라니! 이건 뭔가 잘못돼도 단단히 잘못되었음을 뜻했다.

도대체 무슨 일이 있었던 걸까? 하도 서럽고 속상해 마음껏 취하고 싶었고, 그래서 포장마차로 서준을 이끌었는데. 거기서 꽤 많은 양의 음료를 마셨고 머리가 빙빙 돌았던 것까지는 생각이 났다. 그 뱅글뱅글 알딸딸한 기분을 늘 즐기는 휘리였으니 기억 못할 리는 없다.

‘그 다음엔 어떻게 됐지? 그냥 집으로 왔나? 한서준이 집까지 데려다 줬을까? 또?’

휘리는 미친 듯이 머리를 굴렸다. 그러나 탄산가스에 절어 완전히 멍청이가 된 듯 그녀의 뇌는 삐거덕거리기만 했다. 아! 도대체 뭐가 어떻게 됐다는 걸까? 휘리는 답답해 죽을 맛이었다.

“내가 달리 속이 상한 줄 아니? 어떤 장모가 돈 잘 벌고 자기 딸 끔찍이 생각한다는 사위를 싫어하겠니? 마음 같아선 덩실덩실 업고 춤이라도 추겠다. 으이고! 근데 요년, 하는 꼬락서니를 봐. 계집애가 자존심도 없이 그게 무슨 짓이라니? 어디 여자가 남자를 엎어놓고……. 아주 쪽쪽 핥더구먼, 쪽쪽. 응? 그렇게 좋대, 집에까지 데리고 와서 그 난리블루스를 추게?"

더 이상 들을 수 없었다. 웬만하면 참고 들어줬겠지만 이건 도저히 듣고 있을 수가 없질 않는가. 도대체 누가 누굴 엎어놓고 쪽쪽 핥았다는 건지. 확실히 해놓아야 직성이 풀리지 이대로는 그냥 못 넘어갈 것 같았다.

"엄마!"

휘리는 뒤집어쓴 이불을 펄럭이며 벌떡 일어나 앉았다. 끓는 분노를 참고 있었던 탓에 얼굴은 붉게 상기되어 있고 어제까지 잘 정리되어 묶여 있던 머리카락은 너저분하게 풀어헤쳐져 그녀는 마치 미친 여자처럼 보였다.

"푸훗! 누나, 뭐야? 안 자고 있었어?"

빌어먹을 놈의 지누리. 남의 차 끌고 나가 박살을 내놓고도 죄책감 하나 없이 내돌리며 까부는 철부지. 녀석은 웃음을 참으며 그녀를 내려다보고 있었다. 놈의 옆에는 어머니, 구순례 여사가 특유의 싸늘하면서도 냉철한 눈길로 딸을 쏘아보고 있는 중이었다.

"지휘리, 거울 좀 봐라. 명색이 연애를 한다는 애가 그 꼴이 뭐니?"

아침 밥상 앞에 앉은 딸 훈계하듯 말하는 구순례 여사의 표정은 무표정, 그 자체였다. 그녀가 깨어 있었다는 걸 알고 있었던 걸까? 딸의 갑작스런 행동도 전혀 놀랍지 않은 것 같았다.

"아! 뭐가 걱정이야. 술에 취해 곤드레만드레 됐어도 예쁘고 귀엽다고 말해주는 남자가 떡하니 나타났는데."

나란히 선 누리와 구순례 옆에, 역시나 나란히 선 지석철. 한 술 더 뜬다. 도대체 가족들이 한통속이 되어 무슨 모의를 꾸미고 있는 건지 알 수가 없었다. 휘리는 지끈거리기 시작하는 머리통을 부여잡고 신경질적으로 주물러 댔다.

"도대체 아침 댓바람부터 여기서 뭐 하는 거예요? 사람 잠도 못 자게. 예?"

"지금이 어째서 아침 댓바람이냐? 입은 비뚤어졌어도 말은 바로 하라 그랬다."

가슴 앞으로 팔짱을 끼고 도도한 자세로 딸을 내려다보고 있는 구순례가 휘리의 말을 정정했다.

"참고로 지금은 오전 열한 시야."

자고로 옛말 그른 거 하나도 없다. 때리는 시어머니보다 말리는 시누이가 더 밉다더니. 지누리가 딱 그 짝이다. 휘리는 주먹을 불끈 쥐며 놈을 노려보았다.

"너 주둥이 그렇게 함부로 놀릴래?"

"내가 뭐?"

"내가 너 때문에 손해 본 게 얼만데 그래! 남의 비싼 차는 왜 막 끌고 나가서 그 지랄을 해가지고 들어와, 들어오긴! 내가 말을 안 하려고 하니까, 이게 아주……."

꽝!

비호처럼 날아온 주먹이 휘리의 머리통에 명중했다. 어찌나 아프던지 휘리는 주먹의 주인공을 노려보면서도 머리를 움켜쥐었다.

“엄마! 왜 때려, 아침부터!”

“때릴 만하니까 때린다. 왜? 어제 그 주접을 떨어놓고도 지금 말이 나오니, 넌? 그리고 지금은 아침이 아니라고 했지? 넌 어젯밤 열 시 남자 품에 안겨 들어온 직후부터 지금까지 주구장창 잤어. 그 빌어먹을 놈의 뽀뽀가 개풀때긴가를 한답시고 피운 그 생난리를 빼면 거의 열두 시간을 잤다. 알겠니?”

“뽀뽀는 또 뭐야? 내가 누구랑 무슨 뽀뽀를 했다고 그래?”

“누구긴 누구야? 한서준이지. 어제 누나의 핵폭탄 키스 세례를 모두 받아낸 기적의 남자.”

이게 웬 개풀 뜯어먹는 소린가? 키스라니. 어젯밤 자신이 한서준에게 키스를 했단 말인가? 미치지 않고서 어찌 그런 짓을! 게다가 가족들이 다 목격한 눈치인데. 과연 그녀가 그런 일을 저질렀단 말인가? 도저히 믿을 수 없음에 휘리의 입은 한여름 잘 익은 수박 갈라지듯 쩌억 벌어졌다.

“뭐? 뭐, 뭘 받아내?”

“키스. 다시 말해줘?”

“아, 아니…….”

필시 누군가 음모를 꾸미고 있는 게 분명했다. 그렇지 않고서야 온 식구가 한 목소리로 같은 말을 할 리가 없었다. 아니, 아무리 취해서 필름까지 끊어먹었다고 해도 어떻게 다른 이도 아닌 한서준에게 키스를 했겠는가? 이건 말이 안 되었다. 취한 사람에게도 이성이란 게 있을 터. 한서준도 엄연히 고객인데, 고객에게 키스를 하겠다고 덤볐다는 건 정말 그녀답지 않았다. 옆사람 붙들고 마구마구 뽀뽀를 해버리는 요상한 술버릇이 다시 발동했다면 또 모를까. 절대 그럴 리는…….

'헉! 정말 그 술버릇이 도진 거? 설마!'

그녀의 입이 떡, 파리가 들락날락할 만큼 커다랗게 벌어졌다. 모든 사고가 다 멈추었고 눈앞이 캄캄해졌다.

"아주 도발적이던걸? 난 누나가 그런 섹시한 자세를 취했다는 게 지금도 믿어지지 않아."

누리가 제멋대로 지껄여 댔지만 그녀는 아무런 대꾸도 할 수가 없었다. 완전히 얼어붙어 버렸으니까.

"쯧쯧!"

아버지, 지석철은 혀를 끌끌 찼다. 하고 싶은 말은 산더미처럼 많은데 차마 그걸 입 밖으로 내뱉을 수는 없는, 그런 표정이었다. 뒤이어 떨떠름한 얼굴로 토해내는 구순례의 독설이 이어졌다.

"네가 몽유병 환자라는 사실을 우리도 어제 처음 알았다."

억! 침대 위에 앉아 있던 휘리는 툭 뒤로 나가떨어져 벌러덩 누워버렸다. 전쟁터에서 직격탄을 맞은 병사처럼 장렬한 최후였다.

제 8 장

"아, 젠장!"

넥타이를 매는 서준은 욕설을 내뱉으며 손목을 흘끔거렸다. 시계는 벌써 아침 출근 시간을 훌쩍 넘겨 정오를 향해 달려가고 있었다. 어린 나이에 회사를 설립하고 밤새우는 걸 기본으로 생각하며 지금껏 일에만 매달려 왔지만 오늘처럼 늦잠을 잤던 적은 단 한 번도 없는 그였다. 전날 아무리 술을 마셔도 그는 원하는 시간에 칼처럼 일어나 출근해 왔다. 그런데 그가 십 년 가까이 지켜온 그 규칙이 바로 오늘, 무참하게 깨진 것이다.

물론 그 원인 제공자는 지휘리, 그녀였다.

그는 밤새 깊은 잠에 들지 못하고 내내 설쳐야 했다. 기분이 싱숭생숭하고 심란하기까지 해 도저히 진정이 되지 않았던 것이다. 눈만 감으면 떠오르는 감촉이 그를 괴롭혔다. 그녀의 도발적인 행동이 자꾸만 연상되어 그의 신체 일부분을 극도로 곤두서게 만들었다. 휘리가 외친 남자의 이름이 그가 아닌 박은재라는 사실이 화날 정도로 짜증났고, 휘리의 가족들에게 붙들려 당했던 문초가 마음에 걸렸다.

"미치겠군."

다시 생각해도 미치게 짜증나는 일들이었다. 자신이 왜 이렇게 짜증을 내고 있어야 하는지조차 그는 생각하고 싶지 않았다.

서준은 거친 동작으로 양복 재킷을 움켜쥐고 자신의 방을 나섰다. 심통맞은 발자국 소리를 퉁퉁 내며 이층 계단을 빠르게 내려가던 서준은 코로 스며드는 시원한 냄새에 번쩍 고개를 들었다.

"지금 나가려고? 아예 점심을 먹고 출근을 하지 그러니?"

주방에서 빠끔히 고개를 내밀고 서준의 어머니, 강은실이 물어왔다.

"출근해서 먹을 게요."

마음은 그렇지 않건만 자꾸만 시선이 가는 냄비 쪽을 흘끔 바라보며 그는 대답했다.

"꼭 그 몰골로 출근을 해야겠니? 너 면도도 못 했잖아."

"아, 뭐. 그것도 회사에 가서……."

"콩나물국이 시원하게 잘 끓었어. 어차피 점심시간도 다가오는데 그냥 아예 먹고 가. 명색이 사장인데 그런 모습으로 출근하는 것도 우습잖아. 어디서 뭐 하느라고 잠도 제대로 못 잔 얼굴로 대낮에 출근을 하나, 다들 이상하게 생각할 텐데. 응? 먹고 가.”

콩나물국 특유의 냄새가 공기 중을 넘실넘실 흘러 다니며 그를 괴롭혔다. 순간 망설여졌다. 출근에 관한 나름의 규칙과 의무감 따위에 떠밀려 서두르기는 했으나 실은 지금은 무슨 일을 해도 집중할 수 없을 거라는 걸 그도 잘 알고 있었기 때문에 더욱 그러했다.

“앉아, 애.”

어느새 다가온 강 여사가 그의 팔을 붙들어 주방 안으로 끌어당겼다. 이를 어쩐다? 난감한 상황에 처해 그는 잠시 갈등했다.

“사장이 이럴 때도 있어야지. 너처럼 새벽부터 출근하고 야근을 밥 먹듯이 해대는 상사가 얼마나 되겠니? 그것도 매일매일. 으휴! 아랫사람 생고문 하는 거야, 그게. 생각만 해도 끔찍하다. 얼마나 신경 쓰이겠니?”

생고문. 서준은 생고문이라는 말에 그만 어깨를 축 늘어뜨리고 말았다. 정녕, 생고문이란 어휘의 잔인함을 어머니는 경험한 바 없으리라. 물론 어젯밤의 끔찍한 상황을 겪기 전까지는 그 역시 고문과 끔찍함의 진정한 의미를 몰랐었다. 일순 어제의 일이 빠르게 그의 기억 안으로 스며들어 왔다.

‘빌어먹을.’

어떻게 그럴 수가 있었을까? 떠오르는 여자의 촉감 때문에 잠을 이루지 못하다니. 짐승이 아닌 이상 그럴 수는 없다. 목석이란 꼬리표를 지금껏 달고 다녔던 서준에게는 더욱 있을 수 없는 일이었다. 더더군다나 그녀가 원했던 사람은 그가 아닌 박은 재였거늘.

"휴!"

서준은 한숨을 내쉬며 강은실 여사의 손이 이끄는 대로 움직였다. 눈을 뜬 순간부터 그를 지배하기 시작한 지휘리의 영향력에 굴복하듯 서준은 힘없이 주방 안으로 들어섰다. 아무래도 그는 지휘리의 엉뚱하고도 예측할 수 없는 매력에 완전히 사로잡혀 버린 것 같았다.

"도대체 어떻게 된 거니?"

식탁은 이미 간소하게나마 차려져 있었고 주빈인 콩나물국이 나오기만을 기다리고 있었다. 식탁 밑으로 얌전히 들어가 있는 의자를 빼내 그 틈 사이로 엉덩이를 밀어 넣은 서준은 차가운 물을 한 컵 따라 입술 안으로 흘려 넣었다.

"어제 그 아가씨와 좋은 시간을 보낸 거니, 설마?"

"푸훗!"

물을 들이켜고 있던 그는 사레가 들리고 말았다.

'그 아가씨와 좋은 시간을 보냈냐고?

물론이다. 정작 그 아가씨는 그렇게 생각하지 않겠지만. 그는 분명 좋은 시간을 보냈었다. 적어도 그 순간만큼은 좋았다. 서준은 호기심 가득한 어머니의 눈이 자신을 빤히 바라보고 있는 걸 느끼며 천천히 눈을 들었다.

"잤어?"

"어머니!"

강력한 그의 반발에 강은실 여사는 소녀처럼 킥킥 웃어댔다.

"미안, 미안. 미안하다. 본의 아니게 네 명예를 실추시킨 것 같구나."

"어머니 아들은 난봉꾼이 아니에요."

서준은 유리잔을 식탁 위로 내려놓으며 뻣뻣하게 응수했다.

"물론 나도 그건 알아."

"아신다니 다행이네요."

숟가락을 들며 식사를 시작하던 서준은 그러나 떨떠름한 표정을 떨치지 못하고 있었다. 어머니의 호기심이 점점 커지고 있다는 걸 알고 있기 때문일 것이다.

"그럼 그 시간까지 뭘 했다는 거니? 처음 만난 여자랑."

"뭘 하든 자진 않았어요."

"마음에는 들었고?"

"노코멘트입니다."

"생긴 건 사진만큼 괜찮았니? 첫인상은 어땠어?"

숟가락을 쥐고 놀리던 서준의 손이 밥그릇 중앙에서 딱 멈추었다. 이쯤 되면 점심을 마저 먹고 출근을 하라는 어머니의 속셈이 무엇인지 거의 다 드러난 셈이었다. 그녀의 관심은 결코 아들의 건강이나 상사로서의 관대함 따위에 있지 않았다.

서준은 삐딱하게 기울어진 시선으로 순진한 눈을 말똥말똥 뜬 강은실을 바라보았다.

"밥 먹을 땐 개도 안 건드려요."

"넌 개가 아니잖니."

"아들이 개만도 못하다는 말입니까?"

"여색 밝히는 개망나니보다도 못한 아들이야, 넌."

아들에게 상처주는 말을 아무렇지도 않게 해대고 있지만 강은실의 얼굴에 잔잔한 미소가 감돌고 있었다. 아까보다 더 흥미진진한 표정이었다. 저런 표정 뒤에는 꼭 어머니의 귀여운 음모가 도사리고 있다는 걸 누구보다도 잘 아는 서준이기에 그는 눈살을 찌푸렸다.

"너무하시네요."

"내가 이렇게 모진 엄마로 변한 건 다 너 때문이야."

"예, 다 제 탓이죠."

그는 심드렁하게 대꾸하며 숟가락을 다시 재가동시켰다.

"어떤 아이니?"

국자를 든 손으로 식탁을 짚고 상체를 내밀며 강은실은 조심스럽게 물어왔다. 아들의 얼굴을 들여다보기 위해 고개를 옆으로 기울인 그녀의 목소리는 낮고도 은밀했다. 기분이 묘해지자 서준은 불쑥 물었다.

"국은 언제 주실 거예요?"

“예쁘니? 착해?”

“콩나물국 주신다면서요.”

“나이는 몇이니? 너보다는 어리겠지? 뭐, 요즘은 연상연하가 유행이라고는 하더라만. 네 나이가 있으니까 그건 좀 그럴 것 같아. 아무리 내가 치마만 두르면 다 OK하겠다고 했다지만 그 것만큼은 마음에 내키지 않는구나.”

“어머니.”

밥 한 숟가락을 겨우 목구멍으로 밀어 넣은 서준은 대뜸 강은실 여사를 불렀다.

“응?”

여전히 순진한 미소를 지으며 강은실이 대답했다.

“도대체 누굴 말씀하시는 거예요?”

정말로 그는 궁금했다. 어머니가 누구를 염두에 두고 이런 말을 하고 있는 건지. 그녀는 어제 아들이 맞선을 본 상대를 맞선 당사자인 서준보다 더 잘 알고 있었다. 나이뿐 아니라 가족사항이며 학력 등, 너무 잘 알아서 탈인 강은실이 궁금해하는 사람은 맞선 상대자가 아니었다.

“누구라니? 내가 뭘?”

“지금 묻고 계시잖아요. 어제 맞선 본 줄리아드인지 버클리인지…….”

“버클리.”

그녀가 씩 웃으며 정정했다.

“버클리. 예, 그 여자 분 말입니다. 그 여자 나이를 몰라서 제게 묻고 계신 건 아니잖아요.”

“물론 나야 알지. 그 아가씨가 몇 살인지. 지금 버클리에서 수학하고 있다는 것도. 그러는 넌 알고 있니?”

“예?”

“그 아가씨가 몇 살인지 너는 아느냐고.”

점점 더 미궁 속으로 빠지는 기분이었다. 도대체 어머니의 속셈이 뭔지 그는 도저히 알 길이 없었다. 천천히 그는 숟가락을 식탁 위에 내려놓았다. 그리고 고생이라고는 전혀 모르고 자란 티가 확연한 어머니의 선하고 순수한 얼굴을 빤히 들여다보았다.

“무슨 말을 하고 싶으세요?”

“하고 싶은 말?”

짐짓 강은실이 화사한 미소를 지었다.

“어제 장 여사에게서 전화가 왔단다, 아들아.”

“아! 그래요?”

그게 뭐 어떻다고? 뚱한 표정으로 서준은 어머니의 대답을 기다렸다.

“그 마담뚜 말로는, 너와 그 버클리가 7시쯤 헤어졌다고 하던데. 맞니? 그 버클리 아가씬 집에 8시 좀 안 되어서 돌아왔다더구나. 그런데 넌 12시가 넘어서 돌아왔지.”

맙소사. 이건 생각지도 못한 문제였다. 평소 치밀한 그조차도 그 예리함이 여기까지 미치지는 못한 것이다. 그 앙칼지고 똑소리 나게 야무진 아가씨가 하필 그리 일찍 집에 들어갈 게 뭐람. 서준은 입 밖으로 비집고 나오는 욕설을 가까스로 삼켰다.

"게다가 넌 잠까지 이루지 못해서 밤새 뒤척였어. 늦잠까지 자고. 이래도 시치미를 뚝 뗄 거니?"

눈썹을 씰룩거리며 강은실이 음흉하게 웃었다. 마치 증거물을 확보한 셜록 홈즈의 의기양양한 미소 같았다.

'귀찮게 됐군. 아주 귀찮게 됐어. 이젠 어쩐다?'

지금 그는 지휘리에 대해 생겨나는 자신의 감정 때문에 몹시 괴로웠다. 풀지 못하고 쌓여만 가는 욕구도 욕구지만, 자신이 다른 남자에게 연정을 품고 있는 여자를 원하고 있다는 건 충분히 심각한 문제였기 때문이다. 게다가 그녀의 식구들은 그를 완전히 사위로 받아들이는 눈치였다. 가족 모두에게 그런 민망한 광경을 들킨 상황에서 휘리와의 사이는 아무것도 아니며 업무적인 거래 때문에 애인 행세를 하고 있는 거라 말할 수는 없었다. 만약 진실을 밝혔다면 그는 지금 이렇게 멀쩡하게 앉아 식사를 하고 있을 수 없었을 거다.

'초죽음이 되었겠지.'

한데 어머니까지 이 사실을 알게 된다면? 안 된다. 그런 일은 있어서는 절대 안 되었다. 단호하게 생각을 정리한 서준은 벌떡 자리에서 일어났다.

"누구니? 뭐 하는 처자야?"

의자 위에 걸어놓았던 재킷을 낚아채는 서준을 강은실은 집요하게 파고들었다. 서준은 성큼성큼 주방을 나가기 시작했다.

"잘못 짚으셨어요."

"잘못 짚었다고?"

강은실은 재빨리 종종걸음으로 그의 뒤를 따라붙었다.

"네."

"정말이니? 그럼 어제 뭐 하느라 늦었던 거야? 7시에 헤어져서 누구랑 뭐 했니?"

"후배 녀석 만났어요."

"여자 후배?"

서준은 우뚝 자리에 멈춰 섰다. 그리고 절도있게 뒤를 돌아 기대감에 찬 어머니의 얼굴을 내려다보았다. 그리고 단호한 어조로 선언했다.

"아니요."

"아니야?"

"네. 아니에요."

"정말 아니야?"

어머니의 실망한 목소리를 애써 무시하며 그는 한 번 더 강력하게 말했다.

"정말 아닙니다. 여자는 없어요."

강은실의 어깨가 축 늘어졌다. 실망이 이만저만이 아닌 듯했다.

“그렇구나. 괜히 내가 흥분했네.”

죄를 지은 듯 욱신욱신 그의 마음이 아파왔다. 남부러울 것 없이 좋은 집안에서 태어나 양질의 교육을 받고 품성 좋은 남편 만나 지금껏 아무 걱정 없이 살아온 그녀였다. 그녀의 유일한 걱정거리가 바로 자신이라고 생각하자 서준은 답답해졌다. 효도는 못할망정 이게 무슨 불효냐 싶으니 더욱 심기가 불편했다.

서준은 한숨을 푹 내쉬었다.

“식사는 그냥 회사에서 하는 게 나을 것 같아요.”

“어머, 애! 밥은 마저 먹어야지. 애! 서준아!”

그를 부르는 소리를 못 들은 척, 서준은 몸을 돌려 현관문을 지났다.


똑똑.

노크 소리가 조신하게 울렸다. 휘리는 꼴깍 침을 삼키며 문 건너편에서의 답변을 기다렸다. 상전의 윤허(允許)를 기다리는 무수리처럼 그녀의 심장은 두근두근 뛰고 있었다.

“들어와요.”

문틈으로 벨벳처럼 매끄러운 목소리가 흘러나왔다. 언제 늘어도 심장 떨리게 멋있는 목소리. 휘리는 심호흡을 연속해서 해대며 문 손잡이를 조심스럽게 비틀었다.

“어서 와요.”

문을 열고 들어간 휘리를 남자는 정중히 일어서서 맞았다. 귀

티가 줄줄 흐르는 귀족스러운 얼굴엔 부드러운 미소를 달고 있
었다. 휘리는 꾸벅 몸을 구부려 인사를 했다.

"안녕하세요, 이사님."

"오랜만이네요. 요샌 극단에 안 나오나 봐요? 얼굴 보기가 너
무 힘들어요."

"아, 그게……. 이번에 맡은 배역이 없어서 그냥 집안일 봐드
리고 있어요."

"그래요?"

"예……."

이 남자 앞에서는 왜 이렇게 창피함만이 앞서게 되는 것인지.
휘리의 시선은 저도 모르게 서서히 아래로 내려가고 있었다. 연
극이 좋아 의욕적으로 시작한 일이지만 몇 년째 변변찮은 배역
하나 못 맡는 신세가 되다 보니 소극적이 되지 않을 수 없었다.
소질이 없는 걸까? 노력이 부족한 걸까? 어쩌면 둘 다 부족한
것일 수도 있다는 생각은 이 남자 앞에만 서면 작아지는 가장
큰 이유가 되기도 했다.

"앉아봐요."

거친 일이라곤 해본 적이 없는 듯한 남자의 손이 응접탁자 앞
에 있는 소파를 가리켰다. 휘리는 보일 듯 말 듯 가볍게 고개를
끄덕이며 조용히 자리에 앉았다. 그리고 이 년이라는 짧지 않은
기간 동안 그녀의 마음을 쥐고 흔들고 있는 박은재 이사를 바라
보았다. 그는 방금 전까지 업무를 보고 있던 자신의 책상 위에

서 뭔가를 들고 그녀의 앞 자리에 앉았다.

저건 뭘까? 일순 궁금증이 일었다. 특별히 그가 전화를 해 여기까지 오게 만든 이유가 혹시 저것과 관련이 있는 것일까? 휘리는 마른침을 꼴깍 삼켰다.

오늘 오전까지 그녀의 정신은 온통 한 인간에게 집중되어 있었다. 가족들의 반응을 종합해 본 결과는 실로 엽기적인 것이었고, 그게 사실인지 확인할 길은 장본인과 직접 이야기를 해보는 수밖에 없다는 결론을 내렸던 것이다. 어찌 됐든 그 인간은 취해 있는 상태가 아니었다. 취하지 않은 상태였으면서 어떻게 일을 이 지경으로 만들어놓았는지 따질 생각이었다. 전화를 해야 할까, 해올 때까지 기다릴까를 두고 고민의 고민을 거듭하고 있을 때, 그녀는 한 통의 전화를 받았다.

그리고 정확히 2시간 후. 휘리는 전화의 주인공, 박은재를 만나기 위해 그의 사무실을 찾았다.

"글은 계속 쓰고 있는 거예요?"

"예? 아…… 뭐, 그냥저냥요."

"훗! 저번에도 말했지만 휘리 씨는 연기보다는 그쪽에 더 재능이 있어요."

"아하하……. 예, 감사합니다."

탁자 밑에 숨겨놓은 손바닥을 신경질적으로 비비며 휘리는 기운없이 대답했다. 표정이 절로 굳어졌다. 얼마 전 그녀가 취미 삼아 끼적거린 글이 불유쾌한 경로를 통해 그의 손에까지 들어간 일이 떠올랐던 것이다.

친한 동료에게 보여준 노트가 희주의 손에 들어가게 된 건 아주 우연이었다. 하지만 희주가 갖고 있던 휘리의 습작노트를 은재에게 보여준 건 다분히 악의적이었다. 그녀는 그 일을, 친구의 재능을 극단주에게 알리고 싶은 순수한 의도에서였다고 말했지만 휘리는 알고 있었다. 휘리를 비웃기 위해서였다는 것을. 그때 은재의 반응이 긍정적이었길 망정이지, 그러지 않았다면 휘리는 극단 전체의 비웃음을 살 뻔했었다. 은재는 아마도 그런 그녀의 처지를 배려해 있지도 않은 재능 타령을 했을 것이다.

박은재는 남을 위해 충분히 그러고도 남을 사람이었다. 그의 그런 면을 휘리는 좋아한다.

"정말인데. 설마 내 말 안 믿는 거예요?"

은재가 살포시 특유의 살인미소를 지어 보였다. 찢어질 듯 화사하면서도 위로 올라가는 입매가 상대방을 편안하게 해주는 그런 미소다. 이렇게 웃는 그를 볼 때마다 휘리의 가슴은 늘 마구마구 뛰었었다.

"아, 아니요. 믿어……요."

말을 더듬으며 휘리는 슬쩍 웃음 띤 은재의 얼굴을 훔쳐보았다. 착하다고밖에 말할 수 없는 미소. 분명 전과 다르지 않는 여전히 박은재 표 미소였다.

그런데 참 이상한 일이지? 자꾸만…… 오늘은 어쩐지 자꾸만 뭔가가 부족하다고 느껴진다. 밋밋하다고나 할까? 남성적인 매력이 부족하다고나 할까?

입이 너무 크다. 위로 올라가는 입꼬리도 여자 같고. 어쩌면 입술이 너무 두꺼워서 둔하게 느껴지는 건지도 모른다. 그래서 샤프한 매력이 떨어지고 남성스럽지 못하게 보이는 걸 수도 있다. 덩치에도 문제가 있다. 몇 주 전, 한서준과 함께 나란히 서 있을 때도 어렴풋이 느꼈지만 박은재는 어딘지 모르게 어색한 몸매를 가지고 있었다. 몸에 살집이 꽤 있는 편인데 얼굴은 미소년이라 얼굴과 몸이 매치되지 않는 것이다.

하지만 그는 박은재다. 이 년 전부터 쭉 알고 지내온 바로 그. 처음 보았을 때부터 지금까지 줄곧 그녀의 마음속에 자리잡아 짝사랑의 가슴앓이를 하게 만든 바로 그 장본인이었다. 그의 입이 크다는 것, 살집이 좀 있어 약간은 둔해 보인다는 것, 남성미가 떨어진다는 것 등등. 그 외에도 수십 가지의 단점을 그녀는 모두 알고 있다. 하지만 휘리는 지금껏 그 단점들을 단점이라 여겨본 적이 한 번도 없었다. 오늘처럼 이런 착잡한 마음으로 그를 대한 적도 물론 없었다. 휘리가 당황하는 이유는 바로 그 때문이었다.

더 이상 그의 미소에 가슴이 떨리지 않는다는 사실을 깨달은 것이다.

"진짜예요. 그때 봤던 글, 전 꽤 좋았어요. 감명까지 받았는데요."

"그냥 심심할 때 아무 생각 없이 끼적거렸던 건데요 뭘."

"그러니까 더 놀라운 거죠. 습작에 불과한 글로 날 감동시킬 수 있는 작가는 별로 없거든요."

참 입바른 말, 오래도 하는구나. 휘리는 속으로 중얼거리며 어색하게 웃었다.

"그렇게 봐주신다니 감사합니다."

"오늘 시간 좀 내달라고 했던 것도 그 문제 때문이에요."

"네?"

이건 또 무슨 소리인가? 오늘 박은재가 그녀를 보자고 한 게 글 때문이었다는 뜻인가? 내심 뭔가를 기대하면 여기까지 허겁지겁 달려온 그녀는 실망을 하지 않을 수 없었다.

'휴! 아직도 미련을 못 버렸니? 불쌍하다, 너.'

박은재가 누군가? 천하의 김희주, 그녀의 약혼자가 아닌가? 아직 정식으로 약혼을 한 건 아니지만 극단 식구들을 몽땅 초대해 그들 앞에서 약혼하겠다는 공식 발표까지 한 그들이었다. 이젠 어떻게든 돌이킬 수가 없는 것이다.

'흥! 돌이킬 수 있다면 어쩔 건데? 이사님한테 좋아한다고 고백이라도 할 거냐? 할 수 있어, 고백?'

악순환의 연속이다. 외모에 대한 콤플렉스와 자격지심 때문에 누군가가 좋아져도 좋아한다는 고백을 하지 못하고, 그렇게 어정쩡하게 남 눈치만 보고 있다가 희주 같은 애들에게 남자를 뺏기게 되고, 또 그래서 콤플렉스와 자격지심은 점점 더 심해져 가고. 십 년이나 끊임없이 지속되어 오는 룰 아닌 룰이었다.

　"우리 극단 다음 차기작이 결정되었어요. 지금부터 준비하면 내년 가을에는 공연할 수 있을 것 같아요."

　"아…… 예."

　"이번에도 셰익스피어의 작품으로 갈까 해요. 이번 작품, '21세기 줄리엣'이 연극계에서도 그렇고 흥행 면에서도 성적이 좋았거든요. 아무래도 고전을 현대적으로 재해석했다는 점에서 어느 정도의 점수를 따고 들어간 것 같습니다. 작품성을 유지하면서 대중의 관심을 끌자는 기획의도가 딱 들어맞은 거죠. 그래서 이번 작품도 이런 콘셉트로 나갈까 생각하고 있어요."

　"예……."

　별 생각도 없이 장단이나 맞추자는 생각으로 휘리는 계속해서 고개를 끄덕였다. 그러면서 그녀는 생각했다. 지금껏 아무 이상 없이 들어왔던 목소리가 왜 오늘따라 이렇게 따분하게 들리는지, 혹은 그가 말할 때마다 두근두근 떨리던 가슴이 지금은 왜 이렇게 멎어 있는지 등등에 관해서. 아주 심각하게.

　"셰익스피어의 극 중에서 현대를 배경으로 극화하면 괜찮을 작품 몇 개를 추려서 검토를 해봤는데요. '말괄량이 길들이기'와 '십이야(十二夜)'가 최종 통과되었습니다."

　"그래요?"

　그래서 어쩌란 말인가? 어쩔 수 없이 휘리는 심드렁한 표정이 되었다.

　"그 대본 작업을 난 지휘리 씨가 해주셨으면 해서요."

"그러시겠죠…… 네?!"

잘못 들은 게 아닐까? 습관처럼 대수롭지 않게 고개를 끄덕이던 휘리는 두 눈을 똥그렇게 홉뜨고 은재를 바라보았다. 마치 비디오테이프의 정지된 화면처럼 꿈쩍도 하지 않는 그녀는 숨마저 멈춘 상태였다.

"극단 대표로서 정중히 요청하는 겁니다. 우리 극단은 다음 차기 작품의 대본을 휘리 씨가 맡아주었으면 해요."

"정말……이요? 자, 장난 아니시죠? 설마 절 놀리시려고…… 농담하는 건 아니죠?"

그녀는 거듭 확인했다. 도저히 믿을 수 없었으니까.

"물론입니다. 명색이 대표인데 설마 그런 농담하려고 휘리 씨를 여기까지 불러들였을까요? 나 그렇게 실없는 사람 아닙니다."

은재는 흡족한 듯 편안한 웃음을 띠웠다.

"아! 세상에. 어떻게 이런 일이……. 아니, 저번에 작업해 주셨던 황 작가님은요? 왜 그분이 계속 안 하시고요?"

"유학 준비하시겠답니다. 브로드웨이에 가서서 좀 더 공부하시겠대요. 저희로선 많이 아쉽지만 그분 개인적으론 좋은 일이니 만류하기가 어렵더라고요."

"아아! 그러셨구나."

믿을 수가 없는 일이었다. 연극대본은 고사하고 그냥 글쓰기에 대해서조차 배운 적이 없는 그녀에게 어떻게 이런 일이 생길 수가 있을까? 이건 행운이었다. 벅차오르는 감동에 휘리는 정신이 아찔해질 지경이었다. 간신히 떨리는 심정을 진정시키고 그녀는 더듬더듬 물었다.

"다, 다른 극단 관계자분들께선 어떻게 생각하시는데요? 연출 선생님이라든지…… 다른 배우들 생각 말이에요. 그분들이 괜찮다고 하실지……."

"윤 감독은 걱정 말아요. 저번 휘리 씨의 대본을 보고 가능성을 점치신 분이 바로 윤 감독이니까요. 배우들의 반응도 난 문제될 게 없다고 봐요. 우리 극단을 대표하는 몇몇 베테랑 배우들이 자기 목소리를 높이는 편이긴 하지만. 난 그분들을 잘 압니다. 누가 어떻게 글을 썼든 대본만 마음에 들면 다들 만족하실 분들이세요."

"아! 어떡해!"

입이 저절로 찢어졌다. 이렇게 염치없이 마냥 좋아만 해도 되나 싶을 정도다. 휘리는 양손을 한데 모아 입가를 슬쩍 가리며 가쁜 호흡을 가다듬었다.

"해주실 거죠?"

당근, 물론이다! 휘리는 속으로 외치며 열성적으로 고개를 끄덕였다. 지금 입을 열면 괴성이 터져 나올 것 같아 그녀는 여전히 입을 가리고 있었다.

"좋습니다. 그럼 오늘은 우선 이걸 드리죠. 우리 기획의도를 간략하게 요점 정리 해놓은 파일이에요. '말괄량이 길들이기' 와

'십이야(十二夜)'를 현대적인 관점에서 해부해 놓은 대학 논문 몇 편과 셰익스피어의 원본도 동봉했으니까 참고하시면 될 겁니다."

은재는 자리에서 들고 온 두툼한 서류봉투를 탁자 위로 스윽 내밀었다. 휘리는 자꾸만 꾸역꾸역 디밀고 나올 것만 같은 쾌재를 간신히 억제하며 봉투를 물끄러미 내려다보았다.

아! 드디어 글이란 걸 쓰게 되는 건가?

코끝이 찡해지면서 눈시울이 뜨거워졌다. 완전히 감개무량, 그 자체였다.

"그 외, 나머지 세부적인 사항들은 휘리 씨가 작품 분석을 모두 마쳤을 때 의논했으면 좋겠습니다. 계약도 함께. 어때요?"

"네, 저는 좋아요."

여전히 두 손으로 입을 막은 채 휘리는 웅얼거렸다. 아직까지 감격에서 헤어나지 못하는 그녀를 따뜻한 눈으로 바라보며 은재는 웃었다.

"그럼 그때 뵙죠. 연락주세요."

## 제 9 장

**사**실 휘리는 스물일곱이라는 나이치곤 꽤 건망증이 심한 편에 속한다. 늘 캐시(cache)가 겨우 24시간밖에 안 된다는 말을 누리로부터 듣고 있는 그녀는, 때문에 일상생활에서부터 업무에 이르기까지 중요한 용건이나 스케줄이 생길 때면 꼭 메모를 해놓는다. 종종 못 말리게 지독한 건망기가 발동해서 메모해야겠다는 생각까지도 까마득히 잊어버리게 되는 경우가 발생하긴 해도 뭐 그건 매우 드문 경우다. 대부분은 메모하는 습관으로 잊지 않고 기억해 내고 있으니 문제될 게 없었다. 적어도 오늘까지는.

'아! 어떻게 잊어버릴 수가 있지? 그것도 완전히 까먹었잖아.

네 머리 참 대단하다, 지휘리.'

계획대로라면 그녀는 지금 한서준을 만나고 있어야 했다. 가족들의 말도 안 되는 주장에 발끈해 당장 서준에게 자초지종을 따져 물어야겠다고 마음속으로 벼르고 별렀던 게 바로 몇 시간 전인데, 글쎄 그걸 까맣게 잊고 있었던 것이다. 아무리 은재의 호출에 마음이 들떴었다고는 하나, 그로부터 놀라운 소식을 접하게 되었다고는 하나 잊을 게 따로 있지!

물론 [매그너스]로부터 정식으로 대본 제의를 받았다는 건 희대의 사건이다. 한국에서 내로라하는 연극계의 중견들이 대거 포진되어 있는 명실상부 대한민국 최고의 극단, [매그너스]가 새 대본작가로 그녀를 선택할 줄 그 누가 알았겠는가?

[매그너스] 정도의 자금력과 인지도를 가진 극단이라면 그녀보다 훨씬 더 능력있고 경력 많은 작가들과 일할 수 있었다. 그런데도 그들은 이런 일에 초보나 다름없는 그녀를 선택했다. 이건 그녀의 끊임없는 습작이 낳은 쾌거였다. 자신의 숨은 능력을 인정받은 동시에 일까지 맡게 됐으니 쾌거 중의 쾌거였다. 최근 되는 일이 없어 심한 자괴감과 패배감으로 우울했던 휘리에겐 특이나 더 그랬다.

하지만 한서준을 잊고 있었다니, 그리 분개하고 속 터져 했던 일을 까마득히 잊어버리다니! 참으로 편리한 뇌이지 뭔가? 지누리가 알았다면 분명 빈정대고 남았을 기막힌 일이었다. 게다가 자신이 잊고 있다는 사실마저 그녀는 망각하고 있었다. 가족들이 서준에 대해 물어왔을 때에야 비로소 깨달은 것이다.

"그래서 나보고 뭘 어쩌라고?"

제 기억력의 한계를 통탄하며 휘리는 얼굴을 짜부라뜨렸다. 울고 싶은 심정으로 웅얼거리는 그녀에게 즉각적으로 일사불란한 대답이 날아왔다.

"어쩌긴 뭘 어째? 전화해서 초대를 해야지."

"명색이 사윗감인데 장모 생신날 코빼기도 안 비친다는 건 말이 안 되지."

"누나가 하기 뭣하면 전화번호만 줘. 내가 대신 할게."

먼저 아버지, 지석철이 명쾌한 해답을 제시하고 어머니, 구순례가 곧바로 지지 의사를 밝힌 뒤, 누리의 깔끔한 뒷마무리까지 이어졌다. 이럴 수가! 도대체 다들 왜 이런단 말인가? 마치 각자의 의견을 미리 모아 하나로 입을 맞춘 사람들처럼 호흡이 딱딱 잘 맞았다. 하지만 중국집에 음식을 주문할 때조차 자장면, 짬뽕, 우동, 볶음밥으로 취향과 의견이 제각각인 이들에게 의견 조율이 웬 말. 있을 수 없는 일이었다.

"미치겠네. 다들 왜 이래? 느닷없이 그 사람은 왜 부르겠다고 이 난리냔 말이야? 무슨 바람이 분 거야?"

휘리는 눈썹을 가운데로 모아 잔뜩 힘을 주며 으르렁거렸다.

"누나! 말은 바로 하자. 느닷없는 건 우리가 아니라 누나지."

"뭐라고?"

"없다던 애인이 하늘에서 뚝 떨어졌어. 아무리 술에 약하지만 외박을 하면 했지 남의 등에 업혀 들어온 적이 없는 누나를 남자가 데리고 들어왔다고, 그것도 두 번씩이나. 게다가 어젠 어쨌는지 알지? 어젠……."

"야!"

귀에 딱지가 앉을 정도로 줄기차게 들었던 어젯밤의 일을 또다시 꺼내려는 동생의 비열한 행위에 발끈한 휘리는 벌떡 자리에서 일어났다. 얼굴이 저절로 붉어졌다. 아무리 떠올려 봐도 기억은 나지 않지만, 머릿속으로 상상하는 것만으로도 그녀는 충분히 부끄러웠다. 무슨 생각으로 그랬는지 도무지 그녀 자신도 이해가 안 되었다.

"알았어, 알았어. 말 안 할게. 진정하라고. 워워."

"할 말 다 해놓고 뭘 말하지 않겠다는 거야?"

흥분한 그녀를 가라앉히고자 양손을 들어 흔들고 있는 누리를 휘리는 더욱 거세게 노려보았다.

"아니, 그러니까 내 말은, 우리가 이러는 건 당연하다는 소리야. 누나도 생각을 한 번 해봐. 딸이 남자를 덮친 모습을 보고 어느 부모가 안 놀라겠는지. 그냥 덮치기만 했냐? 숫제 입술을 들이대고……."

"지누리!"

또다. 적의 약점을 쥔 누리는 교묘한 방법으로 그녀를 궁지로 몰아넣고 있었다. 불그스름한 홍조가 휘리의 얼굴을 덮었다.

"하느님 아버지!"

“나무관세음보살!”

구순례와 지석철이 차례로 탄식을 터뜨렸다. 다 큰 자식의 일이고 그다지 자랑스러운 일이 아니었기에 말은 하지 않고 있지만 실은 그들도 어제의 일에 심한 충격을 받은 게 분명했다. 쥐구멍을 찾아 숨어버렸으면 좋겠다는 생각에 휘리는 이를 악물었다. 아! 도대체 무슨 생각으로 그리했던 걸까! 할 수만 있다면 휘리는 타임머신을 타고 어젯밤으로 다시 돌아가 모든 걸 원점으로 되돌리고 싶은 마음이었다.

“알았어, 알았다고. 내가 알아서 연락할게.”

“그래? 정말이야?”

일단은 한서준과 따로 진지한 얘기를 해야 했다. 딸의 추태에 마음이 조급한 건 이해가 가지만 부모님이 밀어붙이는 대로 떠밀려 가줄 수는 없었다. 이대로 가면 당장 결혼 날짜를 잡으려 들지도 모르는 일이었다. 그런 청천벽력 같은 일이 생기기 전에 한서준을 만나 사태 수습을 위한 방안을 마련해야 했다.

“정말이야. 그러니까 제발 나 좀 혼자 있게 해주라. 응? 엄마, 아빠도 그만 나가주세요.”

휘리는 마음속의 꿍꿍이를 숨기고 누리와 부모님을 줄입문 쪽으로 떠다밀었다.

“그걸 어떻게 믿어? 안 해놓고 했다고 해도 모르는 일이잖아.”

“뭐야?”

“지금 여기 이 자리에서 당장 전화 걸어.”

그녀의 말이라면 콩으로 메주를 쑨다고 해도 믿지 않을 지누리. 역시나 이번에도 딴죽을 건다. 휘리는 두 눈을 부릅뜨고 누리를 노려보았다.

“전화 걸 거야. 누가 안 건다고 했어?”

“그래, 걸 거니까 지금 걸으라고. 우리가 보고 있는 이 자리에서.”

아! 지누리! 깐죽깐죽, 뺀들뺀들. 정말 얄밉기 그지없는 놈이다. 휘리는 동생의 모가지를 확 비틀어 버리고 싶은 충동과 씨름하며 훅훅, 연신 심호흡을 들이켰다.

“걸 거라니까.”

“걸어, 지금.”

정말 걸 수는 없었다. 지금 걸면 어젯밤 이후로 처음 그와 통화를 하게 되는 건데. 그와 뻔뻔스럽게 대거리를 할 생각을 하니 죽고만 싶었다. 아무리 사람들 앞에서 넉살 좋은 척, 터프한 척하는 그녀지만 상대는 한서준이다. 공교롭게도 그녀의 약점과 추한 모습을 모두 알고 있는 바로 그 한서준이란 말이다. 그라면 문제가 달라진다. 게다가 가족들 앞에서라면 애인인 척을 해야 하는데!

아! 그리는 절대 못한다. 못한다!

‘이 기회에 말을 해버려? 애인이 아니라고…… 그냥 말해 버릴까?’

안 된다. 어젯밤 일이 없었다면 모를까. 지금 두 사람이 아무 사이도 아니라는 사실을 밝힌다면 그녀는 완전히 끝장이었다. 무서운 구순례 여사 손에 머리카락을 통째로 뽑힐지도 모르는 일이다. 이제 어떻게 한다?

"자!"

짧은 순간, 고민에 고민을 거듭하는 그녀의 코앞에 지석철의 손이 불쑥 다가왔다. 손바닥을 위로 한 그의 손 위에 얌전히 올라가 있는 그녀의 핸드폰. 휘리는 땅이 꺼져라 한숨을 쉴 수밖에 다른 도리가 없었다.

'에라, 모르겠다. 될 대로 되라지.'


비슷한 시각, 논현동 한소프트(HanSoft)의 삼층 대회의실에서는 무거운 침묵이 흐르고 있었다. 넓은 타원형 모양으로 배열된 회의 책상 앞에는 올 초부터 의욕적으로 추진해 왔던 프로젝트, 'SH2'의 총책임자 셋이 나란히 숨을 죽이고 앉아 있었다. 그들은 정중앙에 앉아 자신들을 굽어보는 젊은 사장의 따가운 시선을 애써 피하고 있는 중이었다.

"점유율은 떨어지지만 맥(Macintosh)은 빼놓을 수 없는 대표 운영체제입니다. 설마 그걸 모르고 계시지는 않겠죠."

결코 서두르지 않는 차분하고 냉정한 목소리로 사장이 말했다. 이번 프로젝트의 설계자인 박준호 개발팀장, 코드 분석과 테이블 디자인을 맡은 강우진 대리, 코딩과 데모 프로그램을 책임지고 있는 장석현 대리를 차례로 돌아보는 그의 눈길은 야멸쳤다. 평소 소탈하고 인간미 넘치기로 유명한 그였지만 회사의 명운이 달린 이번 일에 민감하지 않을 수 없었다.

IT 강국, 한국의 자존심이라 불러도 과언이 아닌 한소프트는 전 세계 컴퓨터시장을 독식하고 있다고 해도 과언이 아닌 월드소프트(WorldSoft)社의 한국 정복을 막고 있는 유일한 회사다. 한국인의 한글에 대한 자부심을 이용하는 전략으로 거함, 월드소프트社의 도전을 매번 물리쳐 왔던 한소프트는 최근 해외를 겨냥한 오피스프로그램을 개발, 공격적인 경영에 나섰다. 정부의 지원과 국민들의 응원을 받으며 시작한 프로그램 개발은 거의 막바지에 이르렀고 마케팅에서도 흡족할 만한 성과를 이루어 핀란드를 필두로 네덜란드와 영국의 몇몇 정부기관에 납품 계약을 따내는 쾌거를 거두었다.

그러나 납품 날짜를 겨우 이 주 남겨둔 오늘, 이례적으로 늦은 점심시간에 출근한 사장은 테스터로부터 다급한 보고를 받았다. WS버전에서는 아무 문제가 없던 비밀문서가 매킨토시버전에서는 쉽게 풀린다는 것이었다. 유럽 정부기관에 납품 예정인 오피스프로그램이 시중에 떠돌아다니는 암호 해독 프로그램만으로 충분히 뚫린다는 것은 보안상 매우 심각한 문제였다.

"비밀문서의 암호가 깨진다는 것은 심각한 버그입니다. 그것 역시 모르고 계시지는 않을 겁니다."

시선을 내리깔고 있는 세 명의 엔지니어들은 느릿한 사장의 어투에 바짝 긴장했다. 차라리 크게 호통을 치며 화를 내는 게 덜 괴로울 정도로 사장은 무섭게 조용했다.

"시중에 돌아다니는 암호 해독 프로그램이 5자 이상의 패스워드는 크래킹하지 못한다고 했나요? 사용자가 패스워드를 5자 이상으로 지정하도록 우리 프로그램을 수정하면 된다고 하셨습니까? 그것은 미봉책에 불과합니다. 그것도 설마 모른다고 하실 겁니까?"

"……."

셋 중 아무도 사장의 질문에 대답하지 못하고 있었다.

"계약이 취소되는 최악의 사태가 벌어진다는 것 정도는 나도 압니다. 하지만 우리 프로그램입니다. 지난 이 년 동안 월드소프트社가 독점하고 있는 세계시장을 공략하기 위해 피땀 흘려가며 개발한 우리 프로그램이란 말입니다. 난 월드소프트의 오피스에 비해 우리 프로그램이 인터페이스 면에서나 기능 면에서나 결코 떨어진다고 생각하지 않았습니다. 프로그램을 자식처럼 생각하는 장인정신으로 겨룬다면 어쩌면 우리 기술자들이 그네들을 압도할 수도 있다고 봤으니까요. 하지만 지금은 아닐 수도 있다는 생각이 드는군요."

개발팀 수석 엔지니어들의 표정은 점점 더 침울해져 갔다. 부하직원들의 실수에 관한 한 늘 관대했던 사장, 한서준이 분노한 이유를 비로소 정확히 알게 된 것이다. 납품 일자를 맞추자고 프로그램의 오류를 대충 넘겨보자는 그들의 발언에 사장은 분노와 함께 심한 배신감을 느끼고 있었다. 회사가 코스닥에 등록되었던 재작년까지 힘든 재정 상태에도 굴하지 않고 프로그램 개발에 생사고락을 같이했던 이들에 대한 배신감이었다. 착잡한 마음에 그들은 어느 누구도 감히 입을 열지 못했다.

"난 핀란드 정부와 납품 기일을 다시 협의해 보도록 하겠습니다. 최대한 시간을 벌어보겠으니 개발팀에서는 이 비밀문서 오류를 빠른 시일 내에 잡아내도록 하십시오. 오늘 회의는 여기서 마치겠습니다."

크다면 크다고 할 수 있는 사태를 딱딱한 말 몇 마디로 조용히 덮어버리고 마는 관용을 베풀며 서준은 자리에서 일어났다. 화를 낸다고 생긴 버그가 당장 사라질 리도 없고 책임자를 문책한다고 해서 있는 오류가 없는 걸로 되는 일이 아니었다. 지금은 최대한 직원들을 다독여서 오류를 수정하고 납품 기일을 맞추는 것이 중요했다.

하지만 이번 사태로 그가 얻은 상실감은 의외로 컸다. 믿고 의지했던 직원들이 초심을 잃고 흔들린다는 사실은 CEO라는 외롭고 고단한 위치에 앉아 있는 그를 더욱 고립시키고 있었다. 태어나기를 엔지니어로 태어난 그가 경영일선에 서서 치르고 있는 수많은 전투들을 모조리 무의미하게 만들고 있는 것이었다. 사장실로 향하는 그의 발걸음은 그래서 더욱 무거웠다.

뚜우— 뚜우—

회의를 주제하느라 진동으로 전환시켜 놓았던 그의 휴대전화가 호주머니 안에서 무겁게 울렸다. 집무실 안으로 막 들어선 서준은 전화기를 꺼냈다.

〈내 사랑.〉

액정에 뜬 발신자를 확인하는 서준의 인상이 일시에 찌푸려 졌다. 지휘리, 그녀였다. 그녀를 처음 만난 날, 술에 취한 그녀 를 집에 데려다 주면서 입력시켜 놓았던 바로 그 전화번호였다. '내 사랑'이라는 발신자 이름은 그때 장난으로 재미 삼아 지정 해 놓은 이름이었다. 비록 지금은 하나도 재미있게 느껴지지 않 지만.

'사랑은 개뿔.'

서준은 한숨을 내쉬며 통화 버튼을 눌렀다.

"한서준입니다."

[……]

사무적인 그의 어투에 상대는 잠시 머뭇거렸다.

"말씀하세요, 지휘리 씨."

[으, 응. 저…… 지금 전화 받을 수 있어?]

사장 명패가 올라가 있는 커다란 책상을 돌아 의자에 앉으려 던 서준은 순간, 모든 동작을 멈추었다. 지금 지휘리가 뭐라고 한 건가?

[지금 전화 받을 수 있냐고. 할 말이 있단 말이야……]

이런 황당한 일이 다 있을까? 쩔쩔매고 있었다, 지휘리가. 서준은 터지는 실소를 금할 길이 없었다. 무슨 일이 있는 게 틀림없었다. 서준은 털썩, 의자에 앉으며 탐색하는 듯한 어조로 조용히 물었다.

"시간은 충분합니다만, 무슨 일입니까?"

[어…… 자세한 건 뭐 나중에……. 아, 뭐! 스케줄이 어떤지 물어보려고. 다음 주 일요일 시간 어때?]

휘리의 말투는 어색하기 그지없었다. 횡설수설. 남의 눈치를 보는 것처럼 더듬다가 결국엔 끝도 맺지 못한 걸로 봐선 누군가가 옆에 있는 것이 분명했다.

"누가 옆에 있는 겁니까? 가족?"

[그, 그렇다고 할 수 있지 뭐. 대답이나 얼른 해줘. 나 바빠.]

이런, 이런! 극성스러운 그녀의 가족들이 벌써 행동에 나선 모양이었다. 어젯밤 그를 상대로 직업이며 집안환경 따위를 물어오며 사위로서의 그를 따졌던 꼼꼼함과 끈덕짐을 떠올리며 서준은 고개를 가로저었다.

"시간을 낼 수 있는지 어쩐지는 그때 가봐야 아는데. 내라면 어떻게든 내보지."

[뭐야? 말투가 왜 그래…… 요?]

그녀는 저절로 따라붙는 '요' 자를 숨기기 위해 목소리를 갑자기 확 낮추었다. 우스꽝스러운 그 어조에 서준은 속절없이 키들키들, 웃음이 터져 나왔다. 웬만한 코미디언보다 더 코믹하지 않나 말이다. 회사 일로 받은 스트레스를 한 방에 날려 버리는 듯했다.

[대답은 않고 왜 웃고 그래……?]

"웃지 않으려고 하는데 누가 자꾸 웃게 만드네. 말투는 뭐, 그쪽에서 애인 연기를 시도하니까 받아주는 게 예의다 싶어서 바꾸는 거고."

[이게 지금 웃을 일이…… 야?]

"웃지 않으면 어째야 되는데?"

[거, 말 좋게 못합니…… 냐?]

"가족들이 옆에 있다면서. 수화기 너머로 내 목소리가 들릴 수도 있다고."

[그래도 그렇지. 그…… 아! 뭐, 좋아. 그래, 까짓것. 중요한 문제도 아니니까 그냥 넘어가지 뭐.]

선심 쓰듯 휘리가 한발 양보한다. 아무래도 이 연극이 부담스러운 모양이다. 얼른 끝내 버리고 싶어 안달이 난 걸 보면. 빤히 들여다보이는 휘리의 속내에 서준은 피식 웃을 수밖에 없었다. 불편했던 심기가 봄눈 녹듯 사그라지는 것 같았다.

'이 여자 앞에선 당최 힘을 못 쓰는군. 중증이다, 한서준.'

이유를 모를 일이다. 지금껏 살아오면서 남의 여자를 탐내본 적은 단 한 번도 없었던 그였다. 자신을 좋아하지 않는 여자를 원했던 적도 물론 없었다. 그런데 왜 지휘리만큼은 포기가 안 되는 건지 알 수가 없었다.

미련이 남았다. 자꾸만.

왜일까? 그녀가 좋아한다는 남자가 이미 약혼한 몸이기 때문인가? 아니면 포기하지 못할 만큼 벌써 그녀가 좋아져 버린 건가?

[본론으로 넘어가서! 말해봐. 시간이 있다는 거야, 없다는 거야? 와, 못 와?]

"무슨 일인데 그래. 무슨 일인지 알아야 시간을 낼 수 있는지 없는지 말해줄 것 아니야."

[그냥 시간이 있는지 없는지만 말하면 되지, 무슨 일이 있는지는 왜 말하래? 아야! ……아휴! 알았어, 엄마. 아파 죽겠네.]

종알종알. 짜증스러운 듯 그녀가 나지막하게 중얼거렸다. 쿡쿡, 터져 나오는 웃음을 눌러 참으며 서준은 얼굴을 쓱쓱 문질렀다.

[사실은 그날이 엄마 생신이셔. 엄마는 자꾸 자기를…… 초대하라고 하는데. 바쁘면 안 와도 돼. 아야! 아프다니까, 엄마는!]

"오늘부터는 일 때문에 정신이 없을 것 같긴 해. 프로그램 출시를 앞두고 버그가 발견돼서."

[아, 그래? 그럼 당분간은 바쁘겠네?]

힘없이 대꾸하는 그녀의 목소리에서 약간의 실망감을 느꼈다면 그건 그만의 착각일까? 그녀의 연기가 수준급이라 단지 그리 느껴진 것뿐일까? 서준은 시무룩하게 잦아드는 그녀의 목소리를 들으며 뭔지 모를 싸한 감정을 느꼈다. 덕분에 사위로서의 의무감이 솟구쳐 그를 짓눌렀다. 없는 시간이라도 내서 생일잔치에 얼굴을 내비쳐야 할 것 같은 그런 의무감이었다.

[바쁜 것 같은데, 그럼 우리 엄마한테는 내가 알아서 잘 둘러댈…….]

"갈 거야."

[응? 뭐라고?]

"갈 거라고."

[왜? 바, 바쁘다고 했잖아.]

그가 거절할 거라고 생각했던 걸까? 휘리는 깜짝 놀라고 있었다.

"바빠도 갈 거라고. 명색이 미래의 사위인데 열 일 제쳐 놓고서라도 가야지. 안 그래?"

[그렇지만 버그가…….정신없이 바쁠 거라면서.]

"괜찮아. 일요일 한나절 정도는 시간 낼 수 있을 거야."

[어…….]

뭐라고 대답해야 할지 모르겠다는 듯 휘리는 말꼬리를 길게 늘였다.

"가겠다고 전해 드려. 정확한 시간은 성해시는 내로 알려 주고. 됐지?"

[응.]

석연찮은 목소리. 서준은 깊은 한숨을 내쉬며 눈을 감았다. 그리곤 피곤에 절어 약간은 쉬어버린 음성으로 자그맣게 속삭였다. 그녀에게만 들리도록.

"하기 싫은 거 억지로 하겠다고 하는 거 아니야. 내가 그냥 가고 싶어. 아직 우리 사이에 대해 말하지 못한 거 같은데, 참석하지 않으면 그게 더 이상할 것 같기도 하고. 그리고 어차피 일이 이렇게 된 거 말도 그냥 편하게 놓자고. 당분간은 서로 애인 역할을 해줘야 될 것 같으니까."

은밀하고도 낮은 그의 목소리에 휘리의 숨소리가 거칠어졌다. 서준은 목에 좀 더 힘을 빼고 부드럽게 속삭였다.

"당신도 나도 지금은 서로가 절실하잖아?"

[툭. 뚜뚜뚜뚜—!]

황당하게도 전화는 곧바로 끊겨 버렸다. 그의 말이 다 끝나기도 전에. 푸훗, 터지기 시작하는 웃음에 서준은 낄낄거려야 했다. 놀란 토끼마냥 두 눈을 휘둥그렇게 뜨고 어쩔 줄을 몰라 할 그녀를 생각하니 웃음이 그치지 않았다.

세상에! 얼마나 놀랐으면 당차기가 유관순 저리 가라인 지휘리가 전화를 다 끊어버렸을까! 유혹 섞인 나른한 남자의 말 한마디에 펄쩍 뛰며 도망치는 지휘리라니. 은근히 순진하지 뭔가. 흡사 교회 오빠를 짝사랑하는 십대 소녀 같았다.

"휘리……."

이미 끊긴 전화기를 빤히 바라보며 서준은 이마 위로 흘러내린 머리카락을 쓸어 올렸다. 힘없이 중얼거리는 그의 표정은 서늘했다. 장난기도, 웃음기도 찾아볼 수 없었다. 무섭게 흔들리고 있는 자신의 마음이 못마땅한 것이다.

여자에게 다가가고 싶었다. 지금 당장이라도 성큼성큼 여자를 향해 다가가고 싶었다. 처음 느끼는 간절함으로 그는 원하고 있었다. 그녀를. 지휘리를.

띠리릭!

작은 신호음과 함께 그의 손 안에 있던 휴대폰에 번쩍번쩍 불이 들어왔다. 문자 메시지였다. 누구지? 메시지 보낼 만한 사람이 없는데. 학교 선후배를 비롯한 그의 지인(知人)들은 주로 남자고 대부분 휴대전화를 들여다보며 씨름할 만큼 한가하거나 섬세한 위인들이 아니었다. 용건이 있으면 직접 통화를 해야 직성이 풀리는 급한 성격의 소유자들이기도 하다.

서준은 넓은 액정 위로 새겨진 글자들을 무심히 내려다보았다.

〈우리는 해결해야 할 문제가 있어요. 오늘 당장 만났으면 해요.〉

지휘리였다. 그녀가 해결해야 할 문제가 있냐고 한다. 무슨 문제일지 서준은 대략 짐작할 수 있었다. 말하기도 낯 뜨거운, 어젯밤의 그 일에 대해서일 것이다. 직접 그 일에 대해 얘기할 정도로 용기가 생긴 것인가? 아니면 저번처럼 이번에도 역시 기억 못하는 것인가?

서준은 천천히 손을 놀려 답변을 보냈다.


〈기다려요. 지금 당장 달려갈 테니.〉


놀이터 벤치에 앉아 휘리는 그가 보낸 메시지를 노려보고 있었다. 언뜻 보면 헌신적이고 감동적으로 느껴지는 문구다. 꼭 그녀가 시키는 일은 뭐든 다 할 것 같은 그의 답변에 휘리는 배알이 꼬이는 걸 느껴야 했다. 그녀를 배려하는 메시지 뒤에는 교묘하게 자신을 조롱하는 비웃음이 담겨 있다고 생각한 탓이었다.

"흥! 웃겨. 지가 뭔데. 내가 우습게 보인다 이거지? 어제 그런 일이 있었다고 아주 코가 하늘을 찌르시는구만. 이런 뺀질거리는 문자 받으면 내가 헬렐레해서 지 하자는 대로 다 해줄 줄 알고. 흥! 어림없어. 어림없지, 내가 누군데. 천하의 지휘리인데 어디서 감히!"

기분이 나빴다. 자신의 마음을 기껏 이깟 문자 메시지 하나로 휘젓고 있다는 사실이 그녀는 마음에 들지 않았다. 도대체 왜 이런 감미로운 말들로 그녀를 헷갈리게 하는 건지 그의 의도가 궁금했다. 필시 불순한 의도가 있으리라. 어젯밤, 술 한 모금 마시지 않은 멀쩡한 정신으로 사태를 이 지경으로 만들어놓은 그가 아닌가?

“여기 있었군.”

갑자기 남자의 굵은 음성이 들려왔다. 불쑥 머리 위로 검은 그림자가 드리워짐과 동시에. 휙, 휘리는 고개를 들었다. 그리고 목소리의 주인공이 누구인지 확인한 순간, 그녀는 두 눈을 가늘게 뜨고 상대방을 노려보았다.

“일찍도 오시네.”

“나로선 최대한 빨리 온 거야. 출근한 지 네 시간 만에 퇴근하는 사람 마음도 헤아려 줘야지. 명색이 애인 사이인데.”

휘리의 옆으로 다가와 앉으며 그가 말했다. 얄밉게도 그는 특유의 미소를 입가에 그리고 있었다. 그만의 트레이드마크. 입매가 살짝 내려가 그사이로 크지 않은 음영이 생기는 섹시한 미소. 그 미소를 보는 순간 확 짜증이 밀려와 휘리는 눈살을 찌푸렸다.

도대체 왜 이 남자는 이렇게 멋진 것인가! 신경질나게.

“출근한 지 네 시간 만에 퇴근을 하든 말든 그게 나랑 무슨 상관인데요? 참나.”

“상관이 없다는 것도 당신 생각일 뿐이야.”

“뭐라고요?”

무슨 소리를 하는 걸까? 애매모호한 말 한마디 툭 던지고 어둑어둑해져 가는 먼 하늘을 바라보는 서준을 휘리는 쏘아보았다.

“여기 이렇게 앉아 있으면 시간 가는 줄 모르겠군. 꽤 운치있는데? 이런 곳에 숨어 있는 줄도 모르고 괜히 멀리 찾으러 다녔네.”

“놀이터로 오라고 했잖아요. 문자 못 받았어요?”

학습부진아를 바라보는 선생님 같은 얼굴로 휘리가 짜증을 냈다.

“받았지. 그런데 불행히도 이 아파트 근처엔 놀이터가 세 군데나 있더라고.”

쾅!

순간 휘리는 망치로 머리통을 두들겨 맞은 듯 멍해짐을 느꼈다. 놀이터로 오라고 했지, 정확히 어디라고 말한 적이 없다는 사실을 깨달은 거였다. 이 놀이터는 아파트 두 동과 상가 사이에 끼어 있어 이 동네에 사는 사람도 있는지 없는지 모르고 지내는 경우가 허다했다. 거의 초행길이나 다름없는 서준이 여길 찾아내기까지 아마도 이 일대 전부를 다 뒤졌을 공산이 컸다. 역시나. 자세히 보니 서준의 이마에는 송골송골 땀이 맺혀 있었다. 빨리 오려고 뛰어다니며 찾았나 보다.

“전화라도 하지. 미련하게 거길 다 돌아다녔어요?”

남자의 이마를 닦아주고 싶은 충동을 애써 억누르며 휘리는 흙으로 된 바닥을 발로 툭툭 걷어찼다. 멍청하면 손발이 고생이라며, 마음 같아선 툭 쏴주고 싶었지만 차마 그리할 수는 없었다.

“그냥 왠지 그러고 싶었어. 묻지 않아도 상대가 어디 있는지 알 수 있는 것. 그게 바로 연인 사이 아닐까?"

갑자기 말문이 턱 막혔다. 아무 생각도 나지 않았다. 머릿속이 온통 방금 그가 내뱉은 말로 가득 차버렸다. 그를 만나면 꼭 따지리라, 그토록 이를 갈며 벼렸건만. 하나도 생각나지 않았다. 무엇부터 꺼내 문초해야 할지 막막했다.

"그나저나 해결해야 할 문제라는 게, 뭐지?"

그가 물어왔다. 휘리는 조심스럽게 고개를 돌려 남자의 옆모습을 훔쳐보았다. 눈을 감고 있는 그는 벤치에 몸을 기댄 채 두 팔을 머리 뒤로 돌려 팔베개를 하고 있었다. 더할 수 없이 느긋한 자세. 호기심 어린 휘리의 눈이 그의 얼굴 위를 내달렸다.

'고개 돌려. 네가 애야?'

남자의 옆모습을 몰래 훔쳐보는 건 철모르는 애들이나 하는 짓이다. 서른이 내일모레인 여자가 외간남자 얼굴을 뭐 하러 몰래 본단 말인가? 홀딱 반한 여자처럼!

그러나 그의 속눈썹은 예술이었다. 감은 눈 밖으로 휘황찬란하게 흩날리는 눈썹. 이렇게 숱 많고 긴 남자 눈썹을 휘리는 처음 보았다. 게다가 그 눈썹이 만들어내는 음영은…….

쿵! 순간, 휘리의 가슴 한구석에서 뭔가가 내려앉았다. 그와 동시에 콩닥콩닥 심장이 두근거리고 맥박은 팔딱팔딱 질주하기 시작했다.

'이, 이게 왜 이래? 미쳤나?'

심장과 맥박이 이렇듯 미쳐 돌아가기 시작했다는 건 그다지 좋지 않은 징조였다. 휘리는 괜히 조급해져 버럭 소리를 쳤다.

"반말 좀 하지 말아요!"

이게 아닌데! 이런 말을 하려고 했던 게 아니었는데……. 휘리는 전보다 더 당황스러워졌다. 잘근잘근 아랫입술을 깨물며 그녀는 남자의 반응을 살폈다. 다행히 그는 눈을 뜨지 않았고 덕분에 그녀의 얼굴 위로 둥둥 떠다니는 당혹감을 알아채는 불상사도 일어나지는 않았다.

"우린 앞으로 쭉 애인 역할을 해줘야 할 사이야. 이런 말투에 익숙해져야 할 필요성이 있다고."

"누구 마음대로 쭉 한대요? 미쳤나 봐."

"필요없다는 수리비를 기어이 주겠다고 우겨댔던 사람은 당신이야."

"그거야!"

"응?"

그가 대답을 재촉했다.

"……."

휘리는 아무 대답도 할 수가 없었다. 그의 말은 전부 다 사실이니까. 부인할 수 없는.

기다렸던 답변이 날아오지 않자 서준은 감고 있던 눈을 스르르 떴다. 그리고 자세를 바꾸어 팔꿈치를 무릎 위에 붙이며 허리를 수그리고는 어스름한 주위를 세심하게 훑어보기 시작했다. 그의 얼굴은 황혼을 만끽하는 듯 만족스러운 미소를 만면에 띠고 있었다.

"어차피 내가 의뢰한 일은 계속할 거잖아? 안 그래?"

"갚을 때까지만이에요. 쭉은 아니라고요. 당신한테 목매는 여자들 떼어주는 일이 뭐 그렇게 재미있는 줄 알아요?"

그리 말하는 휘리는 그러나, 붉으락푸르락 얼굴빛 하나 수습 못하고 쩔쩔 매고 있었다. 거짓말을 한 것도 아닌데 왜 이렇게 얼굴이 빨개지는 건가? 정말 모를 일이었다.

"그럼 가족들한테는 뭐라고 할 거야?"

"뭐, 뭐요?"

"나에 대해서 말이야."

"무슨 소리를 하는 거예요?"

피식 그가 웃었다.

"아직 가족들한테 말 못한 거 아니야? 우리가 해결해야 할 문제도 그것인 것 같은데."

"……아까는 미안했어요. 갑자기 들이닥쳐서는 자꾸 전화를 하라는 통에 어떻게 해볼 도리가 없었어요. 우리 가족들이 좀 극성스러운 구석이 있거든요."

한층 누그러진 목소리로 그녀는 말했다. 어찌 됐든 그녀 때문에 피해를 보고 있는 건 한서준, 그니까.

"안 와도 돼요. 내가 어떻게 둘러대 볼게요. 사실 아까도 바쁘다고 거절할 줄 알았는데 한서준 씨가……."

"그러니까 어차피 당분간은 서로를 위해 애인이 되어줘야 할 상황이로군. 그렇지?"

휘리의 말을 가로막으며 그가 물었다.

"네? 네, 그렇죠……."

"그럼 좋다고. 당분간은 그렇게 하자고."

"네에?"

아니, 안 그래도 된다니까 그러네! 외치고 싶은 휘리는 또 한 번 말문이 막히고 말았다. 이 남자, 도대체 무슨 꿍꿍이로 이러는 거지? 도대체 알 수가 없다.

"그리고 해결해야 할 또 다른 문제가 있는 것 같은데."

수그렸던 상체를 일으키며 그는 말을 이어갔다.

"어젯밤 말이야."

그의 고개가 휘리를 향해 움직였다. 서서히. 그리고 그녀의 얼떨떨한 얼굴에 그의 알 수 없는 시선이 와 닿는 순간, 휘리는 갇히고 말았다. 그의 까맣고 맑은 눈동자 안에.

'어젯밤…….'

마음속으로 멍하게 그녀는 그를 따라 중얼거렸다. 강렬한 빛을 내뿜는 곧고 단단한 그의 시선 앞에 그녀는 무력했다. 풍랑에 휩쓸린 돛단배처럼 뜨겁고 강력한 그 무엇에 의해 완전히 흔들리고 있었다. 미친 듯이 질주하고 있는 심장, 혈관을 뚫을 듯 내달리는 뜨거운 피, 터질 것 같은 폐가 그녀를 집어삼키고 있었다.

속수무책. 휘리는 거칠어지는 호흡을 숨길 수 없었다.

"내 위에 있었던 거, 기억나?"

"어……."

그에게 따지려고 했었다. 술에 취한 그녀가 대책없었다는 건 인정하지만 아무리 심하게 일이 꼬였다고 해도 그의 발빠른 대처가 있었다면 이렇게까지 엉망이 되지는 않았을 거라고, 마구 따지고 싶었다. 사람이 아무리 크게 다쳤어도 적절한 응급처지가 있다면 결과는 사뭇 달라지는 법. 전날 민망한 상태에 있는 두 사람이 가족들에게 들켰을 때, 그가 둘 사이에 대해 적당히 잘만 둘러댔어도 그녀의 부모님이 그를 '한 서방'이라고 부르는 불상사는 없었을 것이라는 게 그녀의 생각이었다.

하지만 지금, 그 많은 생각들을 가지고 그를 집 앞까지 불러들인 그녀는 어떠한가? 얼어붙어 있다. 완전히 꽁꽁. 한서준이라는 남자의 뜻 모를 눈빛에 어찌할 바를 모르고 있다. 마치 그를 오래 전부터 알아왔던 것 같은 착각과 함께. 자신을 옭아매고 한 곳으로 몰아가고 있는 감정을 그녀는 수습할 수 없었다. 죽을 것처럼 꽁꽁 앓으며 흠모해 왔던 박은재에게서도 느끼지 못했던, 그래서 색다르며 더 당혹스러운 그런 감정이었다.

"내게 키스했었어, 당신."

"드, 들었어요, 엄마한테."

더듬거리며 말하는 그녀의 눈은 여전히 서준에게 고정되어 있었다. 휘리의 눈동자를 붙들고 놓아주지 않던 그는 슬쩍 한쪽 입술을 끌어 올렸다. 작은 미소가 그를 더욱 섹시하게 만들었다. 그녀의 붉게 달아오른 얼굴이 말갛게 떠올라 있는 그의 눈동자는 신비한 느낌마저 주었다.

"기억나지 않는다는 말이로군. 그때 했던 말도."

"어…… 네."

"유감이야……."

사람의 뇌에는 왜 블랙박스가 없는 것일까? 참 안타까운 일이다. 하지만 기억나지 않는데 어떡하란 말인가? 빌어먹게도 하나도 기억나지 않는다. 까마득히. 완전히 백지상태다. 휘리 역시 유감이었다.

"궁금한 게 하나 있는데."

쉰 듯한 목소리. 그는 피곤해 보였다.

"뭐요?"

여전히 몽롱한 눈으로 휘리는 그를 올려다보고 있었다. 그런 그녀를 물끄러미 바라보던 서준은 슥, 상체를 움직여 휘리의 코앞까지 다가왔다. 코끝을 스치듯 지나가는 공기의 흐름이 느껴졌다. 그리고 매우 익숙하게 느껴지는 향기도.

"음……. 서준 씨한테서 좋은 냄새 난다. 무슨 향수 써?"

"향수 같은 거 안 써. 이건 네 냄새야."

"내 냄새? 아, 지랄…… 무슨 소린지 모르겠네."

번갯불처럼 머릿속을 관통하는 대화들. 순간 휘리는 그것이 자신의 무의식이란 걸 깨달았다. 인지하지는 못하지만 알고 있는 것. 이런 게 블랙박스인 건가? 충격적이었다. 자신이 그의 품에 매달려 목덜미에 얼굴을 묻고 냄새를 킁킁 맡았다는 게 심히 놀라울 따름이었다. 거친 숨을 몰아쉬며 휘리는 두 눈을 퍼드덕거렸다.

"질문이 너무 터무니없나?"

서준이 날카롭게 물었다. 무의식이 찾아낸 기억의 조각을 퍼즐 맞추듯 짜맞추고 있던 휘리는 문득 코앞까지 와 있는 남자의 얼굴을 바라보았다. 심기가 많이 불편한 듯 매력적인 그의 얼굴은 잔뜩 굳어져 있었다. 미소도 없고 음성은 차가웠다. 뭘 알고 싶어서 이러는 걸까? 휘리는 마른 입술을 살짝 축이며 중얼거렸다.

"뭐, 뭐요? 뭐라고 물었어요? 나, 난 못 들었어요."

"박은재 씨를 아직도 좋아하냐고."

"네?"

낮게 깔린 그의 목소리는 불편하리만치 아득했다. 실크보다도 부드러운 음성은 섬뜩하게 느껴질 정도였다. 휘리는 이미 놀라 동그래진 눈을 더욱 키웠다. 그의 서늘한 눈동자 안에서 그녀는 떨고 있었다.

"모, 모르겠어요. 난……."

아! 왜 물어보는 걸까?

'이 남자, 설마 날 좋아하는 걸까? 그래서 이런 말을 하는 걸

까? 아! 어떻게 해. 뭐라고 말해야 되는 거야?'

그녀의 심장이 아우성을 쳤다. 막 잡은 잉어마냥 펄떡펄떡 뛰는 소리가 그녀 자신의 귀에까지 들려왔다. 바보같이 남자의 말 한마디에 이런 기분이 될 줄이야! 초조함에 구석까지 내몰린 휘리는 마른침만 연신 삼켜댔다.

그때였다. 서준이 자리에서 벌떡 일어났다.

"우리가 왜 이런 얘기를 나누고 있는지 모르겠군."

상처받은 듯한 뒷모습을 그녀에게 드러낸 채였다. 휘리는 멍하게 그를 올려다보았다.

"당신한테 그걸 물을 자격도 없잖아, 난?"

심히 자조적인 말투다. 그는 휘리에게 말하는 듯 자신에게 말하고 있었다. 마치 자신이 처한 비정한 현실을 되새김질하여 스스로에게 생채기를 내려는 사람 같았다. 아마도 이 사람은 자신의 목적에 따라 스스로를 잔인하게 몰아붙이는, 유난히 자신에게만큼은 혹독한 그런 사람일 것이다.

"한…… 서준 씨."

휘리는 그를 따라 천천히 자리에서 일어났다.

"그만두자고. 피차 생각하면 피곤해지는 문제니."

"……."

무슨 의미로 저런 말을 뇌까리는 걸까? 정작 하고 싶은 말은 따로 있는 것 같은데 왜 자꾸 알아들을 수 없는 혼잣말만 중얼거리는 건가 말이다.

"어쨌든 당분간 우린 애인인 거야. 서로의 필요하에. 그렇지?"

그가 고개를 돌려 휘리를 내려보았다. 차갑고 이질적이었던 그의 눈동자는 이제 제 빛깔을 찾은 듯 부드러웠다. 안도하고 싶은 마음을 누르고 묘한 실망감이 그녀를 감쌌다. 이렇게 이 문제를 덮어버리자는 걸까?

둘은 방금 한 가지의 감정에 휘말렸었다. 서로 입 밖으로 꺼내지는 않았지만 그들은 동요했다. 그도 알았고 휘리 역시 느꼈다. 서로가 주는 눈빛과 시선에 그들은 혼을 빼앗겼다는 걸.

"한서준 씨……."

무슨 말을 어떻게 시작해야 할지 알 수는 없었으나 휘리는 입을 열었다. 오늘, 방금까지 그녀의 내면에서 휘몰아치던 감정의 소용돌이를 어떻게든 혀끝으로 풀어내려 했다. 하지만 그녀의 말꼬리는 금세 삼켜져 버렸다. 단조롭고 특징없는 그의 휴대폰 벨소리에.

"여보세요."

망설이지 않는 단호함으로 그가 전화를 받았다. 아직도 발작하듯 떨리는 가슴을 지그시 누르며 휘리는 그의 뒷모습에 눈동자를 맞추었다.

"어머니? 무슨 일이세요?"

그의 모친으로부터 걸려온 전화였다. 무뚝뚝한 그의 어투에 미미한 따스함이 스며들었다.

“예? 아, 퇴근했어요. 지금은…… 급하게 들러야 할 곳이 있어서 와 있고요.”

서준은 힐끗 그녀를 돌아보았다. 아무 감정이 읽혀지지 않는 그의 얼굴은 마치 딴사람 같았다. 휘리의 심장은 덜컹거리며 아래로 떨어졌다. 뭔지는 모르겠지만 미약하나마 불길함이 감지되었다. 여성 특유의 본능적 직감 같은 거라고나 할까? 어쩐지 좋지 않은 소식이 기다리고 있을 것만 같아 그녀는 불안해졌다.

“네? 선이라고요?”

선? 선이라고? 선을 본 지 만 하루가 채 지나지 않은 그에게 또다시 맞선자리가 들어왔단 말인가? 즉각 대답하지 않고 시간을 끄는 서준을 죽일 듯이 노려보면서 휘리는 떨리기 시작하는 입술을 물어뜯었다.

“그야…….”

싫다고 해. 됐다고 말하라고!

“아뇨, 물론 봐야죠.”

보겠다고? 방금 박은재 이사를 아직도 좋아하냐고 물었던 사람이 당장 선을 보겠다고? 휘리는 배신감 아닌 배신감에 몽롱해졌다.

휘리는 그가 방금 전 자신에게 프러포즈를 했다고 여겼다. 박은재를 아직도 좋아하냐고 물은 건, 새로운 사랑을 시작할 만큼 마음이 여유로워졌느냐는 질문이라고 생각했다. 비록 곧바로 대답은 하지 못했지만 그 질문의 대답은 no였고 새로운 사랑의 대상이 한서준이라면 휘리는 시작해 볼 의사가 조금, 아주 조금이지만 있었다. 한데 그런 한서준이 다시 선을 보겠다고?

'아! 지랄! 이놈이 지금 날 갖고 장난친 거야?'

작은 주먹이 불끈 쥐어졌고 숱 많은 눈썹은 가파른 각도로 휘어졌다.

"이번엔 어떤 여자입니까?"

그녀의 심정을 아는지 모르는지. 그는 전혀 가책이 느껴지지 않는 태평스런 목소리로 상대방 여자의 신원을 물어주는 센스를 발휘했다.

"디자이너라고요? 아, 뭐…… 나쁘지 않네요."

디자이너라……. 미적 감각이 탁월하시겠군. 휘리는 속으로 신랄하게 비꼬며 가슴 아래로 팔짱을 꼈다. 단호하게. 혹여 다음번에 이런 경우가 생긴다면 철저하게 놈의 자존심을 짓뭉개 줘 버릴 거란 결심을 하고 있었다.

"한국대 동문이군요."

머리도 좋으시다?

'흥! 나도 한국대 출신이라고. 이거 왜 이래. 나도 공부 잘했었단 말이야. 흥, 흥, 흥, 흥!'

꽉 다물린 그녀의 입술은 악의적으로 비틀렸다.

"아버지가 외교관이시라면 외국에서 꽤 많은 생활을 보냈겠군요."

외교관이라고? 아까 전, 한순간 잠깐 번쩍이던 불길함의 불씨가 다시금 득시글거리기 시작했다. 외교관 부모 밑에서 자란 한국대 출신 디자이너. 신경질적으로 움직이는 그녀의 입술이 낯설지 않은 여자의 이력을 나직이 씹어뱉었다.

흔치 않은 이력이다. 엘리트 냄새가 짙게 나는 그 몇 개 안 되는 단어는 휘리가 아는 그 누군가의 그것과 같았다.

"뭐라고요?"

그 순간이었다. 서준의 등이 경직되었다. 절로 가로저어지는 고개를 그의 뒷모습에 고정시킨 휘리는 파르르 떨리는 입술을 씹었다.

"이름이……?"

**대**치동의 꽤 이름있는 퓨전 카페, 레이놀즈. 도심 한복판에 조성되어져 있는 작은 궁전이라고 해도 무방한 유럽풍 건물을 올려다보며 휘리는 가슴을 들썩였다. 긴장감이 배인 한숨이 폐로부터 흘러나왔다.

'잘해낼 수 있을까, 내가?'

불안한 눈으로 멀리 주차되어 있는 낯익은 자동차를 흘낏 바라보았다. 깔끔하게 세차되어 있는 국산 중형 세단이 그녀를 주시하고 있었다. 운전석에 앉아 있는 남자도 역시 그녀의 움직임에 집중하고 있는 모양새다.

불안한 걸까? 하기야 휘리 그녀마저도 이 일을 잘해낼 수 있을지 자신이 서지 않는데 그라고 별수있을라고? 믿음이 가지 않을 것이다. 불안해서 그녀의 뒤를 밟고 싶은 마음이 굴뚝같을 것이다. 하지만 그는 꼼짝하지 않고 있다. 자동차 안에서 그녀가 하는 양만 멀끔히 바라볼 뿐. 그는 이번 맞선에선 제발 빠져달라는 휘리의 요구를 기꺼이 들어주고 있었다.

휘리는 투박한 모양의 거대한 돌담을 돌아 나무 계단 바로 앞에 멈춰 섰다. 불안한 마음이 다시금 차림새를 점검하라는 발작에 가까운 명령을 내리고 있었기 때문이다. 최대한 세련되고 아름답게 차려입은 자신의 옷매무새를 그녀는 이리저리 훑어보았다. 혹여 먼지라도 앉을세라 꼼꼼하게 털어내고 반짝반짝 윤이 나게 다림질한 투피스와 구두를 내려다보는 휘리의 호흡은 거칠었다.


"김희주라고요?"
"아무래도 우리가 아는 바로 그 김희주 씨 같은데."
"어떻게 그럴 수가! 걘 곧 약혼하잖아요!"


거무스름하게 굳어지는 남자의 표정을 떠올리며 휘리는 입술 가장자리에 힘을 주었다. 어쩐 일인지 서준은 알고 있었다, 그녀가 김희주를 싫어한다는 걸. 단순히 추측한 것인지, 그녀 스스로 취한 상태에서 주절주절 그동안의 사연을 다 털어놓은 것인지 그건 모른다. 다만 경직된 표정에서 그 역시 이 맞선을 달가워하지 않다는 걸 그녀는 알 수 있었다.

"당신이 원하는 대로 하겠어. 우리가 아는 김희주 씨가 아닐 수도 있지만 맞을 수도 있으니까. 당신이 김희주 씨와 마주치고 싶지 않다면 맞선 얘기는 없었던 걸로 할 생각이야. 물론 그 반대일 수도 있고. 모든 건 당신이 결정하도록 해."

일주일쯤 전, 그러니까 이번 주 월요일. 서준은 그렇게 그녀의 의견을 물었었다. 의외였다. 아무리 맞선 상대로 나온다는 이가 다른 남자와의 약혼을 앞둔 김희주일 가능성이 크다고는 하지만 모든 걸 휘리에게 맡기겠다니. 무슨 생각으로 그가 그런 말을 한 건지 휘리는 궁금할 따름이었다. 어쨌든 그녀는 그의 제안을 단호히 거절했다. 진정 그의 다음 맞선 상대가 김희주라면, 십 년을 줄기차게 따라다니며 휘리의 자아를 괴롭혀 온 바로 그 김희주가 맞다면 그녀는 이대로 물러서고 싶지 않았다.

삼 주 전, 비록 희주는 믿지 않았지만 휘리는 똑똑히 말했었다. 분명히 그리고 줄기차게 주장했었다. 한서준은 그녀의 애인이라고, 서로 사랑하는 사이라고. 그렇다면 희주에게 한서준은 휘리의 애인이다. 진위 여부를 떠나 그는 친구의 남자 친구인 것이다.

'하! 그런데도 한서준과 맞선을 보시겠다고?'

김희주의 작전이 시작된 게 틀림없었다. 휘리가 박은재를 좋아하는 줄 뻔히 알면서도 의기양양 그를 낚아채 갔던 그녀가 아닌가? 필시 한서준이 탐나 접근을 시도하고 있는 거였다. 한마디로 말해 정면도전. 김희주는 휘리에게 정면으로 도전장을 내민 것이나 진배없었다. 악연 중의 악연. 휘리의 인생에서 이보다 더 지독한 인연은 아마도 없을 것이다. 십 년 전의 일이 삼 개월 전에 똑같이 되풀이되더니 또다시 재현되고 있는 것이다.

하지만 이번엔 절대로 물러서고 싶지 않았다. 한서준만큼은……. 왜인지 한서준만은 결코 김희주에게 넘겨주고 싶지 않았다. 둘이 붙어 있는 장면을 떠올리기만 해도 오기가 생기고 악이 받쳤다.

"절대 안 돼. 안 줄 거야."

두툼하고 일정하게 잘린 나무토막이 반듯하게 연결된 이층 계단을 휘리는 하나씩 차례로 밟아 올라갔다. 한서준의 뜨거운 시선이 온몸으로 느껴졌다. 혼자 김희주를 대할 수 있도록 배려해 준 그에게 고마움을 느끼며 그녀는 천천히 움직였다. 당당히. 여유있고 도도하게.

격자무늬로 된 출입문을 열고 실내로 들어서자 무대 중앙에 덩그렇게 앉아 있는 하얀 그랜드 피아노가 한눈에 들어왔다. 바닥을 제외한 천장, 식탁, 벽돌로 이루어진 벽까지 모두 하얀색으로 단장된 카페는 토요일 오후라 그런지 꽤 북적거렸다. 실내를 휘도는 감미로운 러브송을 들으며 휘리는 시간을 확인했다. 약속 시간보다 삼십 분이나 늦은 시간. 콧대 높은 김희주가 지금까지 엉덩이 붙이고 앉아 있을까?

'제발 아직 있어야 할 텐데…….'

자연스럽게 걸으며 카페 내부를 세세히 훑어보는 휘리의 시선은 초조했다. 앞으로 일어날 일의 주도권을 먼저 잡기 위해 일부러 늦게 도착한 그녀였다. 제발 한국 IT 업계 최강자를 향한 김희주의 욕심과 열의가 무례한 남자를 참아 넘겨줄 정도의 인내심을 발휘했기를, 휘리는 바라고 또 바랐다.

'없다, 없어. 설마 그냥 간 걸까?'

거금 삼 만원이나 주고 산 립글로스로 단장한 휘리의 입술이 초조한 송곳니에 긁혔다. 그녀가 짜놓은 계획에는 김희주가 남아 있었다. 서준을 타깃으로 휘리에게 도전장을 내민 그녀라면 이 정도의 수모쯤은 감수할 거라는 계산이 있었던 것이다. 하지만 그녀는 지금…….

없다. 자리를 먼저 뜬 것이다.

"아, 지랄…….."

위아래로 쫙 차려입은 숙녀답지 않게 휘리의 입에선 욕설이 터져 나왔다. 옆을 지나치던 아저씨가 힐끔 쳐다봤지만 휘리는 주위의 시선에 신경 쓸 겨를이 없었다. 김희주가 있어야 할 카페에 그녀가 없다는 사실만이 휘리의 머릿속을 꽉 채우고 있었다.

있어야 하는데, 분명 여기 있어야 하는데, 있고도 남을 계집애인데! 도대체 이렇게 된 기냐고!

“거기 내 자리이니 좀 비켜주세요.”

뒤에서 누군가 그녀에게 말을 걸었다. 휘리가 멈춰 서 있는 곳이 자신의 자리인 듯싶었다. 어쩐지 낯설지가 않은 목소리라는 생각을 무심결에 하며 휘리는 말했다.

“아, 네. 죄송합니다…….”

허리를 틀어 휘리는 뒷사람에게 통로를 내어주었다. 어슴푸레 휘리의 후각과 뇌세포를 장악하는 산뜻한 지중해 빛 내음이 그녀의 공간을 스치고 지나갔다. 하지만 낯설지 않은 이 라이트블루의 주인이 누구일지 가늠해 볼 생각을 묘하게도 휘리는 하지 않았다. 낯익은 목소리와 향수의 주인공이 한마디 건네오기 전까지는.

“거기 앉아. 어차피 날 만나러 온 것 같은데.”

고개를 돌려 상대를 바라본 휘리는 그제야 깨달았다. 지중해 빛 라이트블루는 김희주가 애용하는 향수 네임이었음을.


“솔직히 네가 나올 줄은 몰랐어.”

떨리는 가슴을 진정시키며 막 자리에 앉은 휘리를 향해 희주가 먼저 입을 열었다.

“더 솔직히 말하자면 이번 맞선에 대해 넌 모를 거라고 생각했어. 한서준 씨가 이런 얘기까지 네게 하리라곤 생각지도 못했거든.”

뭐가 그리 당당한지. 희주는 눈 하나 깜짝하지 않고 휘리를 직

시하고 있었다. 이건 당당함을 넘어선 뻔뻔함이라고밖에 표현할
수 없었다. 휘리는 희주의 자신감 넘치는 미소를 쏘아보았다.

　"왜? 우린 비밀이 없는 사이야. 비록 부모님의 강요에 의해
억지로 선을 보긴 하지만 서준 씨는 정말 보고 싶어서 보는 게
아니라고."

　"그래? 서준 씨 부모님도 참 이상하시네. 왜 애인 있는 아들
을 억지로 맞선 자리에 내보내신다니? 혹시 애인이 있는 것조차
모르는 거 아니니?"

　비열하리만치 생글거리는 희주의 미소가 얼굴 전체로 번져
갔다. 아! 이 얼마나 간악한 계집애인가? 마음 같아서는 당장에
달려들어 머리끄덩이를 잡아채 질질 끌고 다니고 싶었다. 창피
를 있는 대로 다 주고 다시는 남의 밥그릇에 껄떡대는 짓을 못
하도록 버릇을 단단히 고쳐 주고 싶은 마음이었다. 하지만 휘리
는…….

　"내가 말하지 말라고 했어."

　겨우 어쭙잖은 변명이나 늘어놓고 말았다. 무참한 기분이 휘
리를 휩쓸었다.

　"하! 웃기다, 너. 그런 말을 내가 믿을 것 같아?"

　"사실이야. 믿든 안 믿든 상관 안 해."

　"그러시겠지."

　희주는 삐딱하게 웃으며 앞에 놓인 하얀 커피 잔을 쥐었다.
새 손님을 향해 종업원이 다가오는 걸 알아채고 고상한 척하려

는 거였다. 가증스러운 가면을 재빨리 뒤집어쓴 희주를 휘리는
독을 품은 뱀처럼 노려보았다.

"그래, 어쩌자고 여기까지 납시었나?"

종업원이 물러가자 즉각 희주는 빈정거렸다.

"왜? 놀랐니?"

"넌 남자 친구의 맞선 자리에 대신 나타날 정도로 적극적인
애가 아니잖아."

"네가 날 얼마나 안다고?"

"알 만큼은 알지. 너나 나나 서로에 대해 아주 잘 알잖아?"

잘 안다고? 휘리의 입술이 얇게 옹송그려졌다. 힘이 들어가
니 절로 그리되는 거였다. 두 눈에 번쩍 불꽃이 일고 두 주먹은
희주의 숨통을 쥐고 흔들어주고 싶은 충동과 싸우고 있었다.

"천만에. 네가 모르는 부분, 나한텐 많아."

"아! 그러셔?"

"우리 서준 씨의 존재도 넌 몰랐잖아. 내가 말하기 전까지."

"……."

단숨에 희주의 얼굴이 굳어졌다. 핏기가 싹 없어지고 자존심
이 상한 듯 안면근육이 꿈틀거렸다.

"서준 씨는 내가 원하는 일은 뭐든 다 해. 서준 씨 부모님께
아직은 말씀드리기 싫다는 내 말도 다 들어줬어. 집에서 결혼하
라는 압박에 시달리면서도 날 위해서 그렇게 해주는 거라고. 아
까 내 말을 믿을 수 없다고 그랬니?"

휘리는 잠시 말을 멈추고 희주를 쏘아보았다. 그녀의 표정은 참으로 오묘했다. 휘리의 말을 믿고 싶지 않은 거였다. 그다지 신빙성이 없다고 느끼고도 있었다. 하지만 그럼에도 휘리의 빳빳하게 치켜올려진 턱 선과 떨림없는 음성으로 인해 희주는 망설이고 있었다. 한마디로 말하자면 믿어야 될지, 믿지 말아야 될지 감을 못 잡고 있는 거였다.

"미안하지만 사실이야. 너도 알겠지만 우리 서준 씨는 지금 서른셋이고 사회적인 기반이 더할 나위 없이 탄탄해. 주위에선 결혼하라는 재촉을 마구 해대고 있고, 그것 때문에 서준 씨가 이만저만 피곤한 게 아니라고. 그렇지만 난 아니야. 결혼할 준비가 안 되어 있어. 아직은 하고 싶지 않아."

"그래서? 한서준 씨가 널 기다려 주고 있다는 거니, 네가 결혼할 마음이 생길 때까지?"

믿고 싶지 않은 듯 도도했던 희주의 얼굴이 서서히 일그러져 갔다. 휘리는 준비해 두었던 말들을 계속 이어나갔다.

"난 아직도 내가 하고 싶은 일을 결정하지 못했어. 공부도 하고 싶고, 연극도 하고 싶고, 글도 쓰고 싶어. 하지만 그 세 가지를 다 할 수는 없는 거잖아. 한 가지를 정하고 어느 정도의 기반을 잡을 때까지는 결혼하고 싶지 않아. 서준 씨는 그런 내 마음을 잘 이해해 주고 있어. 그래서 기다려 주는 거고."

"흥! 그게 이유란 말이니? 고작 그게? 한서준 씨는 중매시장에서 최고의 인기를 구가하고 있어. 서로 줄을 대고 싶어서 안

달인 예비 신부들이 수두룩하다고.”

희주가 이를 드러내며 으르렁거렸다. 점점 이성을 잃어가는 것이다. 믿고 싶지 않은 휘리의 이야기에 빠져드는 자신이 미치도록 싫은 것이다. 휘리는 불안하게 흔들리던 자신의 마음이 서서히 안정을 찾아가는 걸 느꼈다.

게임 오버. 승리는 물론 휘리의 것이다.

“그래서 너도 줄을 댄 거구나, 일부러. 내 애인인 걸 뻔히 알면서.”

“지휘리…….”

“노력 많이 했다.”

“지휘리!”

삑! 비명에 가까운 고함을 내지르는 희주의 새하얀 손가락이 의자의 손걸이를 꽉 쥐고 있었다. 마치 생명줄인 양 필사적으로.

“앞으로는 이런 식으로 만나지 않았으면 좋겠다, 김희주. 우리 서준 씨는 네가 누군지 알아. 네 약혼 발표장에 나와 함께 있었어. 그건 너도 잘 알겠지?”

“입 다물어.”

종업원이 다가오는 걸 알면서도 희주는 자신을 제어하지 못했다. 제 성미를 이기지 못하고 아드득아드득 손걸이만을 쥐어뜯는 모습은 차마 눈뜨고 볼 수 없이 천박했다.

“모를까 봐 하는 얘긴데, 우리 서준 씨는 너처럼 뻔뻔하고 속물 같은 여자들을 보면 질색을 해. 다시 우리 서준 씨를 공략해

볼 작정이라면 그 점 똑바로 알아둬야 할 거야."

휘리는 서두르지 않고 천천히 자리에서 일어났다. 주스를 쟁반에 받쳐 들고 다가오는 종업원이 움찔 걸음을 멈추었다.

"앉아, 지휘리. 아직 얘기 안 끝났어."

표독스럽게 치켜 뜬 희주의 눈이 휘리를 찔러보았다. 분해 죽겠다는 표정. 손톱이 부러질세라 소파의 천을 쥐어짜는 손마디가 핏기를 잃어 하얗다. 천하의 김희주가 동요하는 모습이라니! 마음이 더욱 차분하고 고요해지는 것을 느끼며 휘리는 승리자의 여유있는 미소를 입가에 띠었다.

"아직도 할 얘기가 남아 있니?"

"착각하고 있는 건 너야!"

악의적으로 희주가 외쳤다.

"한서준은 네가 창피한 거야. 그래서 가족들에게도 너희 사이를 함구한 거라고. 그 집이 어떤 집인지 알아? 한서준 씨의 아버지는 유명한 공학 박사님이시고 외할아버지는 우리나라에서 가장 유력한 언론사인 고려일보 사주(社主)야. 한서준 어머니가 갖고 있는 주식만 해도 무려……."

"잘난 체하지 마. 서준 씨에 대해선 내가 더 잘 알아."

"그런 집에서 널 좋아할 것 같아? 당연히 아니야. 한서준 씨는 네가 준비될 때까지 기다려 주는 게 아니라 소개하고 싶어도 못하고 있는 거라고. 네가 창피해서, 부끄러워서. 너 따위는 자격 미달이니까. 집안에서 널 반대할 게 빤하니까!"

“상상력 한번 대단하구나. 드라마 쓰니?”

“인정해. 내 말은 사실이야. 넌 환상 속에서 살고 있는 거라고.”

“연극 대본은 내가 아니라 네가 써야겠다. 작가 기질이 다분해.”

“뭐?”

희주는 고운 거죽과 인형 같은 이목구비 아래 꽁꽁 숨겨놓았던 본색을 이젠 숨기려 들지 않았다. 더 이상 예뻐 보이지 않는 그녀는 탐욕을 적나라하게 드러내며 휘리를 노려보았다. 휘리는 잔인하리만치 싸늘한 시선으로 그녀를 내려다보며 거만한 턱을 치켜올렸다.

“몰랐니? 아! 몰랐겠구나. 남의 남자 낚는 일에 이렇게 열심이니 당연히 알 수가 없었겠지.”

“무슨 소리야!”

“나, 박 이사님한테 작가 제의받았어. 차기작 대본 작업하기로 했거든.”

“뭐라고? 네가 뭘 해?”

희주의 얼굴은 분노로 인해 점점 달아오르고 있었다. 휘리는 한없이 부드럽고 편안한 미소를 다시금 지어주며 어깨를 가볍게 으쓱했다.

“다 네 덕이지 뭐. 네가 습작노트를 이사님께 보여 드린 덕분에 숨어 있던 내 재능이 빛을 보게 된 거니까. 고맙다.”

"말도 안 돼."

이를 갈며 그녀가 말했다. 그럴 수밖에. 희주가 처음 그 노트를 보여주었을 때는 결코 이런 결과를 예상하지 못했을 것이다. 그녀는 주제에 맞지 않게 글 나부랭이나 쓰고 있는 휘리를 비웃어주고 싶었을 뿐이었다.

"이번 일만 잘되면 서준 씨와의 결혼도 고려해 볼 생각이야. 더 이상 기다리게 하는 것도 미안하니까 말이야. 서준 씨의 집안 조건만 보고 벌떼들처럼 달려드는 여자들 때문에라도 이젠 서둘러야 할 것 같아."

"지휘리……!"

입술을 짓이기는 희주의 눈에는 불똥이 튀었다.

"차 값은 내가 낼게. 난 이만 가봐야겠다. 우리 서준 씨가 밑에서 기다리고 있거든. 빨리 내려오라고 했어."

휘리는 승리자의 미소를 만면에 띤 채 뒤를 돌았다. 어색한 자세로 쭈뼛쭈뼛 서 있는 종업원이 눈에 들어왔다. 휘리는 자신만만한 걸음걸이로 어쩔 줄을 몰라 하는 종업원을 스쳐 지나 출입문을 향해 똑바로 걸었다.

쨍그랑!

유리 깨지는 소리가 귓전을 때려왔다.

'쯧쯧! 성질머리 하고는.'

실로 오래간만에 느끼는 통쾌함이 짜릿하게 전신을 휘감는 가운데 휘리는 째지는 입가를 수습할 생각도 하지 않고 서둘러 카페를 나왔다.

해냈다! 드디어 해냈다! 김희주, 고년의 콧대를 무참히 짓뭉개 주었다! 지금까지 지긋지긋하게 따라다녔던 김희주의 그늘에서 완벽하게 벗어났다!

이제 박은재 따위 줘버려도 상관없다. 이젠 정말 저런 여자에게 한눈이나 팔고 마음을 뺏기는 남자 따위는 필요없었다. 그런 남자들이라면 지금까지만으로도 족했다. 이제 휘리는 자신의 외모만 믿고 사랑이라는 고결한 감정을 이용해 장난이나 치는 비열한 김희주가 아닌 휘리 자신의 진정한 아름다움과 가치를 알아보는 그런 남자를 원했다. 그녀를 진심으로 사랑해 주고 걱정해 주고 아껴주는 그런 남자를 말이다.


"기분이 썩 좋은 걸 보니 일이 잘된 거?"

보조석에 올라타 차 문을 탁, 소리나게 닫는 휘리를 향해 그는 말했다. 김희주를 어떻게 처리했는지 굳이 물어볼 필요는 없을 것 같았다. 그냥 얼굴만 봐도 짐작이 가능했다.

"네, 잘 타일러 줬으니까 걱정 말아요."

"김희주가 그 김희주 씨가 맞긴 맞았다는 소리로군."

"네! 맞더라고요. 진짜 어처구니없어."

휘리는 열광적으로 소리치며 씩씩하게 위쪽에 매달려 있는 안전벨트를 잡아끌었다. 전혀 힘이 들지 않은 모양. 서준은 휘리의 터프한 손놀림을 못마땅한 듯 바라보았다. 보통은 남자들 앞에서는 연약한 척하지 않나? 조금만이라도 좋으니 힘들다는 티를 좀 내줬으면 싶은 마음이 불쑥 들었다. 그럼 그 핑계를 대고라도 가까이 다가갈 수 있을 텐데. 도무지 눈치라고는 눈곱만큼도 찾아볼 수 없는 여자다.

한숨이 흘러나와 서준은 아랫배에 잔뜩 힘을 줘야 했다.

"왜 나왔다고는 말 안 하고?"

"내가 누구예요? 지가 말 안 하고 배길 것 같아요?"

휘리는 씩 웃으며 손가락을 동그랗게 말아 OK 사인을 만들어냈다. 기분이 정말 무지막지하게 좋은가 보다. 처음 카페로 들어가기 전과는 비교도 할 수 없을 만큼 목소리나 행동이 커진 걸 보면. 예상과는 사뭇 다른 반응에 살짝 고무된 서준은 휘리를 물끄러미 바라보았다.

사실 그는 이번 일을 휘리에게 말하고 싶지 않았다. 맞선 상대인 김희주가 정말 휘리의 친구이자 박은재 이사의 약혼녀, 김희주가 맞다면 문제는 심각해지게 되기 때문이었다. 김희주가 맞선을 보기 위해 나왔다면 그건 박은재와의 사이에 심각한 틈이 생겼다는 뜻이고, 그 사실을 휘리가 알게 되면 겨우 수습국면으로 들어선 박은재에 대한 휘리의 감정이 나시 기지게 될 가능성이 많았다. 그렇게 되도록 서준은 내버려 두고 싶지 않았다.

그런데 지금 모든 것을 다 아는 지휘리, 박은재 얘기는 입도 벙긋 않는다. 온통 김희주에 대한 얘기뿐이다. 이건 대체 어떻게 해석해야 할까? 이제 더 이상 박은재를 좋아하지 않는다는 뜻일까? 그것도 아니면……?

"뭐라는데?"

"뭐라고 하긴요. 뻔하지. 파티 때 서준 씨를 보고 중매시장을 수소문한 거라고요. 고것이 내 앞에선 안 믿는다고 해놓고. 내 원 참, 기가 막혀서."

"뭘 안 믿는다고 했는데?"

"서준 씨가 컴퓨터 천재라는 거요. 나야 그런 쪽에 별 관심이 없어서 잘 몰랐지만 사람들이 그러던걸요? 그쪽 계열에선 꽤 유명하다고. 그런데 고게 뭐랬는 줄 알아요? 그런 유명한 한서준이 나 같은 거랑 사귈 리 없다는 거예요. 당신이 겉만 번지르르한 사기꾼 놈팡이든지 아니면 내가 거짓말하는 거라고 몰아붙이기까지 했다고요. 기도 안 차서, 정말."

그날의 일은 서준도 확실히 기억하고 있었다. 사람이란 겉모습만 봐선 모른다는 말에 절실히 공감했었고 그 일을 계기로 휘리를 다시 생각하게 되었으니 당연히 기억하지 않을 수 없었다. 첫인상도 깔끔했고 상대를 대하는 세련된 태도도 나쁘지 않았던 김희주가 고교 동창 친구에게 그런 지각없는 말을 하다니. 서준은 인상을 구기며 고개를 살짝 끄덕였다.

"그랬다고 했지."

"그래 놓고 뒷구멍으로 이런 짓을 벌여? 결과적으로 우리 두 사람이 사귀고 있다는 내 말을 믿었다는 거잖아. 그러면서 물밑

작전을 써서 나 모르게 당신한테 접근하고. 응? 이걸 그냥 콱!
어휴! 주먹이 운다. 주먹이 울어. 확 뺨이라도 갈겨주는 건데.”

걸쭉한 입담으로 조잘거리는 그녀는 조막만한 두 주먹을 불
끈 쥐고 코앞까지 들어올리고는 부들부들 떨었다. 그동안 맺힌
한(恨)이 뼈에 사무치는 모양이다. 울컥 솟구치는 보호본능. 서
준은 저도 모르게 손을 들어 그녀의 어깨를 쓰다듬었다.

“내가 말했잖아, 우리 두 사람은 꽤나 잘 맞는 연인이었다고.
사람들은 믿을 수밖에 없었을 거야.”

“난 하나도 기억나지 않아…… 요…….”

나지막한 속삭임. 조용한 자동차 실내. 좁은 공간과 더운 공
기. 살짝 빨라지기 시작하는 호흡들. 그녀는 비로소 모든 걸 느
끼기 시작한 듯 말끝을 흐렸다. 고개는 돌리지 않았지만 그녀는
어깨에 놓인 서준의 손길을 의식하고 있었다. 긴장으로 잔뜩 경
직된 휘리가 꿀꺽 침을 삼켰다. 가늘고 새하얀 목이 꿈틀 움직
이는 모습을 물끄러미 바라보며 서준은 숨을 죽였다.

그녀의 살짝 벌어진 입술 새로 쌕쌕 들뜬 호기(呼氣)를 서준은
느꼈다. 그리고 자극받았다. 그 달콤하고 뜨거운 것을 삼키고
싶을 만큼 아주 확실히 그는 자극받고 있었다.

“우린 호흡이 잘 맞았어.”

아우성을 치는 본성을 겨우 짓누르고 그는 겨우 말했다.

“어떻게…… 요?”

맙소사! 이 얼마나 도발적인 발언인가! 서준은 터지는 욕설을

삼키며 입술을 깨물어야 했다. 그들이 얼마나 어떤 식으로 훌륭히 연인 역할을 수행했었는지 지금 당장 재현해 주고픈 욕구가 스멀스멀 그를 에워싸기 시작했다.

"어떻게 호흡이 잘 맞았었냐고?"

서준은 속삭였다.

"난 하나도…… 기억나지 않아서……."

겁먹은 듯 똑바로 그를 보지도 못하는 휘리는 다시금 마른침을 조심스럽게 삼켰다. 그녀는 이미 여자의 섬세한 직감력으로 둘 사이에 흐르는 기류를 감지하고 있었다. 그럼에도 피하지 않고 있었다. 그건 휘리도 원한다는 뜻이었다.

"유감이야, 기억을 못한다니."

서준은 충동하는 본능을 통제하며 조심스럽게 그녀에게로 다가갔다. 작은 어깨를 꽉 껴안고 쓰다듬어 줄 생각이었다. 보드라운 입술에 입을 맞추고 그 짧은 호흡에 지지와 애정의 숨결을 불어넣어 줄 생각이었다. 그렇게 하고 싶었다, 그는.

그러나 그녀의 숨결을 피부로 느낄 수 있을 만큼 가까이 다가간 순간, 불행히도 그녀는 소리쳤다.

"어, 어떻게 할 거예요, 서준 씨?"

반사적이고 뻣뻣하고, 그러면서도 과장된 억양과 큰 목소리였다. 의미심장한 말로 키스를 허락한 휘리가 스스로 그 키스를 방해한 것이다. 여전히 긴장된 숨을 씩씩거리는 그녀는 습한 공기를 연신 토해내고 있었다. 마음이 변한 게 아니라 용기가 사라진 것이라는 결론을 서준은 내렸다. 박은재가 아닌 다른 남자와의 키스를 스스로 용납할 용기가 그녀에겐 아직 없었다.

순간, 서준은 궁금해졌다. 박은재와 휘리는 정확히 어느 선까지 갔었는지. 키스까지 나눈 사이였을까? 진지하지 않더라도 우연찮게 그런 일이 있을 수도 있지 않았을까? 그녀가 기억하지 못하는 해프닝 같은 것이라도. 예를 들어 휘리가 소주 한 잔에 인사불성이 되어 그를 덮쳤던 그날처럼 말이다.

'미치겠군.'

떠오르는 망상을 서준은 서둘러 지웠다. 갑자기 불편해졌다. 기분도 상했다. 그녀에게 자꾸만 다가서고 싶은 마음, 보호해주고 싶은 마음, 가지고 싶은 마음이 한데 뭉쳐져 그를 괴롭히고 있었다. 대체 다른 이를 마음에 품고 있는 여자를 원해서 어쩌려는 것인지. 미칠 노릇이 아닐 수 없었다.

"뭘 어떻게 할 거냔 말이지?"

거칠게 몸을 돌리며 그는 아무렇게나 대답했다.

"걔요."

"걔가 누군데? 김희주 씨?"

"네……."

빌어먹을 지휘리. 지금 상황에서 김희주 얘기를 꺼내고 싶을까? 아무리 당황되고 사태 수습이 되지 않는다고 해도 이건 너무하다. 키스를 하느냐 마느냐의 기로에서 김희주라니!

"김희주 씨를 내가 꼭 어떻게 해야 되나?"

서준은 짜증스럽게 뇌까리며 자동차 좌석에 몸을 기댔다. 그리고 마치 철천지대원수가 거기 있는 듯 자동차 전면유리 너머 정면을 치열하게 노려보았다. 한 손은 지끈거리는 관자놀이를 누른 채였다.

"아니, 그런 말이 아니라……."

싸늘한 그의 말투에 휘리는 말끝을 흐렸다. 엉겁결에 꺼낸 말을 마무리짓지 못하고 망설이는 그녀는 꼭 겁먹은 어린아이 같았다. 서준의 입에선 한숨이 쏟아졌다. 스스로가 저주스럽게 느껴졌다. 모든 게 갑작스러워 적응하지 못하는 여자에게 넉넉한 마음일 수 없는 자신이 한심스러웠다. 그럼에도 여자에게 마음을 열 시간을 주지 못하고 조급해지기만 하는 못난 자신에 화가 났다.

"다른 사람은 상관하지 않을 거예요. 희주만 피해주세요."

"뭐?"

희주만 피해주라고? 대뜸 건네는 그녀의 말은 쉽게 이해되지 않았다. 서준은 애먼 유리로부터 시선을 떼 휘리를 돌아보았다. 그녀는 여전히 서준을 외면하고 있었다.

"희주는 안 돼요. 진짜……. 정말 걘 안 돼요."

"뭐가 안 된다는 거지?"

"걔랑은 절대로……."

"만나지 마라?"

"그게 아니라 겨, 결혼하지 마라고요……."

"결혼?"

이런 황당한 여자가 다 있나? 서준은 경악스러운 얼굴로 여자를 바라보았다. 휘리는 신경질적으로 쓱 입술을 핥았다. 초조해하고 있는 모양새가 농담을 하고 있는 건 아닌 듯했다. 정말로 진짜로, 그녀는 서준이 김희주와 결혼할 수도 있다고 생각하는 것이다.

'허허, 이거야 원. 기가 차는군.'

아무리 무딘 여자라지만 이건 해도 해도 너무한 거 아닌가? 그는 휘리에게 키스하려고 했었다. 휘리 자신도 그건 알고 있었고 또 잠시나마 키스를 허락했었다. 그런데 그런 그가 어떻게 김희주와 결혼할 생각을 할 수 있었겠는가? 생각, 꿈도 꾸지 않았던 일이었다. 진정으로 맹세코 그는 하지 않았다.

"희주는 내가 잘 알아요. 걘 남자를 신발 갈아 신듯 쉽게 갈아치우는 애예요. 누군가를 사귀고 있더라도 그 남자보다 더 잘난 남자가 나타나면 금세 버리는 그런 애라고요. 저렇게 발광하는 것도 다 그래서예요. 이사님보다 당신이 훨씬 잘나 보이니까. 그래서 당신을 가지지 못해 안달하는 거라고요. 아시겠어요?"

"그런 얘기를 왜 해주는 거야?"

"후회하게 될 거라고요. 희주는…… 당신보다 더 잘난 남자가 나타나면 금방 당신을 버릴 거거든요. 난…… 단지 그걸 알려주고 싶었어요."

"단지 그것뿐?"

혼란스러운 듯 어지럽게 흐트러진 여자의 표정을 서준은 빤히 내려다보았다. 초점 잃은 그녀의 시선이 잡힐 듯 잡히지 않은 그 무언가를 찾아 헤매고 있었다. 서준은 고요한 눈동자를 그녀에게로 고정시킨 채 잠자코 가만히 앉아 있었다. 그녀가 직접 해답을 찾아낼 때까지 아무 말도 하지 않을 작정으로.

"걘…… 예뻐요. 예쁜 애들치곤 머리도 좋고 집안도 좋아요. 학교 다닐 땐 선생님들의 사랑을 독차지했었고 애들 사이에서도 인기가 많은 편이었죠. 다들 희주처럼 되고 싶어했어요. 싫어하고 욕했지만 정말은 희주처럼 예쁘고 모든 남자들을 제 손에 쥔 오만한 공주가 되고 싶어했죠. 물론 나도 그랬고요."

자분자분 또박또박, 하던 말을 잠시 끊고 휘리는 큰 숨을 들이켰다. 생각을 정리하려는 듯했다. 그게 아니면 과거의 일들을 회상하려는 건지도 모를 일이다. 아무튼 평소와는 사뭇 다른 분위기로 그녀는 가만히 앉아 있었다. 꼼지락거리는 제 두 손을 내려다보며. 소심하고 조심스러운 손가락의 놀림이 사랑을 받는 일엔 모든 게 초보인 휘리, 그녀 자신을 닮았다고 서준은 생각했다.

"하지만 희주는 정말 아니에요. 걘 서준 씨랑은 안 맞아요."

"예쁘긴 한데 나랑은 맞지 않는 거 같다?"

휘리는 고개도 들지 못하고 있었다. 그의 앞에선 언제나 거칠 것 없던 휘리가 지금은 너무도 작아 보였다. 김희주가 그렇게 대단한 여자인가? 한 여자를 이렇게까지 소심하게 만들어 버릴 정도로? 남자가 뻗는 관심에 지레 겁먹고 달아나 버릴 만큼? 서준은 답답한 마음으로 휘리를 주시했다.

"나도 예쁜 게 좋아. 머리 좋은 여자 마음에 들고 집안 좋은 여자 싫지 않아. 그녀의 조건, 내겐 다 나쁠 거 없다고. 그런데 왜 나랑은 맞지 않다는 거지? 그 이유가 뭐야?"

어쩔 수 없이 목소리가 커졌다. 괜한 짜증은 아니었다. 그딴 김희주의 그딴 외모, 그딴 조건들이 뭐 그리 대단하다고 저리 아픈 표정을 짓는 것인지 속이 쓰렸다. 서준은 심장이 불붙은 듯 뜨거웠고 울컥 뭔가가 목구멍 근처까지 치밀어 오르는 걸 느꼈다.

휘리, 충분히 예쁘다. 사랑스럽고 귀엽다. 적어도 서준은 김희주와는 비교할 수도 없을 만큼의 매력을 지휘리로부터 느끼고 있다. 거침없는 말투와 행동 아래 숨겨진 아픔을 본 순간부터, 아무도 봐주지 않는 곳에서 수많은 시간을 혼자 웅크리고 울었을 그녀를 떠올렸던 바로 그 순간부터. 그는 그녀를 지켜주고 싶었다.

쓰렸다. 속이 많이 쓰렸다.

"말해봐, 이유가 뭔지. 왜 김희주 씨와 내가 맞지 않는지 말해."

"……."

그녀는 고개를 들지 않았다. 여전히, 아직도. 그녀다운 용기는 이제 더 이상 볼 수 없는 것일까? 안타깝고 속상하고 화가 나 서준은 그녀의 풀이 꺾인 뒤통수만 내려보았다.

서준의 자동차가 토요일 오후의 혼잡하고 꽉 막힌 시내를 돌아 집 앞에 선 것은 그로부터 거의 두 시간이 흐른 후.

차를 모는 동안 그는 한 마디도 하지 않았다. 가운데에 아교 칠을 해놓은 듯 두 입술은 끔찍이도 딱 붙어 있었고 표정은 완전히 굳어버려 그 어떤 것도 쉽사리 넘겨짚을 수가 없었다. 덕분에 흘끔흘끔 그의 눈치를 보는 휘리는 가시방석에 앉아 있는 듯 마음이 불편했다.

'도대체 어쩌라고. 자존심 상하게 꼭 그걸 내 입으로 말하란 말이야? 그 정도까지 말했으면 대충 알아서 생각해야지. 왜 꼭 내가 인정하기만을 바라는 건데?'

솔직히 질투가 났다는 건 그녀도 시인한다. 한서준을, 다른 이도 아닌 희주에게 넘겨주고 싶지 않았다. 이번만큼은, 진짜 한서준만큼은, 희주의 손에 놀아나지 않길 바랐다.

박은재가 희주의 미모에 홀딱 반해 결혼을 결정했을 때 느꼈던 서운함과는 또 다른 기분. 이런 기분이 들 거라고는 휘리 자신도 예상치 못했다. 단지 희주의 코를 납작하게 만들기 위해서 부리는 오기와는 차원이 다른 것이었다. 결국 휘리는 인정할 수밖에 없었다. 그를 좋아하게 되었다는 것을. 어느덧 한서준이 박은재와 다른 짝사랑 상대와는 다른 절실한 존재가 되어버렸다는 것을.

그러나 휘리는 콤플렉스 덩어리 그 자체다. 겉으로 보기엔 큰 소리 땅땅 잘 치고 거칠 것 없이 시원시원한 성격처럼 보이지만 알고 보면 그녀도 여리고 소극적인 보통 여자인 것이다. 그것도 지금까지 제대로 된 사랑이라곤 단 한 번도 해보지 못한. 남몰래 마음속으로만 사랑을 간직하고 그 사랑을 '주는' 데에만 전문가 수준인 그녀에게 키스란 공포였다.

'나도 하고 싶었다고. 키스. 나도 진짜 해보고 싶었다고.'

그렇지만 그녀는 할 수 없었다. 못했다. 그가 다그치듯 물어오던 질문에도 대답치 못했다. 이기지 못한 것이다. 스스로 콤플렉스의 굴레 속에 안주해 버리고 만 것이다.

"오늘 고마웠어요."

차가 완전히 정차하자 휘리는 안전벨트를 풀며 머뭇머뭇 입을 열었다. 화가 난 듯 그는 정면을 주시한 채 그녀가 차에서 내리기만을 기다리고 있었다. 자동차 시동 소리가 쿨쿨 스산한 아스팔트 바닥을 뒹구는 가운데 그녀는 가벼운 한숨을 내쉬었다.

“희주 이야기는 내가 너무 주제넘었다고 생각해요.”

“…….”

“미안해요.”

거친 숨소리. 당장이라도 버럭 고함을 지를 것 같은 격렬함으로 휙 서준은 고개를 돌렸다. 반사적으로 휘리는 움찔 몸을 움츠렸다. 그가 위해를 가할 거라 생각해서가 아닌 단순히 본능에 의한 행동이었다. 휘리는 천천히 고개를 들어 모든 행동을 멈춘 채 얼굴을 찡그리고 앉아 있는 서준을 바라보았다.

누가 봐도 매력적인 얼굴. 잘생긴 그 얼굴이 똑바로, 무언가를 담아 그녀를 바라보고 있었다. 고통스러운 흔적이 황량하게 그의 까칠한 얼굴 위로 떠올라 있었다.

“저…….”

휘리는 입술을 들썩였다. 물어볼 작정이었다. 아까 키스하려고 했던 게 맞느냐고, 맞다면 왜 그랬던 거냐고 직접적으로 물어볼 생각이었다. 한데 질문의 물꼬를 트기도 전에 그녀는 입을 다물고 말았다.

—한 남자가 있어, 널 너무 사랑한. 한 남자가 있어, 사랑해 말도 못하는.

핸드백 안에서 전화벨이 울렸다. 박은재로부터 온 전화였다.

흘러나오는 벨소리는 최초로 그의 전화번호를 입력할 때 함께 지정해 놓은 것이었다.

"전화가 오는군."

삐딱하게 고개를 기울이며 그가 중얼거렸다. 벨소리의 가사를 알아들은 것인가? 간절하게 일그러져 있던 그의 얼굴은 순식간에 얼어붙어 버렸다. 싸늘한 냉기가 그녀를 비웃는 듯 일렁거리고 있었다. 휘리의 가슴은 두근두근 팔딱거리기 시작했다. 전화를 받아야 할지, 말아야 할지 결정을 할 수가 없었다. 어쩐지…… 받으면 안 될 것 같은 기분이었다.

"받아."

"어, 저……."

"부모님이실 수도 있잖아. 내가 받아줘?"

박은재에게서 걸려오는 전화라는 걸, 그 사실을 알고 있다는 걸 그녀는 차마 말할 수 없었다. 거칠게 숨을 몰아쉬며 쭈뼛쭈뼛 휘리는 천천히 전화기를 빼 들었다.

'박은재!'

역시나 그다. 대본 이야기를 나눈 지 거의 일주일 만이다. 일 이야기로 전화할 거면 오전에 할 것이지, 다 저녁에 웬일이람. 괜히 이는 짜증을 억누르며 휘리는 통화 버튼을 눌렀다.

"여보세요?"

[지휘리 씨?]

"네, 저예요. 무슨 일이세요?"

빤히 자신을 내려다보는 서준의 시선을 느끼며 휘리는 초조
하게 물었다.

[아, 바쁜 모양이네요. 제가 잘못 전화한 겁니까?]

그래, 이 사람아! 이 눈치없는 사람아! 지금 전화하면 어떻게
하나? 속으로 신경질을 있는 대로 내며 휘리는 두 눈을 감았다.
그리고 푹, 한숨을 내쉬었다.

"그런 건 아니고요. 지금 밖이긴 해요."

[그럼 용건만 간단히 해야겠군요. 제가 드린 자료는 다 읽어
보셨습니까?]

"아, 그거요? 예, 물론이죠. 다 읽고 시놉시스도 대략 짜봤어
요."

[그래요? 그럼 제가 한 번 봐야겠군요. 내일 사무실로 오실래
요? 불편하시면 제가 그쪽으로 가도 되고요.]

"그쪽이라니요? 우, 우리 집이요?"

휘리는 번쩍 눈을 떴다. 이 사람이 갑자기 왜 이러지, 하는 생
각이 들어 소름이 쫙 끼쳤다. 열렬히 좋아할 땐 거들떠도 안 보
더니만. 참 이상한 일이지 않나?

"무슨 말씀이세요? 제가 사무실로 가야죠. 이, 이사님이 저희
집까지 오신다는 건 좀……"

그녀를 관찰하듯 시선을 떼지 않고 있던 서준의 눈썹이 일순
꿈틀거렸다. 최대한 소리를 죽여 말한 '이사님'이란 단어를 그
가 들어버린 것이다. 싸늘하기 그지없던 그의 표정은 이제 어두

워지고 있었다. 당장이라도 그녀의 손에서 전화기를 잡아채 집어 던져 버릴 것 같은 무시무시한 얼굴로 변하고 있었다. 송골송골 이마 위로 맺히는 진땀을 닦아내며 휘리는 더듬더듬 하던 말을 마저 끝냈다.

"그냥 제가 내일 오전에 사무실로 갈게요. 미리 파일을 보실 수 있게 오늘 저녁에 메일로 넣어드리고요. 어…… 지금은 좀 그렇고요. 제가 지금 집으로 들어가는 길이거든요? 들어가서 다시 전화 드릴게요. 그때 메일 주소를 알려주시면 파일 보내 드릴게요. 예, 그럼."

통화는 무사히 끝이 났다. 하지만 휘리는 온몸이 꽁꽁 묶인 듯 꼼짝할 수가 없었다. 안면을 강렬하게 찔러오는 그의 눈길. 얼굴이 화끈거렸다. 숨소리가 저절로 빨라지고 꽉 쥐어진 주먹은 참을성없이 꼼지락거리고 있었다.

"이것 때문이었어?"

무던히도 자제하고 있는 듯 그는 억눌린 음성으로 물었다.

"대답하지 못한 게 박은재 때문이었던 거야?"

아니다. 절대 아니다. 박은재 때문이라니 당치도 않다. 박은재에 대한 미련은 오늘부로 확실히 버리기로 하시 잃있니? 휘리는 서준을 좋아한다. 키스를 피했던 건 단지 자신이 서지 않았던 것뿐이다. 누구든 그럴 수 있지 않을까? 처음 하는 키스, 두렵지 않을까? 너무나 떨려 일단은 피하고 싶지 않을까?

"아직도 박은재를 좋아해?"

대답을 하기 위해 휘리는 떨어지지 않는 입술을 버르적거렸다. 아! 왜 이렇게 떨리는 걸까? 혀가 굳어버려서 말을 안 들었다. 얼굴에 잔뜩 주름을 잡고 휘리는 괴로워했다.

바로 그때였다. 믿을 수 없는 일이 벌어졌다. 휘리의 인생사 중 가장 충격적이고 가장 당황스럽고, 그리고 가장 가슴 떨리는 일이었다.

"아앗!"

커다란 남자의 상체가 그녀를 덮쳐 왔다. 더불어 그의 팔 안에 그녀는 갇혀 버렸다.

"흡!"

순식간에 얼굴이 그의 손에 의해 붙들리고 입 안으로는 낯선 이물질이 매끈하게 들어왔다.

'이게 키스라는 거? 아! 지랄! 뭐야! 뭐야, 뭐야! 너무…… 좋잖아…….'

휘리의 심장은 갈비뼈를 뚫고 튀어나올 것처럼 미친 듯이 쿵쾅대기 시작했다. 무례하게 쳐들어온 그의 혀가 슬금슬금 움직일 때마다 앓는 소리가 나올 것만 같아 죽기 살기로 숨통을 죄어야만 했다. 까칠한 혀의 돌기가 미끈하고 야들야들한 입속을 쓸어내리고 어루만질 때마다 휘리의 아랫배 한가운데가 뒤틀리는 것만 같았다. 묘한 열기가 허벅지 사이에 고이기 시작했다.

헐떡거리는 숨소리. 서서히, 느끼지 못할 정도로 느리게 아래쪽으로 이동하는 남자의 손. 세상에서 가장 맛있는 음식을 삼키

듯 그녀의 타액을 빨아들이는 남자의 섹시한 입술. 이 기분은 뭘까? 도대체 이런 걸 뭐라고 부르는 거지?

그녀는 그의 손이 얹혀져 있는 허리를 들썩였다. 타는 듯 달 궈져 있던 살갗 아래로 놀란 혈류가 미친 듯이 역류했다. 본능 적으로 휘리는 간지러운 아랫배를 쥐었다. 남자에게 더 달라붙 고 싶은 충동적인 욕구를 겨우 자제한 것이다. 욕정? 욕망? 그 가 자신을 어떻게 해주길 바라는 건지도 모른 채 그녀는 갈망하 고 있었다. 욕정하고 있었다. 이 순간이 끝나지 않기를 미친 듯 이 바라고 있었다.

'오! 빌어먹을! 이런 지랄 같은 일이. 너 드디어 정신이 나갔 구나, 지휘리! 떨어져. 당장 이 남자한테서 떨어져. 이 남자가 누구인 줄 알고 이러는 거야? 한서준이야, 한서준! 네 고객, 한 서준이라고. 발정난 동물처럼 너 이게 무슨 짓이야, 고객한테!'

아직 멀쩡한 이성 한자락이 그녀를 마구 꾸짖는 순간, 휘리는 퍼뜩 정신을 차렸다. 자신이 누굴 상대로 뭘 하고 있는 것인지 한순간 모두 깨달아 버렸다. 즉시 그녀는 어디서 생겨난 건지도 모르는 괴력을 발휘해 남자를 밀어냈다.

쿵!

뭔가가 부딪치는 소리가 들렸지만 휘리는 뒤도 돌아보지 않 았다. 차 문을 열고 몸을 날리다시피 밖으로 튀어나왔을 뿐이 다. 그녀는 갑작스레 몸을 에워싸는 차가운 공기에도 아랑곳하 지 않고 발이 안 보일 정도의 놀라운 속도로 아파트 입구로 내달았다. 뭔가에 쫓기듯 엘리베이터 버튼을 성마르게 누르고 또 누르던 그녀는 도착한 승강기에 올라타 또다시 버튼을 초조하게 눌러댔다. 오늘따라 유난히 느린 속도로 올라가는 엘리베이터 내벽을 발로 차기까지 했다.

무엇이 그리 초조한 것일까? 무엇 때문에 이렇게 쫓기듯 헐레벌떡 뛰어온 것인가? 좀 더 세련되게 대처하지 못하고 이게 무슨 창피인가 말이다. 대범해질 수도 있었다. 솔직해질 수도 있었다. 실수라고 둘러댈 수도 있었고, 이도저도 못했다면 화를 낼 수도 있었다. 모든 책임을 그에게 떠맡기고 피해자인 양 그렇게 말이다. 어떻게 했어도 도망치듯 돌아서 나온 지금의 행동보다는 훨씬 덜 창피했을 것이다.

아! 도대체 무슨 생각으로 그의 키스에 응했을까? 미친 것이다. 순간 홱 돌아버렸던 것이다. 그러지 않고서는 그리 매달려 굶주린 티를 팍팍 낼 수는 없었을 것이다.

"왔니? 오늘은 왜 이렇게 일찍 왔어? 한 서방은? 태워다 줬어? 왜 같이 들어오지 않고? 내일은 온대, 못 온대? 응?"

구순례 여사의 말을 뒤로하고 그녀는 방 안으로 들어갔다. 문을 걸어 잠그고 침대로 기어들어 가 이불을 뒤집어쓴 휘리는 두려움에 눈을 감았다. 아직까지 얼얼한 혓바닥, 여전히 단거리 경주 중인 맥박, 가랑이 사이를 훑어 내리던 뜨거운 기운. 모든 게 너무나 뚜렷했다. 낯선 감각들임에도 불구하고 순식간에 그녀를 휩쓸어 휘리는 풍랑을 맞은 조각배처럼 흔들렸었다. 게다가 눈을 감아도 선명하게 떠오르는 서준의 입술.

휘리는 인정할 수밖에 없었다. 그를…… 사랑하게 됐음을.


지휘리는 박은재를 좋아한다. 박은재는 김희주의 약혼자다. 김희주는 한서준과 맞선을 보려 했다. 그러나 한서준은 지휘리를 원한다.

'복잡하군.'

서준은 인상을 찌푸리며 고개를 저었다. 평소 복잡한 관계를 질색하는 그였다. 얽히고설킨 인간관계를 싫어한다고 해야 하나? 수학적 공식처럼 산뜻하고 깔끔하지 않는 관계는 사절이었다. 아직까지 이렇다 할 연애 한 번 하지 않은 이유도 유치한 사랑놀이에 소모될 감정이 아까워서였다. 그런데 그런 그에게 이런 일이 생기다니. 이 얼마나 짓궂은 운명의 장난인가.

묘한 건, 그렇다고 그녀를 포기하고 싶은 생각이 추호도 들지 않는다는 거다. 귀찮은 관계는 도리어 먼저 피하는 그가 이번만큼은 그러고 싶지 않았다. 끝까지 가볼 작정이었다. 그녀에게 어울리는 남자는 박은재가 아닌 한서준, 자신이라고 그는 확신했기 때문에.

서준은 손목을 들어올려 시간을 확인했다. 남아 있는 시간이 얼마 없다는 걸 상대에게 알리려는 의도적인 행동이었다.

"양복이 멋지네요. 제냐, 맞죠?"

상대방은 그의 환심을 사려는 양 상냥하고 달콤한 미소를 지으며 대화문을 열었다. 가식적이고 인공적인 미소를 보자 서준은 급속도로 기분이 나빠지는 걸 느꼈다. 도대체 무슨 생각으로 그를 불러낸 건지 더욱 궁금해졌다. 설마 그가 추측하고 있는, 그런 말을 하려는 건 아니겠지?

"제냐라고요?"

"에르메네질도 제냐 말이에요. 질감이나 디자인이 훌륭한 명품이죠."

"디자이너라고 하셨나요?"

"네. 강남에 여성 정장 매장을 하나 가지고 있어요."

여자의 갸름하고 뽀얀 얼굴 위로 자긍심이 물결쳤다. 서준의 눈살이 살짝 찌푸려졌다. 당장 자리를 박차고 일어나고 싶은 마음을 꾹 누르며 그는 천천히 입술을 뗐다.

"유감스럽지만 제 옷은 국산 브랜드 매장에서 산 것들입니다."

예의 바른 웃음을 그는 잊지 않았다.

"네?"

"국산품 애용자거든요."

순간 여자의 얼굴이 완전히 얼어붙었다. 헤벌쭉 벌어졌던 입이 딱 닫히고 연신 싱글거리느라 줄곧 휘어져 있던 눈매도 단박에 제 위치를 찾아갔다.

"큼큼! 요샌 우리나라 제품도 훌륭하죠."

둘러대는 그녀는 역시 프로다운 면모를 잃지 않고 있었다. 여유랄까? 언뜻 보면 전혀 당황하지 않은 것 같은 모습이다. 하지만 실은 엄청난 타격을 입었을 거란 걸 서준은 알았다. 어찌 되었든 그녀는 의상에 관한 한 전문가가 아닌가? 수입 브랜드와 국내 브랜드조차 구별해 내지 못했다는 사실에 무척이나 자존심이 상할 것이다.

"죄송합니다만 어쩐 일로 이렇게 연락을 하셨는지……?"

서준은 다시금 시계를 들여다보며 말끝을 흐렸다. 시간이 별로 없었다. 오늘은 휘리의 어머니 생신날이고 저녁 식사에 정식으로 초대가 되었음에도 불구하고 지금껏 선물을 준비하지 못했다. 어젯밤에 있었던 핀란드 정부 관계자와의 릴레이 협상이 예상보다 길어진 탓이다. 난데없는 걸려온 여자의 전화 또한 그를 바쁘게 했음은 물론이다.

"아! 바쁘다고 그러셨죠? 죄송해요. 바쁜 사람 붙들고 제가 쓸데없는 말을 지껄였네요."

"괜찮습니다."

가면을 뒤집어쓴 여자의 얼굴을 바라보며 서준은 무덤덤하게 대꾸했다.

"음……. 제가 어떻게 서준 씨 전화번호를 알게 됐는지 궁금하지 않아요?"

의외로 그녀는 당돌하게 물었다.

"글쎄요."

잘난 한서준, 희주는 마음속으로 되뇌었다. 아무리 생각해도 참 말이 짧은 남자라는 생각이 들었다. 자기의 감정을 드러내는 법도 그는 거의 없었다. 속내를 파악하기 힘든 포커페이스에 억양마저 거의 없는 단답형 대답으로 그는 철저하게 자신을 감추고 있다. 사업가로서는 타고난 재능이라고 해야 하나?

"서준 씨 어머님을 통해 알게 됐어요. 아까 댁으로 전화를 드렸었거든요."

희주는 씩 웃으며 고개를 살짝 기울였다. 카페의 낮은 조도(照度)를 고려했을 때 그녀의 미모가 가장 환상적으로 돋보일 그야말로 최적의 각도였다.

'후훗! 제아무리 잘난 남자들도 내 손에선 못 버텼어. 너라고 별수있니? 두 쪽 달린 수컷이 버텨봤자지.'

그렇다. 지금껏 그녀를 거쳐 간 수많은 남자들. 그들은 모두 그녀를 숭배하듯 떠받들고 원한다면 밤하늘의 별까지도 따다 바칠 것처럼 열렬했었다. 물론 자신이 예쁘지 않다면 그들의 그런 열화와 같은 관심을 받아내지도 못했을 거라는 걸 그녀도 잘 알고 있었다. 그녀는 머리도 좋았고, 집안도 좋았고, 성격도 특별히 모나지 않았었지만 남자들의 관심은 늘 그녀의 아름다운 외관이었으니까 말이다. 남자란 동물은 원래 말초적이면서도 단세포적이라는 걸 이미 모두 알아버리고 만 희주였음에, 그녀는 한서준 역시 자신의 그물 안에 성공적으로 안착하리라 믿어 의심치 않았다.

"서준 씨를 만나고는 싶은데 연락할 길이 없잖아요. 그래서 장 여사님께 부탁을 드렸죠."

"그러셨습니까?"

심드렁한 표정. 한서준은 아무 감흥도 받지 못한 듯 무표정했다. 재미없는 남자. 아무리 목석 같다고 해도 이렇게 반응이 없어서야, 원. 희주는 절로 나오는 한숨을 꾹 삼키며 여유를 가장했다.

'참아, 김희주. 참으라고. 넌 지금 연애 상대를 고르는 게 아니잖아? 투자라고 생각해. 이 남자는 충분히 그럴 만한 가치가 있어. 서른셋의 젊은 나이에 잘나가는 벤처기업 CEO의 자리에 오른 사람이 흔한 줄 아니? 그것도 혼자의 힘으로, 명석한 머리 하나로 모든 걸 이룩한 사람이야. 네 인생 전체를 걸어도 결코 잘못되는 일은 없을 거야. 한서준, 이 남자를 넌 꼭 가져야 해.'

못해낼 것도 없다. 자고로 예로부터 예쁜 여자 싫어할 남자 없다고 했다. 남자들이란 원래 다 그렇고 그런 동물이다. 한서준이라고 별수있는가? 그 또한 남자이니 넘어오는 건 시간문제일 터. 정 안 되면 아랫도리를 공략하는 방법도 있다. 남자를 접수하는 일은 여느 때와 다름없이 어렵지 않을 거라고 희주는 확신했다.

"왜 연락을 드렸는지는 대충 짐작을 하고 나오셨을 거라 생각해요. 그렇죠?"

"제 짐작이 틀렸기를 바라고 있습니다."

무례한 듯하면서도 예의를 잃지 않는 애매한 억양에 형식적인 미소. 그는 뼛속까지 신사였다. 하루아침에 돈벼락을 맞아 갑작스레 갑부가 된 그린 부류가 아닌 진짜 상류층이란 말이다.

혈통 좋은, 가문 좋은, 바로 그런 상류층 남자라는 사실을 희주는 눈으로 확인하고 있었다.

‘후훗! 애인의 친구가 불순한 의도를 갖고 접근하고 있는 마당에 예의라니.’

우스운 일이다. 아니, 어쩌면 한서준 개인에게는 불행한 일인지도 모른다. 거절하고 싶어도 예의 차리느라 못할 테니까. 하지만 이런 남자일수록 희주의 문제는 아주 쉬워진다. 상대를 생각하는 배려심이 몸에 배어 있는 남자가 아닌가? 그 상대가 여자라면 더 더욱 거절 못할 것이라는 게 희주의 계산인 것이다.

“나, 내달에 약혼하기로 되어 있어요. 집안 좋고 사람도 참 착하죠. 그건 알고 계실 거라고 봐요. 약혼 발표 파티에 직접 서준 씨가 오셨으니까요.”

희주는 달콤한 사탕을 입에 문 듯 기분 좋은 얼굴로 서준을 향해 싱긋 웃었다. 뭇 남성들을 노골노골 오뉴월 엿가락처럼 야들야들 녹여 버리는 바로 그 사랑스러운 표정이었다.

“박은재 씨를 말하는 거라면, 알고 있습니다.”

“그런데 왜 맞선 같은 걸 보느냐고 묻고 싶으시겠죠?”

“……”

“애인이 있는 서준 씨가 맞선을 보러 나온, 바로 그 이유와 같아요.”

흘러내린 앞머리 아래로 남자의 눈썹이 쑥 올라갔다. 거하게 한 방 먹은 것이 확연한 얼굴이었다. 그녀의 짐작이 틀리지 않다는 의미. 순간 희주는 회심의 미소를 지었다.

"난 사랑을 믿지 않아요. 어차피 그딴 건 세월이 지나면 다 사그라지는 순간적인 감정이잖아요? 하지만 일시적인 감상으로 남은 인생 전부를 걸 수는 없는 거죠."

"훗! 김희주 씨다운 발상이군요."

김희주답다. 무얼 의미하는 것일까? 비꼬는 걸까? 희주는 잠시 동안 남자의 유리알 같은 눈동자를 빤히 바라보았다. 그러나 그의 표정엔 그 어떤 감정의 찌꺼기도 남아 있지 않았다.

"난 당신과 내가 여러모로 어울린다고 생각해요. 우리의 결합은 누가 봐도 자연스러울 거예요."

"어울린다……?"

"당신이 휘리와 사귄다고 했을 때. 난 솔직히 좀 놀랐어요. 당신 같이 부족한 거 없는 사람이 뭐가 아쉬워서 휘리 같은 애와 사귀는 건지 많이 의아하더군요."

"그래요?"

쓸쓸한 웃음이 그의 알 수 없는 표정을 삼켰다. 도무지 속내를 알 길이 없는 애매한 남자였다. 한서준이 지금 무슨 생각을 하고 있는지 알고 싶어 희주는 애가 탈 지경이었다.

"당신 같은 위치에 있는 남자들은 의무란 게 있죠, 가문에 걸맞은 아내를 얻어야 한다는. 당신 역시 마찬가지일 테죠. 그래서 가족들에게도 휘리의 존재를 말하지 못하고 있을 거고요. 맞지 않나요?"

“…….”

남자는 부인도, 긍정도 하지 않았다. 그저 묵묵히 희주의 다음 말을 기다릴 뿐.

“이쯤 말했으니 대략 알아들으셨으리라 생각하는데요, 머리 좋으신 한서준 씨?”

“내 집안에 걸맞은 아내가 김희주 자신이라는 말이겠죠.”

“맞아요.”

희주는 선선히 인정했다.

“일종의 거래인가요? 감정이 배제된 결합?”

“일부러 배제할 필요는 없겠죠. 나중에라도 생길 수 있는 거 아니겠어요? 사랑이라는 거, 난 쉽다고 봐요. 몸을 섞고 한이불을 쓰며 부대끼는데 사랑, 그까짓 것 안 생기겠어요?”

“그럴 수도 있겠죠.”

여전히 심드렁한 어조다. 따분한 듯 아무렇게나 중얼거리는 그는 의외로 쿨한 구석이 있는 것 같았다. 그리고 그건 일이 쉽게 풀릴 수도 있다는 의미였다. 좀 더 밀어붙여 볼까?

“난 당신이 마음에 들어요. 내가 남편감으로 바라는 점들을 모두 가지고 있으니까요. 당신도 내가 마음에 들었으면 좋겠어요.”

“마음에 들지 않을 리 없다고 생각하시는군요.”

“확신하고 있죠.”

“…….”

“난 당신을 선택하기로 했어요. 속된 말로 당신은 내게 찍힌 거죠.”

꼼짝하지 않는 그를 앞에 두고 희주는 매혹적인 미소를 날렸다. 남자라면 거부할 수 없는, 환상적이고 탐미적인 미래를 약속하는 그런 미소였다. 그의 얼굴은 즉각 굳어졌다. 희주는 그의 몸 다른 부분도 빠른 속도로 굳어지고 있을 거란 짐작을 하고 있었다.

“휘리는 내가 알아서 하죠. 남자를 짝사랑만 했지 사귀어본 적이 없는 애라서 차인 적도 거의 없을 거예요. 과대망상증도 좀 있는 것 같고. 떼는 데 시간이 걸릴지도 모르겠어요. 그렇지만 내게 맡기면 충분히 떨쳐 낼 수 있으니 걱정 마세요. 겉만 요란하지 실속은 전혀 없는 애가 지휘리거든요.”

“그렇죠.”

간단히 그가 동의했다. 말이 더럽게 없는 사람. 그의 짧은 단답형 대답으로는 어떤 말에 동의하고 있는 건지 자세히 알 수가 없었다. 그녀의 말 전체에 동의하는 건지, 휘리에 대해 말한 부분에만 동의하는 건지.

“그럼 그렇게 알고 있겠어요.”

“용건 끝났습니까?”

손목에 걸린 시계에 그가 흘끔 곁눈질을 했다. 바쁘다는 은근한 압박이었다. 남들 다 하는 일, 혼자만 바쁜 척 티를 내는 남자를 제일 같잖게 여기는 희주였지만 유독 서준만큼은 거부감이 들지 않았다. 우습게 보이지 않는다고 해야 하나? 소박한 듯

기품있는 취향이나 예의에 어긋나지 않는 태도들이 보통 남자들과는 달라 보였다. 겉모습은 비즈니스맨, 까놓고 보면 날라리에 바람둥이인 치들을 너무 많이 본 건가? 그 치들에 비하면 한서준은 신선했다.

"피차 바쁘긴 매한가진데 그럼 그만 일어나죠."

"……."

대답을 줄이는 대신 그는 살짝 고개를 끄덕였다. 무뚝뚝한 그의 성품을 단적으로 표현해 주는 그 짧고도 미세한 움직임을 희주는 지지의 의사로 간주하기로 했다. 그녀가 추측하고 결론 내리고 제시한 모든 일들에 대해 그가 수긍하고 찬성하겠다는 의미로 받아들인 것이다. 만족감이 희주를 감쌌다. 모든 것이 그녀의 뜻대로, 의도대로 되어가고 있으니 그 쾌감은 이루 말할 수 없었다.

"서준 씨 먼저 일어서세요. 전 약속이 있어서 좀 더 있다가 일어날 생각이에요."

"그럼 실례하겠습니다."

서준은 그녀에게 양해를 구하고 먼저 자리를 떴다. 희주는 서준의 뒷모습을 바라보며 흡족한 미소를 지었다.

'조금만 기다려, 한서준. 내게 꼼짝 못하도록 만들어줄 테니까.'

지금은 자존심도 있고 주위의 눈도 있고, 해서 뻣뻣하게 굴고 있겠지만 조금만 지나보라. 한서준도 다른 남자들과 다를 것 없이 그녀의 매력에 푹 빠지고 말 것이다. 지휘리, 고까짓 것은 금세 잊고 말겠지.

'흥! 그렇게나 큰소리 뻥뻥 치더니 꼴좋겠군, 지휘리.'

고등학교 때 우연히 알게 되기까지 지휘리는 전혀 눈에 뜨이는 존재가 아니었다. 뽀송뽀송한 피부와 복스러운 양쪽 볼을 빼면 별로 인상 깊지 않은 외모의 소유자였는데 그 꾀죄죄한 얼굴에서 그나마 봐줄 만한 눈동자는 커다란 안경으로 다 가려 그 빛이 바랜 케이스였다. 학교의 연극반에서 단역 및 대본 작업을 하는 것 외에는 교내에서 별다른 두각을 나타내지도 않았던지라 그녀와 부딪칠 일은 거의 없었다. 그런 휘리의 존재를 뚜렷이 인식하게 된 건 당시 학생회장의 프러포즈를 받고부터였다.

지금은 이름도 기억나지 않는 그 학생회장을 지휘리는 이 년 전부터 짝사랑하고 있었다. 바보처럼 고백조차 하지 못하고 주변을 어슬렁거리는 그녀가 희주에겐 짜증이었다. 등신처럼 좋아하는 남자한테 고백 한 번 제대로 못하고 쩔쩔매는 꼴이 희주는 못 견디게 싫었다. 별것도 아닌 남자 하나에 그렇게 끙끙 앓는 지휘리가 지독히도 못마땅했다.

제발 그깟 남자 하나 제 것으로 못 만들어서 마음 상하는 짓거리는 그만두라고, 희주는 말해주고 싶었다. 남자는 믿을 수 있는 존재가 아니다. 사랑도 믿어서는 안 되는 거다. 사랑을 믿고, 남자를 믿은 대가는 쓰라린 배신과 지독한 현실뿐이라고 그녀는 생각했다.

"미안하게 됐군."

희주는 휴대전화를 꺼내 들며 중얼거렸다.

"하지만 이번엔 너무 과했어, 지휘리. 네 상대가 아니야. 너무 욕심을 부렸다고."

본의 아니게 생긴 욕심이었다. 한서준을 보자마자 생겨난 그 욕심을 채우기 위해 휘리를 밟아야 한다는 게 마음에 걸렸지만 희주는 고민하지 않았다. 어차피 자신이 아니더라도 누군가가 한서준을 채갈 것이기 때문이다. 휘리는 어차피 빼앗기게 되어 있었다. 그리 잘난 남자는 소극적이고 방어적인, 그래서 철저하게 못나빠진 지휘리 같은 애에게 속할 수 있는 위인이 아니었다.

"여보세요? 은재 씨?"

희주의 숭배자, 은재는 여느 때와 다름없이 냉큼 그녀의 전화를 받았다. 기다렸다는 듯이.

"나 은재 씨한테 할 말이 있어. 오늘 만났으면 하는데 시간 어때?"

은재는 비굴하고 심약한 남자다. 다른 경우엔 어떨지 모르겠지만 적어도 그녀에게만큼은 그렇다. 그녀가 죽으라면 죽는 시늉까지도 할 위인이 박은재다. 충견(忠犬). 당연히 시간은 이번에도 있을 것이다.

"좋아. 거기서 봐."

건드리면 부서질세라, 날아갈세라 그녀를 떠받들고 싸고돌았던 박은재는 오늘 희주에게 버림을 받을 것이다.

제 12 장

'**지**랄, 지랄! 이런 개지랄!'

휘리는 그녀가 아는 단 하나의 욕설을 속으로 연발하며 허공에 대고 주먹을 휘둘러 대고 있었다. 도대체 이게 무슨 말도 안 되는 시추에이션이란 말인가? 창피해서 말이 안 나왔다. 민망해서 얼굴도 제대로 들지 못할 지경이었다. 가족 전체가 완전히 딸과 누나를 팔아넘기려고 작당을 한 것 같았다.

"빨리 차 안 내오고 뭐 하니?"

콧소리까지 섞어가며 교양있는 척해대는 어머니, 구순례 여사가 주방 안에서 소리없이 절규하고 있는 그녀를 채근한다.

"원래 누나가 좀 굼떠요. 알고 계시죠?"

"굼뜨긴 해도 뭐, 할 건 다 하잖냐."

딸이 사윗감에게 밉보일까 봐 지석철은 아까부터 계속해서 조바심을 친다. 아내와 아들이 정신없이 들춰대는 휘리의 오점들을 다시 덮기 위해 안간힘을 쓰는 것이 보기 안쓰러울 지경이다.

'아! 이렇게 비참할 수가!'

절망에 찌든 절규를 내뱉으며 휘리는 두 주먹을 부르르 떨었다.

"그야 물론 그렇죠. 한밤중에 남자 엎어놓고 키스까지 한 위인이니 할 건 다 한다고 봐야죠."

"야! 지누리! 너 죽어볼래?"

휘리는 거실을 향해 버럭 고함을 질렀다.

"왜 이래? 내가 뭐 틀린 말 했어? 맞는 말이잖아. 나름대로 칭찬이라고."

"지누리, 너!"

"그만 입 좀 다물고 차나 빨리 내와. 무슨 애가 저렇게 다혈질인지, 원. 내가 한 서방 앞에서 민망해 죽겠다."

얄밉게 쌀쌀한 구순례의 태도도 휘리는 마음에 들지 않았다. 그녀는 시종일관 딸을 무시하고 있었다. 마치 남자에게 사족을 못 써 시집가고 싶어 안달이 난 애처럼 휘리를 매도하고 있는 것이다. 게다가 누리는 또 어떤가? 잊어버릴 만하면 그 얘기를 꺼내서 휘리의 얼굴을 홍당무로 만들고 있었다. 정말 알 수 없는 반응들이다.

이들이 누군가? 의심 많기로 소문이 난 가족들이 아닌가? 그런데도 다 믿고 있다니. 눈에 보이는 대로, 둘러대는 어설픈 변명 그대로 철석같이 죄다 믿어버리다니. 아무리 돌아가는 상황이 그렇다고는 하나, 어떻게 하나같이 다들 이렇게 의심 한 번 안 하는지 정말 알다가도 모를 일이었다. 한서준이 그녀를 뭐라고 생각하겠는가 말이다. 정말이지 창피하고 자존심 상해 미칠 지경이었다.

"전 괜찮습니다. 휘리의 저런 면에 반한걸요."

한술 더 뜨는 한서준. 하도 자주 연출되는 상황에 그의 연기도 수준급이 되어가는 것 같다. 연기의 전문가인 그녀조차도 그가 한 말이 진실처럼 들렸으니까. 계속 이러다가는 실제와 연극도 구분 못하는 게 아닐까? 잠시 무서운 생각이 들었다. 모든 게 진짜였으면 좋겠다는 가당치도 않은 생각이.

"콩깍지라니까. 완전히 콩깍지가 씌웠어. 아니, 도대체 우리 누나 어디가 그렇게 좋아요? 솔직히 우리 누나 얼굴이 예쁘길 해요, 성격이 좋길 해요? 그렇다고 돈이나 많냐! 그것도 아니거든요. 연극한답시고 백조로 지낸 지가 어언 사 년이라고요. 뭐, 그사이에 심부름 센터 일을 맡아서 하고는 있지만."

"넌 무슨 그런 말이 다 있냐, 누나한테? 네 누나가 어디가 어때서 그래? 저 정도면 양호하지. 미스코리아가 울고 가겠다. 내 눈엔 최고로 예쁘구먼."

정곡을 찔러대는 누리의 지적에 지석철은 또다시 딸의 역성을 들었다. 미스코리아. 휘리가 듣기에도 최악의 비유였다.

"으웩! 미스코리아? 아부지! 미스코리아는 최하가 175㎝야. 누나 같은 난쟁이똥자루는 자격 미달이라고. 으웩!"

가스레인지 위에서 부글부글 끓는 주전자 못지않게 아우성을 치는 가슴을 주먹으로 퍽퍽 쳐대며 휘리는 연신 후후, 복수심에 불타는 숨결을 뿜어댔다. 당장 누리 놈의 목을 졸라 항복을 받아내 십 년 묵은 체증 같은 이 복수에의 충동을 확 해소시켜 버리고 싶은 마음이 굴뚝이었건만. 이놈의 설정이 문제였다. 명색이 애인 앞인데 헐크처럼 난동을 피우는 모습을 보일 수야 없지 않겠는가? 그러니 참고 있을 수밖에.

"헛소리 말고 가서 누나나 도와."

"아야! 엄마는! 차는 누나가 알아서 내올 거잖아. 내가 뭘 도와."

고상한 분위기로 차분한 미소를 띤 채 앉아 있던 구순례가 찔끔 누리의 옆구리를 찔렀나 보다. 누리는 과장된 동작으로 옆구리를 붙들고 얼굴을 짜부라뜨렸다. 흥! 잘됐다. 쌤통이다. 휘리는 콧방귀를 끼며 킥킥거렸다.

"말, 안 들을, 거니? 지.누.리?"

상냥한 말투였지만 딱딱 절도있게 음절을 끊어 내뱉는 구순례의 미소는 그다지 친절하지 않았다. 협박이었다. '당장 꺼지지 않으면 이번 달 용돈은 국물도 없다' 하는 식의. 큭큭, 통쾌한 심정에 마음껏 웃어 젖히고 싶은 마음을 최대한 억누르며 휘리는 가스레인지의 불을 껐다.

"잘난 사위 나타나니까 아주 아들은 찬밥 취급이로구먼. 내가 뭘 그리 잘못했다고. 이래도 되는 거야, 정말?"

구순례의 겁박에 쫓겨온 누리는 녹차 가루와 유자청을 각각 나눠 담은 잔들을 쟁반 위에 올려놓고 끓인 물을 붓고 있는 휘리의 등 뒤에 서서 투덜거렸다.

"네가 그럼 잘했냐?"

휘리는 찌릿 누리를 노려보며 윽박지르듯 말했다. 힐끗 거실을 훔쳐보니 구순례 여사는 서준이 들고 온 생일선물을 펴보고 있었다. 참 넉살도 좋지. 이것저것 재는 듯한 구순례의 비위를 어떻게 저렇게 맞추고 있는 것일까? 곰살궂은 사위 흉내를 참으로 잘도 해내고 있다. 어제 그런 일도 있었는데 말이다.

'키스! 빌어먹을. 빌어먹을 키스! 아, 미치겠군.'

안 나타날 줄 알았다. 서로의 입술을 문지른, 낯 뜨거운 돌발 상황이 일어난 지 딱 하루밖에 지나지 않은 상태에서는 그도 어색해할 거라고 그녀는 생각했다. 그래서 부모님에겐 그가 나타나지 않을 거라고 적당히 둘러댈 계획이었다. 그런 휘리 앞에 그는 정말 놀랍게도 짜잔, 하고 나타났다. 대단히 멋진 모습으로 대단히 큰 선물을 들고 말이다.

"잘못한 건 또 뭔데? 엄밀히 말해서 내가 한 말은 다 진실이라고. 안 그래?"

“네가 한 말이 거짓이라고 한 적은 없다, 난.”

“그럼 뭐가 문제냐고? 왜 나만 죽일 놈이 되는 거야?”

“주책 좀 그만 부리란 말이야. 네가 주둥이를 나불거릴 때마다 네 얼굴도 같이 까인다고. 알겠냐?”

“뭐? 내가 주책을 부렸다고? 사실대로 말한 것뿐인데 뭐가 주책이란 거야? 말도 안 돼. 그리고 말이 나왔으니 말인데. 저 양반도 이제 우리 가족 아니야? 내가 떠는 주책에 눈살을 찌푸리고 기분 나빠한다면 그거야말로 진짜 문제지. 안 그러냐?”

나불나불. 조잘조잘. 도대체 뭔 놈의 사나이 주둥이가 저리도 가만히 붙어 있질 않는 것인지. 휘리의 입에선 욕이 절로 나왔다. 녀석의 양쪽 볼을 붙잡고 옆으로 늘어뜨리며 한서준은 절대 우리 가족이 아니라고, 네가 말하는 진실은 바로 그것이라고 말해주고 싶었다.

“그러니까 내 말은…….”

“야! 너 그만 해라. 응?”

휘리는 눈을 부라리며 윽박질렀다. 팔팔 끓고 있는 물주전자를 휘두르며 위협을 가하는 것 또한 잊지 않았다.

“알았어, 알았어. 그만 할게. 하여튼 성질은 개떡 같아가지고서. 물이나 빨리 따라라.”

누리는 완전항복을 선언하듯 번쩍 두 손을 들고는 달래는 소리를 해댔다. 불같은 성격인 반면에 뒤끝이 무른 그녀를 조정할 줄 아는 거다. 휘리는 치켜올라 간 눈매를 표독하게 째리고는 손에 들고 있던 물주전자를 기울였다.

또르르.

주전자의 좁고 긴 주둥이를 따라 뜨겁게 끓은 물이 얌전하게 떨어졌다. 물을 따르는 그녀의 손길은 조심스러웠다. 차 심부름을 처음 해보는 것도 아니건만 괜스레 맘이 설레었다. 사랑하는 사람이 부모님께 인정을 받고 가족들과 스스럼없이 어울리는 이 모든 상황들이 전부 다 거짓이란 걸 잘 알면서도 말이다. 연극의 막이 내리면 모든 것은 자취도 없이 사라질 텐데…….

휘리는 조그맣게 한숨을 내쉬었다.

"매형, 괜찮은 사람 같아."

그녀의 등 뒤로 어정쩡하게 서 있던 누리가 작은 소리로 말문을 열었다. 휘리는 사뭇 진지한 동생의 말투에 휙 고개를 돌려 그를 돌아보았다.

"마음에 들어."

평소 진지함이란 눈을 씻고 찾아봐도 볼 수 없었던 누리가 부드러운 미소를 입가에 머금고 서서 그녀를 물끄러미 바라보고 있었다.

"처음엔 웬 놈인가 싶어서 경계심도 생기고 그랬거든. 누나가 사람을 좀 잘 믿잖아. 쉽게 좋아하고. 생긴 게 반반하고 그래서 혹시 바람둥이 아닐까 걱정도 들더라고. 그런데 지금은 좀 생각이 달라졌어. 괜찮은 사람 같아. 성격도 무난하고 그만하면 능력도 있고, 무엇보다 누나한테 마음고생은 안 시킬 것 같아서 마음에 들어.”

“차 때문에 그런 건 아니고?”

휘리는 우스갯소리를 건네며 싱겁게 웃었다.

“히히! 뭐, 그런 점도 작용 안 했다면 거짓말이겠지. 그렇지만 그게 전부는 아니야. 누나는…… 잘살아야 해. 세상 그 누구보다도 더 훨씬 행복하게 살아야 한다고. 누나는 그럴 자격 있어.”

“그런 소리를 다 하고…… 기특하네.”

언제부터 이런 생각들을 하고 있었던 것일까? 생각없이 가볍게 입을 놀리고 허황된 꿈을 꿔대던 지누리는 지금 이 순간 존재하지 않았다. 몸도 마음도 어느새 훌쩍 커버린 듬직한 청년이 자리를 대신하고 있을 뿐이었다. 괜히 눈시울이 뜨거워지는 것 같아 휘리는 시선을 이리저리 흩트리며 딴청을 피웠다.

“눈이 하트더라.”

“뭐?”

이건 또 무슨 뜬금없는 소리람. 아주 잠깐 감상에 젖어들었던 휘리는 깨는 듯한 누리의 발언에 휘둥그레 두 눈을 치떴다.

“저 양반 말이야, 누나를 엄청 좋아하는 거 같아. 돈도 좋고, 성격도 좋고, 다 좋지만 무엇보다 마음에 드는 게 바로 그거야. 누나한테 흠뻑 빠져 있다는 거. 지대지.”

“말도 안 된…….”

“말이 안 되긴 뭐가 말이 안 돼. 둘이 사귀는 사이 아니야?”

“응? 뭐?”

잠시 뭐가 잘못되었는지 휘리는 알지 못하고 멀뚱거렸다.

"하여간 뻑하면 말이 안 된다고 하지. 생각이나 좀 하시고 말이 된다, 안 된다는 소리를 해. 누나 혼자 일방적으로 좋아서 매형을 쫓아다니는 게 아니라면 말이 안 될 수가 없잖아."

앗! 이런! 휘리는 자신도 모르는 사이에 중요한 실수를 저질렀다는 사실을 그제야 깨닫고 이크, 눈살을 찌푸렸다. 하마터면 제 입으로 비밀을 털어놓을 뻔하지 않았나! 젠장맞을.

"내 말은 그러니까 서준 씨는 날 에……."

"사랑한다고 말하려고 그랬지? 내 말이 그거야. 누나를 바라보는 매형 눈초리가 보통 뜨거운 게 아니더라고. 콩깍지도 보통 콩깍지가 씐 게 아니야. 축하해."

"어……."

욕이 터지는 걸 꾹 참으며 휘리는 서둘러 쟁반을 들었다. 지금은 누리가 상당히 업된 상태라 눈치채지 못하고 있지만 조만간 휘리가 당황해하고 있다는 걸 알게 될 터였다. 그럼 왜 당황해하는지 누리는 궁금해할 테고 그는 이유를 알아낼 때까지 꼬치꼬치 물어올 것이다. 한마디로 귀찮게 된 것.

게다가 운이 나빠 이 모든 게 연극이며 가짜일 뿐이라는 걸 들키는 날엔! 그날로 그녀는 끽이었다.

"이스라엘 정부도 그런 이유로 WS社를 거부하는 것이겠죠. 실상 오피스에 들어 있는 모든 기능들을 다 활용하는 부서는 일부에 지나지 않거든요. 표준형 오피스에서 개별 구매를 허용했다면 구매를 중단하는 사태까지는 벌어지지 않았을 겁니다. 필요없는 기능을 모두 끼워서 팔겠다는 건 아무래도 기득권을 확보한 대기업의 횡포라고 할 수 있죠."

"원래 있는 것들이 더한 법이지. 그래, 자네는 그 문제에 대해서 어떻게 생각하고 있는 겐가?"

"아직 저희는 외국에서의 입지가 굳지 않습니다. 이제 겨우 시작 단계이고 성공하게 될지, 실패하게 될지도 아직은 미지수입니다. 당연히 클라이언트가 개별 구매를 요청한다면 받아들여야겠죠."

거실에선 휘리의 부모님과 서준이 담소를 나누고 있었다. 서준에게 받은 생일 선물, 연분홍색 겨울 코트가 어지간히 마음에 드는 모양으로 구순례 여사는 연신 코트자락을 쓰다듬고 있었다. 부담되게 왜 저런 선물을 사들고 왔는지……. 서준은 생일을 맞은 구 여사의 코트뿐 아니라 아버지의 등산복까지 사들고 찾아왔다. 어디 그뿐인가? 아주 대놓고 서운하다고 불평을 늘어놓는 누리에게 서준은 최신기종 휴대폰을 사주기로 약속했다.

내 참, 기가 차서!

도대체 어쩌려고 그러는 건지 휘리는 서준의 속내를 알 수가 없었다. 이대로 주위 사람들한테 떠밀려 진짜 사귀기라도 하자는 걸까? 그것도 아니면 재미있어서? 아니, 왜 자꾸 가족들의 환심을 사는 거냐고! 이러다가 거래가 종료되면 그땐 어쩌라고? 서준은 이 모든 해프닝들을 쉽게 잊어버릴 자신이 있는 걸까?

'난 없어, 없다고. 자신이 없단 말이야. 한서준…… 잊을 수 없을지도 모른다고.'

그는 휘리의 첫키스를 훔쳤다. 수많은 짝사랑을 해왔던 그녀의 순진한 입술을 그는 훔쳐 갔다. 휘리의 마음도 함께.

"그나저나 우리 휘리는 언제 데려갈 생각인가?"

"네?"

"우리 휘리 말이네. 자네 나이도 있고 휘리도 내년이면 스물여덟이지 않나?"

"아, 아빠! 우린 사귄 지도 얼마 안 됐다고요. 아직 서로에 대해서도 잘 모르고……."

다급히 쟁반을 내려놓으며 휘리는 더듬더듬 지석철의 입을 가로막았다. 아군 사이로 떨어진 적군의 수류탄을 덮친 장군의 비장미 넘치는 심정이었다.

"내년 봄 정도로 생각하고 있습니다."

헉! 이 남자, 지금 제정신으로 하는 소리일까? 휘리는 멍해진 얼굴을 획 돌려 한서준의 기막히게 잘난 옆얼굴을 바라보았다.

"응? 정말?"

연분홍 코트를 쓰다듬던 구순례 여사의 손길이 그 자리에서 딱 굳었다.

"내년 봄이라고? 그, 그게 정말인가?"

지석철 역시 약간은 놀란 듯 푹 꺼진 눈을 둥그렇게 떴다.

"좀 빠른 감도 있고……."

"이 양반이! 빠르긴 뭐가 빨라요? 애 나이가 몇인데. 둘이 마음만 맞으면 미룰 거 없죠. 안 그래, 지휘리?"

신났군, 신났어. 약간은 아쉬워하는 남편의 옆구리를 쿡 찌르는 구순례 여사의 얼굴엔 함박웃음이 활짝 개화(開花) 중이었다. 휘리는 서준을 뚫어져라 쳐다보았다. 그래 봤자 그의 속셈이 뭔지, 장난인지 진심인지 알아낼 리 만무지만 적어도 그의 뒤통수를 뜨끈하게 데워 그녀의 심정이 어떤지 피력할 수는 있을 테였다.

"서준 씨…… 그런 건 나랑 먼저 의논해야 하잖아. 나한텐 한 번도 그런 말 한 적 없으면서 갑자기 이러면 어떻게 해? 당황스럽게."

"좋으면서 당황은 무슨. 얼른 한 서방한테 안기고 싶어서 그 난리까지 피워놓고 왜 딴소리니?"

"엄마!"

"그래, 그쪽 어른들께선 뭐라고들 하셔?"

발작하듯 펄쩍 뛰며 고함을 내지르는 휘리를 무시하며 구 여사가 물었다. 그쪽 어른들! 서준의 부모님에 대해서 묻는 거였다. 휘리는 미친 듯이 눈알을 굴렸다.

"부모님께서 제 의견을 존중해 주시는 편입니다. 결혼하겠다고 하면 기꺼이 승낙하실 겁니다."

"휘리에 대해선 어떻게 생각하시는고?"

"어, 엄마! 왜 그래?"

이런 걸 원했던 건 아니었다. 그에게 남자 친구 역할을 해달라고 했을 때, 그녀는 단순히 희주와 은재 앞에서 초라해지기 싫었을 뿐이었다. 화려한 두 사람의 약혼 발표 파티에서 혼자만 우울하고 싶지 않았을 뿐이었다. 그런데 그놈의 샴페인 때문에 일이 꼬이기 시작하더니 소주 섞인 사이다 때문에 더 꼬이게 되고, 이젠 이 남자와 결혼까지 하게 생겼다.

아! 머리 아파!

"엄마, 내 말 좀 들어. 응?"

"가만있어 봐. 애가 진짜 왜 이래?"

"사귀는 사람이 있는지 제 부모님께서는 아직 모르십니다. 말할 기회가 많지 않아서요. 아버지께선 지방에서 근무하시는데 주말이 아니면 뵙기가 힘들어요. 저 역시 제 일이 바빠서 집에 자주 들어가지 못하는 형편이고요. 조만간 함께 인사를 하러 찾아뵐 생각입니다."

"도대체 왜…… 그래? 서준 씨……."

휘리는 엄지손가락을 세우고 쿡쿡 서준의 엉덩이를 찔러댔다.

'이러면 안 된다고, 한서준! 안 그래도 당신을 좋아하게 됐는데 이러면 난 어떻게 해! 이러다가 모든 연극이 끝나면? 그땐 그 상처를 나보고 어떻게 감당하라고.'

키스는 생각하지 않기로 했다. 한서준은 박은재를 질투할 만큼 그녀를 사랑하지도, 그녀를 사랑할 만큼 여자가 궁한 형편도 아니다. 그 키스에 로맨틱한 의미를 부여하는 건 그래서 불가능한 것이다. 그 키스는…… 그냥 눈이 뒤집혀서 저지른, 실수 같은 일임이 틀림없었다.

'그런데 자꾸 왜 이러냐고! 괜히 마음 설레게. 심란하잖아. 이러는 나 자신이 초라하잖아!'

휘리는 질끈 입술을 깨물었다. 지금이라도 한서준이 제정신을 찾아 모든 걸 부인하길 바라며 열심히 그의 궁둥이에 손가락을 꽂았다.

"너야말로 왜 그러니? 자꾸 사람 말을 막고."

"남자들은 그렇게 엉덩이 찔러대면 곤두서는데."

등 뒤에서 누리가 히죽거렸다. 뭐? 곤두서?

"지금 무지 힘들겠습니다, 매형."

케이크를 잘라먹었는지 입술 전체에 하얀 생크림 자국을 그려 넣은 누리는 철퍼덕 서준의 옆 자리에 앉았다. 저놈의 자식이!

"뭐가 불만이니, 지휘리? 결혼하기 싫어?"

"아니, 난 그게 아니라……."

"그럼 뭐?"

구순례 여사의 목소리 톤이 살짝 올라갔다. 슬슬 기분이 나빠지고 있다는 증거였다. 휘리는 푸후! 답답한 숨을 내쉬며 끓어오르는 성미를 가라앉혔다. 그리곤 벌떡 자리에서 일어났다.

"잠깐 나 좀 봐."

면담 요청. 어머니의 부름과 누리의 야유, 아버지의 한숨을 뒤로하고 휘리는 거칠게 점퍼를 집어 들고 아파트 현관문을 박찼다.

"이렇게 와준 거는 정말 고맙게 생각해요."

엘리베이터에 그가 올라타자마자 휘리는 성마른 입술을 열어 거칠게 대화의 포문을 열었다. 빨리 나오라는 그녀의 성화에도 아랑곳하지 않고 가족들과 정중히 작별 인사까지 나누는 서준은 너무나 얄미웠다.

"하지만 이건 아니잖아요. 그럴 순 없어요. 결혼이라니요? 미치지 않고서 어떻게 그런 말을 꺼낼 수가 있어요? 우리 엄마, 아빠 앞에서?"

씩씩거리느라 그녀는 잠시 말을 멈추었다. 그러나 곧 그녀는 벌꿀처럼 달콤한 입술을 움직여 다시 땍땍거리기 시작했다. 귀가 아플 지경이 될 때까지.

"물론 우리 엄마가 너무 몰아붙였다는 거 나도 인정해요, 당황스러웠겠죠. 그건 정말 미안해요. 결혼 얘기를 꺼낼 줄은 나도 몰랐어요. 사귄 지 겨우 몇 주밖에 안 됐다고 말씀드렸는데…….. 엄마가 그렇게 황당한 질문을 할 줄은 나도 몰랐다고요. 그 문제는 진짜 미안해요. 그렇지만…… 이건…… 이건……!"

불쌍해서 차마 두고 볼 수 없을 정도로 그녀는 더듬었다. 다음 말을 어떤 식으로 이어야 할지, 길을 잃은 어린애처럼 그녀는 완전히 헤매고 있었다. 서준은 천천히 닫히는 엘리베이터 문을 바라보며 슥 팔을 들었다. 하던 말을 멈추고 휘리는 흠칫 놀랐다.

"목적지는 일층이겠지? 물론."

놀란 휘리의 턱밑으로 서준의 팔이 지나갔다. 목적지는 엘리베이터 숫자판. 그의 긴 검지가 꾹 버튼을 누르자 숫자 1이 붉은 광채를 내뿜었다.

"어……."

"어머님께서 그런 황당한 질문을 하실 줄은 몰랐다, 그 문제는 진짜 미안하다까지 했는데."

"에?"

"어디까지 했는지 잊어버린 것 같아서."

서준은 어깨를 으쓱하며 양복 주머니에 두 손을 쑥 집어넣었다. 태연한 그의 태도가 얄밉다는 생각이 들었는지 휘리는 팍 인상을 구겼다. 그리고 짐짓 적개심 그득한 목소리로 그를 향해 으르렁거렸다.

"알고 있었거든요."

"아! 난 또 모르는 줄 알았지."

"내가 바본 줄 알아요?"

"아니. 계속해."

그는 즉시 대답했지만 그 대답은 너무 빨랐다. 그래서일까?

불쾌한 듯 휘리의 인상은 점점 더 험악해졌다. 시비조인 그녀의 말허리를 자른 건 논쟁의 싹을 처음부터 싹둑 잘라 버리기 위함이었지만 그녀는 그게 더 기분 나빴나 보다.

"내가 대신 말해줘?"

"뭐라고요?"

"결혼 이야길 꺼내서 어쩌자는 거냐. 뒷일은 책임도 못 질 거면서 함부로 그런 소리를 떠벌리는 저의가 뭐냐. 하고 싶었던 말이 이거 아니야?"

고개를 슬쩍 움직여 그는 휘리를 내려다보았다. 눈꺼풀에 의해 반 정도 감긴 그의 시선이 휘리를 가만히 쓸었다. 그녀는 눈동자를 번쩍이며 입술을 깨물고 있었다. 화가 단단히 난 그녀는 더할 나위 없이 사랑스러웠다. 빌어먹게도.

"잘도 나불거리시네요? 놀라워요. 내 맘을 너~어무 잘 알고 계셔서 깜짝 놀랐답니다, 한서준 고객님."

사랑스럽게 그녀는 비아냥거렸다.

"그런데도 그런 일을 저지르셨다니 정말 기가 막히네요. 도대체 무슨 속셈이에요?"

"별로."

"별로라고요?"

이번엔 그녀가 으르렁거린다. 귀엽게도.

"속셈이란 건 없었어. 그냥 그렇게 하고 싶었을 뿐이야."

"당신은 처음부터 이 일을 귀찮게 여겨왔어요. 현우랑 약속한 거라서 어쩔 수 없이 하게 된 거라고요. 당신 입으로 그렇게 말했죠?"

"그랬지."

"하기 싫은 일을 억지로 했는데 그 덕분에 괜한 삼각관계에 끼어들게 되고 우리 가족한텐 완전히 사윗감으로 찍혔으니 화도 나고 짜증도 났을 거예요. 오기도 물론 났을 거고요. 다 이해해요. 이미 발을 빼기는 늦어버렸고, 그렇다고 말도 안 되는 이 연극을 계속할 수도 없는 노릇이고. 한마디로 진퇴양난(進退兩難)이죠."

서준은 그녀로부터 시선을 떼었다. 암팡지게 따지고 들며 쉴 새 없이 움직이는 저 입을 계속 보고 있다가는 또 무슨 짓을 저지를지 그 자신도 알 수 없었기 때문이다.

"하지만 아무리 그래도 이건 너무한 거 아니에요? 이렇게 막 가면 어떻게 하자는 거예요? 결혼 말이 나오면 당연히 계획이 없다고 둘러대야지. 내년 봄에 하고 싶다고 말하면 어떡해요! 아, 지랄! 처음부터 말하는 건데. 남자 친구 아니고 그냥 고객이라고 다 말했어야 했는데. 내가 왜 말을 안 했을까. 아, 미치겠다!"

"내가 결혼 계획이 있다고 말한 게 막나가려고 그랬다?"

그녀다운 발상이다.

"그럼 아니에요?"

발끈하는 그녀를 물끄러미 바라보며 서준은 씩 웃을 수밖에 없었다. 단 몇 초 사이에 수억 개의 표정이 그녀의 조그만 얼굴을 물들이고 지나갔다. 당혹감, 기대감, 수치심, 수줍음 기타 등등. 흥분으로 인해 붉어진 두 볼을 쓰다듬고 싶은 충동으로 서준의 손은 근질거렸다.

"돌파구죠? 이렇게 해서 날 화나게 하고, 그래서 다 끝내고 싶어서 그런 거잖아요. 모든 의무감에서 벗어나고 싶어서 이러는 거잖아요!"

"왜? 그래서 화나?"

"뭐라고요?"

"내가 끝내고 싶어한다면서. 이렇게 화난 게 그래서냐고."

"하! 기가 막혀. 지금 내가 당신한테 매달리는 걸로 보여요?"

두 손을 허리에 얹고 휘리는 따지듯 외쳐 댔다. 좁은 엘리베이터 안에 그녀의 카랑카랑한 음성이 쩌렁쩌렁 울렸다. 분이 머리꼭대기까지 올라찬 듯 붉어진 얼굴은 완전히 토마토 형상이었다.

"그럼?"

"다 끝내요. 여기서 끝내자고요. 서로에 대한 의무 같은 거 다 없애자고요. 끝! 오케이?"

"키스는? 키스는 어쩌고?"

"뭐요?"

"어제 우리가 했던 입맞춤. 설마 그것도 기억 못하는 건 아니겠지? 어제는 술 한 방울 안 마신 걸로 아는데."

안쓰럽게도 다음 순간, 휘리의 얼굴은 순식간에 창백해졌다. 오늘 저녁 그가 구순례 여사의 생일 선물을 들고 나타났을 때부터 지금 이 순간까지, 서로 의식적으로 무시해 왔던 그 문제를 그가 먼저 언급할 줄은 꿈에도 예상치 못한 모습이었다.

"키스는 실제야. 누군가에게 보이기 위한 연기가 아니었다고. 설마 그걸 부인하려는 건 아니겠지?"

"그, 그건⋯⋯."

"인정해. 당신과 나. 우린 모두 그 키스를 즐겼어."

낭패감에 물든 입술을 휘리가 깨물었다. 그녀는 부인하지 못하고 있었다.

"좋았잖아. 안 그래?"

"⋯⋯."

"한 가지 묻지. 박은재를 아직도 좋아해?"

순간 그녀의 눈동자가 불안하게 흔들렸다. 그리고 곧 휘리는 그의 시선을 피하며 고개를 숙였다.

"역시나 대답을 못하는군."

이젠 손가락까지 비틀렸다. 초조함을 견디지 못하고 곧 폭발할 것처럼 그녀는 숨마저 들썩였다. 이런 반응을 보이는 휘리에 게선 그 어떤 대답도 기대하기 어려웠다. 어느 정도 예상했던 일이다. 서준은 이미 그녀가 대답하지 못하리라 확신했었다. 벌써 여러 번 박은재를 좋아하냐는 물음에 답을 하지 못한 그녀가 아닌가? 대답을 못하는 건 마음속에 답이 없다는 뜻이다.

"그렇다면 이건 어때?"

휘리의 고개가 살짝 들려졌다. 그의 눈치를 살피듯 그녀의 눈동자가 기민하게 움직였다.

"날 좋아해?"

번잡스럽고 산만하게 움직이던 그녀의 검은 동자가 일순 굳었다. 서준의 꿰뚫는 듯 예리한 눈동자와 정면으로 마주친 상태였다. 고르지 못한 숨소리가 승강기 내부를 가득 메웠다. 숨이 막힐 것 같은 긴장감이 두 사람 사이의 한 뼘 남짓 작은 공간을 스멀스멀 잠식해 들어왔다.

그녀의 붉은 입술이 떨고 있었다. 보드랍고 귀여운 그사이로 새털처럼 가벼운 숨소리가 새근새근 흘러나왔다. 큰 키의 그를 올려다보느라 들어진 고개 아래로 가는 목덜미가 눈에 들어왔다. 아무렇게나 묶어 올린 머리채 사이를 비집고 머리카락 몇 올이 앙증맞은 목덜미 아래로 하늘하늘 흘러내리고 있었다. 그의 입술과 열정을 부르는 흰 목덜미. 순간 강렬한 욕구가 서준을 휘감았다.

띵—

도착을 알리는 작은 신호음에 서준은 겨우 정신을 차렸다. 그는 여전히 몽롱한 얼굴의 휘리를 내려다보며 꿈틀거리는 주먹을 틀어쥐었다. 아직은 아니었다. 아무리 지휘리가 키스를 기대하는 들뜬 표정을 하고 있다 해도, 그를 원하고 있다는 확신이 들었다 해도, 아직은 안 된다. 적어도 휘리가 모든 준비를 마칠

때까지 그는 기다릴 생각이었다.

획. 엘리베이터 문이 열리고 찬 공기가 훅 그들을 덮쳤다. 그리고 아주 짧았지만 결코 짧지 않게 느껴지는 몇 초가 지나갔다. 잠자코 그녀를 지켜보던 서준은 천천히 입을 열고 과제를 내주듯 툭 한마디 내뱉었다.

"답변 기다리겠어."

그리고 그는 등을 돌렸다. 엘리베이터 안에 그녀를 남겨둔 채. 이제 선택은 그녀의 몫이라고 여겼기 때문이다.

'술이나 한잔해야겠군.'

씁쓸하기 그지없는 기분을 뼛속까지 깊이 느끼며 서준은 쓸쓸한 발걸음을 현우네 소주방으로 돌렸다.

제 13 장

**강**은실은 남들이 말하는 소위 언론재벌의 딸로 태어났다. 지금은 친오빠인 강은철이 사업을 꾸려 나가지만 여전히 그녀의 부친은 고려일보의 실질적인 소유주다. 소유주의 친족, 그것도 애지중지(愛之重之), 금지옥엽(金枝玉葉) 외딸인 강은실은 덕분에 또래의 아이들보다 훨씬 많은 혜택을 받으며 자라왔다. 원하는 것은 거의 다 가질 수 있었고 받아낼 수 있었기에 어느 순간부터는 바란다는 것 자체가 별 의미 없는 일이 되어버릴 정도였다.

생활의 윤택, 집안의 부(富)에 대한 고마움은 없었다. 물론 어려운 사람들에 대한 마음의 배려나 죄책감 또한 없었다. 열심히 일한 만큼 돈을 벌고 성공하는 것이 자본주의의 생리이려니 여겼고 거기에 어떠한 부조리들이 있는지, 얼마나 많은 이들이 그 부조리에 허덕이고 있는지는 생각하려 들지 않았다. 그녀에게 인생은 화려한 장밋빛이었다. 공대생 한재원을 만나기 전까지는.

한재원은 가난한 고학생이었다. 그는 찢어지게 가난한 집안, 일곱 남매의 장남이었다. 시골 출신인 그는 서울에서 학교를 다니기 위해 쉴 틈 없이 일을 해야 했다. 새벽부터 밤까지 일해 자신의 학비와 가족들의 생활비를 마련하고, 그러면서도 학과 톱을 놓치지 않는 그가 강은실의 눈엔 초인처럼 보였다. 정말로 그는 인간의 한계를 시험하는 듯 그렇게 치열하게 생을 살아가고 있었다.

그런 그를 왜 하필 사랑했냐고 누군가 묻는다면 은실은 웃으며 대답할 것이다. 운명이었다고. 사랑은 운명처럼 그렇게 우리를 찾아오는 게 아니겠냐고.

그렇다. 그녀는 운명론자다. 사회적 기반과 자라온 환경이 전혀 다른 두 사람, 두 집안이 만났지만 은실은 지금껏 단 한 번도 슬프거나 힘들지 않았다. 그녀의 재산은 절대 축낼 수 없다는 남편 때문에 형편없이 짠 그의 시간강사 보수만으로 생활을 연명해야 했을 때조차 그녀는 행복했다. 그리고 그런 행복한 자신의 운명에 감사해했다.

그런 그녀를 닮은 것일까? 강은실의 아들 역시 운명론자다.

겉으론 무덤덤한 척, 현실적인 척 가장하고는 있지만 아들이 늘 읊어대는 말속에는 늘 그가 운명론자라는 분명한 증거가 있었다.

"인연은 억지로 만들어지지 않아요."

사람들이 자신을 비웃는다는 걸 안다. 사랑에 운명이란 건 없다고, 부잣집 딸의 철없는 환상일 뿐이라고 놀려댄다는 것도 은실은 안다. 하지만 개의치 않는다. 그녀는 운명이란 걸 굳게 믿고 있었고 아들 또한 그런 운명의 힘을 느끼길 바랄 뿐이었다. 물론 아들이 자신처럼 평생 행복한 결혼 생활을 영위할 수 있기를 바라는 건 모든 어머니들의 바람이겠지만.

"짐작은 했지만 이건 좀 아니지 않니?"

비아냥댐이 잔뜩 묻은 여자의 목소리에 잠시 긴 회상에 잠겨 있던 강은실은 퍼뜩 정신을 차렸다. 김희주의 음성이었다. 은실은 자신이 짙게 선팅된 차 안에 있다는 것두 잊은 채 몸을 쭈그러뜨리며 숨었다.

은실의 눈은 즉시 [떴다 심부름]이라는 허름한 간판 아래, 열린 출입문 앞에 서 있는 두 여자를 훑었다. 김희주! 날씬한 몸매의 긴 머리 아가씨는 서준의 맞선 상대, 김희주가 맞았다. 직접 만나서 꽤 오랫동안 이야기를 나누었으니 눈썰미 좋은 축에 드는 은실은 자신의 짐작에 확신이 있었다.

‘저 아가씨가 여긴 어쩐 일일까? 여긴 서준이 여자 친구가 일하는 곳인데…….’

며칠 전, 자신을 김희주라고 소개하며 그녀는 은실에게 접근해 왔다. 직접 만나고 싶다고 자신의 의중을 자신감있게 밝히는 희주에게 은실은 궁금증이 생겼고 그 호기심으로 그녀는 다음 날 희주를 만나기에 이르렀다. 그리고 그녀에게서 은실은 아주 귀중한 정보를 얻을 수 있었다. 서준에게 사귀는 여자가 있다는 놀라운 소식이었다. 당장에 서준을 족쳐 모든 걸 알아내고 싶었으나, 그러는 대신 은실은 흥신소를 찾았다. 아들이 어떤 식으로든 빠져나갈 시간적 여유를 주고 싶지 않았기 때문이다. 은근히 어른의 눈을 따돌리는 데에 선수인 아들에게 이번만큼은 당하고 싶지 않았다.

그리고 삼 일 후, 오늘. 은실은 드디어 흥신소로부터 첫 보고서를 받았다. 이름 지휘리, 나이 스물여덟, 직업은 연극배우. 다소 의외의 이력을 훑다가 은실은 뒤로 넘어갈 뻔했다. 너무 웃겨서 말이다. 글쎄, 이 아가씨가 심부름 센터를 운영한다고 하질 않나! 그런 사람 뒤를 흥신소를 시켜 밟다니, 웃겨서 말이 안 나왔다. 어떤 아가씨인지 너무너무 궁금했다. 원래 기다리는 걸 제일 싫어하는 은실의 호기심이 꾸역꾸역 그녀의 엉덩이를 재촉했다. 결국 은실은 기다리는 걸 포기하고 나름대로의 계획을 세웠다. 삼자대면. 빼도 박도 못하게 딱 셋이 만나는 계획이었다. 서둘러 은실은 이미 출근한 서준에게 전화를 걸었다.

“너, 지휘리라는 아가씨와 사귀고 있다며? 지금 나 그 아가씨 심부름 센터로 가려고 하는데, 넌 어떻게 할래?”

그때 그 황당해하는 아들의 목소리란. 아무튼 그렇다면 맞은편에 서 있는 아가씨가 서준의 여자 친구? 은실은 아담한 키에 통통한 볼을 한 아가씨를 유심히 관찰했다. 아무렇게나 질끈 묶은 머리 모양에 오래된 듯 흠이 많이 간 운동화에 평범한 청바지 바람인 그녀는 작지만 만만치 않은 인상을 풀풀 풍기고 있었다. 깔끔대마왕인 서준과는 영 딴판인 여자의 모습에 은실은 신선한 충격과 순수한 호기심이 이는 것을 느꼈다.

“아니긴 뭐가 아니야?”

“이런 곳에서 이런 일을 하는 너 말이야. 서준 씨가 널 부모님께 소개시키지 않는 이유를 대충 알겠네. 이해가 간다.”

이건 또 뭐람? 두 사람이 아는 사이? 놀란 은실은 저절로 흘러나오는 헉 소리를 삼키며 자동차 문짝에 더욱 바짝 귀를 들이댔다. 바로 코앞에 주차되어 있는 차에서 누군가가 스파이마냥 두 사람의 얘기를 엿듣고 있다는 걸 까마득히 모르고 있는 두 여자는 둘만의 사적인 대화를 계속해서 이어나갔다.

“이해? 착각하지 마. 너는 숙었다 깨어나도 이해할 수 없어. 사랑이란 게 뭔지 전혀 모르는 네가 어떻게 우리를 이해하니?”

“착각하고 있는 사람은 너야. 널 사랑한다고 말은 했는지 모르겠지만, 정말로 서준 씨가 널 사랑한다면 부모님이나 친구들에게 너의 존재를 감쪽같이 속이고 있진 않겠지. 넌 숨겨진 여자야. 세상에 내놓지 못하는 부끄러운 존재.”

“함부로 말하지 마. 넌 아무것도 몰라.”

드라마에서나 볼 수 있었던 장면! 은실의 머릿속에 오늘 아침에 보았던 드라마 한 장면이 불쑥 떠올랐다. 한 남자를 두고 두 여자가 치열한 암투를 벌이는 내용이었다. 그렇다면 이 두 아가씨들이 서준을 놓고? 하지만 왜? 은실이 아는 바로, 서준은 이미 희주에게 좋아하는 사람이 있다는 사실을 밝혔다.

“뭘 모르는 건 너야. 나 엊그제 서준 씨 어머니 만났어. 정말 모르고 계시더라. 설마 했는데 진짜더라고. 얼마나 웃기던지. 그분 표정을 봤어야 되는 건데.”

기억 속에 얌전하고 조신한 이미지로 남아 있는 김희주가 이런 싸늘하고 냉소적인 모습이라니! 은실은 희주의 본모습에 경악했다.

“그분께서 뭐라고 하셨는지 듣고 싶지 않니?”

“듣고 싶지 않아.”

“듣고 싶을 텐데.”

“됐거든? 네 입을 통해선 절대 듣고 싶지 않거든! 너랑은 아무 말도 주고받고 싶지 않아. 제발 하고 싶은 말이 뭔지는 모르겠지만 빨리 하고 사라져 줬으면 좋겠어.”

“진정해, 지휘리! 이래서야 어디 동창이라고 말할 수 있겠니?”

지휘리. 문제의 그 아가씨 이름이었다. 서준의 사랑.

‘지휘리, 지휘리…….’

기분 좋은 휘파람처럼 여자의 이름은 은실의 입속을 굴러다 녔다. 이렇게 기분이 좋아지는 이름을 가지고 있는 사람이라면 분명 느낌 또한 괜찮을 거라고 은실은 생각하며 살포시 미소를 지었다.

‘그나저나 두 사람이 동창이라고? 묘하게 얽혀 있네.’

은실의 호기심이 발동하기 시작했다.

“동창? 흥! 지나가는 개가 다 웃겠다.”

“이거 왜 이래? 고교 동창에 대학 동창이면 꽤나 귀한 인연이 야.”

“인연? 그래, 인연은 인연이다. 악질적인 인연!”

“남자들이 하나같이 날 사랑한다는데 어쩌란 말이니? 그게 내 죄는 아니잖아?”

이게 다 무슨 소리지? 은실은 귀를 쫑긋 세웠다.

“네가 좋아하는 남자를 내가 가로챘다고 생각한다면 그건 큰 오산이야. 넌 좋아하면서도 고백 한번 못했잖아. 아무리 마음으 로 찜해놓으면 뭐 하니? 그게 사랑이니? 그렇다고 생각한다면 넌 크나큰 착각을 하고 있는 거야.”

“그런 얘기하려고 여기까지 납시었니? 시간 많다, 너.”

“할 이야기야 많지 뭐. 여기 이렇게 서서 할 얘긴 아니고, 들 어가서 이야기할게.”

“별로 들어가고 싶지 않을 텐데. 우리 사무실이 좀 지저분해서 말이야. 겉으로 보는 것보다 훨씬 더 더러워.”

“날 들이고 싶지 않은 건 아니고? 사무실이 꼬질꼬질할 거라는 건 대충 짐작하고 있으니까 그렇게 부끄러워할 필요 없어.”

희주의 골리는 듯한 비웃음에도 지휘리라는 아가씨는 아무렇지도 않는 모양이었다. 얼굴색 하나 바꾸지 않고 그녀는 쏘아붙였다.

“나도 스케줄이라는 게 있는 사람이거든? 할 작업도 많고 조금 있다가 나가도 봐야 해. 네 쓸데없는 수다 들어줄 만큼 한가하지 않단 말이야.”

“물론 그렇겠지. 그건 나도 마찬가지야. 너보다 더 바쁘면 바빴지 한가하진 않으니까 널 오래 붙잡고 있진 않을 거야. 걱정마. 아무리 백수인 너보다 덜 바쁘겠니?”

“항! 그러셔? ……제발 나도 그러길 빈다.”

이를 앙다문 휘리의 눈에서 불꽃이 일었다고 느끼는 순간이었다. 휙, 그녀가 뒤를 돌아 열린 사무실 안으로 들어갔다. 희주가 안으로 들어오는 걸 허락한다는 암묵적인 신호였다. 그렇다면 본론은 사무실 안에서 나누게 된다는 말? 그냥 이 자리에서 이야기를 나누고 끝내면 좋을 텐데. 그들이 안으로 들어가면 은실은 엿들을 수가 없질 않는가?

은실은 조바심이 쳐져 초조하게 손바닥을 비틀었다.

“적어도 하나만큼은 인정해야겠네. 너네 사무실 정말 더럽다는 거.”

사무실 안으로 들어서며 희주가 말했다. 슬쩍 보이는 걸로 봐서 얼굴을 잔뜩 찡그리고 있다는 걸 알 수 있었다. 생전 이런 곳엔 와본 적이 없다는 듯 고상 떠는 얼굴일 터. 그런 그녀에게 휘리가 비아냥거렸다.

"확실히 네 취향은 아니지."

탕!

사무실 문이 닫혔다. 두 여자를 삼킨 채.

"어떻게 하지? 아휴!"

뭔가 큰 사건이 일어날 것만 같았다. 그녀의 자랑스럽고 늠름한 아들을 두고 두 여자가 대치하고 있는 이 상황은 모친으로서 그다지 기분 나쁘지 않지만—어찌 되었든 아들이 워낙 출중해서 생긴 불미사(不美事)려니 여기면 되니까—찜찜한 구석이 많았다. 희주는 왜 애인이 있다는 서준을 원하는지, 여자 친구가 있으면서도 아들은 왜 그동안 한 번도 언급하지 않았는지, 은실이 결혼하라고 들볶았을 때 왜 그냥 잠자코 있었는지. 궁금한 점이 한두 가지가 아니었다.

게다가 김희주는 서준의 애인인 휘리와는 친구 사이이다. 그딴네도 시준과 밎신을 보있고 은실을 찾이와 지휘리리는 여지와 서준이 사귀고 있다는 정보를 흘리기까지 했다.

'뭔가 있어. 뭔지는 모르겠지만.'

일단 전화를 해야겠다는 생각이 들었다. 서준을 불러야 했다. 다행히 집을 나서기 직전 전화 연락을 통해 미리 호출을 해놓았으니 지금쯤 서준은 아마도 이 근처 어디쯤 와 있을 게 분명했다.

[예.]

전화를 받은 아들은 평소처럼 무뚝뚝하게 대답했다.

"서준이니? 지금 어디야?"

[거의 다 도착했어요. 지금 사거리 신호등이에요. 신호대기 풀리면 바로 도착이에요.]

감정이 전혀 들어 있지 않은 목소리였지만 은실은 알았다, 서준이 많이 긴장하고 있다는 걸. 아마도 그는 오는 내내 지휘리에 대해 숨기고 있었던 자신을 어떤 식으로 변호할 것인지 쉴 새 없이 생각하고 있었을 것이다. 남자가 여자의 보호자를 자청하기 시작한다면 그 게임은 그날부로 끝이었다. 홀딱 반했다는 증거이기 때문이다.

"그래? 그럼 다행이다."

[무슨 일 있으세요? 설마…… 먼저 휘리를 만난 건 아니겠죠?]

"벌써부터 네 사람 힘들까 봐 싸고도는 거니? 이거 기분이 좀 묘한데?"

은실은 짓궂게 물었다.

[아니, 그게 아니라…… 혹시 무슨 일이 있는지 걱정이 돼서…….]

솔직히 은실은 놀라고 있었다. 아들의 이런 모습을 볼 거라곤 전혀 생각지 못했기 때문이다. 정말로 서준이 제 임자를 만난 것 같다는 생각에 들뜨기까지 했다.

"사실 무슨 일이 생기긴 할 것 같다. 지금까진 아니지만."

[무슨 일인데요?]

서준이 다급하게 물어왔다. 어지간히도 놀라는군. 은실은 입술을 삐죽거리며 속으로 중얼거렸다.

"도착해 보니 우리보다 한발 먼저 도착한 사람이 있더구나."

[……누가 와 있다고요? 누구인데요?]

"김희주 씨."

[누구라고요?]

그도 놀란 모양이다. 그럴 만도 하지. 겨우 며칠 전에 선봤던 상대가 여자 친구의 사무실에 나타나는 일은 그리 정상적인 경우가 아니었다.

"김희주 씨 말이야. 지난주에 너랑 선본 아가씨."

[…….]

"그런데 두 사람이 아는 사이인 것 같더라만. 맞니?"

[예.]

짧은 대답. 자세한 답변을 기대하며 잠시 기다렸지만 은실은 더 이상의 부연 설명은 들을 수 없었다. 오늘은 일단 여기서 물러나야 한다는 뜻이다. 워낙 아들의 입이 무거우니 다른 도리가 없는 것이다.

"좋아. 무슨 말 못할 사정인지는 모르겠지만 일단 오늘은 내가 빠지는 게 좋겠다. 분위기도 분위기고 너희 세 사람이 해결해야 할 문제가 있는 것 같으니까.”

[그러는 게 좋겠네요.]

“여하튼. 넌 빨리 오는 게 좋을 것 같다. 상황이 상당히 안 좋아. 분위기로만 봐서는 머리채라도 잡고 싸울 판이야.”

물론 그 정도까진 아니었지만 은실은 긴장하고 안달하는 아들의 모습이 재미있어 약간의 과장을 섞어 말했다.

[거의 다 왔어요. 어머닌 지금 돌아가세요.]

“다 왔어?”

[네, 거의.]

“물어볼 게 많아. 내 궁금증은 집에 와서 다 풀어줄 거지?”

[예.]

무뚝뚝하기 그지없는 대답으로 일관하는 서준이었지만 은실은 수화기로 전해오는 그의 음성에서 긴장감과 약간의 떨림을 감지하고 있었다. 정말이지 여자라곤 지금껏 진지하게 사귀어 본 적도 없는 목석을 지휘리라는 그 작은 아가씨는 어떻게 휘어잡은 것일까? 자못 그녀가 궁금했다. 어떤 아이일지 무척이나 기대가 됐다.

“알았어. 그럼 끊는다.”

[저녁에 뵈어요.]

뚝. 전화가 끊겼다. 예고도 없이 전화를 끊는 매너 꽝의 아들을 향해 쯧쯧, 혀를 차며 은실은 휴대폰 슬라이드를 내렸다. 궁금증이 한도 없이 커져가고 있었지만 이쯤에서 사라져 줘야 했다. 자동차에 시동을 건 그녀는 브레이크에서 천천히 발을 뗐다.

그때였다. 액셀러레이터를 밟는 은실의 눈이 막 골목으로 진입을 시도하는 검은색 유성자동차 plus1을 포착했다. 서준이 즐겨 타는 기종이었다. 벌써 서준이 도착한 걸까? 은실은 전방을 주시했다. 운전자가 급한 용무가 있는 양 차를 삐죽삐죽 아무렇게나 세우고 불쑥 운전석의 문이 열었다.

"세상에!"

은실은 놀란 눈을 휘둥그레 뜬 채 사무실로 뛰어들어 가는 아들을 빤히 바라보았다. 귀신을 본대도 이만큼 놀랄까? 은실은 대낮에 도깨비를 본 기분이었다. 예의와 배려는 요만큼도 없이 제 마음대로 주차를 해놓고 번개처럼 사라지는 사람이, 반듯한 성품만큼이나 운전도 양반 뺨치게 조심조심하는 아들과 동일인물이라는 게 도무지 믿어지지 않았다.

'이럴 수도 있을까? 아무리 사랑에 빠지면 바보가 된다지만, 이거야 원.'


"할 말이 뭐야?"

"넌 손님한테 앉으란 말도 안 하니?"

희주는 팔짱까지 끼고 누추하기 짝이 없는 사무실을 휘 둘러보며 눈썹을 치켜올렸다. 상대를 기죽이기 위한, 다분히 의도된 행동임을 휘리는 이미 알고 있었다. 이런 식으로 자신의 영역을 넘보지 못하도록 못을 박는 것은 전형적인 김희주 스타일이다. ‘너 따위가 감히 내 것을 넘봐?’ 하는 눈초리와 행동들로 상대를 몰아붙임으로써 기선을 제압해 버린다고나 할까? 때문에 늘 자신을 초라한 미운 오리로 여기며 사는 초강력 콤플렉스쟁이 휘리에게는 매번 상처가 될 수밖에 없었다. 더불어 오랫동안 마음속에 간직한 사랑을 고백조차 하지 못한 채 모두 끝내야 했음은 물론이다.

하지만 이번엔 아니다. 혼자서 몰래 짝사랑만 하던 때와는 상황이 180도 다르다. 비록 연극이긴 하지만 그 안에서 한서준은 휘리의 남자다. 서준을 사랑하게 된 건 둘째 치고 이번만큼은, 정말로 이번만큼은 물러서고 싶지 않았다.

“분명히 말하지만 김희주! 넌 손님이 아니야.”

“불청객이란 말이네. 뭐, 그래. 네가 날 좋아하지 않는다는 것쯤은 나도 알아. 어차피 오래 있을 것도 아니니까 그냥 서서 이야기해도 상관없지.”

코트를 벗을 생각도 하지 않고 희주는 대수롭지 않다는 듯 어깨를 으쓱했다.

“그리고 젊은 애가 건망증이 심한 것 같으니까 다시 한 번 더 말하겠는데. 할 얘기 있으면 빨리 끝내줘라. 응? 나 바빠.”

“좋아. 피차 질질 끌어봤자 기분 좋은 얘기는 아니니까 빨리 끝내도록 하자.”

짐짓 선심이라도 쓰듯 희주는 사람 좋은 미소를 만면에 가득 담았다. 휘리는 배알이 확 꼬이는 걸 느꼈다. 김희주, 마음에 안 들었다. 꼴 보기 싫었다. 모델 뺨치게 잘 차려입은 것부터 식당에 위생검열 나온 보건부 직원마냥 사무실을 이곳저곳 꼼꼼히 훑는 도도한 태도까지 모두, 죄다.

그녀는 오늘 새벽까지 사무실에서 작업을 했었다. 집에서는 가족들 틈바구니 속에서 일하는 게 쉽지가 않아서다. 산만한 지누리, 잔소리꾼 구 여사 때문에 몰입이란 건 꿈도 꾸지 못한다. 때문에 그녀는 요새 밤마다 일거리를 들고 사무실로 나와서 작업을 하고 있다. 그러다 깜빡 잠이 들면 사무실에서 웅크리고 자기도 하고 가끔은 뜬눈으로 밤을 새기도 한다. 그래도 박은재 이사가 요구하는 일정에 맞춰 초고를 뽑아낼 수 있을지 어쩔지 확신이 서지 않는 그녀였다.

'안 그래도 한서준 때문에 며칠이나 허비했는데. 이젠 별게 다……'

휘리는 지그시 아랫입술을 내리눌렀다. 원치 않았던 환청 속에서 괴로웠던 며칠간이 다시금 떠오른 것이다.


"답변 기다리겠어."


서준이 기다리겠다고 했다. 답변을. 어떤 답변을 기다리는 것일까? 그가 바라는 답이 무엇일까? 도통 궁금해 일이 손에 잡히지 않았다. 덕분에 지난 며칠 동안 그녀의 머리는 거의 쥐가 날 지경이었다. 사랑하지만 고백 후의 뒷감당이 무서워 무작정 고백만 할 수 없는 자신의 소심증이 한심하고 처량맞아 어느 날은 철철 울기까지 했다.

"지휘리! 너 내 말 듣고 있어?"

날카로운 음성이 과거로 침잠해 들어가는 휘리의 의식을 일깨웠다. 휘리는 한없이 여려진 시선을 들었다. 발걸음을 멈춘 희주가 짜증난 표정을 역력히 드러내며 휘리를 노려보고 있었다.

"아! 미안. 잠깐 딴생각하고 있었어."

"흥! 그래?"

희주의 눈동자로 불쾌한 빛이 스쳤다. 그러나 그것도 잠시, 곧이어 비웃음에 절인 미소가 비열한 그녀의 얼굴 위로 번져 가기 시작했다.

"좋아. 한 번 더 듣고 싶다면 다시 말해줘야지. 난 얼마든지 말해줄 수 있어. 네 대답만 긍정적일 수 있다면."

휘리는 숨을 멈추고 눈썹을 꿈틀거렸다. 구린내. 심하게 냄새가 났다. 무슨 속셈으로 이만큼의 참을성을 발휘하는 것인지 모든 게 의심스럽고 불길해졌다. 젠장, 입 안으로 욕설을 씹어 삼키며 휘리는 짐짓 평정을 가장했다.

"말해봐. 무슨 말을 하고 싶은 거야?"

씩, 희주의 체리 빛 입술이 싸늘하고 기회주의자적인 미소를 뿌렸다.

"바꿔."

어머니, 강은실의 차가 후진하는 광경을 보며 서준은 안전벨트를 풀어 던졌다. 차 문을 열고 퉁기듯 차 밖으로 튀어나온 그는 심부름 센터의 간판을 올려다보았다. 큼지막하고 굵은 고딕체 글씨의 [떴다 심부름]이라는 문구가 눈에 들어오자 서준의 심장은 불규칙적으로 쿵쾅거리기 시작했다.

회의 도중 걸려온 어머니의 전화에 이미 한차례 놀란 그는 다시금 걸려온 전화에 다시금 놀라고 있었다. 심장이 자꾸만 날뛰었다. 혹시라도 생길 우려스러운 일들이 불쑥불쑥 눈앞을 가로막아 오는 도중 사고까지 낼 뻔했다. 제발, 김희주가 쓸데없이 입을 놀리지 않기만을 서준은 바라고 또 바랐다.

"떼는 데 시간이 좀 걸릴지도 모르겠어요. 그렇지만 내게 맡기면 충분히 떨쳐 낼 수 있으니 걱정 마세요. 겉만 요란하지 실속은 전혀 없는 애가 지휘리거든요."

귓전을 때리는 김희주의 목소리를 애써 무시하며 서준은 두 팔을 뻗어 힘껏 미닫이문을 밀었다. 사무실 안으로 한 발자국 성큼 들어서는 그를 맞이한 건 거칠기 짝이 없는 욕설이었다.

"야, 너 정말 실망이다. 네가 인간이냐? 인간이야? 난 그래도 네가 이 정도까진 아닐 줄 알았어. 네가 아무리 나한테 태클을 걸어도, 나를 비참하게 만들어도, 이렇게 쓰레기일 줄은 몰랐다고! 한때나마 널 부러워했던 내가 미친년이었지.”

사무실 내부는 처음 여길 찾았던 그날과 다름없이 여전히 비능률적이고 구태의연했다. 심부름 센터 특유의 활발하고 기민하며 신속한 느낌은 전혀 없고 대신 미련할 정도로 정직하고 포근한 느낌만이 그득했다. 그 안에서 휘리와 불청객은 서로를 마주 보고 있었다. 좋은 분위기가 아니라는 건 한눈에도 쉬이 느낄 수 있었다. 둘 사이에는 서로에 대한 적개심이 뭉게뭉게 피어오르고 있었다.

서준과 눈이 마주친 희주가 휙 눈썹을 끌어 올렸다. 그의 등장을 전혀 예상 못했다는 듯. 그러나 출입문을 등진 휘리는 서준이 등 뒤에 있다는 사실을 전혀 깨닫지 못하고 있었다. 너무나 화가 나 꼭지가 휙 돌아버린 듯했다.

“너, 네가 방금 무슨 말을 했는지 모르지? 아, 지랄! 생각할수록 열받네. 바꿔? 바꾸자고? 허! 넌 결혼한 후에 남편도 바꿀래? 스와핑도 마다하지 않을 애다, 너. 응? 진짜 무섭다.”

휘리의 격렬한 비난에도 불구하고 희주는 입을 다물고 있었다. 윙윙, 컴퓨터의 팬이 자아내는 작은 소음만이 씩씩거리는 숨소리와 함께 자연스럽게 공간을 장악하고 있었다. 희주의 눈동자에서 불꽃이 튀었다.

“내가 뭐라고 할 것 같았냐? 얼씨구나 좋다, 그러자, 할 것 같았냐? 참 미치겠다! 네가 아무리 남자를 개뼈다귀로 취급한다고 해도 이건 진짜 너무한 거 아니냐? 한서준은 내 남자야. 내가 사랑하고 있는 내 남자란 말이야. 근데 어떻게 네가 내 앞에서 갖고 싶다는 말을 아무렇지도 않게 말할 수 있어? 그래 놓고 하는 말이, 뭐? 이사님이랑 바꾸자고? 이 더러운 계집애야. 창녀보다도 더 더러운 년! 어떻게 그런 말을 할 수가 있어?”

결국 우려했던 일이 벌어진 건가? 김희주는 진짜로 서준이 ‘휘리 떼어내는 일’에 동의한 걸로 아는 모양이었다. 설마 하고 안이하게 생각했던 자신 탓이라며 서준은 휘리를 향해 걸어갔다.

“다시 한 번 그런 더러운 일을 입에 올리는 날엔! 그날이 네 제삿날일 줄 알아라, 김희주. 이 빌어먹을 계집애 같으니. 내가 너를 다시 상종하면 사람이 아니다. 사람이 아니⋯⋯.”

일순 서준을 견제하고 있던 희주의 눈빛이 날카롭게 빛났다. 위기를 감지하기라도 한 듯 그녀는 팔을 들어 힘을 싣고 내저었다.

짝!

째질 듯 날카로운 마찰음이 휘리의 입에서 쏟아지는 거친 말들을 삼켰다.

“착각하지 말라고 했지. 한서준은 널 사랑하지 않아.”

반짝이는 매니큐어가 인상적인 희주의 손가락들이 세차게 휘리의 뺨을 훑고 지나간 후였다. 맞은 충격으로 잠시 휘청거리던 휘리는 간신히 몸을 가누고 멍하게 상대를 올려다보고 있는 중이었다. 자신이 맞게 될 줄은 꿈에도 상상 못했던 듯싶었다. 서준은 악의적으로 비틀린 희주의 입술을 경악에 젖은 눈동자로 바라봤다.

'빌어먹을!'

서준은 성큼성큼 휘리에게로 다가갔다. 그러나 두 걸음도 떼기 전, 충격에서 간신히 벗어난 휘리가 움직이기 시작했다. 거친 욕설이 그녀의 입술을 비집고 터져 나왔다.

"야, 너! 나 때렸어? 이게 아주 뵈는 게 없네. 너 이리 와. 너 오늘 내 손에 죽었어!"

소맷부리를 획획 걷어붙이며 휘리는 희주를 향해 덤볐다. 서준은 서둘러 휘리의 허리를 잡아끌었다. 이대로 두 사람이 싸우게 내버려 둘 순 없었다.

"이게 무슨 짓들입니까?"

"누구야?"

불처럼 화가 난 휘리가 몸을 뒤틀었다.

"나야."

"어? 서준 씨, 여기는 어쩐 일이에요? 회사에 있을 시간 아니에요?"

"맞아."

"잠깐만 이거 놔봐요. 저 계집애가 나 때린 거 봤어요?"

"봤어."

　서준은 담담히 대답하며 휘리의 허리를 더욱 옥죄었다. 그의 손에서 벗어나려 움직여 대는 휘리는 더 격하게 몸을 흔들며 소리쳤다.

　"이거 놓으라니까요! 놔봐요! 내가 저걸 그냥 콱!"

　"한서준 씨는 절대 그 손을 놓지 않을 거야, 지휘리. 정신 차려."

　살벌한 눈빛. 희주의 눈동자가 무섭게 빛났다. 김희주가 생각보다 호락호락 당할 위인이 아닐지도 모른다는 생각이 순간 스쳤다. 싸움을 말리길 잘했지. 김희주는 입만 걸고 뒤끝이 무르기만 한 휘리가 감당해 낼 수 있는 여자가 아니었다. 그걸 이제야 깨달은 듯 휘리의 몸이 순식간에 굳어졌다.

　"무슨 소리야?"

　휘리가 물었다.

　"한서준 씨는 더 이상 네 남자가 아니라는 뜻이야."

　"뭐어?"

　"이번 일을 한서준 씨가 모를 거라고 생각하니? 천만에, 다 알고 있어. 내 말에 동의까지 했다고."

　희주의 말이 끝나기도 전에 휘리의 몸이 떨리기 시작했다. 서준은 그의 가슴 안에서 바들바들 떠는 휘리를 느낄 수 있었다. 희주의 말을 곧이곧대로 믿는 것일까? 하긴 너무나도 자연스럽고 당당한 희주의 말투에서는 그 어떤 주저함도 찾아볼 수 없으니 믿을 수밖에 없을지도 몰랐다. 하지만 희주의 말은 진실이 아니다. 왜곡된 사실에 불과하다.

"나……."

나가라고 할 생각이었다. 희주와는 더 이상 애기할 필요성을 못 느꼈고 더 심한 말로 오해의 소지를 남기기 전에 서준은 그녀를 쫓아버리고 싶었다. 하지만 그가 채 입을 열기도 전에 휘리에게 선수를 빼앗기고 말았다.

"서준 씨! 애가 지금 무슨 말을 하고 있는 거야? 언제 두 사람이서 만난 적 있어?"

제 14 장

**여**자의 육감이란 게 이런 걸까? 선뜻 대답하지 못하는 남
자를 올려다보며 휘리는 불길함에 휩싸였다. 기분이 묘했다. 나
쁜 예감은 언제나 맞아떨어진다는 모 가수의 노래가사처럼 자
꾸만 연상의 방향이 나쁜 쪽으로 이어져갔다.

정말로 김희주와 한서준이 따로 만난 것일까? 그래서 두 사
람이 서로 어울리는 한 쌍이라는 데에 합의를 보고 박은재와 휘
리를 묶어버리자는 발칙한 아이디어를 모았던 것일까?

"만났어?"

휘리는 속삭이듯 작아진 목소리로 다시 한 번 다그쳤다. 제발
아니라고 대답해 주길 마음속으로 간절히 기도하며.

“단세포 같으니. 넌 예전이나 지금이나 어쩜 그리도 둔하니?”

비웃음 가득 담긴 목소리로 희주가 빈정거렸다. 울컥 울분이 솟구쳤다. 머릿속이 더럽고 추악한 벌레들로 가득 찬 김희주에게 맞은 것도 분하고, 똑 부러지게 아니라고 말 못하는 한서준도 분하고, 이렇게 희주에게 달려들지 못하도록 붙들고 있는 서준의 손길도 분했다.

‘젠장!’

코끝이 찡해지기 시작했다. 당장이라도 뜨거운 눈물을 쏟을 것 같아 서준의 얼굴을 더 이상 바라보고 있을 수 없었다. 이렇게 될 바에야 지휘리가 어떤 애라는 것 정도는 보여주고 싶었다. 적어도, 혼자 좋아서 남자한테 껄떡댄 그런 종류의 멍청이로는 보이고 싶지 않았다. 지휘리 자존심에 김희주 앞에서 떡이 될 수는 없으니까.

휘리는 서준의 발등을 있는 힘껏 내려쳐 짓누르고 으깼다. 허리를 붙들고 있는 서준의 손이 떨어질 때까지. 윽, 신음 소리와 함께 서준이 뒤로 물어나자 휘리는 그 틈을 이용해 재빨리 그의 품을 떨치고 나왔다.

“당장 나가.”

꼭 쥔 두 주먹을 허리 뒤춤에 붙잡아두려 용을 쓰며 그녀는 이를 악물었다.

“만난 건 사실이야. 하지만…….”

“듣기 싫어! 지금은 아무 말도 듣고 싶지 않아. 다 꺼져 버려.”

부릅뜬 눈으로 휘리는 서준을 쏘아보았다.

"지금은 갈 수 없어."

서준이 담담하게 대꾸했다.

"하! 갈 수 없어? 갈 수 없다고?"

"다 설명하기 전까진 못 가."

"못 가? 못 간다고? 하! 기막혀. 좋아! 까짓것! 그럼 내가 가지. 똥이 무서워서 피하냐, 더러워서 피하지. 구역질나는 똥들끼리 잘들 지내보라고."

덜덜 목소리가 떨려왔다. 이젠 더 이상 지체할 수 없었다. 더 있다가는 희주가 보면 통쾌해할, 쪼다 같은 모습을 보이고 말 것이 자명했다. 휘리는 가로막고 있는 서준의 가슴과 출입문을 차례로 힘껏 밀어젖히며 성큼성큼 사무실을 나와 버렸다. 시원스런 걸음걸이로 당당히, 어깨를 활짝 펴고, 고개를 번쩍 들고.

하지만 가슴은 쓰라렸다. 마음이 미어졌다. 눈물은 왜 또 이리 흐르는 건지. 처량맞기 그지없었다. 어차피 정해져 있던 시나리오다, 스스로를 다독이고 위로해 봐도 눈물 나게 서럽고 아픈 건 그녀도 어쩔 도리가 없는 것이다.

'아! 이젠 어떻게 하지? 어떡해, 이제.'

이렇게 될 거라고 생각 안 해본 것은 아니었다. 사랑하는 남자로부터 사랑받지 못하게 되면 어떡할까, 사귀던 사람이 더 괜찮은 여자를 찾아 떠나면 어떡할까, 하는 우려들은 마음에 드는 남자를 만나고 좋아하게 되면 늘 휘리가 하는 우려들이었다. 누군가를 좋아하게 되더라도 고백은커녕 변변찮은 표현 한 번 제대로 못해보고 속병만 앓다가 시들시들 포기하고 말았던 것도 다 그 때문이었다.

못나고 소심한 자신이 싫었지만 휘리도 어쩔 수 없었다. 상처 받기 싫었으니까. 버림받는 건 죽어도 싫으니까. 하지만 한서준은……. 한서준만큼은 이렇게 쉽게 포기하고 싶지 않았다. 한서준이 좋았고 그를 얻기 위해선 용기를 낼 수 있을 것도 같았다. 본인인 휘리조차 이미 오래전에 썩어 문드러져 버렸다고 여겼던 사랑, 그 설레는 감정이 한서준을 향해 열렬히 박동하기 시작한 것이다.

그런데…….

"나쁜 새끼! 제까짓 게 뭔데. 그럴 거면서 왜 뽀뽀는 해서 사람 맘을 흔들어?"

휘리는 소매를 들어 두 볼을 따라 흐르는 뜨겁고 습한 물줄기를 거칠게 닦아냈다.

"잘 먹고 잘살라지. 나도 하나 아쉬울 거 없다고. 오히려 잘됐지 뭐. 이젠 더 이상 날 찾아오는 일은 없을 거 아니야? 여자 떼어주는 추잡스러운 일도 이젠 안 해도 되고. 잘됐어, 잘된 거라고……. 이씨! 그런데 왜 이렇게 눈물이 나는 거야?"

마지막 남은 자존심을 지키기 위해선 절대 눈물을 보여선 안 되었다. 멋지게, 쿨하게 두 사람 모두를 버려주는 것. 그게 그녀가 바라는 자신의 모습이었다. 하지만 그녀는 너무나 잘 알았다. 실은 버림받고 상처받은 이가 자신임을. 그래서 이렇게 고통스러운 것임을…….

"지휘리!"

한서준. 그의 목소리다. 휘리는 서둘러 흐르는 눈물을 벅벅 닦으며 걸음을 재촉했다. 그의 앞에서는 결코 아픈 내색을 하면 안 되었다. 그럼으로써 비웃음을 사는 건 정말이지 참을 수 없는 모욕이었다.

"기다려!"

휙! 남자의 강한 악력이 느껴지는 순간이었다. 그녀의 몸이 바비인형처럼 흔들리며 돌아 세워졌다.

"이제 무슨 짓이에요?"

"그건 내가 하고 싶은 말이야. 도대체 이게 무슨 바보 같은 짓이지?"

서글서글하고 부드러운 시선으로 익숙한 서준의 검고 커다란 눈동자가 그녀를 내려다보고 있었다. 강렬한 빛. 그는 무언가로부터 자극받은 듯 분노하고 있었다.

'아니, 왜? 왜 지가 화내는 건데?'

휘리는 턱주가리를 치켜올리며 사뭇 도전적으로 외쳤나. 붉어지고 촉촉해진 눈시울을 제발 서준이 알아채지 못하기만을 빌며.

"내가 바보라는 거, 당신이 지적해 주지 않아도 잘 알아. 너무나 잘 알고 있어서 문제야. 왜? 내가 바보여서 화나? 나 같은 애한테 애인 역할을 부탁했다는 게 새삼 억울해? 내가 당신 체면을 깎았나? 그래서 이렇게 쫓아와서 다그치는 거냐고!"

"그래, 화났어."

서준이 무겁게 대답했다. 짙은 눈썹 아래 어둡게 빛나는 눈동자 역시 무거웠다. 상처받은 쪽이 누군데. 그는 마치 자신이 상처받은 듯 아련한 눈빛을 하고 있었다. 왜? 휘리는 의문에 휩싸였다.

"애인이라는 여자가 내 말은 들은 척도 하지 않고 나가 버리면, 남은 난 어떡해야 하지? 우리 둘 사이가 아무것도 아니라는 것밖에 더 되나? 적어도 내 말은 들었어야지. 내게 설명을 요구하거나 화를 낼 수도 있었고 그것도 아니면 변명할 기회를 줄 수도 있었어. 애인 사이라면 적어도 그 정도는 요구했어야 했어. 알아?"

"내가 진짜 애인이었다면 그랬겠죠. 하지만 난……."

울컥 눈물이 솟구칠 것만 같아 휘리는 숨을 멈추었다. 무슨 말을 할 수 있을까? 당신을 사랑하게 됐다고? 그래서 희주의 말을 들었을 때 눈에 뵈는 게 없었다고, 아무 생각도 할 수 없었었다고? 말할 수 없다. 죽어도 이 자리에서 사랑을 고백할 수는 없다. 아직은, 아직까지는 그럴 마음의 준비가 그녀는 되어 있지 않았다.

"연기라도 했어야지. 다른 여자 앞에서 당신은 내 연인이어야 한다는 거 잊었어?"

"당신은 희주를 만났어요. 그걸 시인했다고요, 내 앞에서."

"그래, 만났어. 만난 게 어떻다는 거지? 김희주 씨를 만났다는 사실 하나만으로 이렇게 꽁지 빠지듯이 도망치는 거야?"

남자의 손에 힘이 들어갔다. 얼굴을 찡그리며 휘리는 표독스럽게 따져 물었다.

"그럼 그걸 내가 어떻게 받아들여야 하는데요?"

난 당신한테 아무것도 아니잖아. 우리는…… 아무 사이도 아니잖아! 휘리는 속으로 외쳤다. 욱신욱신, 가슴이 쑤셔왔다.

"아직도 모르겠어?"

그에게 잡힌 어깨가 아파왔다. 아랫입술을 질끈 깨문 그의 눈동자에 안타까운 빛이 스쳐 지나갔다.

"날 사랑하잖아. 날 원하고 있잖아."

속삭이는 그의 목소리. 휘리는 훅, 차가운 공기를 들이쉬었다. 어떻게 알았을까? 눈가의 습기를 알아챈 것일까? 아니면 그냥 넘겨짚은 것? 아! 어쩌면 희주 앞에서 의연하게 대처하지 못한 어설픔 때문인지도 모른다. 그들에게 화를 내고 돌아선 자신의 행동은 휘리가 생각해 봐도 다분히 감정적이었다. 질투심에 눈이 먼 여자 같았다는 걸 그녀도 시인했나.

"아니야!"

휘리는 이를 갈며 부인했다.

"사랑하고 있어, 당신은 인정하지 않겠지만."

강단있는 어조로 그는 확신하듯 단정 지었다. 휘리의 가슴이

자잘하게 떨려왔다. 이제 어떻게 하지? 사랑한다고 말할까? 그
래도…… 될까?

"날 사랑한다면 지금 말해. 사랑한다고, 내가 필요하다고. 더
이상 피하지 말고 숨지 말고 날 잡아."

"……"

반들반들 영롱한 빛을 내는 구슬처럼 그의 맑은 눈동자가 휘
리의 시선을 집요하게 붙들었다. 마치 숨겨진 진심을 모두 파헤
치겠다는 듯이 철저히 그녀의 눈을 사로잡았다.

"말해. 사랑한다고……"

잦아드는 그의 숨소리. 차가운 공기를 가르고 그의 얼굴이 천
천히 내려왔다. 그녀의 것을 강렬하게 붙든 눈동자 속으로 그녀
는 천천히 빨려 들어가는 기분을 느꼈다. 두근두근. 심장이 미
친 듯이 뛰어 세차게 박동했다. 거칠게 숨을 들이쉬고 내쉬는
휘리는 바짝바짝 마르는 입술을 혓바닥으로 쓱 핥으며 힘없이
중얼거렸다.

"비겁한 거 아니에요? 여자한테 대답을 강요하다니……"

"상관없어. 당신한테 사랑한다는 말을 들을 수 있다면 이보다
더한 짓도 할 수 있어."

아! 이건 한서준식의 사랑 고백인가? 숱 많은 눈썹 아래 그의
눈동자가 빛을 냈다. 키스를 하려는 듯 더 가까이 내려오는 그
의 얼굴. 그가 만들어내는 따뜻하고 푸근한 숨결. 그녀의 이마
를 부드럽게 쓸어내리는 산뜻한 내. 한서준의 향이 코끝을 스쳤

다. 자연을 닮은, 가슴을 설레게 하는. 믿음직스러운, 그래서 뿌
듯한.

가슴이 벅차오르고 숨이 차자 휘리는 꽉 다물었던 입술을 뗐
다. 그리고 마음속으로 하나, 둘, 숫자를 셌다. 그런 다음 다시
한 번 아랫입술을 혀로 빨았다. 새빨간 입술 위로 그의 굶주린
시선이 내려앉았다.

"어서."

그가 재촉했다. 휘리는 가쁜 숨을 새근새근 내쉬며 조심스럽
게 입술을 움직였다.

"당신을 사…… 랑……."

해요, 라고 말할 찰나였다. 골목길을 쩌렁쩌렁 울릴 정도로
요란한 오토바이 소리가 휘리의 말꼬랑지를 꿀꺽 삼켰다. 그리
고 그녀의 뒤통수를 때리는 고함 소리.

"어? 누나! 매형!"

헉 소리를 내며 휘리는 다량의 공기를 한꺼번에 들이쉬었다.
반쯤 감긴 서준의 눈동자가 번쩍 뜨였다. 그도 놀란 것이다. 너
무도 절묘한 타이밍으로 등장한 누리 때문이 아니라 두 사람이
마주 보고 서서 키스를 하려고 했던 이곳이 골목길이라는 설,
지나가는 행인들이 그들을 주시하고 있다는 걸 이제 겨우 자각
한 탓이었다. 물론 그녀도.

'어후! 지랄아, 지랄아! 사람들 다 지나다니는 곳에서 뭐 하는
거니? 창피한 줄도 모르고. 아흐, 미쳐! 하필 걸려도 지누리, 저

원수 덩어리한테 걸릴 게 뭐람. 빌어먹을, 빌어먹을 젠장!'

휘리는 입술을 깨물며 황급히 그에게서 떨어졌다. 하지만 벌써 오토바이를 세우고 끼익 사이드 스탠드를 내린 후, 누리는 헬멧을 벗으며 물었다.

"여기서 뭣들 하는 거야? 매형은 여기 어쩐 일이세요? 오늘 회사 안 나갔어요?"

"아! 일이 있어서 잠깐 이 근처에 들렀어."

"아하! 그래서 누나 보러 왔구나. 근데 누나 오늘 극단 들어간다고 하지 않았어? 감독님이랑 미팅있다며."

"으응……."

저절로 뒷걸음이 쳐졌다. 이 순간, 휘리는 바람과 함께 사라져 버리고 싶었다. 따가운 서준의 시선과 누리의 추궁하는 듯한 말투로부터 벗어날 수만 있다면 지금 이 순간 먼지가 되어도 좋았다.

"하긴 기억하고 있을 리가 없지. 누나 캐시가 딱 24시간이거든요. 가만! 24시간 안 되지 않았나? 그런데도 기억 못하고 있었어? 그새 캐시가 줄어든 거 아니야? 큰일인데, 이거. 시집도 가기 전에 벌써 이러면……."

"야! 지누리!"

버럭 휘리는 고함을 지르며 누리의 입을 막았다. 자고로 녀석과 함께 있으면 한시도 마음을 놓아선 안 된다. 무슨 말을 할지 알 수 없는 시한폭탄 같은 존재라고나 할까? 암튼 안 그래도 자꾸만 가슴이 답답하고 무안하던 휘리의 얼굴은 벌겋게 달아올라 홍당무가 되었다.

"여기 어쩐 일이야?"

"오늘 휴강이에요. 누나가 이번에 일을 하나 맡아서 글을 쓰게 되었거든요. 제가 센터 일을 좀 도와야 할 것 같아서요. 센터 일이라고 해봤자 뭐, 전화 받고 다달이 하는 배달 일이 전부이긴 하지만 그거라도 제가 대신 하면 누나가 더 일에 집중할 수 있잖아요."

"누나 생각이 지극한 동생이로군. 덕분에 내 마음까지 든든해지는데?"

"에그, 든든은 무슨! 누나나 빨리 데리고 가요. 내년이면 스물여덟, 노처녀 대열에 들어선다고요."

아! 누가 제발 지누리 좀 말려줘요!

"근데 아까 두 사람 뭐 하고 있었어요? 뒤에서 잠깐 봤을 땐 분위기가 심상치 않던데요. 혹시 두 사람 'K'로 시작하는 그거 하려고 했던 거 아니에요?"

윽! 휘리는 짓눌린 신음을 괴롭게 흘렸다. 붉게 달아오른 두 볼은 이제 뜨끈뜨끈 데워져 난로를 방불케 했다. 이런 짓궂은 남자들이 다 있을까? 차마 눈 똑바로 뜨고 서준을 대할 수 없음에 휘리는 고개를 푹 숙이며 휙 다급히 등을 돌렸다.

"사실이죠? 맞죠? 아니, 그런데 왜 이런 데서 해요? 훤한 대낮에 사람들 다 지나가는 골목길에서. 차라리 들어가서 하시지.

바로 코앞에 사무실이 있는데. 사무실에서……."

그 뒤로 누리가 뭐라고 했는지, 또 서준이 뭐라고 대꾸했는지 휘리는 모른다. 더 듣지 않고 그 자리를 박차고 뛰었기 때문이다.

후다닥!

약간의 내리막길을 그녀는 미친 듯이 뛰었다. 누구에게든 붙들리지 않기 위해 거의 필사적이었다.

"누나, 어디 가! 그냥 가면 어떡해!"

등 뒤에서 그녀를 부르는 소리가 들렸지만 그녀는 멈추지 않았다. 그리고 거의 두 블록 떨어진 집까지 단숨에 달려갔다.

집 안으로 들어가 거실에 누워 낮잠을 자고 있는 아버지를 지나 자신의 방으로 들어간 휘리는 방문을 닫고 문까지 잠근 후 침대 위에 몸을 날렸다. 겹겹이 뒤집어쓴 이불 속에서 그녀는 앓는 소리를 냈다.

"아흑! 내가 못살아. 동생 앞에서 이게 무슨 창피야. 아휴! 내가 못살아, 진짜!"

베개를 두들기며 두 다리를 동동 구르는 그녀. 그렇지만 자꾸만 아른거리는 남자의 입술과 귓전을 떠도는 달콤한 속삭임을 단숨에 사라지게 만들 수는 없었다. 오히려 자꾸만 연상이 되고, 자꾸만 갈구하게 될 뿐이었다.

몇 분 뒤.

그녀는 주머니 속의 핸드폰에서 메시지 도착 알림벨을 들었다. 한서준으로부터 온 것이었다. 그리고 즉시 메시지 내용을 확인한 휘리는 또다시 비명을 질렀다. 이불 속에서 요동을 치며 미친 듯이 웃어 젖히기까지 했다. TV를 틀어놓은 채 단잠에 빠져 있던 아버지가 벌떡 일어나 허겁지겁 달려들어 올 때까지 그 미친 짓은 계속되었다.


〈사랑해. 당신이 키스를 해줬더라면 더 좋았을 거야.〉


붉은 글자가 적힌 버튼을 꾹 누르자 잠시 후 메시지는 성공적으로 전송이 완료되었다. 서준의 입가는 매력적인 곡선을 그리며 휘어졌다. 메시지를 받은 휘리가 어떤 반응을 보일지 자못 궁금했다. 두 볼은 붉어지겠지. 또 동그란 눈은 더욱 커지고 입술을 바르르 떨겠지.

사랑스러운 여자다, 지휘리는. 처음 그녀의 엉뚱한 면에 끌리고 거친 모습 안의 여리고 약하고 어리석을 정도로 답답한 진짜 그녀의 모습에 강렬한 보호본능을 느꼈던 그다. 하지만 지금은 그녀가 사랑스러웠다. 마냥. 모든 게 다.

그리고 그녀 역시 그를 사랑한다고 했다.

사실 그녀가 자신을 받아들이고 있다는 생각은 예전부터 하고 있었던 그다. 박은재를 사랑하냐는 물음에 휘리가 선뜻 그렇다고 대답하지 못했을 때부터였다. 박 이사를 사랑한다는 확신이 없어졌다는 건 휘리의 마음에 서준이 들어갈 틈이 생겼다는 뜻으로 여겼던 것이다. 하지만 이렇게 단시간 내에 그녀의 마음을 온전히 차지할 수 있을 거라고는 기대하지 않았었다.

하지만 그는 눈치채고 말았다. 그 앞에선 소심하기 짝이 없는 그녀가 김희주에게 '한서준은 내 남자야'라고 선언하던 바로 그 순간부터.

그 목소리엔 당당함이 있었다. 손톱만큼도 꿀리지 않는 그런 당당함. 그녀는 이미 그를 사랑하고 있었고 예전부터 그 사실을 인정하고 있었던 것이다. 그런데도 그녀는 오늘이 오기까지, 그가 말해달라고 떼를 쓰기 전까지 아무런 내색도 하지 않았다.

왜 그랬을까? 이유는 소심함. 좋아하는 남자를 단지 예쁘고 조건 좋다는 이유만으로 김희주에게 빼앗겼다는 과거, 결과가 유쾌하지 않았던 여럿의 기억들이 그녀를 소극적으로 만들었음이 틀림없었다. 당연히 키스가 호감의 표현이었다는 것도, 박은재를 아직도 좋아하느냐는 물음이 그의 질투였다는 것도 그녀는 확신하지 못했을 것이다.

그리고 오늘 그는 알게 되었다. 그녀가 원하는 게 짝사랑이 아닌, 서로의 감정을 나눌 수 있는 확실하고 안전한 관계라는 걸. 그의 고백 한 번이면 그녀 역시 사랑을 인정하리라는 걸 그는 확신했다. 그리고 그 생각은 정확히 들어맞았다.

이제 그녀는 서준의 것이 될 것이다. 그녀의 활기를, 보고만 있어도 마음이 충만해지는 기운을 조만간 그는 가질 수 있다.

숨기 좋아하는 그녀의 몸과 마음속에 내재되어 있는 열정을 하나하나 꺼내는 즐거움을 조만간 누릴 수 있다!

—따르릉. 따르릉.

그의 만족스러운 상상을 깨뜨린 건 전화벨 소리다. 낯익은 전화번호. 하지만 입력이 되어 있지 않은 번호였다.

"한서준입니다."

[받으시는군요.]

김희주다. 일순 그의 눈썹이 반듯한 이마 아래로 W 자(字)를 그렸다.

[서운했어요, 아까 휘리를 따라가서. 의외의 행동을 하시더라고요.]

"……."

[마음이 약해지실 분이 아니라고 생각했거든요. 물론 잠깐 사귄 여자에게 너무 매정하게 구는 남자, 정 떨어지긴 하죠. 차갑기만 한 남자는 매력없거든요. 하지만 이건 아니죠. 휘리에 대한 건 이미 제게 다 맡기신 분이 그런 식으로 뒤처리를 깔끔하게 못하시면 제가 곤란해지죠. 어떻게 하시겠다는 건가요?]

김희주는 여전히 혼자만의 착각 속에 빠져 있었다. 그의 실수다. 귀찮은 마음에, 당신이 틀렸다 지적하는 시간도 아까워서, 아무 설명도 없이 자리를 뜬 게 화근이었다. 그 당시 잠깐이라도 시간을 내 더 이상의 망상을 꿈꿀 수 없게끔 딱 잘라 말해놓았더라면 아까와 같은 일도 없었을 터였다. 하지만 그때는 마주 앉아 있는 것만도 짜증이 났었던 게 사실이고 휘리 어머니의 생신에 늦을까 봐 내심 안달이 나 있었던 상태였다. 다시 그 상황에 맞닥뜨린다 해도 아마 그는 똑같이 대처할 것이다.

[아무 말씀도 안 하시는 건 아까의 행동에 대해 하실 말씀이 없다는 건가요?]

자만심 가득한 여자의 음성이 수화기를 통해 흘러나왔다. 짜증이 일자 서준은 눈살을 찌푸리며 들고 있던 수화기를 꽉 붙들었다. 여자와 이런 실랑이를 벌인 적이 없는 그로서는 들척지근하면서도 건방진 희주를 상대한다는 것 자체가 싫었다. 마음 같아선 당장이라도 전화를 끊어버리고 싶었다.

무엇보다 그를 더 분노케 하는 건 방금 전 그녀가 보여준 거칠고도 무례한 행동이다. 희주의 손에 맞아 부어오르던 휘리의 뺨이 아직도 그의 뇌리에 남아 있다. 얼마나 아팠을까? 얼마나 자존심이 상했을까? 만약 그 순간 휘리가 희주에게 달려들지 않았다면 서준이 대신 나섰을지도 모르는 일이었다. 여자에게 폭력을 행사하는 건 비겁한 소인배나 하는 짓이라고 교육받아 왔던 서준이지만, 그때만큼은 그도 울컥 화가 끓어올라 순간적으로 번쩍 손이 올라갈 뻔했다.

[좋아요. 지금이라도 잘못을 인정하시는 것 같으니 이번 일은 그냥 없었던 일로 할게요. 하지만 명심하세요. 다음번엔 눈감아 드릴 수 없어요.]

"김희주 씨."

묵직이 깔리는 목소리로 그는 말문을 열었다.

[난 욕심이 많은 여자거든요. 내 남자를 다른 여자와 나누고 싶은 생각은 추호도 없어요. 만약 '연애와 결혼은 따로' 라는 생각을 하고 계신다면 큰 오산이에요. 휘리가 과연 연애 상대가 될 수 있을지, 그것마저도 의문이지만 혹시라도…….]

"미안합니다, 김희주 씨. 말씀 도중에 맥을 끊고 싶지 않았지만 어쩔 수 없군요. 뭔가 단단히 착각을 하고 계신 듯합니다."

귀찮음, 짜증스러움, 분노의 감정 등을 모두 숨긴 채 그는 매우 담담하고 사무적으로 말했다.

[착각이라고요?]

귀에 거슬리는, 날카롭고 신경질적인 음성. 희주가 짜증을 내고 있었다.

"김희주 씨는 내 사생활에 대해 아무 권리도 없습니다."

[무슨 말씀이시죠?]

"난 김희주 씨와 결혼하지 않습니다. 그럴 생각은 처음부터 없었고 단 한 순간도 고려해 본 적이 없습니다."

[하지만 당신은…….]

다급하게 그녀가 덧붙였다. 하지만 그가 더 빨랐다. 서준은 재빠르게 다음 말을 이어 그녀의 입을 막았다.

"물론 김희주 씨의 계획은 잘 들었습니다. 하지만 그 계획에 동의할 생각은 추호도 없습니다. 그때나 지금이나."

[이것 보세요, 한서준 씨!]

"난 한 사람을 사랑합니다. 그 사람이 아무리 당신 눈에 볼품 없고 보잘것없이 보인다고 해도 그건 나와 상관없는 일입니다. 내 눈에 보석이면 그만이고 실제로 그 사람은 내게 보석보다도 더 귀중한 존재이니까요."

수화기 너머로 씩씩 분기 찬 숨소리가 들려왔다. 그러나 더 이상의 대꾸는 날아오지 않았다. 그의 말을 이해했다는 거다. 머리 좋은 여자이니 모든 상황이 파악되었을 거라 서준은 기대했다.

"이 침묵은 동조의 의미로 받아들이겠습니다."

여전히 아무 대답이 없는 그녀. 거친 숨소리만이 귓바퀴를 울렸다. 서준은 한쪽 입술을 끌어 올려 살짝 미소를 지었다.

"김희주 씨도 보석 같은 사람 만나길 바랍니다."

[…….]

"행운을 빌어요."

차분히 그는 끝인사를 남겼다. 그리고 통화를 막 끝내려는 순간…….

[휘리 어디가 그렇게 좋은 거죠?]

승복하지 못한다는 건가? 희주의 음성은 격한 분노로 인해 푸들푸들 떨고 있었다.

"무슨 말을 듣고 싶은 겁니까?"

[휘리보다 내가 못한 게 뭐예요? 난…… 휘리보다 뭐든지 다 월등하다고 자부해요. 집안, 외모, 머리, 사회적 지위. 어느 것

하나라도 휘리에게 뒤진다고 생각지 않아요. 그런데 어떻게 이럴 수 있죠? 어떻게 내게 이렇게 물을 먹일 수가 있어요?]

그녀의 음성은 점점 그 톤이 높아져 가고 있었다. 핸들을 잡고 있던 두 손에 힘이 들어가는 것을 느끼며 서준은 두 눈을 감고 바닥을 기고 있는 인내심을 최대로 끌어모았다. 서준은 입술을 앙다물고 잇새로 작게 뇌까렸다.

"아직도 이해하지 못하는군요."

[천만에요. 이해하죠. 다 이해했어요. 하지만 인정은 못하겠어요. 날 두고 휘리를 선택한 당신, 나중에 후회하게 될 거예요. 분명히!]

"후회하게 되더라도 내가 하는 거고 그건 김희주 씨와 상관없는 일입니다."

[후회하게 될 거라는 말엔 부인하지 못하는군요. 그것 보세요. 당신도 자신없는 거예요. 어디 가서 지휘리 같은 백수 계집애를 아내라고 소개할 자신, 당신도 없는 거라고요. 흥! 고려일보의 대주주인 강만욱 씨 손자 며느릿감이 다 무너져 가는 심부름 센터를 운영하는 소녀가장이라면 사람들이 뭐라고 할 것 같으요? 카이스트 교수이자 지명한 공학박사, 한새원 씨의 며느릿감이 일정한 직업도 없이 세월이나 죽이는 연극쟁이라면 사람들이 뭐라고 할 것 같냐고요. 다들 비웃을 걸요? 그보다 더 완벽한 블랙코미디는 없을 거예요.]

"내 집안에 대해서 김희주 씨가 걱정할 필요는 없습니다."

그는 단호하게 선언했다.

[며칠 전, 강은실 여사님을 뵈었어요.]

"뭐라고요? 지금…… 뭐라고 했습니까?"

[강은실 여사님 말이에요. 당신 어머니.]

이건 도가 지나쳤다. 어머니를 만났다니, 도대체 무슨 자격으로? 서준의 표정은 단번에 굳어졌다. 피가 싸늘하게 식어가는 기분이었다.

"내 어머니께 휘리에 대해 말한 사람이 김희주 씨로군요."

감정을 억누른 음성으로 그는 말했다. 중얼거리듯. 속삭이듯.

[맞아요. 당신한테 말한 대로 휘리를 떼어내기 위해서였죠. 여사님께서는 고려일보 사장이 애지중지했던 외동따님이셨고, 그렇다면 최소한 자존심과 명예 정도는 남아 있을 거라고 생각했어요. 물론 예상대로였고요. 여사님께선 무척 놀라시더군요. 처음엔 믿지 않으시려는 눈치였어요.]

"그러셨겠죠."

[맞아요. 당신 가족들이 원하는 며느릿감은 결코 지휘리 같은 소녀가장이 아닐 테니까.]

희주의 의기양양, 자신감 넘치는 목소리가 서준의 신경을 마구 긁어댔다. 그녀의 착각은 대단했다. 마치 모든 사람들의 생각을 읽고 있는 양 행동하는 것부터 시작해서, 서준의 결혼상대자로 가장 적합한 인물이 자신이라고 여기는 것까지. 미치지 않고서야 이렇게까지 집요하게 달려들 수가 있을까? 흡사 피해망

상중에 걸린 여자 같았다. 서준은 새삼 희주의 의식세계가 의심스러워졌다.

"김희주 씨! 아까도 말했지만 당신은 아무런 권리도 없습니다. 난 지금 휘리를 원하고 있고 나에 대한 모든 권리는 휘리에게 있으니까요. 후회하게 될 거라고 했나요? 글쎄요, 그럴 수도 있겠죠. 난 지금까지 여자에게 이런 감정을 느껴본 적이 없고, 그러니 당연히 이 감정이 사랑이라는 증거는 없습니다. 사랑이 아닐 수도 있겠죠. 단순히 호기심에 불과할 수도 있고 그도 저도 아닌 착각이었을 수도 있습니다. 하지만 한 가지만은 장담할 수 있습니다. 내가 사랑을 하게 된다면 그 상대는 바로 지휘리라는 것."

[그건…….]

"내 말 안 끝났습니다."

가로막는 그녀의 입을 서준은 단숨에 봉쇄했다.

"만약 내가 휘리에 대해 후회라는 걸 하게 된다면, 그건 바로 더 일찍 사랑을 고백하지 못한 나 자신 때문일 겁니다. 휘리는 삭막하기 그지없던 내 인생을 흥분과 기대감으로 들뜨게 만들었습니다. 또 지금까지 내가 살아왔던 세월, 그 전부를 무의미하게 만들었습니다. 휘리 없는 일상은 이제 생각하기도 싫습니다. 그만큼 휘리는 내게 절실한 존재입니다."

박은재를 좋아하고 있다는 걸 알면서도 포기할 수 없었으니까. 서준은 마음속으로 조심스럽게 덧붙였다.

"그럴 리 없겠지만, 만약 가족들이 휘리를 반대한다 해도 상관없습니다. 난 가족들의 위신을 위해 내 남은 인생을 헌신할 만큼 그렇게 고매하지도 모범적이지도 않습니다. 컴퓨터에 빠져 학교 공부를 뒷전으로 미루었을 때도 그랬고, 이십대에 무모하게 사업을 시작했을 때도 그랬습니다. 난 나 이외에는 생각하지 않는 이기적인 사람입니다. 휘리는 나에게 꼭 필요한 사람이고 그런 그녀를 내 가족이 받아들이지 못한다면, 난 언제든지 가족을 버릴 수 있습니다."

[⋯⋯.]

단호하고도 명료한 피력에 할 말을 잃은 것인가? 숨을 죽인 희주는 아무 대꾸도 하지 않은 채였다. 서준은 빙긋 만족스러운 웃음을 지었다. 이제 자동차에 시동을 걸어도 될 듯싶었다.

"시간이 허락된다면 저희 결혼식에 와주십시오. 휘리가 좋아할 겁니다. 그럼."

톡.

휴대폰의 슬라이드를 끌어 내리자 통화는 끝이 났다. 무사히. 서준은 씩 미소를 지으며 자동차 키를 비틀어 시동을 걸었다. 힘든 작업을 막 끝낸 것처럼 몸이 뻐근했지만 기분만은 최고였다. 이제 남은 일은 휘리에게 청혼하고 승낙을 받아내는 거라고 생각하니 더 그랬다. 일단은 회사로 들어가 마저 남은 일을 끝낸 다음, 저녁쯤 그녀를 불러내는 것이 나으리라. 그사이 휘리 역시 마음의 준비를 할 것이고 그 뒤엔⋯⋯.

생각의 흐름이 끊긴 건 바로 이 대목이었다. 한 가지 쉽지만
은 않을, 매우 까다로운 과정이 남아 있다는 사실을 그제야 깨
달은 것이었다.

'어머니!'

서준은 지그시 입술을 깨물었다.

오래간만에 들른 소주방은 초저녁인데도 불구하고 젊은 손님들로 북적거렸다. 휘리는 주방과 가장 가까운 자리로 안내가 된 이후, 거의 삼십 분 동안 사장의 얼굴을 못 보고 있는 중이었다.

개업한 지 근 사 개월이 되어가는 즈음, '탄탄소주방'은 이제 근방에선 꽤 주목받는 곳이었다. 일단 실내가 세련되면서도 아늑하고 손님들 개개인의 사담이 보장된다는 장점이 있었고, 그 외 덤으로 사장의 시원시원하고 서글서글한 인상과 푸짐하고 넉넉한 서비스도 소주방의 인기에 한몫 단단히 하고 있었다. 넉살 좋고 성격 낙낙한 현우가 얼마나 손님들에게 인기가 있으리라는 건 굳이 지켜보지 않아도 상상만으로 짐작이 가능했다.

"어우! 미안해, 누나! 많이 기다렸지?"

호랑이도 제 말하면 온다더니. 촤르륵, 소리와 함께 검게 드리워져 있던 발이 올라가고 기다리던 김현우 사장이 얼굴을 내밀었다.

"빨리도 오시는군요, 사장나리."

잇새에 넣고 잘근잘근 씹고 있던 오징어를 뜯어내며 휘리가 말했다.

"누나가 한창 바쁠 때 와서 그렇잖아. 좀 이해해 주라."

"지금은 좀 한가해?"

"응, 한숨 돌릴 만큼은 돼. 나 없이도 잘들 할 거야."

지난달부터 일하고 있는 종업원이 둘이나 더 되는 덕에 시간이 되는 것이다. 현우는 사이다와 소주, 그리고 마른안주 몇 가지가 올라와 있는 테이블을 스윽 훑고는 지나가는 남자 종업원을 불러 꼬치구이 몇 가지를 추가로 주문했다.

"형하고는 연락됐어?"

"응?"

털썩, 휘리 맞은편에 자리를 잡으며 앉는 현우가 대뜸 물었다. 사이다와 소주가 9:1로 믹스된 액체를 입가로 흘려넣고 있던 휘리는 퍼뜩 놀라 눈을 휘둥그레 떴다.

"형 말이야, 한서준. 휘리 누나 남자 친구."

"어……."

다 알고 있는 걸까, 두 사람이 진짜로 사귀게 되었다는 걸? 무의식적으로 휘리는 왼손 무명지에 걸려 있는 반지를 내려다보았다. 그녀의 탄생석, 에메랄드. 5월에 결혼하는 데에 이의가 없다면 반지를 받아달라는 서준의 청혼을 받은 건 불과 삼 일 전이었다. 설마 그사이, 서준이 현우에게 말한 것? 하지만 서준은 현우를 깜짝 놀라게 해주자는 그녀의 제안에 흔쾌히 찬성하지 않았던가! 그래서 그들은 며칠 뒤에 있을 현우의 생일날 깜짝 선언을 해 그를 놀라게 해줄 작정이었다.

"그때 이후로 지금까지 계속 남자 친구 역할을 대신해 주고 있는 거 아니야? 내가 알기론 그런데……."

"아! 어, 그렇지."

그러면 그렇지. 아직 말하지 않았나 보다. 현우는 아직 모르고 있다. 휘리는 만족스런 미소를 활짝 지었다. 만약 서준과 진짜로 사랑에 빠져 곧 결혼까지 하게 되었다는 걸 알면 현우는 얼마나 놀랄까? 어안이 벙벙할 현우를 상상하니 키득키득 웃음이 나왔다. 휘리는 나오는 웃음을 꾹 눌러 참으며 현우의 잔에 소주를 따랐다.

"그 뒤로 형이 나한테 전화를 했거든. 누나에 대해서 꼬치꼬치 묻더라고. 뭐 하는 사람인가, 사는 데는 어딘가."

대수롭지 않게 말하는 현우의 말에 휘리는 순간 굳었다.

"어어어어! 누나, 뭐 해! 넘치잖아."

콸콸. 잔이 넘치게 소주가 넘쳐도 모를 정도로 놀라 있던 휘리는 그제야 정신을 차릴 수 있었다. 놀란 티를 안 내려고 재빨리 고개를 흔들며 휘리는 어수선하게 호들갑을 떨었다.

"아휴! 어떻게 해? 미안하다. 걸레 없냐, 걸레? 아니, 티슈 있구나. 이걸로 닦으면 되겠다. 아휴, 이게 왜 이렇게 안 빠져. 어어어! 흐른다, 흘러. 바닥으로 떨어지겠다."

"내가 할게. 누나는 가만있어."

"응? 아니, 내가 할게."

"누난 가만히 있는 게 도와주는 거야. 무슨 여자가 그렇게 정신이 없냐? 하여간 덤벙대기는. 대학 때 이후로 지금까지 나아질 기미가 없으니."

투덜거리며 현우는 탁자 위에 있는 작은 통에서 티슈를 한 움큼 빼 들고 흘러내려 흥건해진 탁자 위로 떨어뜨렸다. 휘리는 은근히 겉보기와는 다르게 세심한 면이 있는 현우의 조심스러운 동작들을 멍하게 바라보았다. 하지만 그녀의 뇌는 분주하게 활동 중이었다.

서준이 그녀에 대해 알고 싶어 현우에게 연락했다고 했다. 도대체 언제 그랬다는 걸까? 궁금했다. 그럴 이유가 없었을 텐데. 궁금한 게 있었다면 그냥 그녀에게 물어보면 되었을 터였다. 그런데 뭐가 그리 궁금해서 현우에게까지 연락을 했던 걸까? 혹시……?

"그 사람이 언제 전화했다는 거야?"

"아무튼 누나를 따를 자가 없을…… 뭐? 누구?"

“그 사람 말이야, 한서준. 전화했었다면서. 언제 했었냐고.”

“글쎄, 몇 달 전이었나? 아! 그날 있잖아, 누나랑 처음 만난 날. 기억 안 나?”

“응? 응…… 기억나지.”

어떻게 잊을 수 있으랴. 그 화려한 생쇼의 기억을.

“그날로부터 며칠 안 됐었어.”

“정말? 왜? 뭐라면서 물어보든?”

“궁금해?”

엉거주춤 엉덩이를 들고 테이블을 닦던 현우가 히죽거렸다. 뭐가 그리 우스운지. 그는 눈썹을 휘릭 치켜올리며 싱글거렸다.

“궁금 안 하게 생겼냐? 누군가가 내 뒷조사를 하고 다닌다는데.”

짐짓 불쾌한 듯 인상을 찌그러뜨리며 휘리는 현우를 노려보았다. 그러나 퉁퉁 부은 그녀를 보고도 웃을 수 있는 자는 지누리 외에 김현우가 유일할 것이다. 여전히 현우는 생글생글 큰 입을 위로 쭉 끌어 올리며 웃고 있었다.

“정말 그래서 궁금한 거야?”

“그럼 뭐가 더 있단 말이야?”

“아니, 뭐, 꼭 뭐가 더 있다는 것보다…….”

휘리는 양쪽 눈썹을 가운데로 모으며 현우를 쏘아보았다.

‘이 녀석 이상해. 자꾸만 다 알고 있는 것 같단 말씀이야. 혹 뭔가를 눈치챘을까?’

비록 몸으로 때우는 일은 무슨 핑계를 대서라도 빠져나가 동료나 후배들의 눈총과 지탄을 한 몸에 받았으나, 현우는 타고난 천성으로 교수나 선배의 비위를 잘 맞췄고 뿐만 아니라 가망성 없어 보이는 일들을 화려한 그 말솜씨로 척척 간단히 해결하는 괴력(?)을 발휘하기도 했던 녀석이다. 그러한 녀석의 비상한 재주로 봤을 때 대략 모든 걸 눈치로 때려잡을 가능성이 많다고 봐야 했다. 휘리가 궁금한 건, 도대체 어떤 꼬투리를 잡았기에 녀석이 감을 잡았는가 하는 것이다.

알고 싶었다. 무엇이 그에게 예감을 주었는지. 확신을 주었는지. 왠지 모를 설렘에 휘리의 가슴은 두근거리기 시작했다.

"별거없었어. 그냥……."

"그냥 뭐?"

괜히 초조해져 휘리는 윗입술을 슥 핥았다.

"그냥 이러저러한 것들이지 뭐. 지금 생각해 보니 형이 딱히 뭐가 궁금하다고 집어서 질문한 적은 없네. 그냥 누나가 어떤 사람이냐고 물었고 난 아는 대로, 생각하는 대로 대답했고."

뭐라고? 이건 또 무슨 말뼈다구 같은 말씀이신가! 황당한 얼굴로 휘리는 현우를 쏘아보았다. 서슬 시퍼런 그녀의 시선에도 아랑곳 않고 현우는 어깨 한번 으쓱, 미소 한번 피식 흘리며 하던 말을 계속 이어나갔다. 간 큰 놈 같으니라고.

"내가 또 한수다 하잖아. 누나 얘기를 하다 보니까 굴비 엮듯이 줄줄줄 끊임없이 얘깃거리가 나오더라고. 그러다 보니 또 누나 집안사정이며 심부름 센터 이야기까지 나오고 뭐, 대충 그랬던 거지."

"뭐? 심부름 센터?"

심부름 센터 이야기를 현우에게서 들었단 말인가? 하지만 서준은 분명 그녀의 어머니로부터 들었다고 했다. 이게 어떻게 된 속사정이지? 휘리는 저도 모르게 맞잡은 두 손을 참을성없이 비틀었다.

"사실 얼마 전에도 형이 한번 찾아왔었어."

"뭐? 언제?"

휘리는 테이블 가장자리에 몸을 바짝 들이대며 물었다.

"얼마 안 됐어. 한 이 주 정도 됐나? 주말 저녁이라 엄청 바빴는데 형이 왔더라고. 혼자서. 그때 알았지. 누나랑 형이 가짜 애인 역할을 서로에게 해주고 있다는 거. 형이 심부름 센터로 찾아갔었다면서?"

"응, 그래서? 뭐라고 하던?"

"음……."

"응? 뭐래?"

"……."

녀석은 해독 불능의 묘한 웃음을 뿌리며 한쪽 팔꿈치를 탁자에 대고 손으로 턱을 괴었다. 쉽게 말해줄 수 없다는 표정. 어떻게 하면 녀석의 머릿속에 있는 사실들을 죄다 알아낼 수 있지? 어떻게 하면 저 의뭉한 녀석의 입을 열게 만들 수가 있을까? 아!

다 큰 녀석 쥐어 팰 수도 없고. 휘리는 답답한 가슴을 주먹으로 콩콩 찧을 수밖에 다른 도리가 없었다.

“말 좀 해봐. 답답해!”

“글쎄, 말하고 싶지 않은데. 난 서준이 형한테 동질감을 느끼고 있거든.”

“동질감?”

“그래, 우리 남자들도 여자들한테 숨기고 싶은 비밀이 있는 거라고.”

“비밀?”

헉! 비밀이라고 하니 더 궁금해졌다. 급기야 휘리는 험상궂게 인상을 쓰며 현우를 째려보았다.

“말해라. 응? 뭐야? 뭐가 그렇게 대단해서 비밀이래?”

“대단하긴 하지. 남자의 비밀인데. 그것도 한서준의 비밀. 하하하!”

얄미운 놈. 남은 속이 타 죽겠는데 비열하게 웃다니. 지가 무슨 신돈이야?

“김현우, 너 당장 털어놓지 않으면…….”

하지만 그녀가 누군가? 전하의 지휘리! 아무도 그녀를 속일 수 없다. 그 누구도 그녀의 추궁을 피해갈 수 없다. 현우라고 별수 있나? 휘리는 현우의 약점이 뭔지 너무도 잘 알고 있었다.

“않으면 뭐? 때릴 거야?”

불과 삼십 초 뒤 제가 맞이할 운명을 알지 못한 채 녀석은 뺀

질거리며 샐샐 뵈기 싫은 웃음을 흘리는 중이었다.

"아니."

"그럼? 어쩔 건데?"

"네 아버지를 찾아갈 거야."

"뭐?"

순간 녀석의 표정이 확 바뀌었다. 통쾌함에 찌든 웃음을 후후후, 속으로 흘리며 휘리는 속삭여 주었다. 약간은 과장된 억양으로.

"네가 이 소주방을 차릴 수 있었던 자금줄. 그거 네 비밀이잖아? 그게 뭔지 네 아버지가 아시면…… 어떻게 될까? 게다가 돈을 꿔준 그 미모의 미망인한테 네가 흑심이 있다는 것을 아신다면……."

순식간에 돌보다도 더 굳어진 현우의 얼굴을 보며 휘리는 씩, 매력적인 치아를 내보였다. 이제 현우는 순순히 한서준의 비밀을 털어놓을 것이다. 사실 별반 특이한 것이 있을 거란 기대가 있는 건 아니다. 서준이 그녀에 대해 궁금해했다는 것도, 그 시기가 언제였는지도 지금의 휘리에겐 그다지 중요하지 않으니까. 하지만 그래도 지휘리다. 묻혀 있는 건 무조건 파헤쳐야 직성이 풀리는 지휘리.

휙. 한쪽 눈썹을 치켜뜨며 그녀는 만면에 여유로운 미소를 띠었다. 느긋하게 의자에 몸을 기댄 휘리는 한쪽 귓바퀴를 손가락으로 후벼 파며 룰루룰루, 휘파람까지 불었다.

이제 현우의 이실직고만 들으면 된다.

"자, 이제 털어놔."


논현동 한소프트社 빌딩. 활짝 열리는 엘리베이터 문을 통과하는 휘리의 걸음걸이는 당당했다. 비록 경비가 눈살을 찌푸릴 정도로 털털하고 한심스러운 옷차림을 하고 왔지만. 어찌 됐든 깐깐한 정문을 무사통과했으니 그녀의 어깨는 자부심으로 으쓱 올라갔다.

"지휘리 씨 되시죠? 안으로 들어가세요. 사장님께서 기다리고 계십니다."

훤칠한 키의 남자 비서가 사근사근한 미소를 지으며 그녀를 반겼다. 답례로 고개를 살짝 숙여주고 휘리는 저벅저벅 사장실 입구로 다가갔다.

"형이 누나를 좋아한다는 느낌을 많이 받았어. 아주 안달이 났더라고. 그 꽁생원 같은 사람이 그렇게까지 나왔을 때는 그만큼 누나한테 푹 빠졌다는 거 아니겠어?"

우거지상으로 웅얼거리던 현우를 떠올리며 휘리는 씩 회심의 미소를 지었다. 그의 말 몇 마디에는 모든 궁금증에 대한 해답이 모조리 다 들어 있었다. 머릿속이 맑아지고 개운해짐은 물론 어깨는 가벼워지고 눈앞이 환해졌다.

사건을 간략하게 요약하자면 이렇다. 휘리를 처음 만나고 그녀의 일시적인 파트너가 되어 모임에 참석한 한서준은 휘리에게 호기심을 느꼈다. 그는 휘리를 다시 만나고 싶었고 그러기 위해서는 만나야만 하는 명분을 만들어야 했다. 그래서 그는 다음날, 현우에게 전화를 걸었다. 그녀에 대해 알고 싶다는 말 한마디를 건넨 그는 수다스러운 현우에게서 생각보다 많은 정보를 들을 수 있었다. 그중 하나가 바로 그녀의 직업. 심부름 센터를 운영하는 아버지를 돕고 있다는 짧고도 귀중한 정보였던 것이다.

그 뒤로 서준은 현우를 한 번 더 찾았다. 이례적으로 그는 술잔을 기울이며 현우에게 고민을 털어놓았다. 실수였지. 어쩌자고 입이 싸기로 소문난 김현우에게 그런 고민을 털어놓았을꼬? 하여튼 그는 현우에게 자신의 고민을 털어놓았다.

"난 진짜 놀랐다니까. 그날은 아주 술까지 마시더라고, 글쎄. 왜냐고? 아니, 형이 왜 그랬을지 몰라서 물어? 누나가 박 이사인가 누군가를 좋아한다고 했잖아. 그래서 그랬겠지! 당연한 거 아니야? 딴 남자한테 마음을 준 여자를 사랑하게 됐는데 어떤 남자가 속이 편하겠냐? 안 그래?"

아마도 어머니 생신날인 듯했다. 내년 봄에 결혼을 하겠다는 폭탄선언으로 물의를 일으켰던 바로 그날. 그는 물었었다, 박은재를 아직도 좋아하느냐고. 그리고 속 시원히 대답을 주지 못하는 그녀에게 그는 또 물었었다.

"날 좋아해?"

아! 그때 그는 휘리를 좋아하고 있었던 거다. 이미 마음속에 사랑을 품고 있었던 거다. 그녀처럼. 그녀와 똑같은 마음으로. 그가 그런 마음일 거라는 생각을 조금, 아주 조금, 자신감없이 가지고 있었던 휘리는 뛸 듯이 기뻤다. 마치 하늘을 날 수 있을 것처럼 마음이 가벼워지고 가슴은 환희로 충만해졌다.

이제 그녀는 그에게 선물을 줄 작정이다. 깜짝 선물. 일명 서프라이즈. 이렇게 깜짝 놀라게 갑자기 등장해서 깜짝 놀랄 만큼 뜻밖의 선물을 내놓는 것이다. 그 계획이 머릿속으로 쭈욱 영화 필름 감기듯 펼쳐지자 휘리는 신이 나 당장이라도 환호성을 터뜨릴 것만 같았다.

똑똑.

"열렸어요."

서준의 목소리. 이미 청혼도 받았고 그 청혼을 받아들여 손에 그가 준 반지까지 끼고 있었지만, 다시금 그가 자신의 남자라는 사실이 물밀듯이 그녀의 가슴에 와 닿았다. 감동. 턱까지 받치는 격한 감정에 휘리는 잠시 전율했다.

"나예요."

휘리는 빠끔, 문을 열고 고개를 들이밀었다. 그는 컴퓨터가 켜진 책상 앞에서 전화를 받고 있었다. 통화 내용이 사무적인 듯 얼굴을 굳히고 상대방의 말에 귀를 기울이고 있던 서준은 문을 열고 들어오는 휘리를 향해 한 손을 들었다. 잠깐 기다리라는 말일 게다.

"인터넷전화나 메신저, 유비쿼터스 서비스는 이미 그 메리트

가 떨어졌어. 당연한 것 아니야? 그야 물론 언론에 유출되면서
부터지. 아무리 못해도 일 년이야. 그 안에 호환성에 대한 문제
를 해결 봐야 해. 그게 최선이야."

뻣뻣하게 서 있는 휘리를 향해 서준은 손짓했다. 응접세트 쪽
으로 와 앉아 있으라는 말 같았다. 휘리는 깜짝 선물에 대한 비
장한 각오를 마음속에 되새기며 출입문을 똑, 잠갔다. 그리곤
쭈뼛쭈뼛 어색하게 걸어가 소파 끄트머리에 살짝 엉덩이를 걸
쳐 앉았다.

처음 와본 그의 사무실은 특별히 넓거나 화려하지 않았지만
깔끔하고 단정한 느낌이었다. 책상 앞에서 차분히 앉아 전화를
받고 있는 서준과 어우러져 전문적이고 세련돼 보이면서도 한
편으론 은근히 소박하고 다정하기도 하다. 작은 정물화 그림이
라든지 응접세트 한가운데에 놓여 있는 꽃병이라든지 창문에
드리워져 있는 은은한 색상의 커튼이라든지. 딱딱하지 않은 분
위기를 내기 위해서 꽤나 신경을 쓴 게 역력했다.

'도대체 누구의 작품일까? 여자의 손길인 것만큼은 분명한
데. 비서?'

아니다. 들어올 때 봤던 비서는 남자였다. 남자 비서 이전에
근무하던 비서가 여자였나? 아니면 전문 인테리어 업체의 작품
일 수도 있을 것이다. 어찌 됐든 자신의 남자가 근무하고 있는,
하루 중 가장 많은 시간을 보내고 있는 이 작은 공간에서 다른
여자의 취향이 느껴진다는 것 자체가 조금은 불쾌하고도 기분

이 상했다. 이게 질투라는 걸까?

"음, 물론 그 문제를 생각해 보지 않은 건 아니야. 나도 그 문제는 많이 고려해 봤어. 하지만 어차피 점유율에서 밀리고 있는 건 우리 쪽이야. 손해 볼 장사는 아니라고 봐. 호환성 문제로 빼앗길 유저보다 끌고 들어올 유저가 더 많다면 한 번 도전해 볼 만하지 않겠어?"

그는 전화기를 내려다보며 얼굴을 찡그렸다. 통화가 조금은 짜증이 나는 듯한 표정이다. 그러나 말투는 여전히 부드럽고 열의있다. 그 모습을 보고 있자니 역시 자신의 속내를 참으로 잘도 속이는 남자라는 생각이 들었다.

그때다. 일순간, 휘리의 머릿속에 번개가 쳤다. 정말로 흥미진진할 것 같은 아이디어가 휙 스치고 지나간 것이다. 그것은 한겨울 꽁꽁 얼어붙은 얼음장을 깨는 것과 같은 일이었다.

'맞아. 적어도 그 정도는 해줘야지. 명색이 깜짝 선물인데.'

과연 한서준이 버텨낼 수 있을지 궁금해졌다. 저 포커보이스를 지금처럼 유지할 수 있을까? 아니. 못할걸? 흥분한 휘리는 치즈 조각을 코앞에 둔 생쥐처럼 혓바닥을 슥 움직여 아랫입술을 훑었다.

"나도 알아. 정면도전, 그거 힘들지. 하지만 지금 이대로의 전략으로는 현상 유지밖에 안 돼. 그나마도 시간이 지나면 갉아먹힐 게 뻔하고. 시작이 늦으면 늦을수록 우리에겐 불리해."

휘리는 자리에서 천천히 일어났다. 그녀를 주목하고 있던 서준은 한쪽 눈썹을 휙 끌어 올렸다. 혹여 그녀가 사무실을 나갈 거라고 생각한 것일까? 그는 콧잔등을 찡그리며 고개를 저었다. 하지만 그의 신호를 무시한 채 휘리는 움직였다. 서서히. 아주 느린 걸음으로.

"알고 있어. 하지만 도태되지 않기 위해선 적극적으로 나서는 수밖에 없어. 최고의 방어는 공격이라는 말도 있잖아."

사뿐사뿐, 운동화 신은 발로 소리없이 그녀는 서준에게 다가갔다. 의자에 앉아 있던 그는 갑자기 코앞까지 다가오는 그녀의 행동을 약간은 놀란 눈으로 지켜보고 있었다. 아마도 매우 친한 동료와의 전화통화에도 그는 더 이상 신경 쓰지 않고 있을 것이다. 책상을 돌아 그의 옆으로 다가온 휘리는 그가 걸터앉아 있는 회전 의자의 등판에 손을 대고 휙 돌렸다.

"내가 말하고 싶은 건……."

커다란 동작 한 번에, 휘리는 수화기에 입을 댄 채 중얼거리는 그와 정면으로 마주할 수 있게 되었다. 그는 예상치 못한 그녀의 행동에 거의 할 말을 잃은 듯했다. '왜? 무슨 일이야?' 하고 묻는 듯 그는 입술을 움직였다.

쿵쾅쿵쾅. 휘리의 심장이 미친 듯이 뛰어댔다. 이런 대담한 행동에는 소질도 취미도 없을 뿐 아니라 한 번도 이런 일을 계획하거나 상상해 본 적이 없는 그녀였지만 묘한 흥분이 일었다. 상상만으로 짜릿한 기분이다.

"아! 그러니까…… 어, 정부기관에 내다 파는 걸로는 승부를 걸 수가 없다는 거야. 내수에서 밀리는데 해외라면 더 말할 것도 없지 않겠어? 난……."

서준은 내수와 해외공략에 관한 자신만의 이론을 펼쳐 내지 못했다. 거의. 왜냐하면 그가 앉아 있는 넉넉한 너비의 의자 위로 생각지도 못한 누군가가 난입해 올라왔기 때문이다. 질기고 투박한 청바지의 천이 그의 매끈한 양복바지 위로 드리워졌다.

"훗!"

휘리는 전화기를 들고 있는 그의 한 손이 부들부들 떠는 모습을 지켜보았다. 그녀의 엉덩이 아래 깔린 그의 그것이 빠른 속도로 부풀어 올라 그녀의 갈라진 엉덩이 사이를 찔러댔다. 말초신경을 자극하는 극도의 쾌감. 붉은 피가 맹렬히 돌진해 온몸을 휘감았다. 아랫배에 묵직한 동통이 느껴지고 입술은 저절로 벌어져 아쉬운 한숨을 막 토해내고 있었다.

"이렇게 키스하고 싶었어. 오래전부터."

쭈뼛 솜털이 곤두설 만큼 달콤한 속삭임을 그의 귓바퀴에 뿌리며 그녀는 천천히 그에게 자신의 몸을 밀착시켰다. 헉, 휘리가 꿈틀거림에 따라 서준은 큰 호흡을 들이쉬었다. 짐짓 고통스러운 듯 얼굴을 찡그린 그는 거칠게 욕설을 속삭였다.

[뭐라고? 야! 한서준! 지금 뭐라고 한 거야?]

전화기 너머에서 그의 친구가 소리를 쳤다.

"아니야. 별거……."

[아니긴 뭐가 아니야. 어디 아프냐?]

엄밀히 따지자면, 아프지 않은 건 아니다. 그는 많이 고통스러워하고 있었다. 육체적인 고통, 그것도 지독한. 그의 눈동자는 이미 욕망의 물결로 출렁이고 있었다. 어둡고 까마득한 그 동자를 뚫어져라 응시하며 휘리는 두 팔을 올려 그의 목을 감았다. 그가 얼굴을 찡그리며 길고 뜨거운 숨을 내뱉었다. 그를 완벽하게 통제하고 있다는 생각이 들자, 휘리는 더욱 자신감있게 엉덩이를 뒤틀었다.

"윽……!!"

그가 격렬한 신음을 쏟아냈다. 용기백배. 이런 상황을 두고 만들어낸 말일까? 아예 운동화를 벗고 휘리는 옹색하게 쭈그러뜨리고 있던 두 다리로 그의 허리춤을 감아버렸다. 그리고 마지막 한 동작. 휘리는 그의 어깨에 매달려 이미 촉촉해진 자신의 부위를 있는 힘껏 내리눌렀다.

"빌어먹을……."

툭.

억눌린 욕설과 함께 그의 손 안에 있던 전화기가 바닥으로 떨어졌다. 바닥으로 길게 추락한 전화선이 아슬아슬 바닥 근처에서 대롱대롱 흔들렸다. 마치 그의 상태를 들여다보는 듯 위태위태한 전화기에서 상대방의 음성이 들려왔다.

[야! 한서준, 무슨 일이야? 한서준! 한 사장!]

자신을 부르는 소리를 그가 들었는지 못 들었는지, 그건 알 수 없었다. 어쩌면 못 들었을지도 모른다. 그는 이미 격렬한 욕

구에 시달리고 있었기 때문이다. 휘리의 마지막 동작으로 그는
완전히 자극받은 상태가 되었으며 지금 당장 욕구를 해결하지
못하면 죽을 것처럼 고통스러워졌다.

"도발은 위험해. 하지 마."

그렇게 말하는 그는 그러나, 이미 커다란 손을 들어 휘리의
두개골을 붙들고 있었다.

그의 손은 성말랐다. 그녀의 허름한 잠바를 단숨에 벗겼고 그
안에 입고 있던 두꺼운 셔츠를 급히 밀어 올렸다. 그리고 중학
생들이나 착용할 법한 순면 브래지어에 감싸인 휘리의 가슴을
한 손에 쥐었다.

"으훗……."

휘리의 엉덩이가 꿈틀 흔들렸다. 이미 달궈지고 넓게 열린 그
녀의 입구가 그의 성난 분신을 죄고 문질렀다. 천과 천을 사이
에 두고 두 여성과 남성은 극렬히 서로를 원하고 있다는 걸 그
녀는 느낄 수 있었다.

휘리는 그의 와이셔츠 자락을 잡아당겨 그 안쪽으로 맨살을
더듬었다. 땀이 맺힌 남자의 살결을 쓸어내렸다. 등골에서부터
치골에 이르기까지 섬세하게. 남자의 동물적인 신음 소리가 그
녀의 귓등을 울렸다. 그의 손이 휘리의 가슴을 세차게 문질렀
다. 유두 끝을 붙잡고 동그란 원을 그리며. 그녀의 등이 활처럼
휠 때까지. 거친 숨을 연신 들이쉬며 그의 입속에 가슴을 맡길
때까지. 그의 허리를 죄고 있는 사타구니를 더욱더 밀어붙일 때

까지.

"참고 싶지 않아……."

거친 중얼거림과 함께 그는 휘리의 청바지 후크를 풀었다. 거침없는 그의 손길이 팬티 속으로 들어왔다. 반듯하게 펴진 손바닥이 뜨겁게 달아오른 피부를 달래듯 스쳐 지나갔다. 전율이 온몸을 감쌌다. 욕망이 화산처럼 폭발했다. 그의 손가락이 지나가는 자리마다 뜨거운 화인이 박힐 때마다 그녀의 다리는 서서히 풀려갔다.

"갖고 싶어. 지금 당장."

그가 일어났다, 허리를 쥐고 그녀를 그대로 들어올린 채. 그녀의 다리는 아슬아슬하게 서준의 허리에 감겨 있었다. 그는 천천히 책상 위에 그녀를 눕혔다. 열정적으로 이글거리는 남자의 눈동자가 그녀를 사로잡았다. 안정감을 주는, 완벽한 쾌락을 보장하는 그의 품 안이라면 절대적으로 안전하리라는 믿음까지도 그의 눈빛은 약속하고 있었다.

"사랑해, 지휘리. 당신을 사랑해. 처음 본 그 순간부터."

그 순간 그녀는 느꼈다. 그에게 모든 걸 줘도 아깝지 않다는 것을. 그에게 사랑을 받을 수 있다면 아무래도 상관없었다. 지금 당장 그를 갖고 싶었다. 지금 이 순간 그의 것이 되고 싶었다.

"가져요, 다. 그리고 내게 줘요, 당신의 모든 것을."

붉게 상기된 얼굴, 살짝 벌어진 입술과 거친 한숨, 그리고 장난스럽게 빛나고 있는 동그란 눈동자. 그 모든 것을 서준은 단 숨에 삼켜 버렸다. 한꺼번에 하나도 남김없이.

그리고 지상에서 가장 완벽한 합일을 이루어냈다.

혀와 혀의 만남. 숨결과 숨결의 만남. 손과 손이, 다리와 다리가 겹쳐졌으며 살갗과 살갗이 스쳤다. 그리고 마침내 영혼과 영혼이 서로 달콤하게 엉켰다.


"무슨 생각 하고 있어?"

굵은 저음의 목소리가 휘리의 정신을 일깨웠다. 아스라이 눈을 감고 침까지 흘리며 자기만의 상상에 빠져 있던 휘리는 깜짝 놀라 고개를 들었다. 그녀의 앞에는 통화를 막 끝내고 자리로 돌아온 한서준이 소파에 앉고 있었다. 헉! 소리와 함께 그녀를 에워싸고 있던, 꿈처럼 달달한 공기가 목구멍 속으로 빨려 들어갔다. 당황스럽게 그지없는 상황.

'미쳤어, 지휘리. 너 지금 뭐 하는 짓이야? 변태냐, 너?'

머리가 어떻게 된 게 틀림없다. 어떻게 그런 야한 상상을 할 수가 있는지. 아무리 상상이라지만 이건 너무 민망하지 않은가? 비디오를 너무 많이 본 거다. 아니, 로맨스 소설에 너무 심취한 탓이다. 부작용. 딱 그거다.

"뭘 그렇게 깊이 생각했어?"

당황한 기색이 역력한 그녀를 수상쩍게 바라보며 서준이 싱긋 웃었다. 그의 하얗고 고른 치아가 드러나자 일순 휘리의 머

릿속엔 방금 전 그녀의 뇌리를 잠식하고 있던 야시시한 영상이
이글거렸다. 그녀의 가슴을 흡입하며 지분거리던 바로 그 입!
붉은 기가 확 그녀의 두 볼을 불태웠다.

"어? 아, 아니……. 별거 아니었어."

물론 별거였다. 하지만 그걸 차마 입 밖으로 낼 수는 없었다.
아무리 지휘리라도 그런 일은 도저히 못한다.

"뭐야? 점점 수상한데?"

"아니라니까!"

그때 불쑥, 두 사람이 키스하는 장면이 그녀의 눈앞에 펼쳐졌
다. 뜨거운 입속에서 그녀의 것과 엉켰던 그의 혀.

허허허! 이게 대체 무슨 조홧속이란 말인가!

휘리는 붉게 달아오른 양쪽 볼을 손바닥으로 정신없이 꾹꾹
눌러댔다. 콩닥거리는 심장을 진정시키기 위해 가쁜 숨을 몰아
쉬고 눈까지 감은 그녀는 세차게 고개를 가로저었다.

훠이! 훠이!

"오늘 정말 이상해. 갑자기 찾아온 것도 그렇고. 무슨 일이
야?"

"약혼녀가 약혼자 사무실에 찾아온 게 뭐가 그리 이상하다
고."

괜히 무안하고 민망해 휘리의 목소린 저절로 퉁명스러워졌
다. 하지만 다 알고 있다는 듯한 서준의 시선을 의식하지 않을
수는 없었다. 아! 이런 낭패가 또 있을까!

'진짜 주책이다, 지휘리. 어떻게 그런 생각을 할 수가 있니? 미쳐, 미쳐. 아무리 약혼자라고 하지만……!'

뭐? 약혼자? 가만있어 보자. 그러고 보니 한서준, 지휘리의 약혼자가 아닌가? 결혼을 몇 개월 앞둔 진짜 약혼자.

'아니, 약혼자가 아니면 또 누구를 상대로 그런 민망한 상상을 해보겠어?'

누리? 박 이사? 그렇다고 영화배우나 모델을 상대로 하겠나, 어쩌겠나? 한서준이야 영화배우, 모델 뺨치게 멋진 데다 명실공히 지휘리의 남자인데 그를 상대로 뭔 상상을 못하겠는가? 조만간 실제로 하게 될 텐데 말이다. 으흐흐, 음흉한 웃음이 저절로 나오자 휘리는 가자미 눈을 이리저리 굴리며 킥킥 숨죽여 웃었다.

"진짜 이상한데. 무슨 일 있어?"

"꼭 무슨 일이 있어서만 오나?"

"그건 아니지만, 갑자기 들이닥쳐서 놀랐잖아. 연락이라도 하고 오지. 내가 사무실에 없었으면 어쩔 뻔했어?"

"이렇게 깜짝 놀라게 해주려고 그랬지."

기고만상, 한껏 고양된 기세도 턱까지 치켜들고 휘리는 어깨를 으쓱거렸다. 소심증 중증을 앓고 있던 휘리였지만 이젠 이렇듯 자신감을 드러내는 행동을 아무렇지도 않게 한다. 적어도 서준에게만큼은. 서준에게 자신이 어떤 존재인지 잘 알기 때문이다.

특히 아까 현우에게서 그때의 일을 죄다 들은 후부터는 더 더욱 그렇다. 완전한 자신감의 회복이랄까? 콤플렉스 탈출기에 관한 희곡을 한번 써봐야겠다는 생각까지 할 정도였다.

"속단은 금물이야."

보기 좋은 눈썹을 위로 휙 끌어당기며 서준은 검지를 좌우로 흔들었다.

"안 놀랐다는 거예요?"

"겨우 나타난 걸로 놀라게 할 순 없지."

"이런 걸로는 놀라지도 않는다?"

"예전의 나였더라면 놀랐을 수도 있겠지. 하지만 지금 난 지휘리의 예비 남편이야. 시계추처럼 정확하고 예외란 게 전혀 없는 일상 속의 한서준이 아니라고. 이 정도는 뭐, 기본이지."

소파 등에 몸을 기대며 서준은 느긋한 표정을 구사 중이었다. 하지만 저 여유로움은 얼마 못 갈 것이다. 예비 신부의 진짜 깜짝 선물을 받게 될 테니까. 바로 K로 시작하는 그 무엇.

'좋다, 이거야. 어차피 내 물건이잖아. 내 남자, 내가 뽀뽀하고 내가 갖겠다는데 누가 뭐라고 하겠어? 상상뿐만 아니라 실제로 그래도 누구 하나 잘못했다고 타박하는 사람 없을 거라고.'

휘리는 엉덩이 어디께 있는 주먹을 꽉 쥐었다. 기필코 이 키스를 성공하고 말리라는 의지를 굳게 다지며.

"사실 내가 선물을 하나 준비했어."

"선물?"

“응.”

“뭔데? 무슨 날이야? 내 생일은 여름인데.”

“무슨 날은 아니지만 오늘부터 기념할 일이 생기긴 했어.”

“기념할 일?”

점점 궁금해지는지 그는 상체를 숙여왔다.

“만난 지 백일째 되는 날은 이미 지났고. 키스한 지 백일인가? 아직 백일까진 안 된 거 같은데……. 무슨 날이지?”

“궁금해? 말해줄까?”

“어차피 나한테 말해줄 거 아니었어?”

“음, 그렇긴 한데…….”

휘리는 딴청을 피우며 자연스럽게 자리에서 일어났다. 사무실을 둘러보는 척 고개를 두리번거리는 모습을 서준은 전혀 의심하지 않는 눈치였다.

“어차피 말해줄 거, 내가 나서서 말해달라고 애걸복걸할 필요는 없지.”

장난기가 반짝거리는 서준의 눈동자에 가득 찼다. 하루라도 휘리와 이런 식의 ‘주도권 잡기 놀이’를 하지 않으면 입에 가시가 돋는지 그는 재미 삼아 휘리의 말꼬리를 잡아 대화를 꼬려든다. 그리고 기어이 휘리가 발끈하는 모습까지 보고 나면 뭐가 그리 좋은지, 껄껄껄 마구 웃곤 한다.

“내 캐시가 24시간도 채 안 된다는 몰라요? 그렇게 느긋하면 아예 못 들을 수도 있다는 걸 명심해요.”

"그럼 더욱더 내게 말을 해줘야지. 기념일이란 건 기억하지 못하면 말짱 꽝이잖아. 나라도 기억하고 있어야 기념을 할 거 아니야. 뭘 기념하려는 건진 모르겠지만."

할랑할랑 사무실을 활보하다 딱, 휘리가 멈춘 곳은 서준의 등 뒤. 그는 아예 눈까지 감고 휘리의 목소리를 감상하는 여유를 보이고 있었다. 잔잔하게 떠오른 그의 미소는 그만이 가진 매력적이고 섹시한 음영을 만들어 보이고 있었다.

아! 멋있어라! 소리치고 싶은 충동을 겨우 내리누르고 휘리는 서서히 그에게 다가갔다. 그리고 그의 머리 위에서 속삭였다. 설탕처럼 사근사근하고 달짝지근한 목소리로.

"뭘 기념해야 하는지 아직도 모르겠어?"

반짝 그가 눈을 떴다. 그리고 바로 코앞까지 내려온 그녀의 얼굴, 아니, 입술을 뚫어져라 바라보았다.

"……."

놀란 흔적은 없었다. 오히려 그의 까만 눈은 빠른 속도로 물들어갔다. 욕구. 열정. 애정. 그 어떤 이름으로 불려도 좋을, 휘리에 대한 열망이 서서히 그의 눈 안에 차 올랐다.

"바보가 따로 없네, 천재 씨."

그의 귓가로 입술을 갖다 대며 휘리는 속삭였다. 그의 숨이 뜨겁고 가빠졌다. 소파 팔걸이에 올라가 있던 두 손에 힘줄이 서고 입술은 살짝 벌어지고 있었다. 휘리는 점점 자신감이 생기는 걸 스스로 느꼈다. 그는 온전히 자신의 것이며, 오로지 자신

의 손끝 하나에 그의 모든 것이 달려 있다는 사실이 휘리를 전
율케 했다.

"오늘은 키스데이예요. 지휘리의 키스데이."

콤플렉스 탈출에 성공한 날이기도 하고.

휘리는 서준의 입술에 천천히 얼굴을 내렸다. 그리고 아까까
지 혼자 상상했던 그 모든 일들을 하나씩 하나씩 실천에 옮기기
시작했다.

**삼**개월 후. 결혼을 겨우 일주일 앞둔 시점에서 서준은 출장을 갔다.

제발 안 갔으면 좋겠다고 은근히 마음속으로 바라고 또 빌었지만 휘리는 결코 겉으로 내색하지는 않았다. 아니, 못했다. 그가 이번 일에 사활을 걸고 있다는 사실을 너무나도 잘 인식하고 있기 때문이었다. 개발팀장과 프로그래머 둘이 최선을 다해 협상에 임했는데도 불구하고 계약을 취소하겠다는 고객의 마음을 돌려놓질 못했으니 당연히 사장이 나서야 한다고 그녀는 생각했다. 그래서 오히려 휘리는 서준의 등을 떠밀었다. 당신의 능력을 보여주세요, 라는 말과 함께.

물론 그는 망설였다. 사진 촬영이네 뭐네 하는 것들은 시간을 조정해 미리 끝냈고 기타 의논해야 할 자질구레한 문제들은 그의 어머니인 강은실 여사와 대신 상의를 하겠다고 했지만 서준은 떨떠름한 표정을 감추지 않았다. 당연한 반응이다. 어떤 예비 신랑이 결혼을 코앞에 두고 출장을 가고 싶겠는가? 회사의 흥망을 책임지고 있는 오너가 아니고는 결코 생각지도 못할 일이다.

하지만 안 가면 어쩌겠는가? 정부기관의 지지를 등에 업고는 있지만 내수시장의 70%를 외국 대기업에게 내어주고 있는 형편이 아닌가? 그런 와중에 서준과 프로그래머들이 준비한 회심의 일타가 바로 제3국 해외소프트웨어 시장이었다. 어차피 일반 유저들에게 통하지 않을 바에야 아예 공공기관이나 회사 시스템 시장을 공략하겠다는 전략이 바로 서준의 생각이었다. 그리고 그건 어느 정도의 성공 가능성이 점쳐지고 있었다. 핀란드, 영국, 네덜란드 등 유럽 국가 여러 기관에서 계약타진이 들어왔기 때문이다.

"아직인가요?"

탁.

손수 끓인 홍차를 탁자에 올려놓으며 그가 물어왔다. 잠시 잠깐 딴생각에 빠져 있던 휘리는 번쩍 고개를 들었다. 어제 오전, 서준을 핀란드로 보내놓고 마음이 심란해서 그런지 자꾸만 일에 집중을 못하고 있었다. 휴, 한숨이 길게 나왔다.

"죄송해요. 다른 생각을 하느라고……."

"블랙 티예요. 집에 차가 이것밖에 없어서. 우유는 제가 대충 맞춰서 블랜딩했습니다. 마시면서 천천히 읽어보세요."

"아니에요. 아까 말로 다 설명해 주셨는데요 뭘. 나중에 집에 가서 다시 읽어보도록 할게요."

휘리는 배시시 웃으며 서류를 탁자 위에 올려놓았다.

"그래요, 그럼. 서명은 조금 있다가 하고 우선 차 드세요."

드르륵, 남자는 맞은편의 의자를 꺼내어 앉으며 넉넉한 미소를 지었다.

"아프신 분한테 이런 걸 받아 마셔도 되는지 모르겠어요. 제가 직접 타다 마셔도. 되는데."

"이 정도는 할 수 있어요. 감기 기운이 약간 있는 것뿐인데요 뭘."

"꾀병을 앓으신 거예요?"

따뜻한 찻잔을 두 손으로 쥐고 휘리는 농담 삼아 짓궂게 물으며 히죽거렸다. 그리곤 오랜만에 진지한 눈으로 바라보았다. 거의 이 년 가까이 혼자 짝사랑했던 남자를.

박은재. 참 알 수 없는 남자라는 생각이 새삼 들었다. 아무것도 모르는 것 같으면서도 느낌으로는 뭔가 아는 듯하고, 마냥 편안하게 느껴지다가도 다음 순간 엄청 불편해지고. 딱 뭐라고 정의 내리기 힘든 사람이란 생각이 강하게 들었다. 그 느낌은 점점 더 강해져서 요즘은 단둘이 있기가 좀 무서울 지경이었다.

기분 탓이겠지만 희주와의 결혼 소식을 듣고부터는 더 그랬다. 그는 희주의 실체를 전혀 모르고 있었다. 그녀가 자신을 물건 취급하면서 휘리에게 팔아넘기려 들었다는 사실조차도 전혀 알지 못하는 듯했다. 한마디로 말하자면 그는 희주에게 속아 결혼이라는 무덤으로 가게 생긴 것이다.

그렇다고 그에게 동정심이 생기는 건 아니었다. 이상한 건 바로 그 점이다. 가장 큰 피해자는 박은재, 이 남자라는 걸 너무도 잘 알고 있는 휘리였지만 도무지 그가 불쌍하다는 생각이 들지 않았다. 뭐라고 콕 집어 이유를 댈 수는 없지만 말이다. 아무튼 박은재를 자신이 무슨 짓을 저지르고 있는지 잘 알고 있는 것 같았다. 상황을 제대로 파악하고 컨트롤 중인 것처럼 느껴졌다. 정말 이 남자는 다 알면서도 희주와 결혼을 하려는 것일까?

"이런 날도 있어야죠."

찻잔을 홀짝거리는 그녀를 빤히 바라보며 박은재는 중얼거렸다.

"덕분에 이렇게 휘리 씨가 직접 제 집까지 찾아와 주었잖아요?"

빤히 바라보는 그의 눈초리에 머쓱해져 휘리는 선머슴처럼 뒤통수를 박박 긁어댔다.

"편찮으시다는데 제가 직접 찾아오는 건 당연한 거죠. 목마른 사람이 우물을 파는 거 아니겠어요?"

"목마른 사람은 접니다. 휘리 씨의 대본이 너무 늦게 빠지는 바람에 제가 아주 속이 탔습니다. 말은 못하고 얼마나 답답했는데요."

"어? 그러셨어요? 그럼 제 초고 보시고 엄청 실망하셨겠네요. 엉망이었는데."

휘리는 약간 상기된 표정으로 수줍게 웃었다. 초고 이야기가 나오면 부끄러워지는 건 어찌할 수 없는 게 작가들의 일반적인 습성이었고 그녀도 예외일 수는 없었다. 게다가 그녀의 초고를 읽고 누리가 한 말을 떠올리자면…….

"천만에요, 대만족이었습니다. 그렇지 않았다면 이번 계약도 없었을 겁니다."

"괜히 띄워주시는 거 다 알아요. 퇴고 잘하라고 해주시는 말씀이시죠?"

"아니에요. 휘리 씨는 너무 겸손해서 그게 탈인 거 같습니다."

"음…… 제가 좀 겸손하긴 하죠."

짐짓 진지하게 그녀는 고개를 끄덕이며 대답했다. 하지만 곧 두 사람은 약속이나 한 듯 웃음을 터뜨렸다. 더불어 어색하기만 하던 분위기도 조금은 풀어지는 것 같았다. 하지만 궁금증은 여전했다. 화장실에서 일 보고 밑 안 닦은 기분이다. 희주가 어떤 애인지 그는 알까, 모를까? 휘리는 진정으로 알고 싶었다.

"참, 좋은 일 앞두고 계시다고 들었습니다. 미리 축하드릴 게요."

차를 한 모금 마신 후 은재가 말했다. 마치 그녀가 무슨 생각을 하고 있는지 다 알고 있다는 듯 그녀를 내려다보고 있는 그의 눈빛은 빤했다.

"어? 알고 계셨어요? 감사합니다."

쑥스러운 기분이 들어 휘리는 또다시 배시시 웃었다.

"그럼요. 극단에 소문이 파다하게 퍼져 있는데요. 그 사람이죠, 모임에 같이 왔던?"

"네? 아, 맞아요."

은재도 그녀와 동행한 서준을 기억하고 있나 보다.

"좋은 분 같더군요."

"서준 씨랑 만난 적 있으세요?"

"네."

짧은 대답. 휘리는 찌푸려지는 인상을 억지로 잡아당겨 폈다. 뭔가가 더 있을 것 같은데, 입을 꾹 다물어 버리는 그의 무심한 태도가 마음에 들지 않았다. 서준을 만나면 물어봐야 할까? 박은재 이사와 무슨 이야기를 나눴는지? 궁금증과 불만을 꾹 누르고 휘리는 조심스럽게 물었다.

"박 이사님도 이번에 좋은 소식 있던데요?"

사실 웬만하면 희주 이야기는 꺼내고 싶지 않은 휘리다. 하지만 은재가 먼저 결혼을 축하한다는 인사를 해오는데 어쩌겠나? 그가 조만간 희주와 결혼식을 올릴 거라는 건 누구보다 그녀가 더 잘 알고 있으니 예의상 모른 척할 수는 없었다. 화사한 미소를 띠고 휘리는 접대용 멘트를 살근거렸다.

"희주랑 날짜 잡으셨다면서요. 축하해요."

"고마워요."

아무것도 모른 채 그는 웃고 있었다. 불쌍한 남자. 진짜 희주에 대해서 아무것도 모르는 것일까? 살짝 의구심이 들었던 것도 잠시 측은한 생각이 들었다. 아무리 선택도 그에 따른 책임도 모두 그의 몫이라고는 하지만, 그래서 나중에 상처받고 후회해도 어쩔 수 없는 문제겠지만……. 희주와 같은 여자에게 속아서 결혼을 하게 되다니, 이 얼마나 불행한 일인가 말이다!

휘리 같은 제 삼자의 입장에서 봐도 정말 안타까운 일이었다.

"저희가 먼저죠? 결혼식 때 꼭 와주세요."

"그러죠. 희주랑 꼭 가겠습니다."

"음……."

어떤 식으로 이야기를 꺼내야 할까? 희주가 바람둥이라는 사실을 아냐고 물을까? 아니면 얼마 전까지 다른 남자에게 꼬리를 쳤었다고? 아, 정말 애매하도다.

"무슨 하실 말씀이라도……?"

"예?"

"고민있으세요?"

"아! 아니요. 그건 아니고……."

걱정을 담긴 눈빛으로 은재가 휘리를 보고 있었다. 괜히 침이 말라붙는 기분이 들어 휘리는 찻잔을 들어 입술을 축였다.

'말해, 말아?'

만약 휘리가 이 자리에서 희주의 최근 행적을 까발린다면 분명 은재는 노발대발해서 파혼을 선언할 것이다. 결혼은 파투가 날 것이고 은재 또한 돌이킬 수 없는 상처를 입게 될 것이다. 그게 과연 옳은 일일까? 휘리는 헷갈렸다.

모든 사물엔 양면이 있고 희주와 은재의 결합도 다른 관점에서 본다면 충분히 축복받을 만한 일이 될 수도 있는 것이다. 물론 희주가 은재에게 다시 돌아간 것이 어찌 보면 역겹고 다분히 기회주의자 같은 짓일 수는 있다. 하지만 은재가 정말로 희주를 사랑한다면? 그래서 희주의 그 어떤 사악한 면도 모두 사랑할 수 있다면? 그렇다면 휘리는 두 사람을 위해 그냥 입을 다물어 줘야 하는 게 아닐까?

"무슨 일인데 그래요?"

"예?"

"하실 말씀 있으면 하세요. 일 문제입니까?"

"아니요, 그게 아니라……."

머리가 지끈지끈 아파왔다. 괜히 오지랖 넓게 두 사람 일에 끼어늘어 훼방을 놓는다거나 과거의 일을 폭로해 희주의 재넌을 깎고 은재에게 버림을 받게 만드는 일 등은 생각만 해도 골칫거리였다. 귀찮아서라도 희주의 일은 그냥 접어두는 게 나을 것도 같다는 생각이 들었다.

"희주 성격이 만만치 않잖아요. 이사님이 어떻게 요리하실지 무척 기대가 되어서요.”

그래, 두 사람의 일은 두 사람이 알아서 하게 내버려 두는 게 상책이지. 휘리는 입을 다물기로 결정을 내렸다.

“요리는요, 무슨.”

“희주가 또 한인기 하잖아요. 쫓아다니는 남자들도 많고. 학창 시절부터 개 장난 아니었어요. 어찌나 남정네들이 껄떡대는지.”

“그랬을 겁니다. 희주, 예쁘잖아요. 끼도 있고.”

끼도 있고? 끼있는 건 안다는 말일까?

“음주가무에 능하다는 말은 들었어요.”

휘리는 장난스럽게 받아넘기며 히죽거렸다. 하지만 그는 웃지 않았다.

“나보다 훨씬 괜찮은 남자들이 희주를 원한다는 사실 나도 잘 알고 있습니다. 그래서 난 내가 행운아라고 생각해요.”

살짝 고개를 떨어뜨린 그는 사근사근 속삭이는 말투로 수줍게 중얼거리고 있었다. 시원시원한 눈매와 뭇 여성들을 깜짝 기절하게끔 만드는 멋진 미소를 머금은 채다. 휘리는 숨을 죽였다.

“난 희주 없이는 못살거든요. 희주는 날 얼마만큼 좋아하는지 모르겠지만 뭐, 나만큼이 아니라도 상관없어요. 어차피 희주는 내 사람이 될 거고 사랑은 살면서 키워가면 되는 거니까요. 난 그렇게 생각해요.”

아! 이 얼마나 순진한 남자인가! 희주와 결혼하는 자신을 행운아라고 여기다니. 정작 행운아는 희주인 것을. 이런 남자의 지고지순한 사랑을 받는 희주는 행운아 중의 행운아였다.

휘리는 마음이 따뜻해지는 걸 느꼈다. 그의 사랑에 진심으로 박수를 보내주고 싶었다. 은재의 사랑이 희주를 좋은 쪽으로 변모시켜 줄 거란 믿음이 단숨에 싹이 트고 자랐다. 앞으로의 희주가 무척이나 기대가 되었다.

"아니, 왜 그런 생각을 하세요? 희주가 왜 이사님을 사랑하지 않겠어요? 결혼까지 하려고 하는데."

그가 눈을 들었다. 불안하게 흔들리는 눈동자. 휘리는 저도 모르게 그의 손등을 붙들었다. 왠지 모르지만 그에게 확신을 심어주고 싶었다.

"희주가 결혼까지 결심한 걸 보면 이사님을 엄청 사랑하고 있는 게 분명해요. 여자는 결혼문제만큼은 엄청 신중하게 결정하거든요. 아마 말로 표현하진 않지만 희주 걔, 이사님 엄청 좋아하고 있을 거예요. 원래 그 계집애가 좀 깍쟁이 같거든요? 그래서 속마음을 잘 표현 안 하는 걸 수도 있어요."

"정말 그럴까요?"

뼈를 녹여 버릴 듯 달콤한 미소. 은재 특유의 살인미소가 얼굴 가득 퍼졌다. 고개까지 끄덕거리며 휘리는 토닥토닥, 그의 손을 다독여 주었다.

"그럼요. 모르긴 몰라도 지금 우리 이러는 거 보면 엄청 질투할 걸요? 원래 희주 걔가 투기는 좀 심한 편이에요. 독점욕 있죠? 그게 장난 아니거든요."

"그래요?"

"네!"

휘리는 열심히 고개를 끄덕이며 그에게 대답해 주었다.

바로 그때다. 싸늘하기 짝이 없는 금속성 목소리가 휘리의 귓등을 세차게 후려쳐 왔다.

"지금 뭐 하고 있는 거야?"

호랑이도 제 말 하면 온다더니, 옛말 하나 그른 것 없다. 휘리는 뜨악한 얼굴을 소리나는 쪽으로 돌렸다. 훨쩍 열려진 현관문. 뻔뻔하리만치 당당한 걸음으로 희주가 걸어 들어오고 있었다.

"내 남자한테서 손 떼, 지휘리."

냉큼 손을 뗀 휘리는 슬금슬금, 희주의 눈치를 보며 황급히 자리를 떴다. '마침 자리에서 일어나려던 차였다'는 어설픈 핑계를 대면서 꽁지가 빠지게 달아나는 휘리를 보면서 은재를 씁쓸한 입맛을 다셔야 했다.

'어디 저래서야, 원. 김희주의 상대가 될 수 있겠나? 어림없지. 쯧쯧!'

혀가 저절로 차졌다. 지금 걸음아 날 살려라 도망칠 사람이 누군데 뒤도 안 돌아보고 내빼느냐 이 말이다. 마음이 약한 것이다. 빈 수레가 요란하다고. 말투나 행동이 사내 못지않게 거칠거칠하지만 실은 심약하고 남에게 해악 한번 제대로 못 끼치는 순해 빠진 여자인 것이다. 그런 지휘리가 희주를 상대로 해서 이겼다니 다시 생각해 봐도 놀라울 따름이었다.

"웃겨."

희주의 표독스러운 목소리가 은재의 뒤통수를 때렸다. 휘리가 지나가고 난 후의 썰렁한 현관을 물끄러미 바라보고 있던 은재는 천천히 시선을 돌렸다. 그리고 이를 갈고 있는 약혼녀에게 무심한 듯 강렬한 눈길을 보냈다.

"이건 도대체 무슨 그림이야? 다른 여자를 집 안으로 끌어들이다니. 그것도 지휘리를?"

"무슨 상상을 하는 거야?"

차분하게 은재는 대꾸했다.

"날 놀라게 하고 싶었다면 굳이 이런 방법이 아니고도 많잖아? 왜 하필 휘리야? 걔가 나랑 얼마나 껄끄러운 사이인지 설마 몰랐다고 말할 셈이야?"

뻔뻔한 여자. 희주는 전혀 거리끼지 않았다. 백마를 바꿔 탄지 일주일도 지나지 않아 낙마를 하고 버려진 모습으로 그의 앞에 나타난 주제에. 어차피 모든 걸 다 예상했던 은재였지만 가끔 희주의 배짱에 대해서만큼은 놀라지 않을 수 없었다.

'뭘 믿고 이리 당당하게 구는 것인지.'

혈통도, 순수성도 모두 그에게 모두 드러내 보이고 더 이상 남은 것도 없는데도 희주는 은재의 주인인 양 잘도 행세하고 있었다. 배포가 큰 것인지 낯짝이 두꺼운 것인지 은재조차도 가끔 갈피를 잡을 수가 없었다. 하지만 상관없다. 김희주의 그런 면에 끌리는 것이니까. 수많은 여자들, 그의 여자가 되겠다고 달려드는 불나방 같은 여자들 중에서 김희주는 단연코 으뜸이었다. 흥미 면에서나 영양 면에서나.

"아니, 그럴 생각은 애초부터 없었어. 굳이 숨길 필요가 없잖아? 다 알고 있는 판인데."

"흥! 왜? 내가 당신 발밑에라도 엎드려 빌기를 바라?"

질투. 희주가 소유욕이 강하다는 것은 약혼자인 은재가 더 잘 알고 있다. 희주는 자기 것을 남에게 뺏기는 것을 극도로 싫어한다. 혈통에 대한 콤플렉스 탓이리라. 어디다 내놔도 꿀리지 않는 그녀의 집안에 무슨 문제가 있어서 콤플렉스를 가졌을까만. 그녀에겐 남들에게는 말 못할 남다른 사연이 있었다.

엄밀히 따지면 그녀는 한국인이 아니다. 희주의 이국적인 외모는 결코 생물학적 우연이 아닌 것이다.

태생에 관한 희주의 비화는 이렇다. 삼십 년 전, 그녀의 생부는 당시 이름깨나 날리던 독일의 배우였다. 음악도로서 어렵게 유학을 가 아르바이트로 생계를 유지하며 힘들게 생활을 하던 희주의 어머니, 이유진이 생부를 처음 만난 곳은 작은 술집. 이유진은 아르바이트로 웨이트리스 일을 하고 있었다. 그는 이유진에게 혼인을 빙자해 유혹했고 두 사람은 살림까지 차려 근 이

년에 가까운 동거 생활을 하게 된다. 그러나 불행히도 생부는 처자식이 있는 유부남이었다. 그리고 이유진이 자신이 남자의 정부에 지나지 않았다는 사실을 깨달았을 때는 이미 희주를 임신한 후였다.

어린 나이에 머나먼 타국 땅에서, 그것도 미혼모로서의 생활을 견뎌내야 했던 이유진의 고초는 과연 얼마나 컸을까? 희주의 과거를 조사하다 알아낸 바에 의하면 이유진은 술집에서 일하며 몸을 팔았다고 한다. 그러한 생활이 전도유망한 젊은 외교관, 지금의 남편을 만나기 전까지 계속되었다면 분명 희주의 혈통 콤플렉스에 지대한 영향을 끼쳤을 거란 생각이다. 이유진이 결혼한 해는 희주가 정확히 일곱 살이 되던 해였고 그 나이면 모든 걸 대충 파악하고도 남음이 있는 나이였다.

"천만에. 김희주에게 그런 기대는 금물이지."

"아니라고? 그럼! 그럼 뭐야? 뭘 원해? 내가 어떻게 하길 원해?"

호전적으로 쏘아붙이는 희주의 눈동자에 불꽃이 튀었다. 목에 칼이 들어와도 자존심을 굽히지 않을 그녀. 그가 기대하는 모습 그대로였다. 이 모습을 보기 위해 그 얼마나 많은 시간을 스스로 숨겨왔던가? 그녀의 콤플렉스를 건드리지 않기 위해 은재는 지금껏 자기 자신의 모습을 철저하게 숨겨왔다. 오만함, 자신감, 자존심, 그리고 정열……

왜냐하면, 왜 그리 스스로를 낮췄냐면…… 그는 희주를 사랑했기 때문이다. 처음 본 순간부터 그는 그녀의 갈색 눈동자에서 깊은 상처를 보았고 그녀를 보듬어주고 싶은 강한 충동을 느꼈다. 운명이라고밖에 설명될 수 없는 참으로 기이한 일. 미스터리였다. 늘 음전하고 참한 여자를 아내로 삼겠다고 생각했던 자신이 정반대의 희주에게 왜 그리 강렬히 이끌렸는지 은재는 아직도 이해하지 못했다.

"내가 원하는 걸 해줄 수는 있고?"

루비처럼 붉고 색정적이기까지 한 그녀의 입술이 살짝 비틀렸다.

"내가 아니면 누가 해줄 수 있겠어? 난 지휘리 따윈 절대로 해줄 수 없는 것들을 해줄 수 있어. 설마 내가 어떤 핏줄인지 모른다고 하진 않겠지?"

"머리 좋군."

"잔머리일 뿐이지. 어떻게 박은재 씨의 머리를 따라갈 수 있겠어? 재벌 2세로 태어나 어릴 때부터 지금껏 일본, 영국, 프랑스, 세계 각지를 돌며 공부하신 분 머리를 매춘부의 딸이, 사기꾼에 비열한 오입쟁이의 딸이 어떻게 감히 당신을!"

핏물이 고일 정도로 입술을 질끈 깨물며 그녀는 저돌적으로 은재에게로 다가갔다. 천천히 그리고 섹시하게 움직이는 그녀의 다리는 입에 침이 고일 정도로 매혹적이었다.

본능이 미친 듯이 요동을 쳤다. 보지 않으려 애를 써도 자꾸만 보이는 희주의 약한 모습에 가슴이 아려오는데도, 그녀를 얻기 위해 이런 술수를 쓸 수밖에 없는 자신이 못내 서글픔에도 욕망은 제어가 되지 않았다. 스스로가 경멸스러울 정도였다. 하지만 그럼에도 불구하고 은재는 그녀를 향한 욕정을 멈출 수가 없었다.

그녀를 가질 것이다. 철저히. 그 누구도 대신할 수 없을 정도로 완벽하게. 진정으로 갖고 싶었던 건 그녀의 마음이었지만 이젠 상관없었다. 마음이 아니면 몸이라도 가질 것이다. 언젠가 그 마음을 가질 날이 분명 올 터였다.

"당신은 날 놀라게 했어. 만나는 내내 멍청한 눈으로 날 신봉하듯 바라보더니 내 뒤통수를 쳤지. 확실히 놀랐어, 난. 정말로 나에 대해서 다 알고 있던데. 순둥이 박은재가 그 사람 좋은 웃음 뒤에 비수를 숨기고 있을 줄 누가 알았겠어?"

비웃음과 경멸이 가득 담긴 얼굴을 코앞까지 들이밀고 희주가 웃었다. 그녀의 두 팔이 느릿느릿 올라와 은재의 굵은 목덜미를 착 둘러왔다. 그리곤 단정한 은재의 머리카락을 흐트러뜨리며 그의 머릿속을 나른하게 돌아다니기 시작했다.

"어떻게 알았는지는 궁금하지 않아. 세상에 비밀이란 원래 없는 거니까 직정하고 조사했다면 충분히 알아낼 수 있었겠지. 내가 놀란 건 당신이란 인간 자체였어. 생각보다 간이 크더라고. 감쪽같이 날 속이고 내가 하는 꼴을 전부 다 지켜보았지. 난 지금까지도 당신이 어떻게 날 속일 수 있었는지 궁금해. 내 눈을, 내 직감을 도대체 어떻게 속인 거지?"

“지피지기(知彼知己)지.”

“자만하지 마.”

희주의 조그만 엉덩이가 은재의 앞섶을 뜨겁게 덮었다. 신음소리가 그의 목구멍을 뚫고 올라왔다. 피가 거꾸로 치솟는 기분. 꿈틀꿈틀 요동을 치는 그의 앞부분에 밀착된 희주의 엉덩이가 요염하게 흔들리고 있었다. 은재는 고 작고 귀여운 엉덩이를 붙들고 싶은 충동을 간신히 억누르며 이를 악물었다.

“날 다 알고 있다고 생각하나 보지? 내가…… 당신 손안에서 꼼짝 못할 거라고 생각해? 천만에, 당신은 날 몰라. 내가 얼마나 더러운 년인지, 얼마나 추잡한 년인지 알아? 난 당신보다 훨씬 더 배경 좋은 남자가 나타나면 미련없이 떠날 거야. 내 육체? 내 처녀성? 당신이 가진 건 다 허깨비야. 어차피 누군가가 가질 거였어. 그 상대가 당신이었다는 거, 내겐 아무 의미가 없어. 알아? 내겐 아무 의미가 없다고!”

느슨하게 풀린 셔츠 사이로 그녀의 차가운 손이 들어왔다. 요부. 시궁창처럼 더러운 속이란 걸 알면서도 그는 그녀에게서 벗어날 길이 없었다. 그녀는 그만의 쥐약이었다. 거부할 수 없는 유혹, 그 자체였다.

“날 먼저 건드린 건 당신이야. 당신의 도전. 그거 받아들이겠어.”

거친 숨을 몰아쉬는 두 사람. 이미 뜨겁게 달아오른 그의 그곳에 희주의 손이 닿았다. 그리고 그녀는 속삭였다. 그의 귓가에 뜨거운 입김을 불어넣으며.

"페어플레이하자고."

동시에 두 사람은 무너졌다. 자제력도, 이성도.


햇살이 유난히 좋은 날. 아침 일찍 전달해야 하는 몇몇 서류들을 들고 집을 나선 휘리는 세 곳을 차례로 들러 일을 마치고 민원대행 업무까지 깔끔하게 처리를 한 후 부리나케 약속 장소인 서준의 집으로 달려오는 중이었다. 골목이라는 단어가 무색하리만치 넓은 모퉁이를 돌아 서준의 집 앞에 차를 세운 휘리는 제법 따가운 볕을 노려보았다.

"아! 뭐야, 이거. 기미 생기겠네."

초봄의 화사한 볕이 거무스름한 선글라스 위로 부서졌다. 이제 막 5월의 첫날이 시작되었을 뿐인데 날씨는 벌써부터 한여름이니, 이거야 원. 이럴 줄 알았으면 따뜻한 봄날에 식을 올리는 게 어떻겠냐는 서준의 부모님 의견을 순순히 따를 걸 그랬다는 후회가 일었다. 무리를 해서라도 식을 올렸더라면 지금처럼 피를 말리는 하루하루를 보내지 않아도 됐을 터였다. 물론 그때 당시엔 극본 삭업이 한창이었던지라 다른 쪽에 신경을 쓸 여유가 없었던 게 사실이었지만.

"아이고, 내 신세야. 무슨 놈의 팔자가 이렇게 세냐?"

탁.

힘차게 차 문을 닫으며 휘리는 구시렁구시렁 중얼거렸다. 아물아물 아지랑이가 올라오는 시멘트 바닥을 꽉꽉 힘주어 밟아 대며 그녀는 삐릭, 자동차 경보시스템 버튼을 눌렀다.

"휴!"

고풍적이면서도 소담한 대문 앞에 서서 휘리는 한숨을 쉬었다. 배포 넓은 여자인 척 의연하게 웃으며 보낸 지난 나흘을 모두 삭제해 버리고 싶은 심정이었다. 붙잡을 걸, 아니. 안 가겠다는 남자, 등 떠밀어 보내지나 말 걸. 그냥 계약을 포기하고 결혼식을 치르겠다는 서준을 괜찮다고, 혼자 알아서 다 할 거니까 가서 일이나 잘 성사시켜 놓고 오라고, 큰소리 뻥뻥 쳤던 자신이 저주스러울 지경이었다.

"내가 미쳤지. 못 가게 말릴 걸. 이러다가 진짜 결혼식장에 신부만 덜렁 나타나는 거 아니야? 으휴! 미쳐, 미쳐. 뭔 창피냐, 정말."

이제 사흘이었다. 사흘만 지나면 드디어 결혼식인데 협상은 아직도 오리무중. 어젯밤부터는 자꾸만 불안해지는 것이 어쩌면 결혼식을 미뤄야 할지도 모른다는 생각도 들기 시작했다. 핀란드 현지까지 가서 일주일 가까이 체류하며 바이어와 줄다리기 협상 중인 남자에게 어찌 일을 포기하고 결혼식에 참석하라고 말하겠는가? 못한다. 아닌 말로 결혼식이야 언제든 올릴 수 있는 건데, 날짜가 무에 그리 중요하다고 우기겠는가?

하지만 이젠 상사병까지 생길 판이다. 그깟 며칠 못 봤다고 상사병까지 언급한다면 혹자는 휘리를 사삭스럽다고 할지도 모른다. 누리는 분명 웩웩거리며 대패를 찾을 것이다. 그렇지만 보고 싶은 걸 어떡하겠나? 휘리도 닭살이라면 치를 떠는 무뚝뚝함의 여왕이지만 아무리 그녀라도 자기 자신을 속일 수는 없었다. 퐁퐁 절절히 샘솟는 마음을 어찌 부인할 수 있으랴!

결국 어제는 그와 통화를 하다가 울음까지 터뜨려 버렸다. 중요한 일 처리하느라 출장 가 있는 사람한테 그러면 안 된다는 걸 잘 알면서도 엉엉 소리까지 내며 그야말로 펑펑 울어버렸다. 갑순이도 아니고, 청승맞게 달 보며 웬 눈물을 그리 흘렸을까? 지금 생각하면 참 기가 찰 노릇이지만 그래도 하긴 했다. 그녀가, 그 낯간지러운 짓거리를.

어쩔 수 없더라. 좋아하는 사람, 보고 싶을 때 못 보니 애간장이 타 들어가는 것만 같더라. 사랑이란 게 이런 건가 싶더라. 한 사람을 진정으로 사랑하게 되니 팔자에도 없는 질투에 앙탈까지, 정말이지 온갖 것을 몸소 실천해 보는구나 싶더라.

얼굴 위쪽으로 확, 뜨거운 기운이 몰려들었다. 코끝이 찡해지더니 또다시 눈시울이 뜨거워졌다. 창피한 줄도 모르고 보고 싶다며 통곡을 했던 어제의 일이 떠올리자 설움이 다시금 되새김질되는 것이다. 이러면 안 되는데. 남늘 알면 흉보는데.

또르르. 깜빡거리는 눈꺼풀 사이로 아프게 맺혀 있던 눈물이 볼을 타고 떨어졌다.

"에고고, 이게 뭔 짓이냐? 지휘리, 바보처럼 이게 뭐 하는 짓이야!"

휘리는 벅벅 소맷부리로 얼굴을 문지르며 중얼거렸다. 연민 따위는 절대 그녀의 친구가 아니었다. 이럴 때일수록 기운을 차려야 진짜 지휘리다. 결혼식, 그까짓 것. 당장 못한다고 누구 죽어나가는 것도 아니고. 정 안 되면 며칠 늦출 수도 있지 않겠는가? 대범해져야 한다. 그래야 지휘리다운 거다.

"기운 내, 지휘리! 아잣!"

크게 숨을 들이쉬며 휘리는 두 주먹을 불끈 쥐었다. 이제 씩씩한 얼굴로 들어가, 결혼을 앞둔 예비 신부가 혹여 불안해할까 봐 걱정하고 있는 강 여사를 안심시켜 줄 차례다. 들어가자. 기운차게. 씩씩하게. 이얍!

그 순간이었다. 두 팔을 번쩍 들어 대문 앞 초인종을 누르려는 바로 그 순간, 가녀리면서도 애달픈 남자 가수의 목소리가 들려왔다.

—머리부터 발끝까지 다 사랑스러워. 워워! 네가 나의 여자라는 게 자랑스러워. 무뚝뚝하던 내가 종일 싱글벙글 웃잖아. 대체 내게 무슨 짓을 한 거야.

전화벨! 가사가 자신의 심정을 대변해 주는 것 같다며 서준이 너무나 좋아하던 바로 그 음악이었다. 그래서 서준의 번호와 연결해 놓고 쓰는 바로 그 벨소리가 지금 울리고 있었다.

"오오오!"

입술을 동그랗게 말고 휘둥그레 눈을 치켜뜬 휘리는 허겁지겁 호주머니를 뒤졌다. 그다! 한서준! 어찌 알고 딱 맞춰서 전화를 하는지! 미워해 보려 해도 미워할 수가 없는 남자가 아닌가 말이다. 방금까지 감상에 젖어 눈물을 찔끔거리고 있던 휘리는 순식간에 룰루랄라, 하늘을 나는 듯 마음이 가뿐해지는 기분이었다.

"서준 씨?"

[응, 나야.]

"어디야? 지금이 몇 신데 전화를 해? 잠 안 자?"

핀란드는 새벽일 거란 생각을 하며 묻는 휘리는 바보처럼 샐샐 웃는 낯이다.

[음. 잠은 아까 충분히 잤지.]

"응? 무슨 소리야? 협상 다 끝났어? 어떻게 된 거야?"

물론 끝났을 리는 없다. 일이 해결되었다면 그 즉시 비행기를 잡아타고 날아왔을 것이다. 그렇다면 일이 장기전으로 돌입하게 되었다는 걸까? 푹 충분히 잠을 자두고 일어나 전화를 하는 거라면 그럴 가능성이 컸다. 하지만 그럼 결혼식은 어떻게 하고? 설마 정말로 미뤄야 된다는 것? 안 돼!

"대답을 좀 해봐!"

아까까지 의연해지자고 파이팅까지 외쳐 대던 의기는 어디가고 어느새 휘리는 절박한 목소리로 서준을 다그치고 있었다.

[갑자기 왜 소리를 지르고 그래?]

"대답을 빨리 안 하니까 그렇지. 뭐야? 무슨 일이야?"

[어허! 너무한 것 아니야? 출장 떠난 약혼자한테서 전화가 왔

는데 무슨 여자가 이래?]

그녀의 심정을 아는지 모르는지 그의 어조는 되레 넉넉하다. 그럴 리 없겠지만 흡사 싱글벙글 웃음기를 머금은 듯했다. 잘못 들은 거겠지. 서준이 웃고 있을 리가 없다. 울어도 시원찮을 판에 지금이 웃고 있을 상황인가 말이다.

'그래, 내 귀가 잘못된 거야. 설마 하니 웃고 있으려고!'

그러나 수화기 너머로부터 들려오는 서준의 목소리는 여전히 낫낫했다.

[보고 싶었다는 둥, 사랑한다는 둥 애교도 떨고 좀 그래야 되는 거 아니야?]

"나 애교 떠는 거 보고 싶으면 당장 말해. 언제 돌아와?"

휘리는 입술을 꽉 깨물고 반 협박조로 으르렁거렸다. 안 그래도 급한 성미가 서준의 미적거리며 약 올리는 듯한 태도에 거의 폭발 직전까지 끓고 있었다.

얼마나 보고 싶었는데! 혼자 달 보고 울기까지 했는데! 남자라는 동물 다 똑같다고, 제 여자라는 확신이 서면 그때부턴 마음 편히 놓고 여자에게는 도통 신경도 쓰지 않는다는 사람들의 말을 들을 때마다 고개를 저었던 휘리다. 여자를 아끼고 배려하는 마음이 구순례 여사마저도 감탄해 마지않을 정도인지라, 서준이 보통 남자들과는 뭐가 달라도 다를 줄 알았던 거다.

한데! 한데 이게 뭐냔 말이다! 버릇을 단단히 잡아놓고 말리라. 모가지를 비틀어서라도 한국으로 들어오게 만들고 말 터이다. 사업? 흥! 결혼식 올리고 다시 날아가든지 말든지! 이제는 이판사판이다.

"야! 한서준!"

버럭 고함을 지르며 휘리는 있는 힘껏 주먹을 틀어쥐었다.

[뒤 좀 돌아봐, 이 아가씨야.]

"무슨 소리……?"

톡톡. 누군가가 어깨를 건드리는 게 느껴졌다. 휙. 휘리는 고개를 돌려 뒤를 돌아보았다.

"도대체 왜 뒤는 돌아보지 않는 거야?"

그가 서 있었다. 한서준. 그녀의 약혼자. 지휘리의 하나밖에 없는 지아비, 낭군님.

"어, 어떻게…… 된 거야?"

황망한 목소리로 휘리는 말까지 더듬었다. 마치 유령을 대한 듯 얼빠진 얼굴이 되어 그녀는 서준을 올려다보았다. 겨우 나흘 밤낮이 사십 년처럼 느껴지게 만든 장본인. 그는 집 떠나면 고생이란 말이 절로 나올 정도로 까칠해진 얼굴로 그녀의 앞에 서 있었다. 여전히 잘생긴 얼굴로. 여전히 사려 깊은 눈동자, 길고 이지적으로 뻗은 콧날, 크지도 작지도 않은 섹시한 곡선의 입매로.

"어떻게 되긴. 네가 우니까 달려온 거지."

"하, 하지만…… 회사 일은? 협상은 다 끝났어?"

"네가 나 보고 싶어서 우는데 별수있어? 와야지."

"그럼 갔던 일이 마무리되지도 않았는데 돌아왔단 말이야? 나 때문에?"

거의 비명에 가까운 톤으로 그녀는 소리쳤다. 그 일에 얼마나 많은 이들이 목을 매고 있는지 아는지라 휘리의 놀람은 더욱 컸다.

세상에, 이럴 수가! 정말 일도 다 끝맺지 못한 채로 귀국했다는 걸까? 말도 안 돼! 미친 거 아닐까, 이 사람? 어떻게 일을 내팽개치고 달려와 버릴 수가 있단 말인가?

비록 경영규모나 성격 면에서 벤처기업 수준을 벗어나지 못하고 있긴 하나 그래도 아직까지 '한소프트'는 소프트웨어 분야 국내 최고의 인지도를 자랑하는 회사다. 어디 그뿐인가? 한국국민 전체의 기대와 총애를 한 몸에 받고 있다고 해도 과언이 아니었다. 단순히 '경쟁력있는 기업'의 차원이 아닌 IT 강국의 면모를 과시할 수 있는 명실 공한 한국의 대표브랜드라는 말이다. 전 세계를 장악하고 있는 거대 그룹, 월드소프트社가 한국 시장을 독점하지 못하는 이유가 한소프트에 있기 때문이었다.

그런데 그런 회사를 이끌고 있는 그가 여기에 서 있다. 온 국민의 관심과 이목을 집중시키고 있는 중요한 수출 계약을 성사시켜야 하는 책임을 짊어지고 있는 한서준이. 실로 난감한 일이 아닐 수 없다. 말은 당장 달려오라고 했지만 설마 진짜로 오리라고는 생각도 하지 못했던 휘리는 진실로 웃어야할지 울어야할지 헷갈렸다.

"왜 그랬어?"

결국 그녀의 얼굴은 울상이 되어버렸다.

"왜 그랬냐니? 당연한 거 아니야?"

그녀의 고민은 전혀 알지 못하는 듯 그는 여전히 환한 얼굴로 되물었다. 바보. 그는 지금 자신이 무슨 일을 저질렀는지 모르고 있었다.

"투정이나 하려고 전화해서 운 줄 알아? 이렇게 달려와 달라고 운 건 줄 알아? 왜 날 나쁜 여자로 만들어! 난…… 난 정말……."

휘리는 말끝을 맺지 못했다. 두 볼이 벌겋게 달아오르는 걸 느껴졌다. 부끄러운 것이다. 일을 이 지경으로 만든 자신이 싫었다. 마음에 들지 않았다. 왜 전화를 걸었던 것일까? 왜 서준의 일을 방해하고 마음 산란하게 징징 짰던 걸까? 진짜로 그런 부류의 여자는 되고 싶지 않았다. 큰일 할 사람, 내조는 못할망정 치마폭에 싸고돌아 망치고 싶지는 않았다.

아! 그런데 너무 다행이란 생각이 드는 건 또 무슨 조홧속일까? 생애 하나밖에 없는 결혼식을 무사히 치를 수 있다는 안도감이 물밀듯이 그녀를 파고들었다.

"아깐 언제 오냐고 호통까지 쳤었잖아. 그런데 가라고?"

남의 속도 모르고 그는 여전히 씩 웃는 낯이다.

"오란다고 오냐? 무슨 남자가 이래?"

불안하게 중얼거리는 그녀의 입술 새로 뜨거운 숨이 흘렀다.

어떻게 해야 할지 갈피를 잡지 못하고 헤매는 그녀의 고뇌가 고스란히 드러났다. 그런 휘리를 서준은 꼭 보듬었다. 휘리가 포근함을 느낄 수 있도록.

"우리 지휘리, 이제 보니 변덕쟁이네. 보고 싶다고 빨리 돌아오라고 할 땐 언제고."

그는 양팔을 벌려 엉거주춤 서 있는 휘리를 끌어당겨 안았다. 그의 품으로 빨려들듯 안겨 들어간 휘리는 부끄러움도 잊은 채 서준의 단단한 가슴에 얼굴을 묻었다.

"다시 가. 가서 일해."

보드라운 목소리가 울렸다. 서준의 품에 파묻힌 머리가 윙윙 울렸다. 그 울림은 휘리의 가슴에 아릿한 통증을 남기며 그녀의 몸을 스쳤다.

"보고 싶단다고 이렇게 와버리면 회사가 어떻게 돌아가겠어. 응?"

눈물이 슬금슬금 삐죽삐죽 흐를 준비를 하고 있었다. 사실은 붙잡고 싶은데 그리 못하는 탓이다. 욕심이 뭉게뭉게 피어올랐다. 눈 딱 감고 서준을 붙들고 싶었다. 인생에 단 한 번 있는 결혼식, 연기하고 싶지 않았다. 하지만 그렇게 되면 이번 계약이 무산될 위기에 처할 것이고 유럽에 잡혀 있는 계약 건들이 줄줄이 파투나게 될지도 모른다. 상식적으로 그런 큰 피해까지 감수하면서 결혼을 강행한다는 건 무모하고 멍청한 짓이었다.

"이미 늦었어. 이제 와서 가봤자 소용없어."

“그게 무슨 소리야? 뭐가 잘못된 거야?”

번쩍 고개를 들며 휘리는 물었다.

“설득할 만큼 했고 약속할 만큼 했어. 그 정도 했으면 나로서도 최선을 다한 거고 그래도 그쪽에서 마음을 돌리지 않는다면 어쩔 수 없는 거라고 생각해.”

“나 때문에 빨리 온 거 아니었어?”

“결혼식 미뤄서 일이 해결될 것 같으면 그렇게 했을지도 모르지. 너한테는 미안하지만, 그런데 아니야. 더 있어봤자 시간 죽이는 것밖에 안 될 것 같아서 돌아온 거야.”

“진짜야?”

휘리는 얼굴을 찌푸리며 서준의 표정을 살폈다. 편안한 표정으로 봐서는 거짓말 같진 않은데도 자꾸 히죽거리는 게 뭔가 석연찮은 구석이 있는 것만 같아서였다. 회사의 존명이 달린 중요한 계약을 날리게 생겼는데 저런 해맑은 미소라니!

“안심해. 내가 여기 왔다고 다 된 계약이 무산되거나 하는 불상사는 일어나지 않을 테니까. 결과는 나중에 정식 절차를 거쳐서 통보해 준다고 하니까 당분간 그 걱정은 하지 않아도 돼.”

“아, 그렇구나! 다행이다. 그럼 아직은 희망이 있는 서야?”

“응.”

천만다행이지 뭔가? 휘리는 자신 때문에 일이 어그러진 게 아니라는 사실에 가슴을 쓸었다. 안도의 한숨을 푹 내쉬며 서준의 품에서 슬그머니 빠져나왔다. 하지만 그때, 꽁무니를 빼는 휘리의 허리를 팔 안에 가두며 그가 속삭였다.

"근데 좀 서운하다."

귓불 근처를 뜨겁게 데우는 나직하고 은밀하며 달콤한 속삭임.

"너 보려고 내가 얼마나 열심히 일을 했는데. 이렇게 달려온 내가 넌 하나도 안 반가워?"

몸이 움찔거릴 정도로 짜릿한 느낌이 휘리의 몸을 관통했다. 파르르 떨리는 두 손을 휘리는 조심스럽게 움직여 그의 허리에 팔을 둘렀다.

"안 반가워하긴 누가?"

"안 반가워하잖아. 다시 돌아가라고나 하고."

"누가 할 소리야? 나흘간의 출장 동안 자진해서 전화한 적이 한 번도 없었던 사람이 누군데? 만날 내가 먼저 전화했잖아."

"그 말은 반갑다는 뜻인가?"

설탕만큼이나 가볍고 달짝지근하게 스치는 밀어에 휘리는 눈을 감았다. 건장하면서도 제법 날렵하게 뻗은 남자의 곡선이 고스란히 느껴졌다. 저도 모르게 서준에게로 더욱더 바짝 붙어 들어가며 휘리는 한숨 같은 신음을 흘렸다.

"당연하지."

"그런데 왜 느껴지지가 않지? 네가 날 반긴다는 느낌이 안 들어. 왜 그럴까?"

휘리의 허리를 붙든 그의 팔이 불끈거리며 그녀를 더욱 바짝 붙당겼다. 휘리의 아랫배 근처에 자리를 잡은 딱딱한 물건이 적 나라하게 도드라져 그녀를 괴롭혔다.

"난 이렇게 널 원하는데……."

그의 입술이 천천히 내려왔다. 그리고 눈, 까맣고 투명한 눈 동자. 마치 그녀를 마셔 버릴 것 같은 뜨겁고 강렬한 눈빛. 그가 그녀를 내려다보고 있었다.

"나도 원해."

대답하는 순간이었다. 다분히 충동적인 행동을 그녀는 결행 하기로 결심했다. 마치 작정하고 홀리려는 듯 씩 웃고는 펄쩍, 그의 몸 위로 뛰어올라 간 것이다.

"엇!"

갑작스런 행동에 그는 놀란 듯 잠시 휘청거렸다.

"이봐, 한 사장! 당신, 내가 앞으론 어디든 따라갈 거니까 각 오해. 이제 곧 결혼도 하겠다, 그럼 당신은 완전히 내 사람이 되 잖아? 절대로 안 놔줄 거야. 어디든 혼자 못 가게 할 거라고. 알 겠어?"

그의 허리를 감싼 우스꽝스러운 포즈로 휘리는 잔뜩 거드름 을 피웠다. 입술꼬리를 쭉 내리고 눈을 내리깔아 도도한 척하지 만 실은 웃음을 참고 있다는 걸 서준은 아는 듯했다. 휘리랑 사 귀다 보니 닮아가는 건가? 그 역시 약간 과장되고 작위적인 억 양으로 크게 대답했다.

"이런. 그런 각오라면 천 번이라도 마다하지 않을 것 같은데,

지 여사?"

"그거 듣던 중 반가운 소리로구먼, 한 사장."

길들여지는 것일까, 아니면 익숙해지는 걸까? 이젠 그녀의 말장난도 척척 받아내는 그가 너무나도 사랑스럽게 느껴졌다. 만인을 향해 외치고 싶은 심정이었다.

'이만큼 멋진 신랑 있으면 나와보라고 해!'

휘리는 만족스런 웃음을 얼굴 가득 지으며 그의 입술을 툭툭 손가락으로 건드렸다.

"자, 입술 군. 기다려. 내가 갈 거니까. 긴장하라고."

"오, 이런……."

서준이 놀라 커다랗게 떠진 눈으로 그녀를 내려다보았다. 키스 처음 해보는 것도 아니면서 놀라긴. 아무래도 사람 많은 대로변 대낮이라 그런가 보다. 하지만 뭐 어떠랴? 이런 기회가 어디 흔한가? 늘 이런 거 한번 해보고 싶었는데 까짓것, 이번 기회에 해보지 뭐. 저번처럼 누리가 나타날 리는 없을 것이고. 어디 이번엔 훼방꾼 없이 확실히 성공해 보자고.

"자, 간다!"

아랫입술을 스윽, 야성적이면서도 게걸스레 핥으며 휘리는 낮게 외쳤다. 장난기 그득한 그녀의 콧잔등엔 잔주름이 깊고 가늘게 패어 있었다. 도발적으로 상대를 노려보는 눈빛 또한 웃음기를 숨기고 있었으니. 그녀는 정녕 지금 이 순간 두 사람을 방해할 자는 단 한 명도 존재하지 않을 거라 여기고 있는 것 같았다.

그.러.나.

"키스해—애! 키스해—애! 키스해—애!"

맙소사! 휘리와 서준의 머리 위로 응원의 함성 소리가 들려왔다. 딱딱 절도 있게 맞아 떨어지는 4박자의 구호. 산통이 깨졌다는 표현은 이럴 때 쓰는 것이리라. 부풀고 부풀어, 한창 고조되어 가고 있던 열망이 순식간에 풍선 터지듯 빵 터져 버리고 그녀의 눈앞엔 김이 팍 새버린 서준의 얼굴만 거울처럼 덜렁 남아 있었다.

"젠장! 미치겠군."

입 밖으로 욕설을 내뱉는 경우가 거의 없는 서준이 낮게 중얼거렸다. 그 역시 휘리처럼 유치한 구호의 주인공들이 누구인지 알아챘나 보다. 서준의 허리에 원숭이처럼 매달려 있던 휘리는 서둘러 다리를 내려 땅 위에 발을 놓고 섰다.

"도대체 거기서 뭐 하세요!"

서준은 고개를 뒤로 재치고 버럭 고함을 내질렀다. 아마도 우리의 훼방꾼들은 이층 발코니에 서서 줄곧 이쪽을 내려다보고 있었던 모양이다. 도대체 언제부터 보아왔던 걸까?

"그건 우리가 할 소리야! 왔으면 빨리 들어올 것이지 거기서 뭐 하는 거니? 동네 창피하다, 애! 꺄르륵!"

"웬 고목나무에 매미냐! 얼른 안 들어오니?"

대문을 넘어 좁지 않은 마당을 사이에 두고도 충분히 큰 목소리로 여사가 소리를 질렀다. 까르륵 당장이라도 넘어갈 것처럼 미친 듯이 웃어대는 이는 다름 아닌 한서희, 출가한 서준의 누나다. 더 황당한 건 한서희의 옆에서 역시 배꼽을 쥐고 비어져 나오는 웃음을 손바닥으로 막느라 여념이 없는 이가 삼 일 후면 휘리의 시어머니가 될 강은실이라는 것. 참으로 민망하지 않을 수 없는 일이었다.

"들어가세요!"

서준의 고함에 두 여인네들은 장난기 그득한 목소리로 합창을 했다. 일말의 망설임도 없이.

"너희나 들어와!"

윽! 정말 못산다. 동네 창피하다는 사람들이 소리는 더 크게 지르니 원. 두 사람은 약속이나 한 것처럼 장난스럽게 한 마디씩 소리치고는 박장대소를 하기 시작했다.

"들어와서 해도 아무 말 안 할게!"

"문 잠가도 모른 척할게!"

"어머님! 아가씨!"

빽 고함을 쳐도 소용이 없다. 웃음소리만 더 높아질 뿐. 휘리는 긴 한숨을 푹 내쉬었다.

"정말 너무들 하시네. 간만에 만난 연인들을 꼭 이렇게 방해하고 싶으실까?"

"우리가 들어갈 때까지 저러실 거야. 들어가자."

"도대체 어떻게 아셨지? 우리 여기 있는 거 말이야."

터벅터벅, 불평불만 가득한 발걸음을 내디디며 휘리는 혼잣

말처럼 작게 중얼거렸다. 아무리 그녀가 도착하기로 돼 있다고
는 하나 이렇게 딱 맞춰, 그것도 신혼살림이 그득 들어차 있는
이층 방 베란다에 나와 있을 가능성은 그다지 많지 않았다.

"공항에 도착하자마자 전화 드렸었어, 너 만나러 간다고."

"그래? 뭐라셨는데?"

"뭐라시긴. 네가 집으로 올 거라고 하셨지. 그래서 내가 먼저
도착해 미리 기다리고 있었고."

"그러니까 어머님은 당신 오는 거 미리 알고 계셨다?"

"응."

"어머님도 참, 그럼 나한테 귀띔이라도 해주시지. 내가 얼마
나 머리가 복잡했는데. 하여튼 옛말 그른 거 하나도 없어."

대문 앞 처마 밑으로 걸어 들어가 벨을 누르며 휘리는 얼굴을
찡그렸다. 고개까지 살짝살짝 흔드는 폼이 불만만 가득 찬 심술
꾸러기 같았다. 서준은 그런 그녀가 마냥 예쁜 듯 흡족한 미소
를 짓고 있었다.

"무슨 옛말?"

"팔은 안으로 굽는다는 말. 서준 씨 돌아왔다는 거 알았으면
나한테 먼저 알려주셨어야지. 아들이랑 작당을 해서는 날 놀라
게 하시기나 하고. 아무튼 장난은 엄청 좋아하신다니까. 어째
나보다도 더해요."

"팔은 안으로 굽는다며. 내 앞에서 어머니 흉보는 거야?"

찌릿. 휘리는 곁눈을 치켜떠 서준을 노려보았다.

“흉보는 거 아니거든?”

휘리의 눈동자에 불똥이 튀었다. 속으로 어디 두고 보자, 하는 식이다. 그 모습이 하도 귀여워 서준은 휘리의 포동포동한 볼을 톡 건드렸다. 그리고 슥 상체를 굽혀 얼굴을 들이밀며 짐짓 은밀히 속삭였다.

“걱정할 거 없어. 내 팔은 이제 네 거니까.”

그리고는 휘리가 뭐라 대답할 겨를도 없이 턱, 서준의 두 팔이 그녀의 귓전을 스치고 지나갔다. 남성미 넘치는 거칠고 단호한 동작은 휘리를 팔 안에 가두기에 충분했다. 초인종이 붙은 벽면과 단단한 서준의 가슴 사이에 휘리는 완전히 포로가 되었다.

“설마 여기까진 못 보시겠지?”

그리고 그의 입술이 천천히 내려오기 시작했다.

**"커**헉!"

기다리고 기다렸던 트림 소리가 터지자 나는 막혔던 수챗구멍 뚫리듯 속이 시원해지는 것을 느꼈다. 체한 것처럼 답답하기만 하던 가슴에 비로소 틈이 생기고 공기가 통하는 듯했다. 하지만 이렇듯 우렁차게 가스를 뽑아내 버렸음에도 불구하고 특유의 갑갑한 기분은 앙금처럼 남아 있다. 뭔가 무겁고 덩치 큰 덩어리가 심장을 짓누르고 있는 것 같은 느낌이랄까? 덕분에 입맛도 없고 음식 냄새만 맡으면 얼굴을 찡그리게 된다.

"좀 어때? 트림하고 나니까 괜찮아?"

토닥토닥 내 등을 두들겨 주며 남편이 물었다.

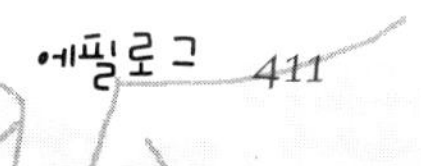

“응, 좀 낫네.”

거짓말이다. 체한 것이 아니니 트림 한 방에 답답함이 가라앉을 리가 없다. 그건 나보다 남편이 더 잘 알고 있다. 잘 알고 있기 때문에 더 더욱 이렇게 안달하는 것인지도 모른다.

요즘 들어 남편은 임신과 육아 관련 책들을 사 모으고 있다. 얼마나 열성적인지 대한민국에서 출판되는 모든 종류의 책들을 모조리 다 사들이는 것 같다. 심지어 다달이 나오는 여성용 잡지들까지 정기 구독하고 있으니 정녕 남편은 팔푼입네, 칠득입네, 하는 남들의 수군거림도 전혀 개의치 않는 의지의 한국인이다.

애아빠가 되면 다들 그런다지만 가끔 난 남편이 유별나다는 생각도 든다. 오죽 유난스러우면 겨우 임신 삼 개월째인 아이의 이름을 벌써 지어놨을까? 한휘서라고. 휘리의 휘, 서준의 서를 따서 휘서란다.

“돌아갈까?”

“어딜? 집으로?”

“응.”

“무슨 소리야? 말도 안 돼. 명색이 작가가 공연 첫날 코빼기도 안 비치면 되겠냐?”

“첫 공연이든 둘째 공연이든 보기만 하면 되는 거 아니야. 꼭 첫 공연으로 봐야 할 필요가 뭐 있어?”

예상대로 그는 또 우긴다. 이런 식으로 마구 우겨대서 아무것도 못하게 하고, 그래서 마치 스스로 내가 병자인 양 생각되었던 적이 한두 번이 아니다. 임신이 별건가? 남들 다 하는 임신. 그것도 이제 겨우 삼 개월째다. 배도 안 나오고 숨도 안 차고. 겉모습은 진짜 말짱하다. 며칠 전부터 입덧 증상이 조금 생긴 것뿐 혈압, 신장, 컨디션, 기분 모두 최고조다. 평소 통통한 몸매 유지하기 위해 많이 먹어두었던 것이 도움이 되었는지 그 흔한 빈혈도 없다. 너무 멀쩡하다 보니 어떨 땐 시어머니 보기에 민망할 때도 있다. 왜냐고? 남편이 너무 극성스럽게 챙기니까. 시부모님 앞에선 좀 자중을 해도 되련만.

하여간 심하게 유난스러운 남편 때문에 시부모 보기 민망스러울 때가 한두 번이 아니다.

하지만 서준은 절대 인정하려 들지 않는다. 내가 TV에 나오는 가녀리고 연약한 보통 임산부의 이미지와는 너무나도 다르다는 사실을. 주변 사람들 모두가 인정하고 보장하는 강력 체력이 지휘리이거늘 그의 눈엔 한없이 여리고 약한 존재인 모양이다.

"그래도 성의 문제지. 안 돼. 참석해야 해."

"속이 그렇게 안 좋은데 공연을 어떻세 봐?"

"입덧 조금 한다고 죽기야 하겠어? 걱정 마. 심해져서 토할 것 같으면 바로 자기한테 말할게. 내가 얼마나 이 연극에 심혈을 기울였는지 잘 알잖아. 오늘이 오기를 손꼽아 기다렸다고."

"내 말은……."

밀어붙일 땐 확실하게. 한서준을 이 년간 상대하면서 깨달은 불변의 법칙이다. 서준은 겉보기와는 다르게 상당히 마음이 약하다. 불필요한 논쟁을 기피하는 면도 있고. 아무튼 내 막무가 내 전법에는 당해내질 못한다.

"나 오늘 이거 꼭 보고 싶어. 못 보면 삼 일 밤낮을 뜬 눈으로 지샐 것 같단 말이야, 너무 억울해서. 응?"

난 눈물이라도 쏟을 것 같은 눈으로 서준을 바라보았다. 동정심 많은 남자를 손에 쥐고 흔드는 방법이다. 한때 연극 무대를 주름 잡던(?) 내 연기솜씨가 이렇게 유용해질 줄이야. 예전엔 꿈도 못 꿨던 일이다.

"휴! 웬 고집이 이리 센지."

서준이 한숨을 쉰다. 의지를 꺾고 백기를 들 때마다 그가 내보이는 반응이다. 그러니까 이 한숨은 내가, 극단 매그너스의 일곱 번째 연극, [말괄량이는 길들여지지 않는다]의 초연을 관람할 수 있게 됐다는 의미다.

"이거 왜 이래요? 한 사장님 고집에 비하면 아무것도 아닌데 무슨!"

"내가 무슨 고집이 있다고 그래?"

"왜 없어? 아침에 일어나서 밥도 못 차리게 하고, 혼자선 외출도 못하게 하고, 목욕도 혼자 못하게 하고. 수도 없구만."

구시렁구시렁 중얼거리며 난 이미 웅장한 위용의 공연장 근처에 정차되어 있는 자동차의 문을 열었다. 그리고 차에서 급하게 내리느라 흘리고 나온 핸드백을 찾아 들었다. 구역질도 멈추었고 서준의 한숨도 받아냈겠다, 이젠 내가 쓴 내 글, 그 글로 만들어진 연극을 원없이 볼 생각이었다.

"몸도 안 좋은 사람이 무리하는 것 같으니까 그렇지."

"내가 무리를 어떻게 해? 자기가 이렇게 과잉보호를 하는데! 아플 새도 없겠다. 그리고 밥 정도는 할 수 있어. 그래도 명색이 시부모님 모시고 사는 맏며느리인데. 사지육신 멀쩡한 며느리가 가만히 누워서 시어머니가 갖다 바치는 아침상을 어떻게 받아?"

"사지육신 어디가 멀쩡하다고 그래?"

텅!

나는 차 문을 닫고 휙, 서준에게로 돌아섰다. 너무 갑작스레 몸을 돌렸던 탓에 귓가로 얼굴을 들이대고 내 마음을 돌리기 위해 용을 쓰고 있던 그가 화들짝 놀랐다.

"아저씨, 결혼한 여자가 애를 갖는 건 지극히 자연스럽고 당연한 일이야! 그리고 임신한 여자가 입덧 조금 하는 것도 마찬가지고. 그나마 나처럼 건강한 산모가 어디 흔한 줄 알아? 좀 구역질이 나는 것뿐이지 다른 건 다 멀쩡하다고. 아직은."

"휘리야!"

"조심할게. 조금이라도 속이 이상하면 곧바로 말하고. 오케이?"

"……."

여전히 떨떠름한 표정인 서준의 얼굴에 깊은 골이 새겨졌다. 동의하지 않겠다는 뜻이겠지만 그래도 내가 누군가? 지휘리다. 인간 승리의 본보기. 콤플렉스 탈출의 성공적 실례. 난 남편이 꼼짝하지 못하는 비장의 무기를 가지고 있다.

일명 엉덩이 달래기 권법. 손바닥을 쫙 편 후 섹시하고 탱탱하게 솟아오른 남편의 엉덩이를 장난스럽게 툭툭 두들기는 것이다. 이건 잠자리에서 처음 썼던 건데 아주 효과가 만점이다. 엉덩이를 두들기면 그 두들김의 여파가 뒤쪽에서 앞쪽으로 전달이 된다고나할까? 그래서 남편은 꼼짝 못하고 내 말을 들어주게 된다.

"자, 이제 논쟁은 끝. 착한 우리 서준 씨, 어서 자동차나 제대로 파킹해 놓아요. 이제 곧 사람들 몰려들 거란 말이야."

나는 아직도 뭔가 마음에 들지 않은 듯 발길을 떼지 않는 서준을 억지로 돌려 세웠다. 그리곤 언제 봐도 매력적인 남편의 엉덩이를 툭툭 두들겼다. 정확히 앞쪽이 간지러워질 정도로만.

"지휘리!"

당황한 듯 서준은 펄쩍 뛰며 앞으로 퉁겨져 나아갔다. 약간은 붉어지는 남편의 얼굴을 보아 대략 작전은 성공인 것 같다. 얼굴을 달콤하고 사랑스러운 미소로 가득 채운 후, 나는 개선장군처럼 어깨를 쫙 펴고 허리를 비틀어 미스코리아 포즈를 만들어 보였다. 오늘밤 확실하고도 화끈한 그 무언가를 약속하는 뇌쇄적인 모습이다.

뭐, 남들 보기엔 두루뭉술한 아줌마 몸매라 할지라도 난 상관없다. 예전 같았으면 그들의 시선 하나하나에 신경이 곤두섰을 터지만 지금은 다르다. 난 내 스스로를 뇌쇄적이라고 생각하고 있다. 적어도 지구상에 나를 최고의 미녀라고 여겨주는 사람이 존재하고 있는 한은. 그의 눈에 내가 졸리보다도 훨씬 섹시하고 매력적이고 아름답게 보이고 있는 한 난 섹시한 여자다.

"두고 보자고, 오늘은 누가 녹아드는지."

대담한 나의 도전을 그는 너끈하게 받아들였다. 씩 웃는 특유의 미소를 날리며 그는 차체를 돌아 반대편 운전석으로 갔다. 나는 차에서 멀리 떨어져 그가 운전하는 모습을 바라보았다.

삶의 재미를 제대로 느끼고 있다는 느낌이라서 그럴까? 그를 보고 있으면 뿌듯해진다. 한 치의 어김도 없이 퇴근 시간에 맞춰 일찍 집에 들어오고, 하루에 세 번씩 꼬박꼬박 사랑한다고 말하고, 한 달에 한 번쯤은 꼭 부부동반으로 외출을 하고, 소년 소녀가장 돕기 바자회에 참석하는 등 다람쥐 쳇바퀴 돌듯 지루히게 굴러가는 일상이지만 그럼에도 서준은 늘 즐거운 낯이다. 평범한 일상 자체를 행복해한다. 퇴근길 붕어빵 한 봉지를 사들고 와 가족들과 나눠 먹고, 부하 직원들 몰래 전화기에 사랑한다는 말을 속삭이는 잔재미를 그는 태어나서 처음으로 느끼고 또 즐기고 있었다. 하나가 아닌 둘이었을 때 느끼는 감정, 풍요로움 속의 여유를 향유하는 것이리라.

그래서 그를 보고 있으면 나도 절로 행복해진다. 사랑하는 사람이 나를 만나 진정한 자유인으로 거듭났다는 자부심으로 없던 자신감도 충천해 있다. 그래서 졸리가 부럽지 않는 거겠다.

다 좋다, 이대로 시간이 멈춰졌으면 좋겠다는 생각이 들 만큼. 가끔은 이게 꿈인가 싶기도 하고, 그래서 집 안의 모든 물건들을 하나씩 하나씩 만져 보기도 한다. 내 생활이 만족스러운 만큼 소중하게 느껴지는 것이다. 이런 감정을 느끼게 해준 남편을 나는 너무도 사랑한다.

"아참, 서준 씨. 이번에 새로 하는 사무실 인테리어 말이야. 그거 디자인 어떻게 할 거야?"

파킹을 하고 내게로 다가오는 남편을 향해 나는 물었다. 뜬금없이 갑작스레 묻는 것 같지만 사실 아까부터 내내 하고 싶었던 질문이다. 막간을 이용해 남편이 효자가 되는 비결을 귀띔해 줄 생각이었다.

"응? 아! 그거. 우리 마나님께서 결정해 주셔야지. 늘 하던 대로."

역시나, 그는 다음 주에 사무실을 찾기로 한 디자이너를 내게 떠맡길 모양이다. 아무리 섬세하고 배려가 다정한 서준이라도 예쁘고 어울리는 것을 장식하고 원하는 분위기를 만드는 것들에 대해서는 마냥 귀찮은가 보다. 내가 '천생 공돌이'란 소릴 입에 달고 조롱해도 해마다 사무실의 인테리어는 내 손에 맡기는 걸 보면.

나는 찡긋, 한쪽 눈을 감으며 애교스럽게 대꾸하는 남편을 향해 일부러 보란 듯이 푹, 한숨을 내쉬었다. 약간은 과장된 손동작과 함께 어깨까지 축 늘어뜨리며.

"아! 올해도 난 어머님한테 예쁨받기 글렀구나."

"무슨 소리야? 어머니가 왜?"

재킷을 손에 들고 다가오는 남편이 깜짝 놀란다. 사실 그가 놀랄 법한 말이었다. 강은실 여사, 내 시어머니는 참으로 따뜻한 성품을 가진 분으로 집안의 무뚝뚝한 두 남자가 만들어내는 딱딱한 분위기를 자연스럽게 풀어주는 역할을 하시는 분이다. 내게 가시 돋친 말을 건넨 적이 한 번도 없는 매우 다감한 분이시기도 하다. 그런 시어머니한테 미움이라니? 내가 지어낸 뼁이라도 참 터무니없다.

"결혼하기 전엔 항상 어머님께서 당신 사무실 인테리어를 직접 관여하셨다면서."

"그랬지. 어머니가 디자인을 전공하셨거든."

"결혼 후엔 내가 다 했잖아."

"그랬지. 그게 왜? 당연한 거 아니야?"

당연한 거 맞다. 하지만 쭉 해오시던 일을 며느리에게 넘겨줘야 했을 때 어머님이 느꼈을 서운함과 허전함을 알아드리고 배려해 드리는 것도 나와 남편의 당연한 의무다. 그걸 지금까지 모르고 지나쳐 왔다고 생각하면 난 내가 참 눈치없는 바보 같다는 생각이 든다. 어쨌든 난 이번 일을 전적으로 어머님께 의지할 생각이다.

"너 질투했잖아, 내 사무실 누가 꾸몄냐고. 여자의 손길이 느껴진다고 하지 않았나?"

그는 히죽거리며 내 어깨에 자신의 어깨를 휙 둘렀다. 단번에 내 몸은 넓디넓은 남편의 품속으로 쏘옥 들어갔다. 당장이라도 머리카락을 헝클어 버릴 것처럼 남편이 꽉 내 어깨를 끌어당겼다 놓았다. 기분 좋은 포옹에 도취되어 나는 눈을 감았다.

"그래서 기분 나빴어?"

"아니. 질투하는데 기분이 왜 나빠? 좋았지."

얼굴에 와 닿는 산들바람의 부드러움과 햇살의 따사로움을 만끽하며 나는 다시 눈을 떴다. 나를 내려다보는 서준의 눈빛은 다정했다. 이보다 더 사랑스러울 수 없다는 듯, 깨물어 버리고 싶다는 듯 그렇게. 새색시 딱지를 뗀 지 오래인 나였지만 남편의 이런 눈빛과 마주하면 더없이 수줍어지게 된다. 나는 살짝 고개를 숙이며 미소 지었다.

"그래도 이번엔 어머님께……."

"지휘리!"

어디선가 내 이름을 부르는 소리가 들렸다. 지휘리라는 이름이 결코 흔한 이름이 아닌지라 나는 어리둥절하여 하던 말을 멈추고 고개를 두리번거렸다. 서준도 멋진 눈썹을 치뜨고 주변을 훑었다. 누구지? 남잔데.

"지휘리! 너 지휘리 맞지?"

"네?"

몇 미터 떨어지지 않은 곳에서 웬 아저씨가 고개를 기울이며 내 얼굴을 살피고 있었다. 누구지? 어쩐지 낯이 익다는 생각도 들고. 나이가 꽤 들어 보이는 남자인데 저런 연배의 남자를 내가 알고 있었던가?

"지휘리…… 아니세요?"

"아…… 맞는데요. 누구세요?"

나는 서준의 얼굴을 한번 흘낏 바라보았다. 내 어깨에 올라온 그의 손에 힘이 들어가고 있었다. 단번에 딱딱하게 굳어진 그의 표정은 상대방 남자를 경계하고 있는 것이었다. 그럴 필요 없는데. 기억을 더듬으며 낯선 남자를 꼼꼼히 살펴봤지만 이 사람은 우리 서준 씨와는 상대도 안 되는 사람이었다.

"맞구나! 혹시나 했는데 맞았어. 너, 나 모르겠니?"

매우 반가워하는 이 남자의 태도로 보아 진짜로 잘 아는 사이인 것 같다. 그런데 왜 난 기억이 나지 않지? 그 정도로 가까웠던 사이라면 기억이 나야 정상이 아닌가? 하지만 이 사람은 생판 처음 보는 사람 같다. 적어도 내가 아는 사람들은, 오늘같이 햇볕 쨍쨍한 한낮에 저렇게 재킷을 꽁꽁 껴입고 번들번들 땀을 한 대박 흘릴 정도로 멍청하지 않다.

"저 죄송한데요. 잘 모르겠거든요? 누구…… 세요?"

"나야! 김태호! 김태호 모르겠어?"

"김태호?"

김태호라고? 고등학교 시절 이 년 내내 내가 짝사랑했던 바로 그 남자? 내 첫사랑이자 실연의 아픔을 처음 맛보게 해준 바로 그 남자라고? 아니, 고백도 못해보고 흐지부지 끝나 버린 사랑이라고 할 수도 없는 바로 그 사랑의 주인공? 설마……!

"기억 안 나? 나, 학생회장이었잖아."

기억이 안 날 리가 있나. 당연히 난다. 그 시절, 학교에서 김태호를 모르면 간첩일 정도로 그는 인기가 있었다. 나 또한 그를 어느 아이돌 스타보다도 더 좋아했다. 농구부 주장에 학생회장인 그는 당시 주변 학교 여자 아이들까지 구경하러 왔을 정도로 유명했었다.

"혹시 상강고……."

"그래, 상강고등학교. 기억하는구나?"

"아…… 태호 오빠구나……."

내 말은 슬그머니 그 꼬리를 내렸다. 그리고 졸업한 지 근 십 년 만에 다시 보게 된 태호 오빠를 빤히 훑어보았다. 땀으로 범벅이 되어 있는 목덜미와 얼굴, 현저히 사라져 버린 머리카락들, 그래서 너무 훤한 이마, 뒤룩뒤룩 살이 찐 배.

겨우 서른두어 살 먹은 이치곤 너무 겉늙은 거 아니야? 아! 환상, 확 깨진다. 너무한 거 아닌가? 서준 씨보다 더 늙어 보이잖아.

"이야! 진짜 반갑다. 졸업하고 처음이지?"

"응, 그렇네. 잘 지냈어?"

태호 오빠가 활짝 웃으며 손을 내밀어 악수를 청했다. 나는 일단 손을 맞잡고 흔들어주었다. 하지만 차마 환하게 웃을 수는 없었다. 반갑지 않은 건 아니지만 너무 실망스럽다 보니 얼굴이 절로 찌푸려지는 것 같았다. 양심에 찔렸지만 진정으로 난 이 사람이 내 첫사랑이었다는 게 창피했다.

“이분은?”

“아, 인사해. 내 신랑이야.”

“그래? 반갑습니다. 김태호입니다. 학교 선배예요.”

유난히 통통 튀는 말투로 태호 오빠는 시종일관 차분한 얼굴의 서준에게 인사를 건넸다. 원래 이렇게 시끄러운 사람이었나?

“반갑습니다. 한서준입니다.”

“휘리 네가 시집을 다 갔어? 평생 남자 한 번 못 사귈 것 같더니. 너 용 됐구나? 놀랐다, 야. 얘, 학교 때 굉장히 수줍음 많았거든요. 고개도 제대로 못 들고, 말도 자주 더듬고.”

“그래요?”

의외라는 듯 서준은 한쪽 눈썹을 치켜올렸다. 유심히 나를 바라보는 눈빛에 내 얼굴은 구멍이 날 것만 같았다. 빨리 상황을 종료시켜야겠다는 생각에 난 빠르게 태호 오빠의 다음 말을 가로막았다.

“그럼요! 얘가 유난히 내 앞에서 더 그랬…….”

“나도 가끔 나한테 놀라!”

흥미로운 표정이 서준의 안면 위로 쫙 퍼졌다. 나는 성마르게 입술을 핥으며 말을 이었다.

"어디 가는 길이었어? 이렇게 우연히 만난 것도 흔한 일이 아닌데."

"나? 나 여기 공연 보러 왔지. 너도 마찬가지 아니야? 나, 여기 희주 남편이 초대해서 온 거야. 희주 남편이 여기 극단 이사잖아."

"어? 어떻게 알아?"

희주 남편이라면 박은재 이사를 말하는 거다. 그 두 사람은 지난달 무사히 결혼식을 올렸고 지금은 달콤한 신혼생활을 영위하고 있다. 그런데 박 이사가 어떻게 태호 오빠를 알고 있을까?

"연락이 왔더라고. 우리 동문 사무실에 문의를 했었나 봐. 깜짝 놀랐지, 뭐야."

도대체 일이 어떻게 되어가는 걸까? 영문을 모르고 난 멍하게 태호 오빠를 바라보았다.

"넌 희주랑 언제부터 연락이 되었었던 거야?"

"어? 아, 희주랑은 대학 때 다시 만났어."

"그래? 그랬구나. 두 사람이 아옹다옹, 별로 사이가 좋지 않은 것 같더니 그래도 여자들이라 다르긴 다르네. 연락도 꾸준히 하고 지내고. 난 다시 연락을……."

태호 오빠가 줄줄 수다를 떠는 동안 나와 서준은 난감한 상태로 서 있었다. 맞장구를 치기도 그렇고, 매정하게 돌아서기도 그렇고. 참으로 답답한 일이었다.

"그럼 좀 있다 보자. 연극 끝나고 나서 소주 한 잔 하자고. 괜찮죠?"

"그럼요, 좋죠."

"그래요. 그럼 연극 재미있게 보세요."

"응. 오빠도."

한참을 혼자 떠들고는 스스로 생각해도 민망하다고 느꼈는지 태호 오빠는 서둘러 자리를 떴다. 이야기하느라 벌게진 얼굴이 제 색깔을 찾으려면 시간깨나 들 거란 생각이 들었다. 난 고개를 살짝 굽혀 인사를 하는 둥 마는 둥 하고는 서준을 올려다보았다.

"왜?"

그가 물어왔다. 왜 빤히 바라보고 있는 거냐는 뜻이다. 난 심드렁한 얼굴로 물었다.

"할 말 없어?"

"무슨 할 말?"

멀뚱멀뚱. 서준은 아무렇지도 않은 듯 나를 내려다보고 있었다.

"태호 오빠에 대한 거."

"음…… 흥미로운 선배인 거 같아."

"그것밖에 없어?"

“내가 뭐라고 말해주길 바라?”

“질투 같은 거 안 나?”

“아하!”

애매한 어조로 그가 대답했다. 아하라니. 뭐가 어쩐다는 거야?

“그건 질투가 났다는 거야, 안 났다는 거야?”

“질투가 났지만 안 난 척하고 있다는 말이야.”

“정말이야? 거짓말 같은데. 질투하는 사람 얼굴이 아니잖아.”

나는 불쾌한 얼굴로 남편을 노려보았다. 히죽히죽 웃는 꼴이 영판 마음에 안 들었다.

“질투하는 사람 얼굴이 어떤데?”

“화를 내야지. 저 남자랑 학교 때 무슨 사이였냐고 막 추궁해야 하는 거 아니야?”

“추궁하면 말할 거야?”

“그건…….”

무어라 말할 길이 없어 난 잠깐 동안 숨을 멈추고 눈을 깜빡였다. 한 번, 두 번, 세 번. 네 번째쯤 눈을 깜빡일 때, 갑자기 눈자위가 뜨거워지더니 그곳에 맑은 물이 차 오르는 게 느껴졌다. 어이없게도 눈물이 나오려는 모양이었다. 안 돼! 미쳤나 봐, 나!

“내 말은 그러니까!”

“질투했었어.”

"엉?"

묻는 동시에 눈물이 쭈루룩 떨어졌다. 정말로 황당한 순간이다.

"화도 났고."

"정말?"

"응. 그런데 화 안 내기로 했어. 왜인지 알아?"

"아니, 몰라."

울먹거리며 난 겨우 대답했다. 아이를 가져서 그런가? 별일도 아닌 것에 서운하고 눈물이 나온다. 정말 못마땅한 내 모습이다. 하여튼 난 서준의 대답을 듣기 위해 쫑긋 귀를 세웠다.

"질투해 주길 네가 바라고 있기 때문이지."

"아!"

아! 이 한 마디밖에 난 할 수가 없었다. 다음 순간, 곧바로 서준의 품 안으로 폭 안겼기 때문이다. 서준의 가슴은 언제 어디서나 따뜻하다. 포근하게 나를 감싸는 그의 체온이 제법 높은 온도의 초여름 날씨에도 불구하고 좋았다.

"공연 끝나면 저 선배랑 단원들 모두 모시고 현우네 소주방으로 가자. 처남도 거기에서 아르바이트를 하고 있으니까 오랜만에 얼굴도 볼 겸 겸사겸사해서. 어머님도 거기로 나오시라고 할까? 서점이 그 근처니까 잠깐 나오셔서 같이 식사나 하시자고 하자. 어때?"

나는 묵묵히 고개를 끄덕였다. 말을 꺼낼 수 없었다. 입을 열면 우아앙, 울음을 터뜨려 버릴 것만 같아서. 굳이 말하지 않아도 이렇게 내 마음을 척척 알아내 버리니 이 얼마나 대단한 남편인가?

내 결혼과 동시에 엄마와 아빠는 심부름 센터를 접었다. 내가 더 이상 아빠의 심부름 센터를 대신 운영해 드릴 수 없었고 아빠의 건강 역시 쉽사리 좋아지지 않을 문제를 안고 있었기 때문이다. 그래서 사무실을 팔고 새로 시작한 일이 바로 작은 서점이었다. 처음엔 소일거리 한다는 생각으로 시작한 일을 지금은 두 분 다 굉장히 좋아하신다. 새 책에서 나는 종이 냄새를 맡고 있으면 절로 행복해진다나? 아무튼 두 분은 뒤늦게 일하는 재미에 푹 빠져 인생을 즐기는 중이었다.

아무리 그래도 그렇지, 딸이 애를 가졌다고 전화를 해도 축하한다는 말만 덜렁 하고 마는 부모가 어디에 있담? 속상하고 분했다. 다른 집 부모들은 한약을 달여 먹인다, 집에 데리고 와 수발을 들어준다며 별의별 정성을 다 쏟는다는데 너무했다, 진짜.

그러니 어쩌겠나? 목마른 사람이 우물 판다고 보고 싶은 사람이 찾아가야지.

"이제 들어가자. 다들 작가님을 기다리느라 기린 목이 되었겠다."

"응."

웅얼거리며 난 고개를 들었다. 서준은 엉망이 된 내 얼굴을

살피고 눈 밑에 진 얼룩을 매만져 주었다. 그리곤 콧잔등을 툭
건드리며 말했다.
　"자, 이제 떠보실까요, 마마?"

사람에겐 누구나 콤플렉스가 있다고들 합니다.

물론 제게도 콤플렉스가 있죠. 초등학교 6학년 때, 아버지의 친구 분으로부터 '년 코도 예쁘고, 입술도 괜찮은데 눈은 좀 작네. 눈만 크면 예쁘겠다' 라는 말을 들었던 계기로 생긴 겁니다. 그분은 지나가는 말로 하셨을 테지만 당시 어린 저로서는 매우 큰 충격이었습니다. 남들이 제 외모에 대해 이러쿵저러쿵할 수도 있다는 사실을 처음 자각하였고, 그래서 자존심이 엄청 상했었답니다. 외모에 대한 고민을 하게 된 것도 그때부터였죠.

비단 저의 경우뿐 아니라 많은 분들이 그런 사소한 말이나 행동에 상처를 받고 아파합니다. 그것이 인생 전체로까지 이어지는, 불행한 경우도 있을 것입니다. 우리의 주인공, 휘리는 후자의 경우에 속합니다. 희주가 던진 무의식적인 말 한마디에 인생 전체가 답답함과 소심함으로 가득 차버리게 되었던 거죠.

저는 그런 휘리를 극복시키고 싶었습니다. 진짜 사소하고 하찮은 것들로부터 자유로이 해방시켜 주고 싶었습니다. 그럼으로써 제 자신 또한 저를 억누르고 있는 많은 강박관념들을 던져 버리고 싶었다고, 지면을 통해 수줍게 고백해 봅니다.

[떴다, 그녀!]는 초고 때부터 냠님께서 꾸준히 모니터를 해주셨던 글입니다. 너무너무 감사드리고요. 추억이란 영원한 아름다움임을 각인시켜 준 내 오랜 친구들 윤희와 수미. 조만간 한번 봤으면 좋겠다. 데뷔

때부터 지금까지 늘 변함없이 마음의 의지가 되어주시는 로맨스트리 작가님들, 제 마음 알죠? 글발신이 여러분들을 찾아갈 날을 기원합니다.

제 건강 챙기시느라 여념이 없으신 엄마, 사랑합니다! 엄마 없이는 윤정이 단 하루도 못살아요. 건강하게 오래오래 사셔야 해요. 그리고 늘 제가 글을 쓰는 작가임을 자랑스러워해 주시는 칠순의 아버지, 막내는 아버지의 변하지 않는 신념과 뚜렷한 주관을 존경합니다. 허접한 글쟁이지만 노력하겠습니다. 감히 말씀드리지만, 누가 뭐래도 아버지는 孝子이십니다.

부족하기 짝이 없는 제 글을 출판해 주신 청어람 출판사와 원고를 다듬어주시느라 고생 많으셨던 이종민님, 김규진님 외 편집부 식구들께도 무한한 감사를 드립니다. 화기애애한 분위기와 열성적으로 책 만드시는 모습이 매우 인상적이었답니다. 앞으로도 좋은 책 많이 만들어주시길 바랍니다.

끝으로 [떴다, 그녀!]를 읽어주신 모든 분들께 감사를 표하며 국내 로맨스소설의 발전을 빌어봅니다.

2006년 2월

홍윤정.

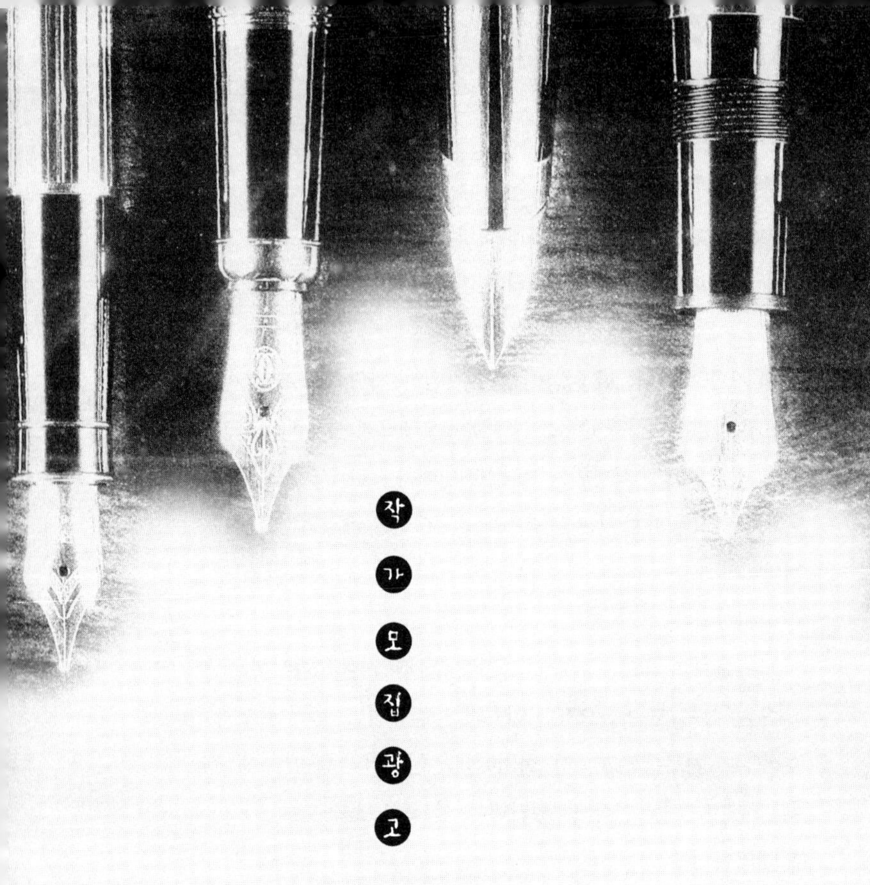

작
가
모
집
광
고

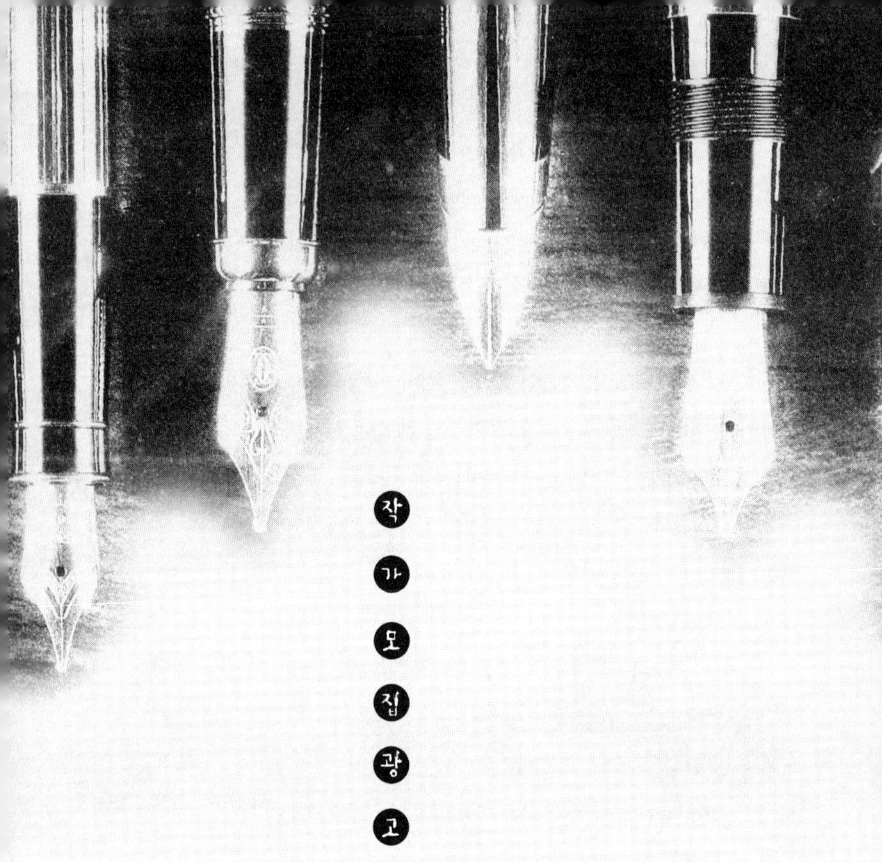

작

가

모

집

광

고